大明長歌

卷三 覓封侯

酒徒 著

目次

第三卷

第一章 奇兵

「不要慌，不要慌，他們只有幾十號人！」朝鮮偽寧邊大都督鞠景仁揮刀砍翻兩名逃命的下屬，頂著滿臉的血漿大聲叫囂。

徑直向他衝過來的明軍頂多也就是八十人上下，而他身邊，光嫡系親信就有四百餘人。如果親信們鼓足了勇氣拚死一搏，未必就不能令明軍撞個頭破血流。

而只要能遏制住明軍的攻勢，另外兩路臨陣倒戈的朝鮮兵馬，鞠景仁還真沒放在眼裡。先前他能將那兩支隊伍的主將，金應緘和鄭凱成兩個吃死死，憑的可不僅僅是有日本人撐腰。無論指揮能力，作戰經驗，還是在將士們中間的威望，他都遠在那兩個完全憑著家族勢力才進入朝鮮官場的廢物之上。

「頂上去，頂上去，誰再退殺他全家！」再歹毒的強盜，也有三、四個死黨。發現明軍距離自家主帥越來越近，別將鞠斌和千戶黃武兩個，咬著牙舉起兵器，帶領著各自的親信逆流而上。沿途中，凡是遇到不肯聽從自己號令的偽軍，無論其官職高低，皆一刀砍翻在地。

血腥的殺戮，令周圍的朝鮮潰兵們迅速恢復了清醒。一部分人果斷繞開中軍位置，迂迴逃命。另外一部分躲避不及者，只好尖叫著停下腳步，然後回過頭，被別將鞠斌和千戶黃武兩人的親信驅趕著，頂向急衝而來的明軍。

「來得好！」張維善正愁敵軍只懂得倉皇逃命，見居然有人敢組織抵抗，頓時有些喜出望外。大喝一聲，策動坐騎從李彤身旁超了過去，鋼鞭凌空舞出了一道旋風。

「砰！」「砰！」兩名被逼著轉身迎戰的偽軍兵卒，被鋼鞭將腦袋砸了個稀爛。晃了晃，倒地而死。周圍其餘偽軍兵卒嚇得嘴裡發出一聲叫喊，紛紛主動避讓，將跟在他們身後督戰的別將鞠斌，直接暴露在了張維善的戰馬前。

「一起上！」別將鞠斌來不及再威逼潰兵為他去拚命，只能帶著三名心腹主動迎向了張維善。兩柄長矛，兩把鋼刀交替揮舞，堅決不給後者留下任何躲避空間。

「嗚——」一把巨大的鐵劍，打著鏇子，從張維善的身體左側飛至。將一名舉矛偷襲張維善的鞠氏心腹，直接砸下了坐騎。緊跟著，兩支投矛悄無聲息地貼著張維善的肩膀掠過，將另外一名手持鋼刀的鞠氏心腹直接推離了馬鞍。

來自左側威脅瞬間消失，張維善將注意力完全集中於右路。手中鋼鞭向外猛地一磕，「喀嚓」，將另外一把刺向自己的長矛磕成了兩段。

「啊——」第三名鞠氏心腹抓著半截矛桿，不知所措。張維善懶得多看此人一眼，策馬與他擦肩而過，手中鋼鞭半空中快速下砸，「噹啷」一聲，將朝鮮別將鞠斌的鋼刀砸成了燒火鈎兒。

「救命——」鞠斌追悔莫及，尖叫著策馬閃避。躲過了張維善手中的鋼鞭報復，卻迎頭遇到了剛剛將兵器換成了戚刀的李彤。後者手疾眼快，揮刀朝著他大腿根處橫抹，借著兩匹戰馬相對奔行的速度，抹斷了他的護腿甲、罩袍、皮膚和肌肉……

傷口橫亙整個大腿根兒，血落如瀑。鞠斌全身的力氣，迅速從傷口處流逝。身體像喝醉了酒般左搖右晃，左搖右晃，然後軟軟掉下馬背。

「靠攏，向我靠攏，把馬頭併起來，搭人牆！」跟在鞠斌身後不遠處的朝鮮偽軍千戶黃武被嚇得心驚膽戰，尖叫著招呼其餘鞠氏心腹與自己結密集陣型，合力迎接即將到來的衝擊。

這是標準的步卒戰術，根本不適合騎兵。但繼續採用騎兵戰術，等待著他們的，就是跟鞠斌等人一樣的下場。因此，已經來不及轉身加入逃命隊伍的眾鞠氏心腹只能咬著牙向他快速靠攏，準備跟張維善拚個魚死網破。

「找死！」跟在張維善和李彤身後的祖承志、老何、張洪生等人，毫不猶豫地將左手探向背後，拔出投矛，借助戰馬衝擊的速度，奮力前擲。

短短十幾步的距離，根本不需要考慮準頭。而偽軍的「業餘」表現，讓投矛威力陡然增加的一倍。眨眼間，擋在張維善和李彤兩個必經之路上的鞠氏心腹，就如同暴雨打過的麥子般紛紛落馬。二人的眼前快速被清空，高舉著鋼鞭和戚刀長驅直入，將左右兩側的偽軍一個接一個砍下坐騎。

「饒命——」所有勇氣，都從偽軍千戶黃武身體中溜走。他尖叫著撥偏坐騎，搶在鋼鞭找上自己之前，繞路逃命。

張維善和李彤兩個對此人視而不見，繼續策動坐騎殺向鞠景仁的戰旗。跟在二人身後的老何冷笑著投出第三支短矛，將此人射了個透心涼！

「攔住他們，快快攔住他們！」眼看著兩名心腹愛將相繼死去，朝鮮偽寧邊大都督鞠景仁欲哭無淚。一邊大聲督促其他心腹繼續去為自己爭取時間，一邊果斷撥轉坐騎。

大部分心腹都失去了戰意，亂哄哄地撥轉了馬頭，加入周圍的逃命洪流。但是，依舊有三十餘名鞠氏心腹，不忍眼睜睜地看著自家主帥的腦袋，變成明軍的戰利品，強忍恐懼，拔刀逆流而上。

他們的忠勇令人欽佩，然而，已經衝起了速度的騎兵，豈是個別勇敢者所能阻攔？每一夥鞠氏心腹撲上去，都猶如飛蛾撲火。李彤和張維善兩個帶領著七十多名弟兄，像一把鋒利的砍刀，將鞠家軍從正中央一分為二，所過之處，屍橫遍野。

「殺國賊——」

「奉天討逆——」

「天兵過江了，殺鞠賊景仁，光復寧邊——」

就在大明騎兵兩翼，兩個原本跟鞠景仁同流合污的朝鮮武將，金應緘和鄭凱成，帶著各自麾下的「義軍」，越戰越勇。

比起明軍只拿鞠景仁及其麾下親信為衝擊目標，這兩路「義軍」為了證明自己的忠誠，表現得極為殘忍。凡是被他們追上的鞠家兵，無論選擇跪地求饒，還是垂死掙扎，全都亂刀剁成肉醬。

摧枯拉朽，如假包換的摧枯拉朽。

鞠家偽軍的所有抵抗，都輕而易舉地被粉碎。鞠景仁的帥旗落在地上，被潰兵和明軍的馬蹄，轉眼踩了個稀爛。敢於捨命斷後的鞠氏親信，一批接一批被砍死。其餘親信慌不擇路，瘋狂策動坐騎，狼奔豕突。

「土雞瓦狗，居然也敢爭相跳梁？」眼看著與偽軍主將鞠景仁的背影越來越近，李彤和張維善互相看了看，同時在臉上露出了一抹冷笑。

不像老行伍張樹和李盛兩個那樣，對整個援朝戰局憂心忡忡。二人既沒見識過戚家軍當年的精密配合，也沒機會近距離領教戚繼光指揮若定的絕世風姿。只感覺眼前戰鬥，怎麼打怎麼順手，各自的本領，也越來越高。

只要揮動兵器，就能輕鬆將敵軍擊落於馬下。根本不需要考慮出手角度，也不需要擔心露出破綻。敵軍沒力氣還手，也沒勇氣回頭。只管抱著戰馬的脖子爭相逃命，不求跑過他們兩個，只求不落自己的同伴身後。

「怪不得短短幾個月，倭寇就能拿下朝鮮的三京，一路殺到鴨綠江畔！換了老子，一樣能從北到南，將朝鮮國鑿個對穿。」揮刀從背後砍下一名敵將，李彤舉目四望，壯志淩雲。

他不想跟好朋友爭奪斬將之功，所以故意慢了半步，任由張維善一個人死死咬住了朝鮮偽寧邊大都督鞠景仁的馬尾。而沉浸在戰鬥激情中的張維善，則一鞭一個，將鞠景仁身側最後兩名親信砸落於馬下，再度高舉鋼鞭，直奔鞠景仁的後腦勺。

「嗚嗚嗚嗚，嗚嗚嗚，嗚嗚嗚嗚——」就在鞠景仁魂飛魄散，準備閉目等死之際，斜對面，忽然響起了淒厲的海螺聲。

緊跟著，數百名倭寇騎著朝鮮戰馬衝了過來，將倉皇逃命的朝鮮潰兵和追殺潰兵的朝鮮「義軍」，不分彼此，一起衝了個東倒西歪。

「不好，倭寇來了！」

「倭寇來了——」

「倭寇，倭寇——」

剛剛反正的朝鮮「義軍」們，顧不上再繼續割偽軍的腦袋邀功，大聲尖叫著轉過身，倉皇逃命。

然而，他們剛才追殺偽軍追得太急，倉促間，哪裡容易做到步調一致！有騎兵剛剛撥轉馬頭，就跟自家同伴撞在了一起，雙雙變成了滾地葫蘆。有步卒選擇的逃命路線，恰恰與同伴的一致，你推我，我擠你，瞬間攪成了一個巨大的「疙瘩」。「不要亂，大夥不要亂，天兵還在，天兵還在！」

左大將金應緘又羞又怕，啞著嗓子，朝周圍倉皇逃命的「義軍」提醒。

「天兵還在，天兵在看著咱們。不准跑！再跑者，殺無赦！」兵馬節制使鄭凱成做事更為果斷。帶著麾下的親兵鋼刀齊揮，眨眼間，就將靠近自己的逃命者砍倒了一地。

作為世家子弟，他們兩個做官的本領，遠超過領兵打仗。心裡都清楚地知道，「反正」這種壯舉，只能做一次。如果今天剛剛「反正」，就當著明軍的面兒，再來一次臨陣脫逃，接下來恐怕就永遠都無法再洗白身份，待朝鮮全境被明軍光復之後，肯定得被秋後算帳。

「天兵只有一百多人！」

「天兵的大隊還在義州！」

「快跑，倭寇後邊還跟著大部隊！」

……

令剛剛率部「反正」的左大將金應緘和兵馬節制使鄭凱成兩人非常無奈的是他們各自麾下的「義軍」們，全都鼠目寸光。非但沒被他們兩個人的話語和血腥殺戮鼓舞起士氣，一道結陣迎戰倭寇。反而紛紛尖叫著繞過他們，繼續奪路潰逃。

即便被明軍秋後算帳，倒楣的也只可能是金應緘、鄭凱成、姜弘立這種家世顯赫的武將，尋常小卒子，大明天兵怎麼可能個個都記得清楚！

所以，要表現，也是金應緘、鄭凱成、姜弘立三個去表現。他們世代受朝鮮王器重，他們生下來就能拿一份俸祿。他們家裡的牲口都比尋常百姓吃得精緻。而這些平素連飯都不給吃飽的小卒兒，何必明知道打不贏，還主動留下來跟倭寇拚命！

「不要跑了，朝鮮人的臉，都被爾等丟盡了！」接連砍翻了上百名屬下，依舊無法止住「義軍」繼續繞路逃命，兵馬節制使鄭凱成徹底急了眼。大吼一聲，拎著鋼刀殺向洶湧而來的倭寇，準備跟後者同歸於盡。

小卒子可以跑，他卻不能跑。大明既然派遣人馬將朝鮮國王送回了義州，就表明了天朝的態度。絕對不會繼續坐視倭寇在朝鮮攻城略地。而倭國再強大，也強不過大明天朝。想要不因為先前與鞠景仁一道劫持臨海君的舉動，被大明秋後算帳，甚至牽連整個家族，他今日恐怕只能拚死一戰。

「保護節制使！」三十餘名心腹親兵也被鄭凱成的舉動激起了血性，嚎叫著聚攏在了此人的身後。在一片落荒而逃的人潮中，他們這支小小的隊伍，顯得格外扎眼。很快，就被殺過來的倭寇發現，然後就遭到了當頭一棒。

「砰！」「砰！」「砰！」十多名倭寇忽然分散著跳下坐騎，一邊給身後的同夥讓開道路，一邊半跪在地上，朝著鄭凱成等人所在位置開火。

這個舉動其實非常危險，即便不用擔心被同夥的戰馬踩死，也得提防有朝鮮「義軍」在近距離忽然向他們發難。然而，由於朝鮮義軍和偽軍逃得太快，倭寇鐵炮手們的前後左右全是空檔，幾乎沒有遇到任何麻煩，就成功擊發了鳥銃。

剎那間，鄭凱成倉促組織起來的隊伍，就徹底崩潰。四名親信中彈，當場慘叫著栽下馬背。剩下的親信沒勇氣再戰，撥轉坐騎，簇擁著他本人落荒而逃。

「想跑，哪那麼容易？」帶隊的倭寇頭目九鬼廣隆看得真切，撇著嘴用日語大吼。隨即，雙腿狠狠夾緊繳獲來的朝鮮戰馬，揮舞著兵器跟鄭凱成追了個馬頭銜馬尾。

「不要逃，迎戰，迎戰——」兵馬節制使鄭凱成哭著抹了一把臉，轉過身，將手中兵器朝著追過來的倭寇亂揮。

他胯下的坐騎，韁繩被一名逃命的心腹握得緊緊，根本不受他本人控制。他的身左和身右，也各有兩名心腹家丁，努力將他夾在隊伍中間，避免他繼續衝動行事。所以，他即便再不想逃走，也只能用這種蹩腳的方式，隔著一個根本無法搆得上的距離，朝著追過來的倭寇張牙舞爪。與其說是在迎戰，倒不如說是在嚇唬人。

「殺！」早就摸清楚了朝鮮將士戰鬥力的倭寇頭目九鬼廣隆，對鄭凱成的張牙舞爪不屑一顧。俯身將手中倭刀掛於馬鞍之下，順勢又撈起一根長矛。先一矛將鄭凱成的兵器撥上了天，又一矛刺向鄭凱成的左胸。

「啊——」被親信牢牢夾在中央的鄭凱成，嚇得魂飛魄散，閉上眼睛淒聲慘叫。

胸口處，卻遲遲沒有感覺到被長矛刺穿的劇痛。他繼續慘叫著將眼睛睜開了一條縫隙，恰看到，一名手持戚刀的明國將軍，策馬擋住了追殺自己的倭寇，威風如天神降世。

「明人？」九鬼廣隆發現自己志在必得的一矛，居然被一個看上去還不到二十歲的明朝小將，用盾牌砸歪，頓時怒火萬丈。果斷放棄了對鄭凱成的追殺，調轉矛鋒，直奔來人的肋骨。

「不想死，就帶著你的兵馬退後整隊。」斜刺裡倉促趕至的李彤揮刀將長矛推開，同時快速扭頭，對著目瞪口呆的鄭凱成吩咐。

他不知道這名朝鮮將領的名姓，也不相信朝鮮「義軍」能幫上自己多大的忙。但眼前的局面，除了暫時與朝鮮「義軍」聯手之外，他卻沒有更好的選擇。

倭寇的前鋒足足有四百餘人，更遠處，還有濃重的煙塵騰空而起。不用問，那是倭寇的大隊兵馬，正努力向戰場附近趕。而此時此刻，他身邊所有大明勇士加起來，才八十出頭。想要獨力贏得戰鬥，無異於痴人說夢。

「唉，唉，唉——」剛剛死裡逃生的鄭凱成，根本不懂得如何去思考，失魂落魄地答應著，繼續策馬遠遁。跑出了足足兩百多步，才終於回過了一點兒心神。扭著頭，楞楞地望著正帶領幾十名兄弟與倭寇往來廝殺的救命恩人，目光中充滿了愧疚。

恩公擋不住倭軍。雖然恩公看上去武藝很高，在戰鬥中所向披靡。但是，他們人數太少了，而倭寇的大隊兵馬，卻很快就會殺過來。

退後整隊，然後與恩公同生共死。剎那間，一個悲壯的想法，湧上鄭凱成的心頭。然而，他的雙腿卻不受控制地瘋狂磕打馬腹，催促著坐騎將自己越帶越遠。

身體內所有勇氣，都在剛才差點被倭寇用長矛刺中那個瞬間消失了。他再也無法讓自己停下來，去英勇地戰死沙場。

如果恩公及其麾下的明軍全部被倭寇所殺，也沒人再會知道他臨陣脫逃。兩相比較，該如何選擇似乎就又變得簡單。下一個剎那，鄭凱成轉過頭，懷著無比的愧疚，繼續逃之夭夭。

「殺！」李彤用刀尖撥開迎面刺來的長矛，反手一刀砍向對面倭寇將領九鬼廣隆的脖頸。那倭寇將領果斷將長矛豎起，擋住了戚刀的必經之路。銳利的刀刃與粗大的矛桿相撞，發出「叮」的一聲脆響。木屑飛濺，戚刀被彈開半尺有餘。長矛在半空中忽然打了個橫，借著戰馬的衝擊速度直刺他的小腹。

「當！」千鈞一髮之際，李彤將戚刀扯回，擋開倭寇將領的必殺一擊。從刀柄處傳來的巨大力量震得他肩膀發麻，他卻不能閃避，咬著牙將已經砍出豁口的刀身舉起來，甩臂向後猛抽。

「當！」刀刃再度砍中矛桿，二馬交錯而過，敵我雙方主將都無心糾纏，策動各自衝向對方身後。這是他們兩個第二次策馬對衝，彼此都已經稱出了敵手的斤兩。對李彤來說，今天所遭遇的倭將，本領遠遠超過了入朝之後戰鬥中遇到的所有對手，包括小野隆一、宗義智和天野源貞成。而對於那名倭將而言，情況恐怕也是一模一樣。以前在追殺朝鮮官軍中所養成的囂張氣焰迅速消失，取而帶之的是滿臉的鄭重。

「呀呀呀——」第二名迎面衝上來的倭寇，依仗自家兵器的長度優勢，隔著半丈遠，朝李彤接連突刺。銳利的矛鋒，在日光下畫出兩道急促的軌跡。這一招在大明叫做抽屜刺，充分利用了矛尖上的反光來干擾對手的視線，非常陰狠歹毒。但破解起來也不是很難，李彤在訓練場上不止一次做到。憑著早已養成的習慣，他將身體側開去，眼睛忽略矛鋒的反光，手中刀刃直接找向矛桿。

「噹啷——」矛桿被他成功推歪，倭寇的身影借著戰馬衝擊速度距離他越來越近。「去死！」李彤大喊，撤刀回抽，一刀抽掉眼前的半個腦袋。

「啊——」身後傳來一聲慘叫，有人被倭將刺下了馬背。李彤的心臟抽了抽，卻咬著牙衝向第三名對手，先一刀將刺向自己的長矛砍掉了半截，再一刀斬斷了此人的脖頸。

第二聲慘叫從身後傳來，很顯然，又一名大明騎兵死在了倭將的矛下。李彤的心臟又抽了抽，卻將戰馬催得更快。

他已經不是剛剛走上戰場的雛兒，這一路南南北北反覆折騰，讓他戰鬥經驗如雨季的洪水一般飛漲，心臟也以肉眼可見速度變硬。

回過頭去，他也救不了任何人。只能讓自己一敗塗地。此乃是騎兵的戰鬥性質所決定，縱然是昔日楚霸王再世，也無法做出更改。

敵我雙方的攻擊力，一大半兒來自於速度。二馬相錯的瞬間交換不了幾招。馬身錯開後，敵將是生是死，那是身後同伴的事情。你的眼睛只需要盯住正前方，儘量在第一時間將看得到的敵人砍倒。

第四名對面衝過來的倭寇身材瘦小，看起來就像一頭猴子。但是，此人的動作卻極為靈活。晃動著兩條瘦長的胳膊，上一矛，下一矛，搶先朝李彤身上亂刺，根本不肯給他還手之機。

就在李彤疲於招架的時候，二人的戰馬交錯而過。那名倭寇詭計得逞，嘴裡發出「桀桀」的大笑。猛地一扭身，矛鋒再度從背後捅向李彤胯下的坐騎。

攻擊不到人，攻擊戰馬也是一樣。騎兵在戰鬥中落馬，即便不被敵人殺死，也會被來不及收住腳步的己方戰馬活活踩成肉餅。下一個瞬間，那倭寇幾乎看到了勝利的曙光。然而，他胯下的坐騎，卻猛地跳了起來，將他直接掀下了馬鞍。

「找死！」張維善丟下尾部拴著繩索的騎弓，再度抄起鋼鞭，從側翼衝向李彤。

對付倭寇手中的長矛，重量極大的鋼鞭，顯然比戚刀更有效率。一名倭寇衝上前攔路，被他揮動鋼鞭迎頭砸去，連人帶長矛同時砸下了馬背。另外一名倭寇不敢硬碰硬，側開身體將長矛舞得虎虎生風，他鼓足了力氣又是一鞭，將長矛砸得不知去向。

「啊——」空了雙手的倭寇尖叫著策馬閃避，將其餘幾個倭寇撞得東倒西歪。張維善加快速度從他們面前跑過，與李彤再度並肩而戰。

後者也揮刀砍翻了下一名倭寇，趁著面前沒有新的敵人出現，大聲詢問：「已經殺了那個姓鄭的了嗎？你那邊還剩下多少弟兄？」

「沒有，那廝運氣好，跑了！」張維善朝周圍看了看，喘息著回應，「朝鮮人差不多也全跑光了，無論站在哪一頭的，都跑了。我那邊只損失了四個弟兄，剩下都在往這邊趕。這夥倭寇跟咱們以前遇到的完全不一樣！」

的確不一樣，明知道可能不是二人的對手，依舊有倭寇結隊衝了過來，前仆後繼。兄弟倆顧不上繼續交流軍情，揮舞著兵器並肩而戰。很快，兩人的鎧甲就染滿了鮮血，胯下的戰馬也落了滿身的紅。

眼前忽然一空，再也沒有倭寇身影。而背後，喊殺生卻震耳欲聾。李彤將已經變成鋸子的戚刀丟下，努力拉住韁繩，控制戰馬減速，掉頭。「我去對付那名領軍的倭將，你跟在後面儘量收攏弟兄們。遠處好像還有倭寇的大部隊，咱們一會兒而能走就走，千萬不要戀戰！」

「明白！」張維善也努力控制坐騎讓其減速，然後撥轉馬頭，「祖兄、老何、洪哥，你們三個……」

他想安排幾個弟兄緊跟李彤，隨時為後者提供接應。卻赫然發現，跟上來的騎兵隊伍中，已經看不到張洪生和其他很多熟悉的人的蹤影。

倭寇的身手，其實沒有大夥一直以為的那麼差。至少，他們今天所遭遇到的倭寇，實力不比大明精銳差多少。先前大夥之所以屢戰屢勝，乃是因為遇到的都不是倭寇中的主力。而今天這支所展現的，才是倭寇的真實水準。

「整隊，儘量將弟兄們收攏在一起！咱們損失不小，倭寇那邊損失更重。」張樹和李盛兩個，揮舞著血淋淋的兵器衝過來，扯開嗓子高聲鼓舞士氣。

這二人無論本事、眼力，和戰鬥經驗，都是整支隊伍中最出色的。所以，早就成了弟兄們的核心。他們兩人的及時出現，令已經開始變得低落的士氣，瞬間調頭向上。在場所有人答應一聲，策動坐騎快速追向李彤身後。

「殺穿他們，然後一路向北！」搶在坐騎重新開始加速之前，李彤俯身從地上抓起一根精心打造的倭式長矛，高高地舉過了頭頂。

兩隻手臂同時在哆嗦，後背、大腿、小腿等處，也痠疼得厲害。然而，作為這支隊伍的主將，他卻不能露出半點疲態。

為將者乃三軍之膽。

將熊熊一窩。

如果此時此刻，他先慫了。大夥個個都死無葬身之地。

所以此時此刻，他即便再累，也只能咬著牙繼續堅持。咬著牙策馬前衝。

眾寡懸殊，他也沒有任何時間耽擱。

他必須在倭寇主力殺到之前，解決掉那名已經跟自己策馬對衝了兩輪的倭將，然後帶領弟兄們甩掉剩餘的倭軍騎兵，脫離戰場。而那名倭將身手，卻跟他不相上下，戰鬥經驗，甚至還勝一籌！

第二章 得歸

「往回殺！」九鬼廣隆撥轉馬頭，用顫抖的日語大喊。

兩輪對衝，他本人至少挑飛了四名敵軍。然而，從整體上看，他和他麾下的武士們，卻沒能從敵軍身上占到任何便宜。

足足有四十名武士被敵軍砍下了坐騎，受了傷依舊跨在馬上咬著牙苦苦堅持的也有二、三十。單次傷亡數量，已經超過了槍騎隊入朝以來其他歷次戰鬥的所有傷亡總和！如果不一舉將其餘敵軍拿下，回去之後，加藤十六將[注一]之中，恐怕就再也找不到他九鬼廣隆的名姓。「雅幾給給——」眾槍騎武士紛紛撥轉坐騎，齊聲用日語高呼。喊得雖然響亮，動作卻明顯慢了大半拍兒。

「嗯？」九鬼廣隆大怒，扭過頭，繼續用日語高聲鼓舞士氣，「諸君，奮力向前，莫辜負了我

注一、加藤十六將：加藤清正麾下十六名心腹打手，都以善戰聞名。

們加藤槍騎眾的威名！」

「奮力！」「奮力！」「奮力！」眾槍騎武士扯開嗓子，用日語發出一連串鬼哭狼嚎。

他們所效忠的大名，第二軍團長加藤清正號稱「賤岳七本槍」注二，靠著一把片鐮槍，硬從農夫之子，殺到了二十五萬石超級大名的位置。所以，他們這些武士，也個個苦練槍術，希望能以戰功出人頭地。

如今在日本肥後國，「加藤槍騎眾」五個字，意味著戰無不勝攻無不克，意味著死不旋踵，意味著所向披靡！可以讓那些武裝造反的農夫不戰而潰，可以嚇得小孩不敢大聲啼哭！怎麼能面對區區數十個明軍，就忽然變得手軟腳軟？

「你們不要靠近那個明國勇將，他的首級歸我。奮力！」聽出身後一眾武士心中的畏縮之意，九鬼廣隆咬了咬牙，再度舉起長矛，喊得愈發響亮。

「奮力！」「奮力！」「奮力！」這回，眾武士的回應聲，終於達到了他的預期。武士們胯下的戰馬，速度也顯著提高。四百餘騎，以九鬼廣隆為先鋒，排成一個巨大的雁陣，黑壓壓地朝不到六十人的明軍隊伍衝了過去，彷彿水禽撲向一枝剛剛露出水面的小荷。

「一會我負責對付那個臉上畫著獠牙的倭將，你負責帶領弟兄們繼續向前殺。穿透敵陣之後，就丟下他們，徑直向北，別做任何耽擱。」「小荷」的尖尖角上，李彤忽然又深吸了一口氣，一邊繼續加速，一邊向張維善吩咐。

先前兩輪對衝他都沒有成功將畫著鬼臉的倭將斬於馬下。導致如今大夥所處的局面十分被動。若是這次再任由敵將衝到自己身後亂砍亂殺，他不敢保證，下一次面對敵軍的時候，身邊的弟兄還能再湊滿一個旗注三。

「我跟你一起對付他。然後一起帶人殺透敵軍。」非常令李彤不滿的是，向來對他言聽計從的張維善，忽然犯起了倔，啞著嗓子大聲怒吼。

「別胡鬧，你聽我——」李彤大急，趕緊側過臉補充，「那廝武藝肯定不在你我之下，所部又是生力軍……」

「殺了他，其餘倭寇自然心神大亂。咱們才有機會透陣而過！」沒等他把話說完，張維善就紅著眼睛打斷。胯下的戰馬，也忽然開始加速，瞬間從落後半個馬身，變成與他齊頭並進。

「你，也好！」李彤本能地想要呵斥，話到了嘴邊上，忽然又狠狠咽了下去。雙腿用力磕打馬鐙，手中長矛在身前緩緩揮舞。

這把長矛前半截為精鐵打造，後半截套在了一根柘木上，在矛纓之中，還偷偷地藏著一個鐵鉤。可刺可啄可割，使用方法想必類似於中國的鉤鐮槍。但因為過於追求攻擊威力的緣故，重心極為靠

注二、賤岳七本槍：豐臣秀吉與柴田勝家在賤岳決戰時，起到關鍵作用的七個用槍的大將。加藤清正乃是其中之一。

注三、旗：明代軍制，三隊為一旗，三十六人。

前。萬一使用不當，就可能脫離掌控，讓使用者變得兩手空空。所以，與其繼續去說服張維善服從自己的安排，他還不如趁著與敵將沒有接近之前，熟悉長矛的操作。

不愧為加藤十六將之一，面甲上畫著獠牙的九鬼廣隆，很快就發現對面領頭的明國武將，由一個變成了兩個。先是猶豫了一下，隨即開始小聲召喚人助戰，「赤星君，請為我副二！」

「嗨伊！（是）」武士赤星次郎答應一聲，策馬加速，與九鬼廣隆比肩。

敵我雙方還距離四十步，他已經能清楚地看清對面兩位明軍將領的模樣。都沒有拉起面甲，都長得非常年輕。也許只有二十歲，甚至還不到。一人握著從日本武士手裡搶來或者從武士屍體上撿來的片鐮槍，另外一人氣勢洶洶地拎著根鋼鞭。

「用片鐮槍的那個明國將領根本不熟悉片鐮槍的用法。他是在找死！」忽然發現了一個巨大的機會，赤星次郎差一點兒就大叫出聲。

然而下一個瞬間，他就明白了九鬼廣隆的想法。經驗豐富的九鬼廣隆，顯然早已看出了那位明國小將的生疏，所以有極大把握抓住這次機會，將其斬殺於馬下。但是，為了確保萬無一失，九鬼廣隆必須找一個副手，替他阻擋那把鋼鞭。

「保護我！」來不及想得更多，九鬼廣隆的聲音已經傳入了他的耳朵。四十步距離，也被雙方的戰馬同時走完。本能地答應了一聲，赤星次郎舉起長矛，搶先一步刺向使用鋼鞭的張維善。不求刺後者落馬，只求給自己的上司爭取更多的出招時間。

鋼鞭比長矛短，對面的明國將領必須接招。只要對面的明國將領接招，就騰不出手來去支援他的同伴。那樣，九鬼廣隆就有兩次出手機會。只要把握住一次，就能將另外一名胡亂撿他人兵器用的明國小將刺個對穿。

他與九鬼廣隆兩個的配合無比默契，然而，對面兩位明國武將的應對，卻遠遠出乎他們兩個的預料。使鋼鞭者，居然搶先一步，將鋼鞭脫手向斜前方甩去。使用片鐮槍者，則對刺向自己的兵器看都不看，挺槍直奔九鬼廣隆的小腹。

「唏吁吁——」九鬼廣隆胯下的坐騎毫無防備，被飛旋而至的鋼鞭直接砸中了腦門兒。疼得前蹄揚起，大聲悲鳴。

九鬼廣隆刺向李彤的必殺一擊，被戰馬高高抬起的身體帶著，刺向了半空。李彤刺向他小腹的片鐮槍，則不偏不倚，正中戰馬的前胸，深入半尺。

「唏吁吁——」接連受傷的戰馬無法忍受，悲鳴著向側面翻倒。李彤雖然力大，也無法拖動數百斤的死馬，只能鬆開手，任由戰馬的屍體將片鐮槍從自己手中帶走。馬鞍上的九鬼廣隆急得哇哇怪叫，完全憑藉本能，將手中長矛戳向地面，雙腳同時脫離馬鐙。搶在被坐騎的屍體壓住之前，縱身跳上了半空。

「守義——」李彤沒心思去管九鬼廣隆的死活，扭過頭去找張維善。卻發現後者採用鐙裡藏身的姿勢，將身體緊緊的藏到了坐騎的外側。而原本該跟張守義放對廝殺的倭國武將，一矛刺空之後，立刻調轉矛頭，直奔自己的胸口。

千鈞一髮之際，李彤也來不及再撿兵器，只能學著張維善的模樣，鐙裡藏身。銳利的長矛幾乎貼著他的大腿根兒掃過，帶起一股淒厲的腥風，「呼——」

「去死！」不給對方第三次將長矛刺向自己的機會，李彤由馬腹旁摘下角弓，狠狠朝對方丟了過去。對手倉促之間，看不清他丟過來的是何物，只能豎起長矛格擋。就在這一瞬間，張維善也從戰馬的腹側將身體翻回了馬鞍，右手順手撈起久未使用的鳥銃管，倒著向側後方猛掄，「嗚——」

「砰！」鳥銃的木托砸在赤星次郎的後腦勺上，將此人砸得口吐白沫，晃晃悠悠掉下了馬背。張維善顧不得回頭檢驗戰果，將鳥銃當做大錘繼續掄起，砸向繼續衝過來的倭國武士，如虎入羊群。

「救我，救我——」九鬼廣隆像個猴子般抱著槍桿搖搖欲墜，扯開嗓子大聲用日語呼救。跟在他身後的倭國武士們不願眼睜睜地看著他倒下來被戰馬踩死，亂哄哄一擁而上。趁著這個機會，祖承志與老何兩個雙雙撲上，一人拚死護住張維善，另外一人則捨命保護李彤。其餘大明豪傑繼續策馬向前，將亂成一鍋粥的倭國槍騎兵接二連三送回老家。

「別停，跟著我殺穿他們！」得到了喘息時間的李彤，大叫著從戰馬身側抓起兩支投矛，當做雙劍左右揮舞。先一矛擋住刺向自己的兵器，又一矛將第二名武士送入地獄。

「殺穿他們，殺穿他們然後回家！」張維善將打碎了的鳥銃隔著無數顆人頭砸向九鬼廣隆，隨即抽出戚刀，向前猛劈。

「救我——」後者藏頭縮頭，躲過呼嘯而來的鳥銃。手中槍桿，卻被砸得失去了平衡，愈發搖搖欲墜。

「救九鬼大將！」

「救九鬼兵衛！」

「救……」

周圍的大部分倭寇都急著去營救他們的頭目九鬼廣隆，沒心思再去阻擋大明將士的將士。任由李彤和張維善二人重新匯合在一起，然後在祖承志與老何的掩護下，高歌猛進。

「跟上千總！」老行伍張樹和李盛知道機不可失，一邊奮力廝殺，一邊扯開嗓子高聲提醒。

「跟上千總！」

「殺穿他們！」

「殺穿倭寇回家！」

……

眾大明豪傑無法殺散附近的倭寇，繼續靠近九鬼廣隆，取下此人的首級。果斷退而求其次。跟在李彤和張維善身後，繼續向倭寇隊伍深處突擊，所過之處，血流成河。

形勢迅速變得對明軍有利，雖然他們的人數依舊遠遠少於對手。五十多名豪傑再度組成一個短小的楔形陣列，毫無停滯地向前推進。

由於九鬼廣隆的意外落馬，倭寇槍騎眾的秩序一片大亂。人數雖然多，卻根本無法保持像樣的陣型，也做不出什麼有效配合。距離明軍隊伍遠的倭寇叫喚的聲音再大，也只能做一個旁觀者。距離明軍隊伍近的倭寇，則驚愕的發現，自己需要以一敵二，甚至以一敵三，被殺得節節敗退。

「不想死就讓開！」不管周圍的倭寇能不能聽懂大明官話，李彤大叫揮動投矛前刺。恰巧擋在他面前的倭寇舉槍迎戰，卻被衝上來的老何一刀砍在了大臂上，半條胳膊瞬間掉落於地。「啊——」受傷的倭寇疼得死去活來，大叫著將身體貼向胯下戰馬脖頸。李彤策馬從他的身邊衝了過去，順手一矛將此人捅了個透心涼。

「千總，接住這個！」從後面跟過來的營兵老包，以一個標準的「叼羊」動作，從倭寇的屍體旁抄起怪模怪樣的長槍，隔空丟向李彤身側。正嫌投矛太細不順手的李彤，果斷將中投矛丟下，單手接住凌空飛來的長槍。迎面衝過來的另外一名倭寇看到機會，大叫著撲上，祖承志從側面一槍刺去，將此人直接挑上了半空。

「多謝！」在馬背上坐穩身體，李彤繼續充當整個隊伍的先鋒。手中片鐮槍化做一道道閃電，將擋在前路上的倭寇接連砸下坐騎。

因為重心過於靠前的緣故，片鐮槍很難按照傳統的長槍使用。但如果將其視為一把大劍或者鐮刀，威力卻高得出奇。前提是，使用者個頭足夠魁梧，力氣足夠充足。

非常幸運，這兩樣李彤全都不缺，特別是跟倭寇那種猴子般的平均身高相比，他簡直就是一頭洪荒巨獸。臨時撿來的片鐮槍大開大闔，要麼砸人，要麼砸馬，每一下，都砸得對面血肉飛濺。

「乒、乒、乒、乒……」戰陣外圍的倭寇鐵炮手，冒著誤殺自己人的危險，向李彤開火。大部分子彈都不知去向，少數幾顆落到了戰團之中，令敵我雙方各有一人落馬。李彤胯下的坐騎被鳥銃射擊聲所驚，嘶鳴著揚起前蹄，迫使他不得不騰出左手來拉緊繮繩，同時雙腿緊緊扣住馬身。還沒等馬背上的他重新恢復平衡，一根片鐮槍突然斜著刺來，直奔戰馬的脖頸。

「卑鄙！」李彤猛地俯身下去，用手中的片鐮槍保護坐騎。兩支片鐮槍在半空中相遇，擦起一串耀眼的火星。緊跟著，令人牙瘆的聲音連綿不斷，槍頭處的短鉤互相咬死，隨著戰馬的相互靠近，槍桿迅速彎曲。

「鬆手——」李彤大叫，同時雙臂用力，試圖用兵器將對方的兵器奪走。對方與他的想法一模一樣，也大叫著使出全身力氣，控制槍桿。二人的戰馬交錯而過，槍身在半空中彎成了兩張角弓。「砍他！」發現自己無法得償所願的李彤，果斷改變想法，朝著老何大聲指點。

「哎——」跟在他側後方的老何，恰好靠近持槍的倭寇，一刀砍中此人的小腹。

「啊——！」倭寇發出一聲野獸般的慘嚎，鬆開片鐮槍，身體從馬背上滾落。其餘大明勇士策馬衝過，轉眼間，將屍體踩成一團爛泥。

「守義，接槍！」李彤單手從片鐮槍上，取下敵將的兵器，大叫著投向張維善。「當鋼鞭使，白撿來的不用心疼！」

「哎！」張維善丟下砍出豁口的戚刀，大叫著接住李彤的饋贈。緊跟著雙手握緊片鐮槍的尾部，朝著自己對面的倭寇狠狠砸去。他的對手慌忙舉矛招架，卻架了個空。張維善衝著此人詭秘一笑，片鐮槍半空中畫了個圈子，狠狠刺進了後者小腹。

眼前瞬間一空，再也沒有一個倭寇的身影。張維善愣然回頭，恰看到一個又一個大明豪傑，策馬從自己和李彤兩人剛剛殺開的通道中衝了出來。整個通道的兩側，不知道躺著多少具人和馬的屍體，鮮血在屍體旁，汩汩成溪。

倭寇的軍陣被成功殺穿了！被他和李彤兩個帶著弟兄們，用不到十個西洋分鐘時間，再次殺了個對穿！

先前氣勢洶洶試圖將大夥全殲於此地的倭寇們，被殺得魂飛膽喪，任由他們那個面甲上畫著鬼臉的主將如何努力，都無法在短時間內重新振作起來，再度與大夥爭鋒。

而更遠處，先前互相視為寇仇的兩夥朝鮮人，則全都化作了受驚的羔羊，誰也顧不上再割誰的首級，背對著戰團，越跑越快，越跑越遠。

「別發楞，快走！趁著倭寇的大部隊還沒趕到。」李彤的聲音，忽然在他耳畔響起。張維善楞了楞，迅速收回目光，拎著還在滴血的兵器，策馬狂奔。

「整隊，整隊，整隊跟我一起追上去，把那些明人剁成碎片！」剛剛獲救的九鬼廣隆跳上馬背，扯開嗓子大聲咆哮。

奇恥大辱，這輩子都沒遇到過的奇恥大辱！將近五百名加藤氏槍騎眾，居然被七、八十個明軍殺了個對穿！作為這支隊伍的主將，他居然還被敵將直接給打下了坐騎。如果任由對方狂奔而去，非但他本人在加藤十六將中的地位要受到影響，加藤槍騎眾的威名，今後也徹底成了笑柄。

「追，追，追上去，馬上，馬上就，追，追上去！」四下裡，回應聲此起彼伏。加藤槍騎武士們努力重新整隊，沉重的呼吸聲宛若幾百隻風箱同時扯動。

剛才的戰鬥，雖然總計加起來也不到半炷香時間。但是，在這短短小半炷時間裡，他們每個人的精力卻是高度集中。全身上下的肌肉，也被迫保持在最活躍狀態。人和馬所消耗的體力和心神，絲毫不亞於二十里高速衝刺。在沒做任何休息的情況下，就立刻重新振作，簡直就是痴人說夢。

「快點兒，別磨磨蹭蹭。那些明人，已經沒有膽子繼續作戰！」絲毫不體諒麾下武士的難處，九鬼廣隆扯開嗓子高聲催促。同時策動坐騎，率先追向越跑越遠的明軍。

「馬，馬上……」喘息聲不絕於耳，眾槍騎武士努力策動坐騎，但速度卻慢得宛若拉磨的病驢。

「八嘎！」一馬當先衝出了二十幾丈遠，卻始終感覺不到有同伴追上來。九鬼廣隆氣得扭過頭，破口大罵：「家主每年上萬石米養著你們，絕不是為了養一群廢物！你們這群膽小鬼，窩囊廢，十個人打一個，居然還提不起勇氣……」

「九鬼四郎兵衛！」一名五短身材，頭上卻頂了兩尺高鐵盔的槍騎將追上前，喘息著替所有人辯解，「明軍不是朝鮮人，他們的身手絲毫不在咱們之下。真的將他們追到走投無路的境地，他們肯定會掉頭反撲。」

「九鬼四郎兵衛，不是，不是大夥不努力。而是，而是，而是體力下降的太厲害。人和戰馬都，都，都疲憊到了極點！」另外一名面孔白白淨淨，卻留著一對難看的老鼠鬚的武士也湊上前，喘著粗氣補充。

其他陸續跟上來的武士雖然沒有說話，但每個人臉上的汗水和嘴巴處狂噴的白煙，卻清晰地告訴了九鬼廣隆，他們個個都已經筋疲力竭。如果強撐著去追殺明軍，最後結果未必會如後者所設想的那麼好。

「你們，你們這群廢物，孬貨，做柴火都不能的爛草根！」九鬼廣隆又氣又急，揮起片鐮槍，用槍桿朝著眾人身上亂抽。

眾武士被抽得齜牙咧嘴，卻誰都不肯立刻表示振作。立功受獎這種事，只對活人有誘惑。如果不小心戰死沙場，他們恐怕什麼都得不到。

而那支明軍的戰鬥力，在剛才的戰鬥中，已經給他們留下了深刻的印象。如果不顧一切緊隨不捨，加藤槍騎眾作為整體，最後有可能獲得勝利，但他們當中的大多數，恐怕都沒機會活著去接受上司的嘉獎。

「廢物，爛貨，加藤槍騎眾的名聲，今天就要毀在你們手裡！」見麾下武士們寧可被自己活活打死，都不願繼續追著明軍拚命，九鬼廣隆心中怒火更盛。正準備將片鐮槍調轉回來，殺掉一兩名表現最懶散的武士立威，不遠處，卻忽然傳來了一個陰陽怪氣的聲音，「哎呀啊，九鬼兵衛，你今天怎麼了？有打自己人的力氣，去跟明軍作戰不好麼？還是那支狡猾的明軍已經被你全殲了，你卻覺得殺得不過癮，所以在這裡做戰鬥總結。」

「十時連久，這裡沒你的事！你不要自找麻煩！」不用看，九鬼廣隆就知道來的人是哪個。立刻將槍鋒指向聲音來源方向，橫眉怒目。

「怎地，你們加藤家的槍騎眾解決不掉敵人，還不准許我們立花家的風刀隊出手了？」面對差一點兒戳在自己鼻子尖兒上的槍鋒，立花家侍大將十時連久面無懼色，冷笑著大聲質問。「誰給你下的這種命令？加藤軍團長英明睿智，什麼時候會縱容下屬如此貪功？」

「你，你胡說。家主才不會下這種命令！」九鬼廣隆被問得臉色發黑，卻不得不將槍鋒壓低，咬著牙反駁，「想要撿便宜，你儘管帶著你的風刀隊去追！在下才不會攔阻你。在下就在這裡，祝你馬到成功。」

「那在下就不客氣了！」十時連久等的就是對方這句話，一撥馬頭，帶著兩百餘名全副武裝的騎兵繞過加藤槍騎眾，爭分奪秒向已經看不到背影的明軍追了過去。唯恐追得慢了，功勞被其他各路趕來的日軍搶走。

「蠢貨！趕著去送死，我才不會攔著你。你以為明軍都像你們立花家的窩囊廢那樣容易打？小心腦袋被人割走，魂魄回不到故鄉！」九鬼廣隆被氣得直打哆嗦，瞪著十時連久的背影高聲咒罵。罵罷，又迅速扭過頭，朝著自己麾下的槍騎們高聲怒喝，「看什麼看？被第六軍團的人羞辱，難道你們就不感到難過嗎？都給我振作起來，策馬跟在風刀隊後面。跟上去，準備給某些人收攏屍體。」

「是！」眾槍騎眾被訓得齊齊打了哆嗦，低著頭小聲回應。

他們繼續去追殺明軍，沒有多大勝算。但立花家的風刀隊卻未必是同樣的結果。道理很簡單，首先，風刀隊是一支生力軍。其次，風刀隊人數有兩百餘，而跟槍騎眾惡戰一場脫身而去的明軍，總人數卻只剩下四、五十。

「剛才齋藤君勸我說，不要將敵人逼入絕境，小心遭到反撲！」見到麾下眾武士答應得有氣無力，九鬼廣隆強壓住心頭怒火，大聲分析。「這句話，我覺得很有道理。所以，咱們槍騎眾跟在立花家的風刀隊後面。讓十時連久那蠢貨，先跟明軍拚個兩敗俱傷。然後咱們再衝上去，給明軍最後一擊！」

「這……」眾槍騎武士先是楞了楞，旋即，一個個喜上眉梢。

他們先前不願意繼續追殺明軍，一方面是因為疲憊，另外一方面，則是擔心自己犧牲。而現在，卻有十時連久帶著立花家的武士衝在了前頭。他們只要控制好抵達戰場的時間，就能穩操勝券。

「諸君，附近除了咱們，立花家的風刀隊，還有其他四支騎兵和近六千步兵。」見麾下武士們終於恢復了一些戰意，九鬼廣隆果斷提高了聲音，繼續煽風點火，「咱們不能去得太晚，否則，功勞就歸了別人。諸君，奮力，奮力，莫辜負了加藤槍騎眾的威名。」

「奮力！」吶喊聲伴著喘息聲，瞬間響徹原野。緊跟著，三百餘名槍騎武士紛紛策動坐騎，簇擁起九鬼廣隆向北奔去，如同一群爭搶食物的母雞。

第三章　又逢

「千總，倭寇，倭寇，倭寇又追上來了。好像還是一夥生力軍！」百總老何策馬追到李彤身側，呼吸聲沉重得宛若拉風箱。

「不是剛才那支，是一夥生力軍！倭寇急眼了，出動這麼多兵馬來對付咱們區區幾十個人！」搶在李彤做出回應之前，戚家軍老行伍張樹故意扯開了嗓子，驕傲地補充。

區區百餘騎兵，硬生生在鴨綠江和平壤之間殺了兩個來回。前後擊敗倭寇和投靠倭寇的朝鮮偽軍無數，順帶著將朝鮮國的平安、咸鏡兩道攪成了一鍋粥。將分散在各地的倭寇和偽軍拖在自己的馬屁股後面不停地吃土。這戰績，已經足夠大夥誇耀一輩子。即便今天全部陣亡於此，九泉之下也不丟人！

「這群連話都不會說的猴子，可真看得起咱們！」

「值了！」

「千總，咱們等會兒抽冷子掉頭殺回去，肯定還能殺倭寇一個措手不及！」

「千總，俺老何這輩子不服別人，就服你！」

……

弟兄們的反應，也正如張樹所願。一個個嘴裡吐著白煙，大呼小叫。絲毫沒覺得身後的追兵有何可怕。

此時此刻，在大夥眼裡，所謂倭寇，其實就是那麼一回事兒。戰鬥力比朝鮮官兵略強，但強的也非常有限。論單兵戰鬥力，一個明軍可以頂倭寇仨。若是列陣而戰，一局注四明軍，擊潰五百倭寇也很輕鬆！只可惜，大夥經歷了連續數場惡戰之後，只剩下了三十多人，勉強只能湊夠一個旗。而尾隨追殺過來的倭寇，卻遠不止五百！所以，下一場戰鬥，對大夥來說，很可能就是這輩子最後一場。所以，大夥一定要殺出威風來，殺到讓倭寇害怕，才不虛此生。

「李，李兄弟，金印，金印給你！」一片驕傲的叫囂當中，祖承志的聲音，顯得格格不入。喘息著靠近李彤，他快速從胸前解下裝金印的褡褳，不由分說掛向對方的馬鞍，「我，我帶家丁替你斷後。這裡，這裡距離鴨綠江沒多遠了。你，你跟張兄弟……」

「狗屁，這功夫，還分什麼家丁和營兵？」李彤看都不看，一巴掌將金印拍了回去，「要走一起走，倭寇想要把咱們留下，沒那麼容易！」

「我，我不是那，那意思！祖承志被說得滿臉通紅，結結巴巴地補充，「你，你和張兄弟仗義，祖，祖某也不是無恥之輩。若是，若是再拖累你們……」

「不想拖累我們，就收好金印！」沒等他把話說完，李彤扭過頭，喘息著打斷。「大夥，大夥一起往北闖，倭寇，倭寇未必還有機會追上咱們。即便追上了，誰，誰死誰活，也，也未必可知。」

「李兄弟你……」祖承志的手臂僵在了半空中，不知道該相信李彤的判斷，繼續跟大夥一道向北狂奔。還是按照自己先前的想法主動留下，帶領僅剩的四名祖氏家丁替大夥斷後。

追過來的倭寇至少有三股，憑藉多年的征戰經驗，不用回頭觀察太長時間，他就能輕易得出結論。其中一支是剛剛被大夥殺穿了的槍騎兵，人數大約是三百上下。還有一支手裡拿的全是長刀，人數應該是兩百出頭。更遠處的第三支，數量最大，從馬蹄揚起的煙塵上判斷，至少能有一千。以區區三十餘騎，迎戰一千五百倭寇，他看不到任何勝利的可能。

「本該埋伏在鴨綠江畔打咱們埋伏的朝鮮偽軍忽然不戰自潰，剛才還有兩夥朝鮮偽軍臨陣倒戈。」彷彿猜到了他心中的所想，李彤的聲音忽然變得高亢起來，瞬間蓋過了四周圍所有亢奮的叫囂，「李某以為，幫咱們忙的，恐怕不是什麼老天爺，而是遼東的人馬，已經大舉渡江。」

「即便不是遼東的兵馬大舉渡江，以祖帥的為人，也不會棄咱們於不顧。」家丁李盛果斷接過話頭，儘量讓自己的話被所有人聽得清清楚楚，「既然朝鮮偽軍被嚇得不戰而潰，援軍距離此地就

注四、一局，十二人為隊，設隊長。三隊為一旗，設旗總（三十六人）。三旗為一局，設百總，副百總，在編官兵總計一百一十人。

不會太遠。」

「朝鮮人知道天朝大軍渡江，倭寇沒理由不知道。所以，甭看此刻倭寇追得凶，實際上他們心裡頭非常害怕。」張維善對李彤的想法心領神會，也緊跟著扯開嗓子，大聲幫腔。

「把他們引到援軍面前去，一舉全殲！」

「讓他們追，看最後誰怕！」

……

叫囂聲，再度響徹原野。每一雙疲憊不堪的眼睛裡，都重新閃起了希望的光芒。

既然朝鮮人都看見了，援軍距離此地就不會太遠。只要搶在被倭寇堵住之前，與援軍匯合，大夥就能平安返回遼東。而與援軍匯合，距離肯定短於趕往鴨綠江渡口。大夥還有力氣騎馬，大夥胯下的坐騎也還有力氣奔跑，拚命就不急在一時。

「李千總，如果此番能活著返回遼東，祖某下半輩子就追隨在你鞍前馬後。」祖承志心中的決然，也被大夥的叫喊聲迅速衝了個精光。紅著眼睛補充了一句，隨即，將裝金印的皮褡褳再度掛回了自家胸前，俯身於馬脖頸，加速狂飈。

跑，跑贏了就是勝利！比起高舉兵器與數十倍的敵軍拚命，一切都變得異常簡單。很快，所有人都學著祖承志的模樣，將身體伏低，用雙腿不停磕打馬腹，壓榨出坐騎最後的體力，跑得宛若風馳電掣！

「乒，乒，乒乒……」遲遲無法追上明軍的腳步，倭寇們氣得抄起鐵炮，對著明軍的備用亂射。顛簸的馬背上，根本無法保證準頭。除了將他們自己胯下的坐騎嚇得連聲悲鳴之外，鐵炮沒發揮任何作用。

「嗖嗖，嗖嗖，嗖嗖……」有倭寇不甘心地射出羽箭，同樣顆粒無收。呼嘯而來的北風擋不住戰馬的腳步，卻輕鬆地將羽箭捲了個七零八落。

「不要逃，有膽子不要逃！站住，站住與我等一決生死！」立花家的武士頭目十時連久又氣又急，扯開嗓子用漢語大叫。

沒有人回應他的挑釁，前方的明軍繼續策動坐騎飛奔，馬蹄帶起的沙塵被北風吹起來，灑了眾倭寇滿頭滿臉。

「嗚嗚嗚，嗚嗚嗚，嗚嗚嗚……」就在十時連久追得幾乎絕望之際，忽然間，一聲熟悉的號角，在側前方沖天而起。

騎兵，打著立花家旗幟的騎兵，人數雖然不多，卻令他欣喜若狂！

「金印留下，要麼，留下你自己的狗命！」小野成幸一馬當先，從側翼攔向明軍隊伍。咆哮聲中，充滿了報復的快意。

數日前，正是這夥明軍逼得他不得不將朝鮮王的傳國金印拱手相讓，受盡了屈辱。

今天，他要親手逼對方將金印交出來，親手將屈辱加倍奉還。

「想得美！」李彤扭頭朝小野成幸比了個罵人的手勢，繼續策馬向北飛奔。對方剛才喊的，乃是他當初的原話。但他絕不會學著對方當初的模樣，為了保全性命將金印拱手相讓。

首先，這顆金印在祖承志身上，不在他手裡。其次，為了奪回這顆金印，他搭進了那麼多弟兄，如果再讓此物被倭寇奪走，他下半輩子都會寢食難安。

再次，這顆金印，不但涉及到祖承訓能否東山再起，還涉及到他和張維善兩個人能否於遼東軍中立足。為了博取前程，他們倆已經幾乎已經傾盡所有。不能，也不敢，說放就放！

「金印留下，金印留下，附近全是我們的人，你跑不掉！」雖然看不太懂李彤想表達什麼，小野成幸能看見對方的戰馬依舊在加速，一邊追，一邊紅著眼睛地強調。

如果雙方人馬數量相等，他未必有勇氣這般囂張。而現在的情況卻是，一共有四支日軍，在追殺一小股明軍。根本不需要分出生死，只要他能將眼前這一小隊明軍拖住二十幾個呼吸，就可穩操勝券！

「想得美！」李彤心裡嘀咕了一句，將身體伏低，儘量減輕風對戰馬的影響。跟在他身後的張維善、祖承志、老何等人有樣學樣，不理睬小野成幸的叫囂，只管壓低了身體繼續策馬狂奔。

「金印留下，否則，死！」小野成幸氣急敗壞，狠狠用靴子尖扎了一下坐騎肚子，同時高高舉起了手中倭刀。

「吁吁吁吁吁——」可憐的戰馬吃痛不過，一瞬間將所有體力爆發了出來。四蹄張開，騰雲駕霧般插向李彤的馬前。

「去死！」李彤對砍向自己的倭刀視而不見，挺起搶來的片鐮槍，直刺小野成幸脖頸。一寸長，一寸強，片鐮槍雖然用起來極不順手，長度卻是倭刀的三倍半。借助戰馬的速度，他有十足的把握，在倭刀砍中自己的同時，將小野成幸的脖子刺個對穿。

「呀呀呀呀——」眼看著勝券在握，小野成幸才沒心思跟李彤以命換命。大叫著側開身體，同時揮刀貼著片鐮槍的槍桿猛掃。

「噹啷！」千鈞一髮之際，李彤豎起槍身，擋住了掃向自己手指的刀鋒。緊跟著雙手握緊槍桿奮力斜推，借著戰馬奔跑的速度，將小野成幸連人帶刀推得倒栽而回。

「呀呀呀——啊——」大叫聲變成了慘叫，小野成幸雙腿死死夾住馬鞍，身體在馬背上左搖右擺。跟在李彤身後的張維善見到機會，毫不猶豫將片鐮槍當做鋼鞭，奮力橫掃。「噹啷」，又是一聲脆響，撲上來的天野源貞成雙手握刀磕開了槍桿，額頭上的青筋根根亂蹦。

沒心思跟他糾纏，張維善一擊不中，策馬急衝而過。跟上來的老何毫不猶豫舉刀，再度砍向小野成幸胯下坐騎的頭顱。

「噹啷！」千鈞一髮之際，又是天野源貞成揮刀將老何的刀鋒隔開，然後拉著小野成幸的戰馬韁繩，把馬頭由斜轉縱。

這個動作，直接救了小野成幸的命。陸續衝過來的大明勇士因為距離原因，只有三個人找到機會出刀，給天野源貞成大腿根兒處，留下了一道血淋淋的口子。其餘則從小野成幸的身側如飛而過，每個人臉上都寫滿了不屑。

追隨小野成幸一道前來阻截明軍的倭寇游勢，偷偷改變方向，放緩速度，任由明軍從自己眼前衝過。然後扯開嗓子，大喊大叫地從側後方尾隨。

從南京城內初次遭遇到現在，他們與李彤、張維善兩個及二人的家丁，至少已經交手了四次。每一次，都沒從對方身上占到任何便宜。所以，不到萬不得已，他們堅決不肯主動上前找死。

這些動作雖然隱密，卻未能瞞過小野成幸的眼睛。後者頓時怒不可遏，舉起倭刀劈向距離自己最近的幾名游勢，「八嘎，給我貼上去，貼上去纏住明人。否則，就去死！」

眾游勢不敢抗命，一邊閃避，一邊重新提高馬速。然而，距離既然已經被拉開，哪裡容易再追得上？他們再努力，也只能像一群瘋狗般，跟在明軍身後兩三丈遠大呼小叫。

「別追了，機會已經錯過了！」天野源貞成拖著血淋淋大腿，再度衝到小野成幸身側，喘息著提醒。

剛才手忙腳亂中挨了一刀，好在有鎧甲保護，才沒傷到要害。但失血過多帶來的眩暈感覺，依舊令他在馬背上搖搖欲墜。

「金印，金印——」小野成幸絲毫不感激天野源貞成的救命之恩，扭過頭，直接噴了後者一臉唾沫，「萬一落到九鬼廣隆手裡……」

「落不到九鬼廣隆手裡！」強忍住椎心般的疼痛，天野源貞成大聲提醒，「也落不到十時連久手裡，他們兩個，距離明軍比你更遠。我剛才在來的路上，看到了小早川家一番隊的認旗。他們至今沒有出現，應該是繞到了明軍的前方？」

「你說是橫山景義？」小野成幸愣了愣，追問的話脫口而出。

「帶隊的應該是他，同行的應該還有吉田太左衛門和湯淺新右衛門。他們兩個向來是橫山家老的左膀右臂！」天野源貞成猶豫了一下，快速補充。

立花家和小早川家的兵馬，共同組成了進攻朝鮮的第六軍團。所以，兩家高級武士之間的關係，相對而言，也比立花家跟其他各大名麾下的武士和睦許多。如果金印最後被橫山景義帶隊奪回，小野成幸有很大把握再將其拿到自己手裡。

當然，即便兩家武士之間關係再和睦，他也不能白拿。該付出的代價，還是要付出。但這個代價，比起繼續冒死去堵明軍的路，卻要低上許多。更何況，以當前的情況，他可能連堵路的機會都沒有。

「咱們可以稍稍慢一些，但不能慢過十時連久！」迅速權衡清楚了得失，小野成幸果斷作出決定。隨即，才終於看見了天野源貞成身上的血跡，愣了愣，故作關心地問道：「你怎麼受傷了？還能堅持得住嗎？天野源君，如果堅持不住……」

「無妨，我，我答應過要保護你！」天野源貞成疼得眼前金星亂冒，卻咬著牙擺手。「不要，不要追得太急，小心，小心明人在走投無路的情況下，跟你拚命。前面，前面，小早川家的武士出現了，把，把馬速放緩……」

「在哪？」小野成幸哪裡有心思繼續聽，迅速將目光轉向前方。透過馬蹄帶起的煙塵，果然看到一支倭軍，快速堵向了明軍的去路。隊伍的上空，小早川家的旗幟迎風招展。

「明人跑不掉了！」他興奮的揮舞著倭刀大叫，彷彿堵住明軍去路的，就是自己。然而，就在下一個瞬間，他的叫聲，又戛然而止。

秋日的斜陽下，迎著小早川家武士，忽然又衝來一支騎兵。規模不大，聲勢卻宛若驚濤駭浪。在最高的那團浪濤之巔，一面猩紅色戰旗高高飄揚。

旗面上，日月雙照，匯成一個字，明！

「是小顧，我就知道祖帥不會任咱們在朝鮮自生自滅！」祖承志興奮得大叫，榨出坐騎的最後力氣，直奔戰旗之下。

「祖帥派人救咱們來了，祖帥沒忘記咱們！」隊伍中，其餘幾個祖氏家丁，也興奮得大喊大叫。

「祖帥果然講信義，在最關鍵時刻派來了援兵！」其餘眾人，雖然不像祖氏家丁那般欣喜若狂，一個個卻也笑逐顏開。

先前大夥雖然沒有顯露出半點畏懼之色，但內心深處，卻都已經對生還不存絲毫的奢望。之所以能堅持著繼續策馬狂奔，不過是期待戰死的位置距離鴨綠江更近一些，將來大明軍隊正式入朝後，能有一位好心的將領，下令收斂自己的屍骨返回故國安葬。

而現在，生路卻忽然出現於大夥眼前。試問，誰還願再多做任何耽擱？紛紛將坐騎最後體力壓榨一空，像一群逃難的野鹿般，向自家援軍靠攏。

「大夥繞著走，不要衝亂了援軍！」整個隊伍裡，唯一還能保持理智的，唯有戚家軍老兵張樹。發現大夥兒都不顧一切衝向援軍，他趕緊扯開嗓子大聲提醒。

「慢一些，繞著走，別衝亂了援軍的陣型！」與他並肩斷後的李盛，也迅速意識到危險，用盡全身力氣高聲附和。

如雷般的馬蹄聲中，他們二人發出的警告，迅速就被吞沒得一乾二淨。只有包括李彤和張維善在內的寥寥幾人開始改變方向，剩餘的騎兵依舊不管不顧地向著自家援軍奔去，唯恐速度太慢，在最後關頭死於異國他鄉。

而先前原本打算攔截他們的那支倭寇生力軍，卻忽然放緩了速度，整個隊伍的方向，也從斜切變為尾隨。隨時準備拿他們充當前鋒，衝亂大明援軍的陣型，然後再撞上去，徹底鎖定勝局。

「敵將是個老手！」被轉向背後的馬蹄聲，敲得心驚肉跳，張樹迅速得出結論。

來不及再讓同伴改變方向了，他們被敵軍追殺得太久，大多數人忽然發現生路之後，已經徹底失去了理智。而向援軍主將示警，也沒有絲毫的可能。雙方的距離雖然不算太遠，但任何聲音，都無法穿透馬蹄落地的轟鳴。

「你保護兩位少爺！」猛然間把心一橫，戚家軍老兵張樹死死拉住了自家戰馬繮繩。

「吁吁吁——」胯下坐騎發出淒厲的悲鳴，努力搖頭擺尾，遲遲不肯停住腳步。

停下來結果肯定是死，即便西楚霸王轉世，也沒任何可能獨自迎戰上前的大軍。更何況，尾隨而來的倭寇，都是養足了力氣。而牠的主人張樹，此時此刻已經筋疲力竭。

「畜生，回頭，否則大夥全都得死在這兒！」老兵張樹勃然大怒，用力拉緊繮繩，將戰馬拉得嘴角淌血，身體踉蹌。

無法忍受鑽心的疼痛，可憐的坐騎只能緩緩轉身。根本沒任何時間再重新加速，老兵張樹丟下戚刀，從背後解下魔神銃，單手將銃口對準蜂擁而至的倭寇，宛若一隻試圖阻擋洪水的螞蟻。

洪水般的倭寇，距離他越來越近。馬蹄聲消失不見，代之的，則是後者嘴裡發出的鬼哭狼嚎。胯下坐騎不停地晃動身體，嘴裡發出一連串絕望的悲鳴，催促他趕緊讓開道路。老兵張樹卻對所有聲音都充耳不聞，繼續將火摺子晃燃，直接遞向銜口下的藥倉。

「砰——」提前預裝了火藥和彈丸的魔神銃，迸射出一道火舌。銃身後座，將張樹撞得前仰後合。已經近在咫尺的倭寇隊伍前鋒處，忽然坍下去了一個豁口。幾匹戰馬同時受驚，悲鳴著四下竄動。將原本呈刀頭狀的隊形，瞬間變成了一把「草叉」。

沒時間再開第二槍，張樹將魔神銃當做鋼鞭，砸向近在咫尺的倭寇。一名正舉刀砍向他的倭寇，腦門被砸了個正著，哼都來不及哼一聲，軟軟墜下了坐騎。另外一名倭寇大怒，借著戰馬的奔行速度，揮刀抹向了他的大腿根兒。張樹迅速豎起魔神銃，奮力下砸，「噹啷」一聲，將對方的倭刀砸成了鐵鈎。

更多的倭寇策馬從他身邊衝過，刀光組成一道叢林。張樹高大的身軀，在刀叢中閃動，搖晃，卻遲遲不肯倒下。鮮血不停地朝四下濺出，灑得陸續衝過來的倭寇滿頭滿臉。人影在他周圍不停地墜落，然後被高速奔過的戰馬迅速踩成肉泥。

一匹桃紅色的駿馬，忽然斜著衝入了戰團，將正在圍攻張樹的兩名倭寇，挨個「撞」下了坐騎。渾身上下已經被鮮血濕透的張樹大吃一驚，瞪圓了雙眼，恰看到自家少爺張維善那寫滿了關切的面孔。

「公子，快走——」他急得兩眼發黑，使出最後的力氣，掃翻一名倭寇，替來人爭取脫離時間，「斜著跑，別管我！」

「一起走！」又一匹遼東駿馬，從他身邊衝過。馬背上的李彤俯身拉住他胯下坐騎的繮繩，與張維善匯合在一道，加速脫離。

陸續衝過來的倭寇大急，揮刀朝著三人猛撲。緊跟在李彤和張維善身後的李盛、老何等勇士，紛紛揮動兵器阻擋，保護著三人貼著倭寇隊伍的邊緣疾馳而過，身後留下一道又寬又長的血跡。

分成三岔的倭寇隊伍，最左一股因為眾人這次捨命衝殺，明顯比另外兩股斷了一大截。另外兩股雖然依舊浩浩蕩蕩地撲向顧君恩所統帥的援兵，聲勢卻明顯大不如前。

而身經百戰的顧君恩，也迅速發現了危險在臨近。果斷揮舞起令旗，主動將自家隊伍，從中央縱向一份為二。

追悔莫及的祖承志等人，被各自的坐騎帶著，從援軍主動讓出來的通道中急衝而過。援軍的隊伍，迅速向中間合攏，宛若兩條巨蟒般，纏向來不及做出調整的倭寇，將其「纏」得血肉橫飛。

「不管援軍，先殺他們！殺光他們，然後就收兵！」跟在倭寇隊伍尾部的主將橫山景義見戰機已失，果斷改變最初試圖擊潰所有明軍的目標，退而求其次。帶領著自己的親信，調整坐騎方向，撲向正在努力與倭寇左翼脫離接觸的李彤等人，發誓要將他們斬盡殺絕。

這個決定，看起來非常正確。繼續與大明援軍交戰，他們絲毫看不到勝算。但是，趕在雙方分出勝負之前，將那幾個往返上千里，將平安東西兩道攪成一鍋粥的「罪魁禍首」亂刀砍成肉醬，他們卻把握十足。

只可惜，他們的動作，實在太慢了一些，運氣也差到了極點。

就在眾倭寇咆哮著要將李彤等人吞沒之際，斜刺裡，忽然響起了一連串火銃射擊聲，「砰，砰，砰，砰，砰，砰……」剎那間，硝煙瀰漫，倭寇和他們胯下的戰馬，接二連三栽倒。

第四章 辟易

「不好！」倭寇主將橫山景義激靈靈打了個哆嗦，果斷撥轉了坐騎，同時將身體迅速墜向馬腹。其周圍的倭寇則大叫連連，手忙腳亂地控制胯下戰馬。以免被受驚的戰馬從背上甩落，然後自相踐踏而死。

不同於大明的騎兵，每一戰馬都經過專門的訓練，非但對火槍射擊聲無動於衷，甚至聽到大炮轟鳴聲，都能保持正常奔行。倭寇胯下的坐騎，大多都是入侵朝鮮之後繳獲，甚至剛剛從朝鮮民間掠奪而得，體型雖然比倭國自家所產的戰馬高出許多，卻沒怎麼聽過槍炮聲。所以只挨了一輪鳥銃注五，就被嚇得魂飛膽喪。「吱——」一記清脆的竹笛聲忽然響起，緊跟著，剛剛從側翼迂迴到位的大明鳥銃手，迅速調整動作。第一隊弟兄射擊完畢後蹲身裝彈，給身後的第二隊鳥銃手

注五、鳥銃：根據西方火繩槍改進的火槍，大明叫鳥銃，取飛鳥難逃之意。與倭寇的鐵炮，朝鮮叫火槍，其實都屬同一代火器。

讓出射擊空間。第二隊鳥銃手以站立姿勢，平端鳥銃，瞄準前方四十幾步遠的目標，果斷扣動扳機。

「砰，砰，砰，砰，砰……」

血光飛濺，戰馬悲鳴。四、五個倭寇上身中彈，慘叫著從馬背上墜落。更多倭寇則被胯下坐騎帶著四處亂竄，彼此之間互相擁擠，衝撞，接二連三摔下來，筋斷骨折。

「吱——」又是一聲清脆的竹笛響，第二隊大明鳥銃手下蹲，給身後的第三隊讓出射擊空間。第三隊鳥銃手以站立姿勢，平端鳥銃，瞄準前方四十幾步遠的目標，穩穩地扣動扳機。「砰，砰，砰，砰，砰……」

「嘩啦——」宛若瓷器落地，擠做一團的倭寇，四分五裂。小早川氏的家老橫山景義在十幾名親信的保護下，衝散擋路的自家武士，倉皇後撤。

這年頭，無論是普通鳥銃，還是魔神銃（重型火槍），在七十步外，都很難保證準頭。所以橫山景義的決策稱得上是睿智，只要他本人撤到距離明軍鳥銃手七十步之外，然後將所有倭寇整合起來，就能再次與明軍沙場爭雄。

然而，他身邊的其餘倭寇，卻遠不如他這個家老聰明。發現他衝破自己人的「包圍」，不顧而去。立刻也紛紛策馬遠遁。一邊逃，還一邊用日語發出慌亂的叫喊，彷彿在為自己的懦弱尋找理由。

「鐵炮，明軍攜帶了大量鐵炮！」

「橫山家老，橫山家老的認旗倒了！」

「橫山家老後撤了！」

「橫山家老受傷後撤了，生死不知……」

……

「胡說，我沒死，也沒受傷！」橫山景義大急，高舉起手臂，向正在崩潰的倭寇發出反駁。紛亂的馬蹄聲中，他的反駁轉眼就被吞沒。還沒等他想好接下來該怎麼做，兩個渾身是血的大明勇士，忽然穿透潰兵，殺向他的面前。

兩名親信上前擋路，被大明勇士一槍一個，轉眼戳落於地。另外兩名六名親信見勢不妙，咆哮著一擁而上，試圖以多為勝。結果，轉眼之間，就又被戳翻了一半兒。剩下一半兒嚇得魂飛天外，果斷撥馬加入了逃命隊伍。

「家老，快走。這兩個明軍將領都是萬人敵！」最後四名親信不敢逞強，簇擁起橫山景義，再度倉皇後撤。那兩個渾身是血的大明勇士，李彤和張維善，見狀也不追趕。將戰馬一撥，返回自家鳥銃手隊伍附近，像兩座門神般，替他們擋下所有偷襲。

「吱——」亂哄哄的馬蹄聲中，竹笛聲顯得分外冷靜。剛剛裝填完畢的第一隊大明鳥銃手迅速起身，調整方向，從側後方瞄準正在與大明騎兵對衝的另外兩股倭寇，穩穩扣動扳機。

「砰，砰，砰，砰，砰……」

第一隊鳥銃手射擊結束，再度蹲下裝填彈藥。第二隊鳥銃手在竹笛聲的指揮下，側轉身體，瞄準同一個方向，扣動扳機。「砰，砰，砰，砰，砰，砰……」

白煙滾滾，鳥銃聲震耳欲聾。在冷靜的竹笛聲指揮下，第三隊火銃手也迅速調整方向，射出一排憤怒的鉛彈。

由大明開國元勛沐英所創造，又經過戚繼光改進的「三段擊」火銃戰術，在沒受到敵軍干擾的情況下，威力大得驚人。雖然每隊只有十二桿鳥銃，三隊鳥銃手加起來不過才一個小旗。給倭寇帶來的壓力，卻重逾萬鈞。

正在跟顧君恩等殺得難解難分的另外兩股倭寇，受不了來自側後方的連番鳥銃轟擊，紛紛調轉馬頭。準備先派一部分人去解決掉鳥銃手，然後再與明軍騎兵繼續策馬對衝。然而，當他們目光掃向側後方，第一眼看到家老橫山景義的認旗不知去向，第三股同夥潰不成軍。

「不好，橫山家老的本陣崩潰，認旗被奪！」

「橫山家老戰死了！」

……

戰場上，主將乃三軍之膽。隔著馬蹄帶起的滾滾煙塵和紛亂的人群，眾倭寇根本看不清橫山景義本人去了什麼地方，只能憑藉以往的經驗，對形勢作出判斷。

本陣崩潰，認旗不見，在通常的情況下，都意味著主將已經一命嗚呼！在這種情況下，沒有任何倭寇，還能保持冷靜。更沒有任何倭寇，還能保持鬥志。啞著嗓子發出一連串鬼哭狼嚎，紛紛果斷撥轉馬頭。

「胡說，橫山家老不會那麼容易戰死，明軍鐵炮手沒多少人！」

「站住，不要散。要撤也互相掩護！」

橫山景義的兩位心腹愛將，吉田太左衛門和湯淺新右衛門急得滿頭大汗，冒著被對面明軍砍下馬背的風險，扯開嗓子，朝著周圍大喊大叫。

他們兩個說得都是實話，橫山景義身經百戰，周圍還帶著三百多名騎兵，不可能被區區幾十個大明鳥銃手那麼快就殺死。而騎兵策馬對衝，最忌諱的是半途轉向。等同於自己的身體，直接送到了對手刀下，九死一生。

然而，在這當口卻沒有幾個倭寇會聽從他們的提醒。更何況，四周圍馬蹄聲如雷，他們的提醒也沒法傳得太廣。轉眼間，原本勢均力敵的形勢，就變成了一邊倒。大明騎兵長驅直入，刀光如電，馬如游龍。眾倭寇抱頭鼠竄，狼奔豖突。

「你們這群蠢貨，廢物！蠢得不可救藥的傻驢！」

「全都該死，活著也是浪費糧食！」

吉田太左衛門和湯淺新右衛門揮舞著倭刀，大罵砍翻了數名倭寇，卻無法重新喚起麾下眾倭寇的鬥志。只好也調轉馬頭，罵罵咧咧地加入了逃命隊伍。

這一下，可是兵敗如山倒。發現李彤和張維善沒有尾隨追殺自己，橫山景義已經再度停住戰馬，準備重整旗鼓。誰料連第一道命令都沒來得及發出，就親眼看到自家隊伍徹底崩潰。氣得口吐鮮血，當場暈倒。全靠親信的捨命相救，才避免了被自家潰兵撞下坐騎，踩成肉泥。

原本衝上來準備從橫山景義手裡購買金印的小野成幸，見勢不妙，沒膽子承受小早川家潰兵的衝擊，果斷給後者讓開去路，隨即也撥轉馬頭，帶領麾下游勢迅速撤退。

「中國有句古話，君子報仇，十年不晚！」熟悉小野成幸的脾氣，天野源貞成怕此人鬱悶之下，又做出什麼拖累自己的事情出來，扯開嗓子，高聲用日語提醒。「您只要記住，奪走金印的那個明軍將領是誰，早晚還會跟他在戰場上重逢。到那時，就可以用此人的鮮血，洗刷所有恥辱！」

「我已經跟他們兩人重逢過好幾次了！」出乎他的意料，小野成幸居然還保持著頭腦的冷靜。慘笑著咧了一下嘴巴，迅速給出了回應。「那兩個人，一個李彤，一個叫張維善。我們在南京就不止一次交過手！」

「那不是剛才追著咱們搶金印的傢伙嗎？姓什麼小野的？八卦洲上那把大火，也是他帶人所放？」望著潮水般向後退卻的倭寇，張維善忽然舉槍前指，躍躍欲試。

「別冒險，追過來的倭寇不止這兩路，咱們的人馬遠比他們少！」從小跟張維善一起長大，根本不用猜，李彤就知道對方想要幹什麼，趕緊催動坐騎擋住了後者的馬頭。「況且這會兒殺了他，遠不如讓他今後見到了咱倆就繞著走！」

「那倒也是！」張維善稍作遲疑，隨即輕輕點頭。

「我去提醒一下顧千總，讓他注意收攏隊伍，以免樂極生悲。你去……」迅速給張維善使了個眼色，李彤的聲音陡然轉低，「去跟帶領鳥銃手的百總打個招呼，感謝他的救命之恩。此人剛才指揮若定，來歷恐怕非同一般！」

「救命之恩，當然要謝！」張維善立刻心領神會，扯開嗓子大聲回應。隨即快速撥轉坐騎，直奔正在指揮鳥銃手統計戰果的百總而去。

經歷了一連串磨礪，他現在早已經不再是南京城內那位眼高於頂的公子哥兒，待人接物，也有了幾分飽學之士的從容謙和。湊上前後，先下馬自報身份，然後再施禮謝恩，短短幾個彈指功夫，就跟百總吳升以及此人麾下的鳥銃手們打成了一片。

李彤自己當然也想去跟鳥銃手們說上幾句感激的話，當面拜謝大夥的相救之恩。然而，此時此刻，他卻有一些分身乏術。首先，顧君恩才是所有援兵的主將，他不能失了禮數，讓對方先過來跟自己打招呼。其次，剛才祖承志慌不擇路，差一點帶領家丁衝亂援軍隊形的舉動，被他從頭到尾看在了眼裡。他必須儘快找到此人，加以開解和安撫。否則，真的不敢保證，從過度緊張狀態下，重新恢復冷靜的祖承志，會因為羞憤交加做出什麼難以想像的事情來。

接下來的事實也恰恰證明，他的擔心並非多餘。還沒等他策馬走到顧君恩的將旗之下，遠遠地，就看到幾個熟悉的身影，將祖承志拖得像顆竹笋一般。而披頭散髮的祖承志，卻根本不肯聽眾人說什麼，一邊用力掙扎，一邊大聲咆哮：「鬆手，全都鬆手。金印已經拿回來了，我已經對大哥有了交代。衝撞本陣，罪無可赦，你們別讓我繼續活著丟人！」

「祖兄，祖兄，你千萬不能這麼說。剛才你根本沒衝亂自家陣腳，小弟我這邊原本也專門為自己人留著一條通道，就等著你策馬來歸！」千總顧君恩跟祖承志乃是至交，當然不肯讓對方以死謝罪。急得跳下坐騎，圍著祖承志等人直轉圈兒，「不信你問問我身邊的弟兄，剛才大夥是不是擺的二龍出水陣？」

「是，就是！我們擺的是二龍出水陣，您從中間衝過來，妨礙不到任何人！」周圍的營兵大多數都是遼東武將的家丁，知道祖承志乃是祖承訓的堂兄弟，所以眼睛都不眨，紛紛大聲替顧君恩圓謊。

然而，作為身經百戰的老將，祖承志豈能分辨不出剛才弟兄們所列的是什麼隊形？聽到大夥齊聲替自己遮掩，內心深處愈發羞愧莫名。紅著眼睛朝四下搖搖頭，大聲說道：「各位兄弟相待之情，祖某這廂謝過了。但二龍出水陣，祖某這輩子卻是第一次聽說。剛才差點害得大夥被倭寇衝垮，祖某罪無可赦。與其回去之後被斬首示眾，還不如……」

「不是沒衝垮嗎，祖兄你急著尋什麼死？」半空中，忽然傳來的李彤的聲音，將祖承志的懺悔瞬間憋回了嗓子眼兒，「莫非你覺得顧千總本領不濟，連這點兒小麻煩都解決不掉？還是覺得李某太出鋒頭，居然不跟著你一起跑，卻掉頭回去救援阻擋敵軍的弟兄？」

「我，我沒那個意思！」祖承志被問得好生冤枉，紅著臉，結結巴巴地解釋。「我，我知道你先前做的比我對。調轉頭去，捨命阻擋敵軍的，本該是我……」

「那你是怪李某搶了你的功勞嘍？」李彤皺皺眉頭，繼續大聲打斷，「沒想到，祖兄你居然是這種人，虧得李某這一路上，還拿你當生死兄弟！」

「不，不是，我不是！」祖承志被冤枉得幾乎無法呼吸，扯開嗓子，大聲自辯，「我根本沒那種意思。我是覺得剛才對不起大家……」

「你如果死了，才對不起大家！」李彤先向顧君恩使了個眼色，然後朝著祖承志高聲怒斥「你若是現在死了，剛才顧兄臨危不懼，果斷分兵拒敵的功勞，誰來給他做見證？你若是現在死了，弟兄們這一來一回，所付出的千辛萬苦，誰彙報給上頭知曉？死還不容易嗎，不過是將刀子朝脖頸處一抹的事情。你既然知道罪無可赦，回去向祖帥交了令，然後再自盡，誰還能攔得住你？左右是個死，你又何必差這一天兩天？」

「你，你……」祖承志被罵得肚子裡邪火亂撞，卻找不到任何話語來反駁。

他雖然被其族兄祖承訓降成了大頭兵，但是，任何人卻不可能將他真的當做大頭兵對待。特別是在返回遼東之後，他向上頭彙報的每一句話，每一個字，都遠比李彤、張維善和顧君恩三個的言辭更有分量。而為了確定大夥在朝鮮的表現，遼東總兵和遼東巡撫那邊，肯定也要找他當面詢問一系列南征北戰的經過，絕不會真的像對待普通士卒般，對他不理不睬。

「軍功百種，完成軍令為先！」故意裝作沒看見祖承志被氣炸了的模樣，李彤繼續冷笑著撇嘴，「你祖承志奮不顧身，與李某等人一道奪回了金印，不知道在巡撫那邊，該怎麼算？而沿途斬殺倭寇數十人，威震平安、咸鏡兩道，再怎麼打折扣，功勞應該也不會小。再加上一次次策馬衝陣，斬將奪旗之功，詳細計算起來，恐怕連升三級都綽綽有餘，還怕抵不了一個筋疲力竭之際，慌不擇路之過？要李某看，祖兄，你剛才哪裡是覺得對不起大夥，才尋死覓活！分明是見不得我等回去之後即將被論功行賞，而你卻只能將功折罪，所以才故意想抹脖子，阻礙大夥的前程。」

「你，你血口噴人！」祖承志被擠對得再也無法忍受，跳著腳，大聲反駁，「祖某，祖某，才不是你說的那種人！祖某投軍這麼多年來，眼看著身邊弟兄一個個加官進爵，祖某曾經忌妒過誰？你，你這缺德的讀書人，怎，怎能如此，如此朝祖某頭上潑髒水？祖某，祖某……」

「你若不尋死，李某剛才的話，自然就是髒水。你要是自殺，誰能否認，李某說的話，有哪裡不對？」李彤撇著嘴橫了他一眼，繼續胡攪蠻纏。

「祖兄，祖兄，他說得對。你要是現在自尋死路，非但耽誤了大夥的前程，死後還得任人指摘。」

「祖兄，祖兄，死人沒法開口自辯，別人說什麼就是什麼！」

「甭說你沒真的衝撞了本陣，即便撞了，大夥也不會怪你。更何況，你的功勞，足以抵償過錯。回去之後，誰都不能拿你怎麼樣！」

……

顧君恩、老何等人，對李彤佩服得五體投地。紛紛湊上前，順著同樣的思路勸解。

祖承志先前思路被李彤給帶歪之時，求死之心，就已經去了一半兒。此刻再聞聽了大夥的話，知道自己功過能夠相抵，另外一半兒自殺的心思，也迅速消失得乾乾淨淨。低下頭斟酌了一番，鬆開鋼刀，掙脫出胳膊，紅著臉向四下輕輕拱手，「各位兄弟說得對，是祖某剛才想岔了。即便回去之後，被巡撫和總兵斬首示眾，祖某也不能光顧著自己。」

「祖兄，你放心，大夥回去後，絕不會告你的黑狀！」顧君恩見狀大喜，趕緊高聲承諾。

「對啊，祖兄，咱們既然打贏了，誰還會故意陷害你？敢給你下絆子，大夥都跟他沒完！」老何、張澤等人，也紛紛做出保證。

祖承志聽了，心中好生感動。連忙又紅著臉拱手向大夥行禮。

顧君恩等人見了，知道他已經放棄了尋死的念頭，心中皆偷偷鬆了一口氣。大夥扭過頭去，再看向李彤的目光，也愈發充滿了欽佩。

唯獨眼前所發生的一切，都沒啥感覺的，只有顧君恩身後的某個胖子。只見他忽然跳下坐騎，大步走向了李彤的馬頭，信手拉下臉上護面甲，「姐夫，你真行。剛才那麼多倭寇提著刀追你，你居然一點兒都不害怕。還敢跟守義一起掉頭回去救人！」

「繼業，怎麼是你？」李彤大吃一驚，低下頭，盯著對方上下打量，「你，你怎麼來了？萬一耽擱了身上的傷……」

「有我姐在，什麼內傷外傷搞不定！」劉繼業晃了晃肩膀，滿臉自豪。「一副藥下去，我就大好了。聽顧千總帶人過江接應你，我就跟我姐帶著家丁跟了上來。」

「你姐也來了？她，她在哪？戰場上刀箭無眼，你怎麼也不攔著她？」李彤聞聽大急，跳下馬，一把拉住劉繼業的胳膊。

「既然知道刀箭無眼，我又怎能坐在江北什麼都不幹？」話音未落，劉穎的聲音，已經傳入了他的耳朵。緊跟著，一個身材瘦削的騎兵策馬穿過人群，徐徐而至。面甲下拉，露出一張滿是汗水和征塵的髒臉。

二人自打定親以來，礙於禮教和別人的閒話，就基本斷了來往。在受到了國子監博士劉方的利用之後，李彤心中，對劉穎這個未婚妻，感覺就更加平淡。這種情況哪怕是一道同來遼東，都沒見多少改善。而今天，眼前這張被征塵和汗水畫得黑一道，白一道的面孔，卻令李彤再度怦然心動。

宛若兩年前的春天，在南京郊外萬梅叢中，初次相見。

那種感覺，發生一次就會牢記一生。

每當春來，懷念還依舊。

秋風蕭瑟，人馬口鼻處，白煙滾滾。

剛剛經歷了一場廝殺的大明將士，卻顧不上替自己和坐騎擦拭汗水，不約而同地向後退去。很快，就以李彤為核心，讓出了一個巨大的圈子，彷彿落雪之前的日暈。

只是，今天的「日暈」，卻沒有任何寒意。相反，所有將士眼睛裡，都流露出一股羨慕和溫暖。披堅執銳親上戰場尋夫，這事兒放在哪朝哪代，都可以成為一段傳奇被記錄於書卷吧！而大多數家裡的婆姨，當自家丈夫被困在絕境生死不明之時，恐怕連四下求助都做不到，更甭提千里迢迢趕過來同生共死！

「真有你的，居然敢把弟妹給帶到朝鮮來！」已經完全不再想自殺的祖承志看得心臟發熱，扭頭扯了顧君恩一把，小聲數落，「你就不怕被巡撫知道，治你個軍中私藏婦女之罪？」

「人家小舅子帶著家丁自願去救姐夫，我於情於理都不應該拒絕。至於弟妹女扮男裝藏在了家丁隊伍當中，怎麼能算在我頭上？」顧君恩一邊低聲辯解，一邊向祖承志擠眉弄眼。「怎麼，祖兄，眼熱兒了。我記得家裡的嫂子也是將門之後，要不然下次上陣，你也讓她……」

「我還怕她從馬背上掉下來，拖我的後腿呢！」祖承志瞪了顧君恩一眼，悻然說道。隨即，又迅速朝倭寇那邊看了看，小聲補充，「剛才你其實應該乘勝追殺來著，說不定能給追過來的幾支倭寇，一塊兒來個倒卷珠簾。現在不成了，他們已經匯合在一起了，過會兒肯定還試圖向你找回面子。」

「不怕，這五百人全是家丁，即便打不贏，且戰且走，也能退入義州。」顧君恩搖搖頭，帶著幾分驕傲低聲回應，「朝鮮國王和他的手下的大臣們，已經被新來的欽差派人押著送回了義州。鐵頭參將吳汝誠帶著兩千戚家軍替朝鮮國王把義州奪了回來，如今城中除了他的兵馬之外，還有趙之牧所統帥的三千弟兄。」

「吳汝誠，你說的是那個為了給戚帥鳴不平，連參將都不做的吳惟忠？」祖承志大吃一驚，瞪圓了眼睛小聲叫嚷。

「除了他，還能有誰！」顧君恩點了點頭，很是因為自己能跟吳惟忠並肩作戰而感到驕傲，「這裡距離義州只有三十餘里，咱們怎麼打，都能平安退到城裡去！」

「那我乾脆上前撩撥一番，讓倭寇主動來攻。咱們且戰且退，將其引到義州城下。」祖承志越聽越高興，指著正在往一處匯合的幾支倭寇，躍躍欲試。「吳鐵頭當年就是一個殺倭寇的好手，屆時他只要帶領麾下弟兄以逸待勞……」

「先等等，不急在一時。別讓人家小兩口連說幾句體己話的時間都沒有！」顧君恩看了他一眼，然後迅速嘴角努向正在旁若無人小聲互相「數落」的李彤和劉穎。

「嘖，嘖──」祖承志也迅速朝李彤看了一眼，酸酸地咋嘴兒。「也罷，讓他們小兩口兒先膩一會兒，不急在一時。」

靠著堂兄祖承訓的提携和他自己驍勇善戰，不到二十五歲，他就做了游擊將軍，也算得上少年得志。因此，這些年來，他大小老婆接連娶了一個又一個。然而卻沒有一個，能像劉穎這樣，為了丈夫頂盔摜甲，躍馬掄刀。

「別看了，與其臨淵慕魚，不如退而結網！」顧君恩知道他的心思，立刻小聲奚落。「看著別人的好，回頭自己照著樣子再娶一個便是。反正只要你想，送上門來求嫁女的人家有的是。」

「我不是看他們，我是看看，看看等會兒誰能跟我一起去迎擊倭寇！」祖承志的小心思被好朋友戳破，卻不肯認帳。將頭迅速轉向倭寇，咬著牙低聲替自己遮掩，「剛才一路上，追殺和攔截我們的倭寇有四、五支。聚集在一起之後，兵力往少了說，也是咱們這邊的十倍之數。如果齊心協力來戰……」

話才說到一半兒，他的眉眼，卻又迅速皺了個緊緊，「不對，倭寇在後撤，他們那麼多兵馬，居然選擇了主動後撤！」

「什麼？」原本打算和倭寇較量一番的顧君恩大吃一驚，趕緊跳上馬背，舉頭觀望。果然，看到幾支先後追來的倭寇各自打起稀奇古怪的旗幟，退潮般向遠處遁去，唯恐走得慢了，被自己纏住不放。

「倭寇到底要幹什麼，這就認慫了？」

「剛才追咱的勁頭哪去了，真是一群外強中乾的窩囊廢！」

……

老何、張澤、老包等人，也迅速發現倭寇表現的怪異，紛紛坐在馬背上，伸長了脖子交頭接耳。沒有人能給他們答案，只有料峭秋風，吹著大夥嘴角冒出的水汽，飄飄蕩蕩，飄飄蕩蕩，一路向南。

南方一里半外，倭寇們個個累得氣喘吁吁，人馬和嘴裡吐出的白霧，轉眼之間，就在頭盔上凝結成霜。

「十時君，咱們就這麼退了？回去之後，有何面目去跟家主彙報。」小野成幸氣急敗壞地舞著倭刀，向十時連久大聲抱怨。

「不退怎麼辦？小早川家的武士已經銳氣盡失，橫山家老也吐血昏迷。眼下加藤氏的森本右近太夫官職最高，手中的兵也最多，他帶著加藤氏的兵馬先走了，咱們倆留下來，根本不可能是明軍的對手！」十時連久橫了他一眼，臉上瞬間寫滿了宿便難排般的無奈。

他二人平素雖然明爭暗鬥，但終究都是立花家的武士。而此刻為所有人做主的，卻是加藤氏的重臣，森本一房。因此，二人很容易就放棄了前嫌，成為暫時的盟友。

「可，可金印，金印就在這夥明軍手裡！」明知道十時連久，說得是大實話。小野成幸依舊無法死心，皺著眉頭，大聲提醒。

「一顆金印，能起到什麼作用？不過是個藉口而已。若是我日本各路兵馬遇到明軍主力之後，依舊能像先前對付朝鮮軍隊般勢如破竹。即便沒有金印，朝鮮國最終也是日本的。」十時連久又看了他一眼，沒好氣地點評，「如果都像今天這樣，出動幾千人卻拿不下幾十個明軍，得了金印，早晚也得上船回老家。」

「那倒也是！」小野成幸無力反駁，只能點頭。隨即，又將目光轉向遠處的大明勇士，心中瞬間充滿了悵然。

在南京輸給對方，是因為老天爺偏心。

在平壤附近輸給對方，是因為他自己一時大意，被殺了措手不及。

今天又輸給對方，則是因為對方在走投無路之際不惜一死，而自己這邊有人卻始終捨不得拚命。

那下一次相遇，乃至下下次呢？

他不知道，也不想去推測答案。

第五章 真偽

「砰，砰，砰，砰，砰……」

鳥銃聲響如爆豆，白煙翻滾，籠罩住三排鳥銃手的身形。

五十步外，三十面木製的靶子光潔如初，沒有一記彈痕留下，鳥銃手們射出的彈丸，全都不知所終。

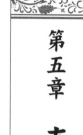

「吱——」一記清脆的竹笛聲忽然響起，劉繼業紅著臉鼓起腮幫子，奮力吹氣兒。在一旁給他幫忙的老何，則揮動一根細長的木桿，朝著第二排鳥銃手頭盔上如擂鼓般猛敲，「楞著幹什麼，該你們了。把鳥銃頂在肩膀上，用銃口對準靶子。別亂晃，按照吳百總所傳授的那樣，照門，銃口，靶子，連成一條直線！」

「吱，吱……」站在第二排位置的鳥銃手們大聲答應著，將鳥銃架上肩膀。然後帶著一臉剛剛被硝煙熏出來的眼淚，對著靶子瞄準兒。然而，站在第一排鳥銃手當中，卻有人忘記了蹲下裝填彈藥，發覺被自家跑著的鳥銃頂上了後腦勺，嚇得慘叫一聲，直接向前趴下去，瞬間摔了個嘴啃泥！

「你們這些蠢貨，站起來，不對，蹲起來。沒聽吳百總先前怎麼說嗎？放完鳥銃，甭管打中沒打中，立刻下蹲。」百總老何羞得面紅過耳，掄起木桿朝著趴在地上的兵卒猛抽。後者吃痛不過，連忙慌慌張張地爬起來，從背囊中取出盛放火藥的葫蘆，去給鳥銃裝填火藥。不料，一個個手抖得卻宛若中風，轉眼間，就將大半葫蘆火藥，給灑在了地上。

「敗家玩意，那可都是花錢買的，不能由著性子糟蹋！」原本早就該吹響第二聲竹笛的劉繼業，轉過頭來，抬腳朝鳥銃手身上猛踹。

他不管還好，一管眾鳥銃手心情更是緊張。要麼忘記了點燃火繩，要麼忘記了裝填彈丸，甚至還有人直接將整個銃管用火藥灌了個滿滿，若不是前來幫忙練兵的百總吳升手疾眼快，鳥銃就得直接變成大明炮隊裡常見的震天雷，將劉繼業這個把總和半個局的新鳥銃手全都送上西天。

「笨蛋，蠢材，記吃不記打的廢物！老子就是拉一百頭豬來，都比你們學得快！」劉繼業死裡逃生，慘白著臉對麾下鳥銃手們破口大罵。

這一個局的鳥銃手，都是他掏了不菲的安置費，從遼東本地招募來的家丁，個個長得龍精虎猛。眾人所用的鳥銃，也是他和李彤、張維善三人，湊錢從別的將領手中所購，製造遠比軍中發放的尋常鳥銃的精良。劉繼業本以為憑著精良的武器和吳升這個用鳥銃的高手親自指點，能迅速打造出一支火槍隊，在即將到來的征戰中，對倭寇還以顏色。誰料想，銀子流水般花了出去，卻只換回了一隊窩囊廢！

「行了，別打了他。你越打，他們越學不會！」薊州游擊吳惟忠的親信，百總吳升心軟，不忍看到劉繼業被家丁們活活氣死，笑著上前托住了他的手臂。「鳥銃不比大刀，隨便塞手裡，是個人都能掄幾下。要想打得準，就得拿火藥和彈丸堆。要想不亂了次序，就得夜以繼日勤學苦練。指望著三五天功夫就能學會三段擊，那是白日做夢。說實話，你甭看南兵手裡鳥銃多，真正能將三段擊練到家的，只有兩支隊伍，一支就是我們游擊麾下的山海營，另外一支，則是浙江駱參將麾下的小神機營！」

「我沒指望他們幾天功夫就學會三段擊，我只期待他們能將火藥填進銃口裡去，把彈丸打到對面的靶子上。」劉繼業有求於人，不敢對吳升發飆，收起腳，喘息著大聲解釋。

「先練分解動作吧，分解動作練熟了，自然不會手忙腳亂。」吳升搖了搖頭，帶著幾分安慰的口吻補充。

話雖然說得和氣，內心深處，他其實卻認為，劉繼業此刻的舉動，純屬自討苦吃。鳥銃作為一種新式武器，完全不同於強弓硬弩，更不同於大刀長槍。對兵卒的要求是手巧心細，能夠及時響應命令。卻不要求兵卒有太強的體力和高大的身板兒。

而劉繼業花錢「買」來的家丁，卻依舊按照過去的選兵標準，首先要求的膀大腰圓，氣力充足。這種家丁，披上鐵甲，拿著大刀長槍去跟敵軍近距離搏殺，當然是上上之選。用來操作相對精細的鳥銃，卻著實有些「水土不服」。

「我已經帶著他們練了四天分解動作了，照這樣練下去，他們到年底也上不了戰場。」劉繼業哪裡知道，在百總吳升眼裡，他麾下這隊鳥銃手，已經注定無法練成精銳。聽對方說得不緊不慢，忍不住小聲抱怨，「我姐夫是個軟耳朵，什麼都聽我姐的。我姐跟他說好了，不准再帶我過江去跟倭寇對面廝殺。如果練不出這隊鳥銃手來，我就得一直蹲在馬寨水北，眼睜睜地看別人建功立業。」

「哪能呢，我看李千總絕對不是你說的那種人。」雖然不是李彤的屬下，百總吳升卻沒膽子在背後議論一個千總的是非，趕緊擺了擺手，大聲反駁，「他只是不願意讓你姐難做人而已。等到大軍過江之時，肯定會偷偷把你帶上。更何況，你練不出鳥銃手來，還可以跟別人借。這麼多人馬在遼東，你跟每個營借幾個熟手過來，也能湊齊一個鳥銃局。」

「你剛才還說，大明軍中，能將三段擊練到家的，只有你們和駱參將麾下的小神機營？」劉繼業年齡雖然遠小於吳升，記憶力卻不比對方差，立刻皺起眉頭反駁。

「訓練熟手，總比生手快一些。更何況，戰場上，也沒多少機會用到三段擊。很多時候，都是先迎頭打上一輪兒，然後就讓騎兵發起衝鋒。」百總吳升被問得臉上發燙，趕緊低聲補救，「況且你先前不是也說嗎，你需要的是鳥銃手能打準，能不灑火藥。」

「那倒也是。」劉繼業聽得將信將疑，皺著眉點頭。隨即，又搖了搖頭，大聲說道：「可借來的人，也沒那麼容易就捏合到一塊兒。大夥彼此之間都不熟悉，連我說出來的話，他們都未必能聽得明白。到了戰場上……」

「你這邊練兵也不要停，一邊借，一邊練。借了老兵過來，還能幫你訓練新兵。省得你跟何百總兩個，每天都被這些人氣得半死。」吳升非但鳥銃用得好，嘴巴也足夠靈光，想都不想，就將自己話語裡的漏洞打上了補丁。

「那不還得需要很長時間？援朝大軍，可不會停下來等我一個小小的試把總。」作為南京城內當年赫赫有名的紈絝，劉繼業也不是個任人擺布的傻小子。很快，就又將話題繞了回去，揪住遠水難解近渴的缺陷不放。

「哎呀，我的劉伯爺，在下可是服了你！」百總吳升被他纏得沒辦法，忍不住跺了下腳，低聲數落，「常言道，兵凶戰危，大軍哪就那麼容易過江？你放心好了，照目前情形，不折騰上兩三個月，上頭肯定不會再向朝鮮派出一兵一卒！」

「這怎麼可能！李如松昨天就已經抵達遼東。」劉繼業無法相信自己的耳朵，蹭地一下蹦起了三尺多高。

他之所以不惜代價組建鳥銃局，為的就是下次入朝之時，能親手洗刷上回剛剛過了江，就被一槍打了半死的恥辱。而現在，吳升居然告訴他朝廷擱置了發兵救援朝鮮的計劃，讓他如何能不方寸大亂！

「你小點兒聲，李帥的名諱，豈是咱們公開能叫的？」百總吳升被他的魯莽舉動嚇了一哆嗦，趕緊伸手去捂他的嘴巴，「軍中不比地方，即便你有爵位在身，官大一級照樣壓死人。算了，我不跟你說了，你家裡有錢有勢，我這個大頭兵再跟你終日混在一起，早晚得被你給活活坑死！」

說罷，鬆開手，轉身就走。劉繼業自己也意識到剛才的行為有些冒失，趕緊涎著臉跟了上來，連聲求肯，「吳哥，別走。我不叫，我不叫還不行嗎？況且這裡都是我的家丁，也沒什麼外人。即便有，李帥的名諱是我喊的，也不會罰到你頭上。」

「我怕遭受池魚之殃。」百總吳升用力甩了下胳膊，繼續邁開大步向遠處走。

「不會，不會，我保證，保證不會再叫了。」劉繼業毫不猶豫扯住他的手臂，繼續死皮賴臉地大聲求肯，「況且，我也不是什麼小伯爺。繼承爵位需要及冠，我還得等上好幾年。吳哥，吳哥你別走，你可是答應張守義，將鳥銃的戰術傾囊相授的，你家游擊那邊，也答應過我姐夫，絕不藏私！」

後兩句話，恰好擊中了吳升的軟肋。逼得他將腳步停了下來，皺著眉頭數落，「行，你可真行，動不動就拿張千總和我們吳游擊來壓我。老子真是倒了八輩子楣，當初才攬下這麼個差事！」

「不是壓，不是壓，守義不是跟你一見如故嗎？吳游擊那邊，跟我姐夫也特別投緣。」劉繼業這輩子最大的長處就是會哄人，順著吳升的話，大聲解釋。「再者說了，你老家是杭州，我老家是南京，咱們其實都是南方人……」

「我老家是滄州，元兵滅金時，才逃去了浙江。」百總吳升不可吃他這套，回應的話冷若寒冰。

然而，劉繼業卻絲毫不氣餒，先向百總老何揮了下一下手，示意後者繼續帶著鳥銃手們操練。然後迅速朝四下看了看，低聲向吳升說道：「幾百年前的事情，怎麼能算數？咱們就論現在，你是南方人，我也是南方人。南兵善用火器，北軍善騎駿馬，這也是軍中歷來的說法。如果我麾下這一局兄弟，連站著開火都沒學會，豈不是墜了咱們南兵的威風。屆時，不僅僅我劉某人丟臉，您老哥面子上，也不怎麼好看不是？」

「你是你，我是我，你丟人現眼關我屁事！」百總吳升氣得直翻眼皮，堅決與劉繼業劃清界線。

「我可一直拿你當師父！」劉繼業梗著脖子，大聲強調。隨即，又迅速朝自己身上摸了摸，將一個羊脂玉扳指取了出來，直接按入了吳升的掌心，「哎呀，不提這事兒，我都差點兒忘了。拜師禮，還一直沒給您呢。這個小玩意兒，算是徒弟賠罪。師父您大人大量，別跟徒弟一般見識。回頭去，肯定會另有束脩補上。」

「別，別，你好歹也是個伯爺，吳某可當不起你的師父！」吳升連聲拒絕，同時試圖將羊脂玉扳指塞回劉繼業手中。然而，他力氣卻照著對方差得太遠，根本無法如願。最後，只能紅著臉，壓低了聲音補充，「小伯爺，在下真的不敢做您的師父。您放心，該教的東西，在下絕不藏私就是。這禮物太重……」

「沒啥，一個射箭用的扳指而已。我現在改習鳥銃了，要它也沒用。」劉繼業搖搖頭，大咧咧地宣布，「你儘管拿著。至於拜師，你若是覺得不合適，我可以不拜。但該有的禮數和束脩，我這兒絕不會缺！」

「當不起，真的當不起。」百總吳升即便再驕傲，也知道自己跟劉繼業之間的地位差距。果斷搖了搖頭，大聲強調。「束脩也不必了，張小公爺和您看得起在下，是在下的榮幸。鳥銃手的事情，您儘管放心，在下這就轉回去，替小伯爺您好好操練他們。」

「操練他們的事情，倒也不急，反正你剛才說了，短時間內，大明不會再向朝鮮派出一兵一卒。」劉繼業忽然正經了起來，收起笑容，輕輕搖頭，「吳哥，您還是先跟我說說，為啥大明近期不會出兵的事情。否則，我連睡覺都不會踏實。」

「小伯爺，不是在下多嘴，這事兒，您更應該問張千總和你姐夫。畢竟，他們兩個最近在總兵和巡撫面前紅得發紫，跟李帥的二弟和六弟，又是莫逆之交。」也許是被劉繼業的誠心打動，也許是玉扳指起了作用，百總吳升朝四下看了看，快速給劉繼業支招。

「我知道他們兩個最近在郝巡撫和楊總兵面前，都紅得發紫。但是，跟他們兩個請教，哪有跟吳哥您請教自在。」劉繼業砸了下嘴巴，圓圓的臉上，迅速露出了幾分失落。

「這又是為何？」百總吳升被他的表情弄得好生困惑，追問的話，脫口而出。

「你想啊，我們三個原本是好兄弟。家世差不多，閱歷差不多，各自的本事也差不太多。」劉繼業也不隱瞞，嘆了口氣，幽幽地回應，「如今，他們兩個去朝鮮殺了一個來回，都闖出了偌大的名頭。又得了巡撫和總兵的雙重賞識，馬上就要平步青雲。而我，卻來時候什麼樣，現在還什麼樣。

平時跟他們倆見了面兒，立刻就覺得自己矮了半截。哪還有臉，拉著他們問東問西。」

這，全是他的心裡話。一直憋在肚子裡無處傾訴，今天，卻終於忍不住，在一個不怎麼熟悉的人面前直接吐了出來。

自打數日前從鴨綠江南岸，帶著開國太祖賜給朝鮮國王的金印凱旋而歸，李彤和張維善兩人的名字，就響徹了遼東。非但佟養正、黃應、謝應梓、楊五典等遼東將領，紛紛主動登門拜訪。遼東巡撫郝傑和遼東總兵楊紹寬，也對二人讚賞有加。

欽差宋應昌雖然礙於身份，沒有主動表現出拉攏之意，但是在遞往朝廷的請功摺子，卻把二人的名字並列放在了顯眼位置，「為國舉賢」的心思不問自明。

可以預見，當金印和請功摺子送到北京之後，李彤和張維善兩人的前程，將會是何等的光明。僅僅是將「試千總」三個字中的「試」去掉，肯定無法酬勞其功。若是二人的家族於暗中再推上一把，跳過都司，游擊注六兩大級，直接升為參將都很有可能。而劉繼業，頂多卻是從試把總，變成把總。與兩位朋友官職差了三個大級，六、七個小級。並且將來還可能被甩得越來越遠。如此，即便三人之間的交情再鐵，想要像以前那樣毫無顧忌的說話，也沒任何可能！

注六、都司：營兵制前期叫做營官，後期稱都司。地位高於千總，低於游擊。參見熊廷弼的奏摺，「募兵一千五百者授都司，兩千者授游擊。」

真話最容易打動人。

百總吳升這些年來，也曾經看到許多昔日的同僚飛黃騰達。而他自己，卻始終原地徘徊。所以，對劉繼業的失落，感同身受。也陪著嘆了一口氣，低聲安慰：「小伯爺，您老別這麼想。我看李千總和張小公爺，都不是那種勢利眼兒。絕不會因為馬上發達了，就不認你這個朋友。況且官運這東西，也不能強求。換了誰，像您當初那樣胸口挨了一鳥銃，也不可能繼續上馬轉戰千里。」

「話雖然這麼說，但我就是一見到他們，就覺得自己真他娘的沒用！」劉繼業依舊無法釋懷，繼續嘆息著扼腕。

「啥有用沒用的，楠木有用，只要被發現，就留不到天亮。歪脖子老榆樹沒用，可每個村口都能見到幾棵，隨隨便便都能長到雙臂合抱那麼粗。」百總吳升雖然讀書不多，閱歷卻頗為豐富。隨口幾句，就將劉繼業說得無言以對。

「我這可不是咒李千總和張小公爺啊，您別多心！」見劉繼業依舊神情鬱鬱，笑了笑，他繼續補充。「其實像您這種貴人，有用沒用又能怎樣？只要年紀一到，就能繼承爵位，見官大半級。我要是有這樣的好命兒，才不來沙場上博什麼功名。畢竟弓箭和彈丸都不長眼睛，您性命金貴，鬼神暗中保佑，讓鐵甲擋住了彈丸。換了我這種命賤的，有可能就被鳥銃直接打在了鼻梁上，直接嗚呼哀哉！」

劉繼業立刻顧不上再長吁短嘆，鼓起嘴巴，朝著而地上猛啐，「呸，呸！吳哥，趕緊啐。您別為了安慰我，這麼說自己。趕緊，跟我學，呸，呸，壞的不靈好的靈，壞的不靈好的靈……」

雖然早已將生死看得很淡，百總吳升依舊大為感動，笑了笑，學著劉繼業的模樣朝著地上吐起了唾沫，「好，好，壞的不靈好的靈。呸，呸！」

「這就對了，別咒自己。」劉繼業展顏而笑，彷彿真的救了別人一命般得意。

受到他的笑容感染，百總吳升心情也是大好。抬起頭四下張望了一番，確定十步以內沒有第三雙耳朵，又低下頭，滿臉神秘地補充，「小伯爺您看得起我，我也不能繼續跟您藏著掖著。其實不光是我，底下很多人都知道，朝廷除了派少量兵馬幫朝鮮國王拿回新義州之外，近期不會再做任何多餘的事情。道理很簡單，第一，李帥乃當世明將，輕易不會打無把握之仗。第二，朝鮮國王先前說倭兵統共才有七八萬，而朝鮮國王的手下卻吹牛，說他們自己已經消耗了倭兵四十幾萬，上下的口徑根本對不上。第三，就是因為祖將軍、李千總和張小公爺他們三個在朝鮮的經歷，實在過於詭異。竟然無緣無故，都多次遭到朝鮮人和倭寇的聯手截殺。若是朝鮮國王和大相，不能對這事兒給出一個說得過去的說法，巡撫郝爺即便再有心幫他們，也不敢賭上自家的前程。」

「啊！」沒想到出兵不出兵的背後，還藏著這麼多彎彎繞，劉繼業頓時聽了個目瞪口呆。

「您仔細想啊，先前巡撫郝爺之所以敢不顧楊總兵的勸阻，執意派祖副總兵過江，並且只帶了那麼一點兒人馬，就是因為相信朝鮮國王和他的手下人所說，倭寇沒多少人，而朝鮮軍民都在苦盼天兵。只要王師一過江，就會帶著武器和糧食前來助戰。」唯恐劉繼業聽不明白，百總吳升想了想，繼續壓低了聲音補充，「結果呢，祖副總兵回來之後卻說，朝鮮那邊要糧沒糧，要人沒人，還跟倭寇暗中勾結。他調了五路朝鮮兵馬幫忙進攻平壤，結果四路半途逃走，只來了一路。而正當他跟倭寇血戰之時，最後這一路朝鮮兵，還在他背後放起了冷箭。」

「這群不知道好歹的王八蛋！劉繼業楞了楞，氣得咬牙切齒。

「可不是麼，祖副總兵可被他們坑慘了！若不是李千總和張小公爺拿回了太祖爺賜給朝鮮王的金印，並全力給他作證，他這回弄不好都得掉腦袋！」吳升揮舞著拳頭，替祖承訓抱打不平，「既然朝鮮國王和他手下那幫人，先前說得全都是瞎話，郝巡撫又不是傻子，如何敢再冒險幫他們？既然敵情不明，以李帥的謹慎，豈會輕易率領大軍渡江？而宋欽差肩負皇上的命令，更不會輕易讓大軍冒險。所以，眼下咱們四萬大軍終日厲兵秣馬，卻是做戲給外邊看的。事實上，眼下無論哪位大帥，都沒揮師渡江的念頭。」

「原來如此，怪不得我姐夫和張守義前幾天還全力支持我訓練鳥銃手，從昨天起，卻對訓練的進展不聞不問了。」劉繼業恍然大悟，嘆息著連連搖頭。

「我早就跟您說過，那兩位爺看得比我清楚。只是，你不去找他們問，他們自然沒必要主動將消息向外傳。」見對方終於明白自己從來就沒蓄意敷衍，吳升得意地低聲補充。

「是啊，都是聰明人，就我糊塗！」劉繼業立即又被觸動了心事，繼續嘆息著搖頭。

「我覺得，就憑小伯爺您這股子不服輸的心氣兒，將來成就絕不會在他們之下。」吳升聽了，馬上大聲安慰。隨即，又笑著解釋，「並且我還覺得，李千總和張小公爺不主動告訴你，未必只是怕消息傳開後，他們遭到上頭的追究。他們兩個，估計跟您的心思一樣，希望早點兒將這一局鳥銃手訓練出來，補全自家麾下只有騎兵的短板。」

「補齊了又怎麼樣，他們兩個升官升得再快，也不可能有資格決定大軍什麼時候渡江。」劉繼業依舊感覺很是受傷，搖了搖頭，悻然說道。

「可有準備，總比沒準備的好。」這一回，吳升沒有順著他的意思說話，而是笑呵呵地低聲反駁，「打仗的事情，怎麼可能憑著其中一方的意思。咱們大軍不過江，可萬一倭軍哪天得意忘形，直接去打義州呢？欽差和巡撫他們，總不能對駐守在義州的我家將軍見死不救。到那時，即便明知道朝鮮國王嘴裡沒一句實話，明知道朝鮮各路兵馬敵我難辨，李帥只剩下了咬著牙迎戰這一條路可走。」

第六章 漩渦

「阿嚏！」李彤重重地打了個噴嚏，眼淚和鼻涕瞬間淌滿了下巴。

「有人在背後嘀咕你，說你始亂終棄！一路上哄著人家……」張維善迅速扭過頭，幸災樂禍地調侃。然而，一句話還沒等說完，他的鼻孔也突然開始發癢，一個噴嚏過後，涕泗交流。

「要嘀咕也是你！」李彤掏出方帕，一邊擦，一邊反唇相稽，「狗是你要的，杜杜自然也該跟著你。現在你光把狗留下，卻不准她進你家的門兒，算什麼事兒？所謂搶男霸女，恐怕也不過如此。」

「得了吧，我才是遭了無妄之災！」張維善用方帕迅速在臉上抹了兩把，頂著發紅的鼻頭爭辯，「狗是我要的不假，可這一路上，瞎子才看不出來，那個杜杜是看上了你，一心想要替你暖床。你可好，一路也沒給人家準話，等見了自家未婚妻，立刻把我拉出了頂缸。」

李彤笑了笑，輕輕搖頭，「不是頂缸，是覺得既然她跟著你才更合適一些。首先趕山犬需要專人訓練，咱們這邊除了她，誰也不會。其次，你家大業大，也養得起她。我……」

「呸，我看你就是怕劉繼業他姐跟你算帳！」聽他越說越像那麼一回事兒，張維善大急，紅著臉高聲打斷。

「怕倒不怕，但沒必要引起誤會。」見他真的動了怒，李彤趕緊收起笑容，低聲解釋，「軍營裡不能住女眷，劉繼業和他姐姐那邊也沒她的地方。暫時安頓在你那幾天，等過些日子，她的民籍辦下來，我再出錢給她點兒本錢做個小買賣，讓她自食其力。總好過她一個小姑娘家終日槍林箭雨中掙命。」

「那倒也是！」張維善聽他說得頗有道理，無意識地輕輕點頭。隨即，卻又將兩眼瞪了個滾圓，「但為何非要安頓在我那兒，軍營附近，又不是租不到其他民房？」

「她那長相和打扮，一看就知道是朝鮮那邊的女直人。如果沒個實力足夠的靠山，用不了三天，就得被城裡的地痞流氓給綁了賣掉。並且地方官府還沒心思深究。」李彤想了想，非常認真地補充。

在朝鮮時整天疲於奔命，他根本沒來得及仔細考慮，將要怎麼對待主動投靠自己的海西少女杜杜。直到前幾天平安返回了遼東，才忽然意識到，自己竟然惹了一個不大不小的麻煩。

以杜杜的身份與經歷，肯定不能隨便當作李家的奴婢。而納其為妾，首先，杜杜有沒有大明百姓的身份。其次，未婚妻劉穎剛剛為了援救自己，女扮男裝渡江入朝……

「那倒也是，她長得好看，卻不懂得大明官話。如果沒有人罩著，肯定會被拐子盯上。」張維善被李彤的理由說服，再度輕輕點頭。緊跟著，又用力搖頭，「不對，要罩也該是你罩，怎麼輪得到我。我看，你分明就是怕了嫂子！」

「不是怕，是覺得理虧。她為了救我，連性命都豁出去了。我若不經她點頭，就明目張膽把杜杜留下來，豈不是無情無義？」李彤被逼得五路可退，只能紅著臉承認。

「那倒也是，換了我，也覺得虧心。」這回，張維善沒有再糾纏不放，嘆了口氣，小聲回應。

「還有繼業。」李彤想了想，繼續低聲補充，「你甭看他表面上大大咧咧的，其實在某些事情上，心思重得很。咱們倆此番在朝鮮各有收穫，而他卻因為受傷太早，一無所得。你想他這些天來，心情怎麼可能好得了？如果我再把杜杜公然帶在身邊，即便他姐姐礙於顏面不說什麼，他怎麼可能不跳出來給他姐姐主持公道？咱們兄弟三個，結伴來遼東是為了博取功名，從此不看人臉色過活。結果仗還沒正式開始打呢，兄弟三個先鬧翻了，豈不是得不償失！」

「的確，繼業那小子，最近看咱倆的眼神都跟以前大不相同。」張維善想了想，憂心忡忡地點頭。

「他答應過二丫，要做了將軍之後，再風風光光娶對方過門兒的。」

「所以，上頭近期不打算讓大軍渡江的事情，暫且不要跟他說。讓他心裡有個能快速追上來的念想，也不至於每天過得鬱悶。」作為三人當中年齡最大的兄長，李彤非常懂得替兩位朋友著想，順著張維善的口風叮囑。「否則，萬一引得內傷發作，恐怕就不止是吐幾口血那麼簡單了。」

「知道，放心。」張維善點點頭，拍著自家胸脯大聲回應，「我還指望他早日把鳥銃局練出來，帶到朝鮮去給倭寇一個驚喜呢！我這幾天晚上沒事幹，一個人瞎捉摸。發現倭寇那邊，對咱們威脅最大的就是鳥銃手。剩下的，什麼武士也好，足輕也罷，其實戰鬥力都非常有限。隨便從遼東拉一個戰兵過去，至少能夠同時應付仨！」

「後面那幾句話，你可別當著郝巡撫的面兒說。他正找不到催促大軍儘快過江的理由呢！」李彤警惕地抬起頭，四下張望。唯恐周圍還有第三雙耳朵，將張維善的話截走當做證據。

張維善看了他一眼，也迅速將聲音壓到最低，「我也就是跟你小聲說說，才不會傻到去摻和上頭那些大人物的爭鬥當中去。甚至連李六哥來套我的話，我都跟他說，咱們一路上接觸的倭寇都不是正規隊伍，戰鬥根本算不得數。」

在朝鮮的那些日子，他們兩個每天都累得筋疲力盡。原本指望回到遼東之後，能踏踏實實睡上幾天幾夜，恢復體力和精神。誰料想，回到遼東之後，他們卻絲毫也沒比在朝鮮過得輕鬆。

外邊人只看到，他們被總兵楊紹寬召見，被巡撫郝傑召見，被欽差宋應昌召見，甚至被東征提督李如松請為座上賓，鋒頭出盡。卻沒看不到，二人每天在那些自己惹不起的「大人物」面前，如何謹小慎微，戰戰兢兢。

「大人物」們，有的主張儘快渡江，以雷霆萬鈞之勢壓向倭寇，速戰速決。有的主張以義州為餌，將倭寇大隊人馬吸引到鴨綠江畔，一戰而竟全功。有的主張先查明敵情，知己知彼。有的主張，乾脆放手不管，讓朝鮮國自生自滅。

每個主張，都需要理由。而理由，卻不能憑空而生，只能從去過朝鮮的將士嘴裡挖。作為帶領著麾下弟兄，在鴨綠江和平壤之間，殺了不止一個來回的李彤和張維善，無疑是最好的理由提供者。但是，他們如果不小心，為某位大人物的觀點提供了支持，就有可能，成為另外幾個大人物的眼中釘。

鴨綠江北沒有倭寇，沒有廝殺。

但是，對他們兩個來說，身邊卻充滿了刀光劍影！

「呼——」北風捲地，草屑和殘雪紛飛而起，在半空中越聚越多，越捲越高，漩渦般直沖雲霄。

「地龍捲，地龍捲！」一隊正在校場中訓練的鳥銃手叫喊著向後閃避，任帶隊的把總如何咆哮，都無濟於事。

神秘，凶殘，高貴，這是世人對龍的印象。地龍捲既然帶上了一個龍字，當然也招惹不得！更何況，對於來自江浙一帶的鳥銃手來說，每次龍捲風從海上登陸，都會導致洪水氾濫，房倒屋塌，人畜死傷無數。這平地上出現的龍捲風雖然看上去比海上來的小了許多，可誰又能保證它不會殺人奪命？

「嗤，這群南方人，真是少見多怪！」同樣面對漩渦般的地龍捲，站在中軍議事廳窗口的李如梓，就沒有感覺到絲毫的驚詫。而是不屑地撇了下嘴，輕輕搖頭。

「我看你才是少見多怪。江南那邊，水網縱橫，一年到頭颳風的日子都沒幾天，怎麼可能隨隨便便就見到地龍捲？」一聲溫和的呵斥，從背後傳來，隱隱約約，還透著幾分長輩對晚輩的關切，「怎麼了，閒得無聊了，看別人操練士卒，都看得那麼有滋有味兒。」

「我是以前沒怎麼見人光用鳥銃結陣，而不配合長矛和狼筅注七。」李如梓迅速回過頭，努力撐出一張笑臉，「大哥，你回來！欽差和巡撫那邊爭出結果來了嗎，到底幾時向朝鮮發兵？」

「他們兩個能爭出結果來，才怪！」站在他身後的，正是他的長兄李如松。眉眼跟他極為相似，但年齡卻比他大了足足有三十歲。所以言語之間，不知不覺就帶上了父親般的慈愛，「你不用操心這麼多，他們愛爭到幾時就幾時。反正倭寇此番是奔著大明而來，一旦在朝鮮站穩了腳跟，下一步肯定就會殺向遼東。」

「我是覺得，咱們終日等在這裡，也不是個辦法。鴨綠江這麼長，誰知道倭寇會從哪裡渡江？與其等著他打上門來，那不如自己先下手為強？」在自家大哥面前，李如梓從不隱瞞心中的真實想法。搖搖頭，低聲提議。

「在江北乾等，肯定不是辦法。可敵情不明，朝鮮那邊的義軍和官軍，又很難分辨是不是跟倭寇狼狽為奸。貿然過江，若是能旗開得勝還好，如果不小心首戰失利，未免挫了大軍銳氣，也給了朝堂上那些反對出兵的人落以口實。」李如松看了他一眼，回應當中透出了幾分沉重。

「是啊，甭看那姓郝的現在天天叫囂要殺過江去，直搗漢城。還做出一副不遺餘力，支持大哥的姿態。如果真的吃了敗仗，哪怕是幾百人的損失，第一個跳出來彈劾大哥的，肯定又是他。」老五李如梅的聲音也從門口傳來，夾著一股子難掩的料峭之意。

「五哥，你也覺得按兵不動最好？」李如梓迅速扭頭，帶著幾分驚詫追問，「當初沒回遼東之前，你可是一直主張，以泰山壓頂之勢攻過去……」

「從用兵上講，肯定是趁倭寇沒在朝鮮站穩腳跟，以泰山壓頂之勢發起進攻，將其直接趕下大海最好。但眼下這種情形，卻不如以靜制動。至少，在宋欽差與郝巡撫兩個人沒爭出結果之前，大哥不急著率部渡江！」李如梅笑了笑，非常耐心地向自家六弟解釋。

「這又是為何？」李如梓聽得似懂非懂，眨巴著眼睛大聲追問。

「剛才大哥不是說過了嗎，只能贏，半點都不能輸的仗，實在太難打。」李如梅咧了下嘴，臉上露出了一絲苦笑。「馬上就到十月份了，天寒地凍，糧草輜重運送難度，一日勝過一日。而朝鮮國無糧、無錢、無城，甚至連給大軍運送補給的民夫都無法提供。咱們如果揮師渡江，將士帶得多了，糧草輜重肯定接濟不上。如果帶得少了，非但會給倭寇可乘之機，那些原本就腳踏兩隻船的朝鮮官兵，恐怕也會像當初對待祖承訓一樣，果斷倒向倭寇那邊。」

「這……」李如梓聽得好生鬱悶，拳頭越捏越緊，卻不知道該去揍誰。

注七、狼筅：戚家軍的制式武器。械首尖銳如槍頭，械端有數層多刃形附枝，結陣使用，可將敵軍擋在一定距離之外，給鳥銃手創造頂著敵人鼻子開火的機會。

「更關鍵一點是，咱們李家，原本就被朝廷中某些文官當做藩鎮來看待，所以才逼著父親交出兵權，回家養老。今年朝廷被寧夏之亂逼得沒辦法了，才勉強啟用了大哥和咱們。」本著為家族長遠考慮，李如梅想了想，繼續低聲點撥，「如果大哥在朝鮮打贏了，哪怕戰果再輝煌，他的官職不會再升，咱們李家，也不可能再出第二個總兵官。而一旦輸了，甚至某一仗跟倭寇打成了平手，朝鮮中那些言官，肯定就會像瘋狗般撲上來，群起而攻之。那幫傢伙，甭看對付外敵沒啥本事，對付自己人，卻一個頂仨。」

「奶奶的，都是一群什麼玩意兒！咱家該他們的，還是欠了他們的？」李如梓實在忍無可忍，揮舞著拳頭大聲嚷嚷。

「無他，狗仗人勢而已。」李如梅撇了撇嘴，冷笑著搖頭。「那些言官之所以有膽子像瘋狗般往咱們身上撲，還不都是背後有主人給他們撐腰？如果皇上真的相信……」

「老五，別胡說！」半空中猛然傳來一聲斷喝，將李如梅的話直接憋回了肚子裡。

迅速將頭探出窗外看了看，大明東征提督、討倭援朝總兵官李如松滿臉鄭重地向兩個弟弟強調，「陛下對父親和我一直信任有加，你們兩個，且不可再說這種怨懟之言。否則，即便沒有外人聽見，我也一定會替父親執行家法。」

「是！」李如梅也知道自己今天說錯了話，立刻抱拳行禮。

李如梓卻不太服氣，仗著自己年齡小，嬉皮笑臉地拱手，「大哥，知道了。皇上聖明，都是奸臣歹毒……」

「閉嘴！」李如松狠狠瞪了他一眼，不怒自威，「少玩這些花樣。我知道你想說什麼。但事實就是如此，皇上需要良將替他征討四方，所以對父親和我，一直寵信有加。但為了防止有地方文官和武將一手遮天，朝廷就必須養著言官，讓他們隨時雞蛋裡挑骨頭。」

唯恐李如梓不服氣，他將語氣稍微放緩和了一些，繼續諄諄教誨，「遼東鐵騎威名赫赫，除了戚家軍之外，天下無人能擋其鋒。而父親能坐鎮遼東三十年，若非陛下信任，怎麼有此可能？至於去年命令父親回家榮養，也是陛下見父親年紀大了……」

「行了，大哥，我知道了。我不會亂說話就是。」李如梓聽得好生不耐煩，捂住耳朵抱怨，「好像我啥都不懂，只會給家裡惹禍一般？也就是今天這裡沒外人，我才多了幾句嘴。否則，你看看我，保證比徐庶進曹營還安靜。」

「我呸，徐庶如果活著，得被你再給氣死。」李如松拿他無可奈何，撇著嘴數落。「昨天也不知是誰，當著那麼多人的面，叫嚷朝廷對祖承訓的處置不公來？」

「朝廷對祖承訓的處置，原本就不公平。帶兵去攻打平壤，又不是他自己要求去的？明知道倭寇數量不下十萬，還只給了他一個營的人馬，其中戰兵還不到兩千五！他即便再有本事……」李如梓好生不服，繼續梗著脖子倚小賣小。

「就你知道，別人都眼瞎嗎？大夥現在不替祖將軍說話，是時機未到。如果時機到了，自然會讓他如願翻身。」李如松狠狠瞪了他一眼，迅速打斷。

「那姓郝的……？」李如梓聽得大吃一驚，本能地小聲追問。

「朝廷裡的言官，可不止會咬咱們。自然也不會放過他。所以，他現在才迫不及待催促大軍過江。」李如梅笑了笑，在旁邊低聲插嘴。「可他越是這樣，越沒人敢幫他。免得將來遇到挫折，被他像拋棄祖承訓那樣，恨不得殺人滅口。而宋欽差之所以一直阻礙出兵，也不是像大哥這般，謹小慎微。而是想要一腳踢走姓郝的，獨攬大權。」

「這……」李如梓聽得心驚肉跳，兩隻眼睛再度瞪得滾圓。

「早就說，你別跟著瞎操心，你偏不聽。」李如松抬起手指，在他額頭上戳了一下，繼續笑著數落，「你看看你自己，再看看李子丹和張守義。年齡都差不多，人家兩人卻知道分寸，只管低頭做事，從不多嘴多舌。」

「他們倆？」不聽李彤和張維善的名字還好，一聽，李如梓臉上的驚恐，頓時變成了鬱悶，「他們倆那叫知道分寸？我看是沒良心才對？我當初費了那麼大力氣幫他們謀取官職，他們可好，跟我連一句實話都沒有！」

「呼——」北風捲著殘雪和雜草，破窗而入，剎那間，灌了他滿頭滿臉。

「啊，啊，啊嚏！」李如梓猝不及防，接連打了幾個噴嚏，眼淚鼻涕飛流直下。

「活該，叫你在背後議論別人是非！」李如松絲毫不同情弟弟的境遇，先笑著數落了一句，然後信手塞過去一塊棉帕。

「大哥，你這胳膊肘拐得也太向外了些。」李如梓心裡好生不服，用棉帕捂著鼻子大聲抗議。

「怎麼，還說錯你了？」做兄長的李如松忽然板起了臉，聲色俱厲，「咱們李家子弟，什麼時候變成了長舌婦？見到朋友的長處不去學習，反而無憑無據，背後指指點點！」

他年齡比李如梓大了足足三十歲，忽然發怒，威勝嚴父。頓時，就讓後者低下了頭，嘴唇囁嚅，半晌不敢再說一個字。

「大哥，老六只是覺得自己的好意沒收到足夠的回報。並非，並非在背後議論別人。」老五李如梅也被大哥的怒火嚇了一跳，硬著頭皮替六弟解釋。

「還有你，做事什麼時候變得如此沒頭沒尾？」李如松立刻將臉轉向了他，目光如刀子般上下掃視，「要麼別幫忙，言明力不能及，想必也沒人會怪你。要幫，就盡全力。如何能夠像這樣，讓老六將他們塞進選鋒營之後，就不聞不問？換了你是他們，落到如此不上不下的境地，心裡能有幾分感激？」

「我，我和老六不是幫忙幫一半兒，而是，而是臨時都被派了出去，沒顧上。」李如梅臉色發紅，訕訕地解釋，「本以為回來之後，再繼續管他們三個的事情也不遲，誰料想……」

「誰料想，沒等你們倆都回來，他們就被派過了鴨綠江。所部一個千人隊裡頭，有九百是新兵。」

李如松狠狠瞪了李如梅一眼，厲聲打斷，「換了你跟他們易地而處，有幾成機會活著回來？如果不幸埋骨異國，他們的家人，會不會感謝你和老六千里迢迢將他們帶到遼東來，有機會為國捐軀？」

「這……」李如梅和李如梓雙雙耷拉下了腦袋，額頭上汗珠緩緩外滲。

兄弟倆都是知兵之人，所以不僅僅能看到李彤和張維善現在的風光。只要稍加思量，肯定能發現，李彤和張維善二人在朝鮮那段日子，幾乎每天都行走於生和死的邊緣。而如果兄弟倆當初安置李彤、張維善和劉繼業時，再多加一把力氣，或者多給相關同僚一些暗示，應該就能避免這種情況。至少，至少會讓三人麾下多一些老兵，而不是帶著一群連結陣都沒學會的菜鳥去上戰場。

「朝廷重文輕武，罕見有書生投筆從戎。特別是遼東，自打我記事以來，就沒聽說過一個讀書人自願前來投軍。以他們三個的貢生身份和各自的家世背景，當初去投總兵楊紹寬也好，去投巡撫郝傑也罷，最低也是三個贊畫，根本不用上戰場。隨便熬上幾個月，各自一個游擊頭銜就穩攥在掌心處。你們可好，居然給人安排個千總、副千總和把總，就算有了交代。知道的，是你們倆做事謹慎，怕給咱們李家惹來麻煩。不知道的，還以為你們兩個跟他們三人是仇家，所以才借刀殺人。」見兩個弟弟都不敢再反駁，李如松嘆了口氣，繼續高聲數落。

「沒，沒有。我跟子丹和守義兩個曾經同生共死，怎麼可能想要謀害他們？」李如梓被委屈得眼淚都淌了出來，揉著眼睛大聲反駁。

「關鍵不在於你怎麼想，而在於別人眼裡怎麼看！」李如松嘆了口氣，再次低聲強調，「幫忙最忌諱幫一半兒，不上不下，還不如不幫！他們三個本事大，運氣也不差，所以這次從朝鮮載譽而歸。如果運氣差，不幸戰死沙場，我看你心裡會不會好受？」

「我，我沒想到，他們會被派出去。我，我也沒想到，他們三個麾下，居然被安排了那麼多新兵！」李如梓聽得不寒而慄，紅著眼睛搖頭。

「所以我才說你做事欠考慮。並且過後還毫無察覺。」李如松又看了他一眼，抬手拍打他的肩膀，「父親馬上就年過古稀，為兄歲數也奔五十數了，咱們李家，將來肯定要著落在你跟你五哥身上，你們倆，可不能做事這麼糊塗。李彤和張維善從朝鮮回來之後，為何跟你關係疏遠了？你不能光想著他們忘恩負義，也得想想自己的那些小恩小惠，值得不值得人家付出太多！否則，今天是他們兩個，明天是別人，這樣下去，你身邊看上去全是朋友，事實上誰都跟你是點頭之交。將來咱們李家萬一遇到麻煩，那結局肯定是牆倒眾人推。」

「我知道了，大哥。我明天就去找他們倆把話說清楚。」李如梓抬手揉了下眼睛，低聲認錯。

「沒有必要去解釋，解釋了，反而更讓人覺得你欲蓋彌彰。」很滿意自家弟弟知錯能改的態度，李如松放緩了語氣，笑著糾正。「像翻書一樣，把這頁翻過去，然後繼續拿他們當朋友相處。能幫他們的時候，別留力氣。所謂日久見人心，慢慢的，他們自然會知道，你究竟是個什麼樣的人，值得不值得結為至交。」

「嗯！」李如梓心服口服，紅著眼睛點頭。

將目光迅速轉向李如梅，李如松繼續說道：「至於你，以後做事多加小心。咱們李家樹大招風，而遼東這邊，不知道多少人希望取而代之。這次借著坑李彤和張維善他們，只是做個試探。下次，恐怕就不會這麼簡單。」

「是，大哥！」李如梅眉頭緊皺，輕輕拱手。

「李彤和張維善他們兩個，其實他們現在說的那些話，無論真也好，假也罷，反而最為妥當。」唯恐李如梓心裡還存著疙瘩，李如松想了想，繼續笑著說道。「他們雖然在朝鮮往來千里，所接觸的，卻不過是倭寇的前鋒，並且來自不同的主將麾下，良莠不齊。如果他們回來後當眾彙報，所有倭寇都不堪一擊，大明將士，輕鬆以一敵三，對為兄來說，才是一個大麻煩。對他們自己來說，也是個隱患。畢竟倭寇的精銳到底戰鬥力如何，大夥誰都不知道，能料敵從寬，才是最為妥當。」

「這麼說，他們兩個無意之中，反而幫了大哥您的忙？」李如梓聽得又驚又喜，瞪圓了眼睛追問。

「應該算是，正合我意吧！」李如松笑了想，輕輕點頭。「為兄我可不想像祖承訓那樣，剛入朝鮮，就稀里糊塗吃一場敗仗。所以，他們把倭寇說得厲害一些，我這邊才能布置得更加從容。」

「可大哥您在欽差面前，好像一直在說倭寇實力平常。」李如梅聽得滿頭霧水，皺著眉頭輕聲提醒。

「何止如此！」李如松忽然仰起頭，哈哈大笑，「今天欽差和巡撫兩個又爭了起來，問我到底如何打算，我當時的回答是，給李某八千子弟，半年之內，便足以將十萬倭寇趕下大海！反正在文官眼裡，武將都應該是粗痞。我說得越狂妄，他們越不敢胡亂做決定。哈哈，哈哈哈，哈哈哈哈哈哈哈……」

第七章 曲直

「啊？哈哈哈……」想到自家哥哥在欽差宋應昌與巡撫郝傑面前裝傻充楞，故作粗坯狀模樣，李如梅與李如梓兄弟倆忍不住也跟著放聲大笑。然而笑著笑著，胸口內就湧起了幾分悲涼。

武將就應該是粗坯，只知道楞衝猛打。文官才能「運籌帷幄之中，決勝千里之外」，這乃是如今大明朝野公認的劇本。凡是不按照這種劇本演出武夫，要麼在底層軍官位置上蹉跎終老，要麼死得不明不白。

據說這種「以文御武」的方略，起始於大宋。後者依靠這種方略，有效避免了藩鎮割據之禍。而大宋先被大遼打得輸款求和，又被大金、蒙古輪番蹂躪的史實，朝野之中的大多數人卻紛紛選擇了視而不見。

「無論欽差與巡撫怎麼鬥，該做的準備，咱們都得做足，否則李家在軍中威名，就會毀在你我之手！」抬手擦了下眼角，李如松忽然收起笑容，正色補充。

「糧草輜重的事情，大哥不用管。我會按照七萬人馬吃喝半年的數量跟各方討要。十一月之前，肯定盡數運到九龍城。」李如梅迅速接過話頭，大聲承諾。

「我，我帶兵沿江巡視，免得，免得倭寇再像南京時那樣，打咱們糧倉的主意。」李如梓不知道自己該怎樣才能給大哥幫忙，猶豫了一下，小心翼翼地回應。

「不必，巡視的事情，我另外派人安排。」李如松將頭快速轉向他，低聲吩咐，「你有空再去見一下李子丹和張守義，與他們借幾個上次曾經跟隨他們一道去過朝鮮的家丁。過幾天，我安排楊元帶領少量精銳，再悄悄去一趟朝鮮。敵軍情況究竟如何，總得自己人親自去探查一番，才能清楚。」

「去找他們？」李如梓楞了楞，臉上露出了幾分扭捏。

「怎麼，抹不開面子？我剛才跟你說的話，都白說了？」李如松將眼睛一瞪，目光如電。

李如梓對自家大哥，比對父親還要害怕一些。趕緊擺了下手，笑著回應：「怎麼會，怎麼會？我只是在想，他們到底捨不捨得借。大哥你可能不知道，他們身邊，都有好幾個戚家軍老兵跟著。如果能借來一用……」

「你不去問，怎麼知道他們究竟不會不捨得？」李如松根本不想聽他的解釋，瞪圓了眼睛大聲打斷。「趕緊去，別磨磨蹭蹭的。否則，回頭拿你軍法從事！」

「得令啊——」李如梓不敢再耽擱，雙手抱拳，學著戲台上武將模樣，拖起長聲回應。隨即，趁著自家兄長的大腳沒踹過來之前，迅速轉身。三縱兩竄，就沒了蹤影。

「你有本事就一直別回來見我！」李如松已經抬起來的腳找不到目標踢，憋得好生難受。緊皺著眉頭，大聲威脅。

「不回來見你，怎麼向你交令！」李如梅在旁邊看得好生羨慕，笑著反問。隨即，又搖了搖頭，以極低的聲音提醒道：「大哥，那兩個小傢伙的確有些本事，但也不值得你如此器重？萬一他們真的是那種忘恩負義……」

「沒指望他們回報，只是及早結個善緣罷了。」李如松擺了擺手，用更低的聲音打斷，「父親這些年來為何功勞立得越多，越如履薄冰？一是因為惹不起那些言官，二就是因為咱們李家的親朋好友都在遼東，朝中缺乏有人替咱們發聲。而他們兩個，投筆從戎的甚是時候，將來的前途……」

「我派人打聽過了，他們兩個，雖然出自勛貴之家，卻都是旁支。即便有些前途，沒有各自背後的家族幫襯，也很難在官場上走得太高。」李如梅不太同意大哥的判斷，搖搖頭，繼續小聲提醒。

「你怎麼知道他們朝中無人？」李如松迅速看了自家五弟一眼，低聲反問，「那些勛貴之家後繼乏人，只要出了一個英才，哪怕是出自旁支，也不會放在一旁不聞不問。」

唯恐自家弟弟不服氣，頓了頓，他又快速補充，「據我所知，北京張國公府，已經派了一位德高望重的長輩過來，就是為了擺明了車馬，給張家麒麟子撐腰。至於李家，雖然實力略差了些，今後豁出去錢財往李子丹身上堆，再差也能堆出一個正二品來。」

「北京張國公府，你說是英國公府派了人來？什麼時候來的，我怎麼不知道！」李如梅大吃一驚，趕緊低聲追問。

「人家長輩來看自家子侄，又不是官員前來巡視，怎麼會驚動你？」李如松笑了笑，輕輕搖頭，「張家七代國公，個個手握京營大權。如今雖說大明文貴武賤已經成為定局，但放眼朝廷上下，有哪個不長眼的文官，敢讓英國公主動向他行禮？咱們李家早已被打上了將門的印記，想要接交朝中的文官，恐怕不是很容易。可如果能通過張守義，與北京英國公府搭上關係，今後麻煩無疑會少上許多！」

「這……」李如梅號稱李家兄弟中心思最縝密，也沒縝密到像自家兄長這般地步。剎那間，竟有些目瞪口呆。

「與人交往，其實是一門大學問。需要懂得如何施恩與人，也需要懂得如何求人。」李如松的話繼續傳來，渾然不像出自於一位昂揚武夫之口，「先前他們來遼東投軍，你和老六幫他們在軍中謀取的官職，是施恩。而現在老六去找他們借家丁，則是求人。對他們來說，能這麼快就還上你和老六的人情，必然會感覺渾身上下一陣輕鬆。而有了前兩次鋪墊，下回他們需要找人幫忙的時候，自然就會首先想到咱們李家。如此一來二去，交情只會越來越厚。他們將來若是仕途坎坷，咱們李家沒任何損失。他們將來若是能平步青雲，咱們李家就立刻多了兩個強援。既然穩賺不賠的事情，咱家又何樂而不為？」

薑，的確是老的辣。

事實正如李如松所預料，因為李彤和張維善兩個人最近聲名鵲起，北京張國公府和臨淮侯府果斷將目光投向了遼東。

於是乎，張家某位生過皇妃的老奶奶「慧眼重開」，忽然發現張維善與自家孫兒張維賢乃是至親叔伯兄弟，小時候曾經一起爬樹掏鳥云云。緊跟著，張家有一位德高望重的長輩，就不顧馬車顛簸，直接趕赴了遼東。

而臨淮侯李府，也恰好有一位不問兒孫事情已久的老太爺，忽然動了舔犢之情，反覆翻看家譜，赫然發現南京李家，根本不是什麼旁支，而出自岐陽王的次子增枝公一脈。一番操弄之後，雖然李彤依舊距離下一任臨淮侯的位置隔著十七、八條街，但是他的父親，卻被直接從南京召回了祖宅幫助老太爺打理家業，不用再終日四處奔波。

除此之外，張、李兩家的交情，還因為兩個晚輩的緣故，迅速升溫。據說一個張家的俊彥，已經準備娶李家的某位閨秀為妻，雙方長輩都看好這門親事，認為良緣天成。

「你們兩個儘管放手施為，惹出了麻煩，自然有家裡人替你們撐腰。咱們英國公府和臨淮侯府，可不是什麼人都能拿捏的。」來遼東的張家長輩，生得慈眉善目，道骨仙風，讓張維善和李彤兩個一眼看上去，心中就能生出親近之意。

「多謝二爺叔！」偷偷用腳踩了一下李彤的靴子尖兒，張維善躬身道謝。從頭到腳，每個姿勢，都透著一名勛貴子弟應有的教養。

「多謝二爺叔！」李彤微微楞了楞，也跟著快速躬身。在低下頭的瞬間，將靴子尖兒悄悄地從張維善腳底下抽了出來，隨即輕輕踢對方的腳跟兒。

這是他們兩個在南京國子監讀書時常做的小動作，輕微快速，根本不會給外人發現。想當初，就靠著這種默契，他們應付過一個又一個博士、教授。甚至連老狐狸劉方，都能輕鬆搞定。此刻拿出來應付送上門來的便宜張家二爺叔，自然駕輕就熟。

張家二爺叔張淶，卻不知道兩個晚輩早已默契地對他提高了警惕，開心地伸手做了個攙扶的動作，繼續說道：「哎，自家人，說什麼客氣話。見到你們兩個有出息，我們這些做長輩的，誰不是老懷大慰？恰當時候站出來說上幾句，讓外人對你們的家世有所顧忌，是應該的。否則，你們倆拚了性命才掙來的功勞，少不得又要被外人分掉一大半兒。」

「那倒暫時還沒有，畢竟宋欽差就在九龍城內！」

「宋欽差在我們回來的第三天，就把功勞報了上去。基本上跟我們兩個應得的差不多，分了一點兒給祖總兵，也是我們主動提出來的。」

李彤和張維善不敢附和，笑著低聲解釋。

「那就好，姓宋的還算會做人。否則，英國公府肯定會要他給個交代。」不愧為現任英國公的親叔叔，張淶說出來的話語霸氣十足。「先前你們在南京的那些事情，家裡邊不知道，所以沒顧得上管。如今既然知道了，就不會坐視不理。你叔父已經直接把摺子遞到皇上案頭了，估計用不了多久，皇上就會知道，當初在南京力挽狂瀾的，是哪兩位少年英雄。屆時，該是你們的功勞，那些人必須一點不差的還回來。」

「過去的事情，還是讓他過去就好！」李彤和張維善心裡齊齊打了個突，互相看了看，笑著提議。「當初我們兩個年輕氣盛，做事孟浪，沒少給地方上添麻煩。過後分一部分功勞出去作為補償，也是應該！」

「你們兩個能這麼想，當然是好。但咱們英國公府和臨淮侯府，卻不能任由外人欺負。」張溁搖搖頭，花白的鬍鬚在胸前飛舞。「這件事你們不用管了，全盤交給老夫處理就行。時間麼，可能會稍微久一些，趕不上這次朝廷給你們論功。但遲一些，未必是壞事。咱們大明朝還是在成祖起兵清君側哪會兒，才有過武將一月之內連升五級的先例。之後兩百年來，如此好運，從沒落到第二個人頭上。通常再大的功勞，也是三級到頂。多出來的只能換一些散階[注八]和賞金，而咱們兩家，最不缺的就是這些！」

「兩級就已經足夠了，畢竟我們兩個初來遼東，還沒打下根基。」唯恐張溁這個便宜長輩瞎摻和，張維善和李彤趕緊齊聲表態。

「你們需要什麼根基？英國公府和臨淮侯府，就是你們的根基。」二爺叔張溁撇了撇嘴，義正辭

注八、散階：官員的等級稱號，隨著年齡的資歷就能晉升，有些時候甚至可以買賣。只能彰顯身份，無相應權力。但如果散階太低，也無法擔任高等實職。如七品散階，肯定不能做五品官。反之，則無限制。

嚴，「聞國家有事，立刻趕赴遼東，投筆從戎，這份忠心，天下有幾人能比？如果連你們的功勞都吞，將來誰還肯主動站出來為君父分憂？老夫先前說趕不上這次論功，是為了讓你們心裡有個數，這月把三級升足了，幾個月後再升另外兩級，不是真的趕不上。家族裡頭爭這些，也不光是為了你們，而是為了警告其他人，千萬別仗著當了個芝麻綠豆官兒，就把主意打到張、李兩家的子侄頭上！」

「全憑二爺叔做主！」

「二爺叔此言，令晚輩茅塞頓開！」

張維善和李彤沒心思爭論，也犯不著為南京城內某些人去得罪自家長輩，笑著陸續施禮。

「你們兩個現在是正副千總，升足三大級，不過才是參將而已。遼東又不比京師，參將也就在軍中還能威風一些，出了軍營，見了七品知縣都得下馬。」也許是出於對自家晚輩的欣賞，也許是因為長時間沒機會炫耀，張淡談興極濃，很快，就將話頭又從家族的實力，扯到了二人的仕途選擇上，「遠不如老老實實把貢生讀完，然後按部就班謀取文職爽快。但既然你們兩個已經投筆從戎，我們這些做長輩的，也不好再橫加干涉。但是，接下來路該怎麼走，你們千萬要多聽長輩的話，免得家裡頭想要幫你們一把，都無從幫起。」

「那是自然！」李彤和張維善兩個，迅速將目光從窗外收回來，鄭重承諾。

窗外，二人麾下的兵卒，正在家丁的帶領下，賣力地訓練。雖然人數比上次入朝之時少了許多，但從氣勢卻充足了好幾倍。

「據家裡頭得到的消息，過幾天，皇上會派一名姓張的太監來傳旨。如果問起朝鮮的情況，你們千萬要想想再說。」表達了整整一上午對晚輩的關愛，張淡也有些疲了。喝了口茶水，斟酌著說出最後的叮囑。「那人素有賢名，跟咱們兩家雖然沒什麼瓜葛，對大明將門，平素卻多有回護。此番朝廷能決定出兵援朝，他從中出力頗多。如果遲遲沒有像樣的戰果送上去，難免就會落個給皇上亂出主意的罪名。」

這就是二人需要付出的代價了。雖然到目前為止，張淡所承諾的支持，都還沒看到半點兒蹤影。好在李彤和張維善兩個，最近幾個月來經歷頗為豐富。早就明白了天底下沒有免費的午餐，所以，雖然隱約有些失落，卻沒有覺得多少意外。相互看了看，就非常默契地躬身道謝，「多謝二爺叔指點，我們兩個一定提前做好準備，肯定讓張公公滿意而歸。」

「我們在朝鮮的戰果中，應該有幾枚倭寇的首級，是來自於倭寇中的將佐。先前因為無法核驗具體身份，巡撫那邊上報就晚了一些。待張公公來時，剛好當面呈交給他老人家。」

「還有倭寇將佐的首級沒有上交？太好了，皇上最近被倭寇弄得很煩，最想看到的，就是真倭的腦袋。」張淡聽得又驚又喜，嗓音隱約有些顫抖，「不過，那些首級，畢竟很多人已經看到了。未必方便直接轉到張公公名下。若是他老人家抵達遼東之後，你們再帶著家丁去鴨綠江對面砍殺一番，就更為妥帖。一是能讓張公公看到你們兩個對陛下的耿耿忠心，二來，弟兄們是受了他老人家的激勵，才奮勇爭先。他分幾顆首級，也名正言順。」

「晚輩明白。晚輩這就去想辦法，帶著麾下弟兄們移駐義州。」

「剛好先前李六郎前來借家丁，晚輩已經答應了他。明天一早去請他幫忙向李總兵請支令箭，去義州那邊為大軍打探敵情。」

「嗯！」對張維善和李彤兩個人的反應非常滿意，張溁開心地手捋鬍鬚。「不愧是國子監裡讀過書的，你們兩個果然聰明。不過……」

頓了頓，他的聲音忽然轉低，「不要急著去請纓，要把握住具體立功時間。張公公到了之後再出發才好，太早，太晚，都不妥當。」

「晚輩明白！」張維善和李彤兩個又互相看了看，再度躬身。

「你們兩個能主動與遼東李家子弟結交，甚合家中長輩之意。」大概是覺得張維善和李彤兩個孺子可教，二爺叔張溁想了想，非常耐心地繼續指點，「立了大功之後，也能顧著分給祖承訓那廝一些，而不是光想著自己，更讓家中長輩老懷大慰。子曰，君子慎其獨也注九。為官也好，領兵打仗也罷，最忌諱的就是，光想著自己，不肯與他人分潤。把功勞分出去一部分，短時間看，肯定是吃虧。但往長遠來看，只要分對了人，回報肯定是當初付出的十倍。」作為南京國子監的貢生，李彤和張維善兩個即便學業再差，也知道張溁用錯了古代聖人之言。然而，他們兩個卻不敢當面向對方指出，只好強忍著腹部抽搐，第三次拱手致謝。

那英國公府二爺叔說得口乾舌燥，自己也覺得今天給兩個晚輩的指點已經足夠。於是乎，故意板起面孔，向二人又說了幾句激勵的話，便飄然而去。

張維善和李彤強忍著肚子裡的笑意，將此人送出了門外。先目送著此人的馬車在奴僕的簇擁下，駛入了臨近的另外一座營盤，然後才回過頭來，無奈地撇嘴。

有英國公府和臨淮侯府的聯手支持，對他們兩個來說，當然是一件好事。至少，能讓二人日後避免很多沒來由的刁難。然而，英國公府和臨淮侯府想要從二人身上賺到的，恐怕也不是個「小數目」，甚至，遠遠超過了目前二人所能支付。

特別是將戰功分潤給太監，表面上看起來沒多大難度，然而，光是率領麾下弟兄移駐鴨綠江岸的義州，就要打通許多關節。並且屆時能不能如願與小股倭寇相遇，也很難說。

畢竟通過上一次的接觸，倭寇那邊的主要將領，也應該知道了明軍的實力遠遠超過了他們的預料。輕易不會再犯那種只派出區區幾百兵馬，就妄圖將一小隊明軍盡數全殲的錯誤。

「到時候能做就做。做不到，就拿上次砍下的倭寇首級頂數。」張維善摩挲著戚刀的刀柄，小聲跟李彤商量。「反正天寒地凍，硝過的倭寇首級沒那麼容易壞掉。而那張太監既然想回去邀功，自然會將其他漏洞提前堵好。」

注九、君子慎其獨也，出自《文子》，原意是在獨處無人注意時，自己的行為也要謹慎不苟。只有張淡這種不學無術之輩，才會將其引申為忌諱獨占好處。

「我怕他要的不僅僅是幾顆首級。」李彤心思比張維善縝密，想得也更為長遠，嘆了口氣，低聲回應。

「除了倭寇的首級，咱倆還有什麼？銀子嗎，他想要，直接找二爺叔要好了，沒必要再多跑一趟遼東。」張維善聽得似懂非懂，皺著眉頭反問。

「能貼身伺候皇上的太監，怎麼可能缺銀子？」李彤笑了笑，輕輕搖頭，「文官們一向不齒與太監為伍，咱們倆如果對姓張的太監有求必應，恐怕會同時引起巡撫與欽差的反感。再說，明明咱們憑藉自己本事，就能搏到一份不錯的前程。為何非要太監在背後幫襯？」

「二爺叔的主意，應該是英國公府的長輩們共同商量出來的結果。那些長輩們從來沒上過戰場，每一代都能有一人統領京營，手握重兵，全憑懂得做人。」張維善聽了，紅著臉搖頭。

長輩們替他們做出的安排，未必包藏什麼禍心。但長輩們的眼界和經歷，卻跟他們兩個大相徑庭。所以長輩們的選擇，未必就是最好的選擇。至少，在他們二人眼裡，遠遠達不到最好。

想到這兒，他心裡迅速湧起幾分內疚，頓了頓，帶著幾分歉意補充：「子丹，不如這樣。等姓張的太監來了，咱們先聽聽他本人的要求，沒必要準備得太早。到時候，若是他的要求不難，能做的，咱們就捏著鼻子做了。若是他得寸進尺……」

「那也就沒必要慣著他。前人有一句話，寧在直中取，勿向曲中求。」李彤笑了笑，迅速打斷，年輕的面孔上，瞬間灑滿了陽光。「我就不信，在大明，就沒一條正路可供你我兄弟去走！」

第八章　天威

「呼——」北風捲著沙粒子，打得文華殿的雕花玻璃啪啪作響。

雕花玻璃是西洋商販從海上運來的，價格與皇宮原本糊窗戶專用的蟬翼紗不相上下，但透光度和保溫能力，卻高出不止一個水平。所以，自從文華殿窗戶改造工程結束後，大明萬曆皇帝朱翊鈞就將處理奏摺的場所搬到了此地，每天都忙碌到深夜才肯收工。

然而，今天，朱翊鈞卻被沙打玻璃的聲音，吵得心煩意亂。很快，就丟下毛筆，朝著門口大聲吩咐，「來人，把護窗關上。這麼吵，爾等一個個沒長耳朵嗎？」

「皇上恕罪！奴婢這就去關，這就去關！」司禮監隨堂太監孫暹被嚇得一哆嗦，趕緊小跑著衝出殿外，招呼內廷侍衛們合攏楠木護窗，將玻璃與風雪徹底隔離。

文華殿內的光線迅速減弱，轉眼間變得伸手不見五指。萬曆皇帝朱翊鈞頓時被氣得火冒三丈，抬起腿，一腳將御案踹翻於地，「幹什麼呢你們？這麼黑，讓朕如何處理國事？」

「皇上息怒！奴婢來了，來了！」秉筆太監張鯨像肥球般從門口「滾」入，雙手各擎著一根剛剛點燃的蜜蠟，宛若擎著兩把倚天寶劍，「是奴婢的錯，不該離開這麼長時間。奴婢該死，該死，罪該萬死！」

嘴裡不停地請著罪，他手上的動作卻絲毫沒有放慢。很快，就把蠟燭插到御書案旁的西洋燭台上，隨即，又如同變戲法般，從寬大的太監袍子下，掏出了一支又一支新蠟燭，挨個點燃了，插在文華殿內各處燭台。

原本黑漆漆的文華殿，迅速被照得亮如白晝。一股雨後花園中的特殊香氣，也迅速在屋內散發開來，讓人精神瞬間為之放鬆。大明皇帝朱翊鈞輕輕抽兩下鼻子，驚訝地詢問：「這是誰家制的蜂蠟，味道如此清新？你這廝，一次拿了這麼多來，是不是又賴了人家的銀子？」

「不敢，不敢，奴婢不敢！」秉筆太監張鯨晃晃白胖的手掌，笑著解釋，「這是御用監仿照西洋方子，自己造的鯨蠟。裡邊放了一些花粉和草藥遮掩腥味兒。價錢還不到蜂蠟的一成，所以奴婢一高興，就多拿了幾根請皇上您用個新鮮。」「鯨蠟？」萬曆皇帝朱翊鈞微微一楞，目光迅速在張鯨身上來回梭巡。

「不是奴婢的鯨，是鯨魚的鯨。東海那邊的巨魚，過去的人都以為是鯤的幼崽。近些年聽西洋工匠說，鯨魚其實就是一種大魚。肉不中吃，但魚油做蠟比蜂蠟亮許多，所以奴婢就派人去弄了一些魚油過來，原本只是想試著做幾根蠟燭，給宮裡邊節約一些用度，誰料居然一次就做成了。」張鯨從小就伺候朱翊鈞，深知這位皇帝的脾氣，又快速擺了擺手，大聲補充。

「鯨魚的油？」朱翊鈞聽得又是一楞，隨即，鼻孔裡就隱約聞到了一絲淡淡的魚腥。雖然依舊被花粉味道和草藥味道掩蓋住了大半兒，但比起自己以前所用的蜂蠟，依舊顯得「味重」了許多。

不過，若論明亮程度，這鯨蠟可比蜂蠟高出了不止三成。兩相取捨，魚腥味道，就又變得不那麼惹人討厭了。

況且眼下朝廷正忙著拯救朝鮮，每天都有錢糧如流水般往外花。內宮用度能節省一些，肯定比不節省要好。至少，自己這個當皇帝的，是給朝野帶了一個好頭。今後面對那些反對用兵的文官之時，也更理直氣壯。

「奴婢在御用監那邊，還找到了這個東西。」唯恐萬曆皇帝朱翊鈞還記著太監們剛才的過錯，張鯨雙手朝自己胖胖的肚皮下一摸，迅速又端出了一個方方正正的木盒，雙手舉到與自己的眉毛齊平。

「什麼東西？」萬曆皇帝朱翊鈞的注意力立刻被木盒所吸引，看了看，本能地追問。

「西洋鐘，御用監設在宮外的作坊裡頭，已經仿製成功了。雖然沒有西洋和尚帶來的那麼精準，但每天所差，絕對不會超過三分。」張鯨迅速放低手臂，眉飛色舞地彙報。緊跟著，又快速將目光轉向戰戰兢兢的隨堂太監孫暹等人，笑著吩咐，「還不快點兒給皇上把御書案扶起來，好讓皇上鑑賞自鳴鐘。一群廢物，平素張掌印是怎麼教你們的？再給他老人家丟臉，回頭仔細你們的皮！」「奴婢知罪，奴婢知罪！」孫暹等人感激地看了他一眼，答應著跑上前，七手八腳扶起御書案，將奏摺、毛筆、硯台和鎮紙等物，全都歸還原位。

秉筆太監張鯨則笑著將木盒放在了御書案一角，快速打開蓋子。「皇上請看，這就是御用監那幫奴婢們監督工匠，幫您所造自鳴鐘。用料折合七兩紋銀，耗時一個月又四天。如果賣到市面上，大概能賣到一百三十兩。」

「能賣這麼貴？」萬曆皇帝朱翊鈞又驚又喜，雙手將自鳴鐘從木盒裡搬出來，對著燭光仔細查看。

與西洋自鳴鐘極盡奢華之能事不同，御用監所仿製的自鳴鐘，除了正面外殼鑲嵌了幾塊淡藍色的玻璃，錶盤用了一整片景泰藍做背景之外，幾乎沒有其他任何裝飾。但整個自鳴鐘，卻透著一股子古樸大方之氣，非常適合讀書人家裝點門面。

「這東西，其實賣的就是『稀缺』兩個字。開始時市面上少，自然賣得就貴。將來做得多了，價錢就下來了。」非常瞭解萬曆皇帝朱翊鈞的心思，秉筆太監張鯨繼續笑著補充。「奴婢覺得此物不錯，就自作主張，讓御用監那邊準備材料，先做一百台。屆時皇上無論拿出去賞賜有功之臣也好，著奴婢去發賣換錢也好，都能圖個方便！」

「那就是一萬兩呢，即便去掉工匠的薪俸！」萬曆皇帝朱翊鈞聽得喜出望外，雙目之中，瞬間冒出咄咄精光。「要是能儘快造出一萬台就好了，朕手頭就能多處一百萬兩銀子來。上朝之時，就不怕有人跟朕哭窮。」

「那就做一萬台，今後誰再哭窮，皇上您就搬出銀子砸死他！」張鯨雙手舉起木盒，對著窗子做咬牙切齒狀。

「對，朕用銀子砸死他！」朱翊鈞被逗得開懷大笑，心中鬱悶徹底一掃而空。

作為乞丐皇帝朱元璋的後代，大明皇帝幾乎個個都不在乎談論錢財。英宗受困宮中時，皇后曾經親自紡紗織布去補貼家用。武宗微服私訪，也經常扮做商販過癮。所以朱翊鈞本人，看待黃白之物，也親切得很。有時真恨不得將皇宮多餘的房間都給租出一些去，好歹也賺些錢來彌補虧空。

但非常不幸的是，自打張居正去世之後，他想盡各種辦法去斂財，國庫和皇家私庫，卻每年都入不敷出。而老天爺似乎也故意在難為他，冬天來得越來越早，持續時間越來越長。北方的糧食越來越無法自給自足，整個京師的供應，都必須依賴於江南。

眼看著北京城內的米價一年貴過一年，朝廷的用度越來越緊。朱翊鈞怎麼可能不著急上火？然而，屋漏偏逢連夜雨，去年哱拜叛亂，打爛了整個西北。今年朝廷好不容易平定了哱拜，倭寇又一舉席捲了朝鮮。

作為朝鮮的宗主國，大明不能見死不救。可要打仗，就得花費銀子，米糧和各種輜重。而朝鮮此時，卻無錢，無糧，無兵，全都靠大明來倒貼。而大明多貼給朝鮮一兩，自己的國庫就又少了一兩。照這樣下去，恐怕用不了五年，張居正所留下的九百萬兩庫存，就得徹底花得一乾二淨！

想到張居正死後自己的所作所為，一股後悔的感覺，瞬間就湧遍了朱翊鈞全身。

當年長期處於張居正威壓之下的他，聽聞張居正的死訊，忽然有了一種重見天日的感覺。再也不用害怕有人會廢掉自己，另立新君。也不用再裝傻充楞，任由張居正在朝堂上一手遮天，打壓「群賢」。

而接下來那些「群賢」對張居正的彈劾，則讓他更徹底認清了後者的「驕奢淫逸」。於是乎，對張居正的清算，就變得順理成章。張居正的長子張敬修因為忍受不了嚴刑拷打兒而殺。張居正的其他幾個兒子，也都被流放到煙瘴之內，永生不准許返回中原。

非常遺憾的是，「群賢」們在「清算」張居正全家這件事上所展現出來的能力，卻不能用到治理國家之上。以至於張居正死後不久，朝堂上就亂成了菜市場，任何大政方針，都要吵上幾天幾夜，多次討價還價才能達成。冗官，冗吏，人浮於事。原本還算充盈的國庫和皇家私庫，也迅速變得入不敷出。

這時候朱翊鈞驀然回首，才終於又想起了張居正的種種好處。然而，作為帝王，他卻沒勇氣去給張居正平反。只是叮囑有司，稍稍放鬆了一些對張居正後人的管制，以減低自己內心的愧疚。

帝王沒有錯，有錯的，只是奸臣和庸臣。

在他很小時候，他的父親就這樣對他教誨。雖然在父親去世之後很長一段時間，張居正對他嚴加督導，努力讓他做到知錯就改。但內心世界裡，他卻將父親當年的教誨，當做了為君的最高準則。

帝王認錯，會損害皇家的權威。

一次兩次也許誰都不覺得有啥變化，但次數多了，皇帝命令，就不會有人認真執行。文武百官，就會淩駕於皇帝之上。甚至突然跳出一個人來取而代之。

歷史上，敢篡權奪位的，可不只是武將。王莽當初代漢，可是在回應天下讀書人「呼聲」。所以，在自己活著之前，給張居正平反，絕無可能。況且當年處置張居正一家的那些罪名，有許多也不是空穴來風。至少，擅權、受賄、驕奢淫逸，甚至操縱科舉結果，硬給兩個兒子塞入進士隊伍等彈劾，全都證據確鑿。

如果硬要說錯，頂多是手段太酷烈了一些。死了太多的人，並且將張居正生前一些善政，也全都推翻在地。可那也不是皇帝的錯，而是小人從中作祟。作為皇帝，他當時的確太稚嫩了些，太容易偏聽偏信，受人蠱惑。

想到「受人蠱惑」四個字，朱翊鈞身上，忽然又是一凜。當初清算張居正的行動，可是從清算太監馮保開始。而之所以動了清算太監馮保的念頭，則是因為張誠和張鯨兩個聯手彈劾馮保「勾結內外，居心叵測」。馮保被趕回老家之後，正是張誠和張鯨兩個，接管了掌印太監和秉筆太監的職位，成為自己的左膀右臂！

「皇上，自鳴鐘雖好，但能用得起的人畢竟有限。而蠟燭卻是家家戶戶必備之物，如果在登州一代開設鯨蠟作坊……」張鯨的話再度傳來，忽然好像就帶上了幾分陰森味道。

「這點兒小事兒，不要來麻煩朕！」朱翊鈞迅速扭過頭，滿臉不耐煩地呵斥，「你自己安排人去做！另外，不要叫鯨蠟，既然是魚油，叫魚蠟便是！鯨上岸，諸侯薨。朕不想聽到有人為此事囉嗦！」

「是，奴婢明白。皇上聖明！」雖然早就知道自己所伺候的這位皇帝喜怒無常，秉筆太監張鯨依舊被嚇得冷汗直冒。踉蹌著後退了半步，彎著腰答應。

大明皇帝朱翊鈞卻忽然又從鯨蠟兩個字，聯想到剛才文華殿突然陷入黑暗的過往，剎那間，臉色變得愈發冷冰。

自己剛下令關住護窗，文華殿就漆黑如墨。然後張鯨就奇跡般地出現，送來了自己最需要的蠟燭。這時間，也卡得太嚴絲合縫了一些！是不是有人提前跟他約好了，故意跟他配合？內宮裡頭的太監和侍衛，到底有多少是張誠和張鯨的人。如果太監和侍衛們，都聽張誠和張鯨的號令行事，自己這個大明萬曆皇帝，豈不是要步唐敬宗後塵？

「皇上，奴婢在御用監那邊，看中了一個姓李的小內侍，聰明伶俐，剛好可以派往登州，為皇上擇地開設魚蠟作坊。」張鯨打破腦袋，也想不到朱翊鈞已經對自己起了疑心，猶豫了片刻，繼續低聲彙報。

國庫和內庫都日漸空虛，太監們想討萬曆皇帝歡心，最聰明的辦法，就是幫助後者賺錢。所以，秉筆太監張鯨才趁著掌印太監張誠被派往遼東公幹的機會，極力表現自己的賺錢本事。原本以為可以令朱翊鈞龍顏大悅，誰料結果卻恰恰相反。

「這麼重要的事情，怎麼能只派一個小內侍去？你親自去一趟登州，擇容易打到鯨魚的地方，開設魚蠟作坊。」不愧是張居正的嫡傳弟子，沒等張鯨的話音落下，萬曆皇帝朱翊鈞，已經迅速做出了決定。

「這……，是，奴婢遵命！」剎那間，如聞霹靂。張鯨的身體晃了晃，臉色一片雪白。

內宮宦官雖然沒那麼多等級。可內宮諸位宦官頭目之間爭鬥之激烈，卻絲毫不亞於朝堂。當初掌印太監馮保，就是被皇帝一道聖旨打發去了南京，才導致大權旁落，很快被張誠和自己聯手取而代之。如今，自己又被皇帝一句話打發去了登州……

「馬上要兵出朝鮮，朕最近開銷極大。所以，必須派放心的人去廣開財源。你就以秉筆太監的身份出京，宮裡的差事不必跟任何人交接！」唯恐自己做得太激烈了，遭到某種反彈，大明萬曆皇帝朱翊鈞笑了笑，繼續低聲吩咐。「等魚蠟作坊開起來，一切運轉正常，你就立刻回來向朕繳令。朕這邊還有更重要的差事安排給你。」

「謝，謝陛下信任！」張鯨顫顫巍巍地跪倒於地，朝著自幼伺候長大的皇帝大禮參拜。「奴婢，奴婢即便粉身碎骨，都難報答陛下一二。」

「什麼報答不報答的，朕身邊，就這麼幾個一起長大的人了。有什麼事情，不交給你們，還能交給誰？」朱翊鈞忽然也好像動了離別之情，走過去，輕輕將張鯨從地上拉起，笑著拍打對方的肩膀，「去吧，速去速回，朕等你的好消息。自鳴鐘的事情，也不要落下，你一個人先兼管著。忙不過來時，朕再派別人去幫你。」

「是，奴婢告退！」張鯨弄不清朱翊鈞到底是對自己起了疑心，還是依舊像以前那般信任自己，紅著眼睛施了個禮，倒退著走向殿外。

文華殿的大門敞開了一下，又快速合攏。門外的日光瞬間亮過燭光，隨即又迅速被隔離。大明萬曆皇帝朱翊鈞的臉，被日光和燭光交替照亮，忽明忽暗。他的眼神，也忽明忽暗，宛若跳動著兩團不甘熄滅的火焰。

留在文華殿內的太監，一個個被嚇得大氣都不敢出。誰都無法保證，自己萬一說錯了什麼話，或者做錯了什麼事情，還會不會活著見到明天的太陽。而大明天子朱翊鈞，卻不想給太監們逃避的機會，單手握成拳頭在御書案上用力捶了一下，猛然大聲詢問：「都傻站著幹什麼，去把蠟燭都給朕熄了，打開窗戶透氣！朕不喜歡這種魚腥味道，以後，不要再給朕用這種蠟燭！」

「奴婢遵命！」司禮監隨堂太監孫暹用顫抖的聲音答應，一溜煙兒跑出門，帶領眾太監和侍衛們重新拉下護窗，然後又連滾帶爬地跑進文華殿，將鯨油蠟燭挨個吹熄。

「啪，啪，啪……」北風捲著沙塵，砸在雕花玻璃窗上，發出一連串嘈雜的聲響。然而，萬曆皇帝朱翊鈞卻忽然又不覺得嘈雜聲惱人，先走回御書案後緩緩坐穩，然後用手指敲打著書案詢問：「孫暹，你是哪裡人？何年何月開始入宮當差？」

「啟稟皇上，奴婢是涿州人，萬曆十二年三月入的宮。」司禮監隨堂太監孫暹心裡頭先打兩個哆嗦，隨即小心翼翼地快速回應，「從萬曆十五年起，一直在御馬監順義北草場照看草料，前年皇上下旨廢除順義北草場，草料改為河北各地支應。奴婢才又奉命回到了宮中。」

這幾句話，看似簡單平常，卻極為巧妙地，將他自己跟張鯨之間的關係，摘了個乾乾淨淨。

張誠和張鯨是在朱翊鈞做太子時，就貼身相伴。在萬曆十年，兩張聯手，鬥倒了馮保，從此權傾內宮。孫暹萬曆十二年才入宮，則證明他跟張誠和張鯨不太可能是一夥兒。而長期被丟到順義去照看草料，更證明了他並非二張的心腹，對皇帝的忠誠無須懷疑。

然而，朱翊鈞卻沒那麼容易被取信。聽了孫暹的話之後，只是稍稍鬆了一口氣，隨即就繼續不疾不徐地問道：「那你後來怎麼進了司禮監，並且這麼快就做了隨堂？」

「回皇上的話，奴婢在順義北草料場，曾經立過一些功勞，升了管事。」孫暹知道，自己能不能擺脫嫌疑，就在今晚。低著頭，大聲補充，「去年夏天炭房失火，奴婢恰巧從那路過，就仗著有一把子蠻力，接連推翻了四口大水缸，擋住了火勢蔓延。然後皇上您下令犒賞有功人員，奴婢就僥倖又升了兩級。恰巧，恰巧司禮監這邊原來的李隨堂告老出宮，奴婢，奴婢就向掌印太監討了個人情，補，補，補了這個缺兒。」

唯恐朱翊鈞不肯放過自己，頓了頓，孫暹又快速補充：「奴婢，奴婢不識字，所以做事笨手笨腳。皇上若是嫌棄奴婢蠢，奴婢明天就主動辭了差事，再去其他幾個草料場替皇上養馬。」

「不必了，你做得還好！」朱翊鈞只在乎孫暹到底是不是張鯨的心腹，根本不在乎此人是笨還是聰明，笑了笑，輕輕擺手。

「謝，謝皇上恩典！」孫暹如蒙大赦，跪倒在地，用力叩頭。

「起來吧，你用心做事，比什麼都強！」朱翊鈞又笑了笑，輕聲吩咐。

孫暹聞聽，趕緊又磕了一個頭，然後緩緩起身。然而，還沒等他將身體站直，耳畔卻又傳來了朱翊鈞的聲音，不高，卻宛若晴空霹靂，「你當初為了謀這個缺兒，給了張誠多少銀子？」

「奴婢，奴婢沒，奴婢罪該萬死！」孫暹嚇得一哆嗦，本能地就想否認。然而，話到嘴邊兒，又果斷收了回去，再度跪倒於地，連連叩頭。「當初奴婢只是想能就近伺候皇上，所以，所以就給了張掌印一千兩銀子。奴婢罪該萬死，罪該萬死！」

「一千兩銀子，就為了能就近伺候朕？」朱翊鈞心中的石頭終於落地，卻絲毫感覺不到高興，「哼，看起來草料場的缺兒很肥麼，怪不得京營的將士總是抱怨，他們的戰馬還沒驢子跑得快。」

「奴婢，奴婢該死，奴婢該死。」孫暹嚇得汗流浹背，一邊用力磕頭，一邊哭泣著解釋「但是，但是奴婢的錢財，真的不是貪污來的。奴婢救火有功，皇上當場賜給了奴婢兩顆北珠。奴婢，奴婢不知道好歹，偷偷拿出宮外給賣掉了，換，換了一千二百兩銀子回來。」

「朕賜給你的？」朱翊鈞楞了楞，驚訝地大聲追問「北珠竟然有那麼值錢？居然一顆能賣到六百兩銀子？」

「皇上容稟，原本是賣不到的！」孫暹的額頭已經磕出了血，卻沒勇氣去擦，啞著嗓子繼續補充，「但，但因為是皇上所賜之物，民間都想沾，沾一沾您的福氣，所以，才賣出了尋常北珠數倍的價錢！」

「哦，怪不得！」朱翊鈞手捋鬍鬚，滿意地點頭，「朕早就知道，再好的北珠，也賣不到二百兩以上。」

「是，是百姓仰慕陛下，想蹭一分洪福！」孫暹想了想，再度低聲強調。

這個馬屁，拍得足夠準確。登時，令朱翊鈞臉上就泛起了笑容，「愚昧！真是愚昧！朕自打登基以來，累都快累死了，哪裡有什麼福氣？」

「皇上洪福齊天！」孫暹終於緩過了一口氣，先抬手在自己額頭上快速抹了一把，然後高聲贊頌。「那些市井百姓，雖然見不到皇上，但是也能日日感受到您的恩澤。所以才不惜一切代價，請兩顆御賜之物回去，庇佑全家平安。」

「能花得起一千二百兩銀子買兩顆北珠的，又豈會是尋常百姓？」朱翊鈞雖然喜怒無常，卻絕對聰明。想都不用想，就知道北珠肯定落入了京師中某位官宦之家，而不是真的被普通百姓買走。

「奴婢愚笨，當時，當時沒猜到對方身份！」孫暹又被嚇了一哆嗦，戰戰兢兢地解釋。

本以為，這回即便不因為賄賂上司被問罪，也得因為不珍惜御賜之物挨一頓收拾。誰料，萬曆皇帝朱翊鈞，卻根本就沒打算深究。又笑了笑，柔聲吩咐道：「你不是笨，你是想銀子想瘋了！罷了，賜給你的，就是你的，你愛留著就留著，愛賣掉就賣掉，朕管不著。」

「奴婢回頭就辭了司禮監的差事，一心一意去替皇上餵馬！」孫暹喜出望外，趕緊大聲表態。

「罷了，錢都花了，你辭了差事，張誠也不會把銀子還給你。」朱翊鈞看了他一眼，撇著嘴搖頭。「繼續幹著吧，張鯨去山東這段日子，你就以隨堂太監身份，替他行使秉筆之職。等他什麼時候辦好了蠟燭作坊回來，什麼時候再將秉筆太監的差事交還給他。」

「這，這，這……！」忽然間從十八層地獄的邊緣，飛上了天堂，隨堂太監孫暹歡喜得簡直無法相信自己的耳朵。楞楞半晌，才趴在地上，再度用力磕頭，「奴婢，奴婢謝皇上隆恩！奴婢，奴婢縱使，縱使粉身碎骨，也，也無法報答皇上分毫！」

「報答話，就不用說了。你專心做事，比什麼都好！」沒費多大力氣，就解決掉了身邊的一個隱患，朱翊鈞心情大好。笑了笑，輕輕擺手。「起來吧，去找太醫把額頭敷些藥。大冷天，別讓傷口受了風。」

「不，不妨事。奴婢，奴婢命賤，破點兒皮不算什麼。」孫暹抬手抹了把眼淚，哽咽著回應，「奴婢，奴婢大字都不識一個。能，能給皇上養馬，乃是天大的福分。做夢，做夢都沒想到，有朝一日，還能，還能貼身伺候皇上。嗚嗚，嗚嗚……」

說到激動處，他忍不住當場哭出了聲音，眼淚順著面孔成串地往下掉。

萬曆皇帝朱翊鈞見他說得真誠，也不怪他君前失禮。笑著搖搖頭，繼續吩咐：「叫你去，你就去。別磨磨蹭蹭的。速去速回，朕還有要緊的話得問你。你頂著一頭血，朕看得心煩！」

「奴婢，奴婢遵旨。奴婢這就去，這就去！」孫暹不敢違抗，答應一聲，飛一般衝出了門外。下台階時一不小心，瞬間又摔成了滾地葫蘆。然而，他卻絲毫感覺不到疼，爬起來後，繼續撒腿狂奔，轉眼就不見了蹤影。

秉筆太監的差事，既然代掌了，哪裡有還回去的先例？

他孫某人雖然讀書不多，但也有足夠的辦法，讓張鯨從山東永遠回不到皇宮。

第九章　風向

心中懷著飛黃騰達的期望，孫暹的雙腿充滿了力量。只花了不到半炷香時間，就去太醫院走了一個來回。通過親信太監的示意，得知萬曆皇帝朱翊鈞正在繼續批閱奏摺，心情看起來比先前好了許多。他立刻頂著被太醫用麻布纏成豬頭的腦袋，喘息著向門內喊道：「啟稟皇上，奴婢回來了。」

「嗯，進來！」萬曆皇帝朱翊鈞沒有抬頭，繼續在閣臣們票擬過的奏摺上奮筆疾書。

孫暹楞了楞，快步入內。然後小心翼翼地等在御書案側面，等著朱翊鈞重新提起剛才親口所說的「要緊事」。誰料，左等右等，卻始終沒聽到後者發出任何詢問。只聽見毛筆在奏摺上快速掃過的聲音。

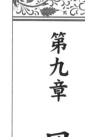

「皇上果然像傳聞中一樣難以琢磨。」孫暹等得心裡頭直發虛，在自家肚子裡偷偷嘀咕。「咱家這回接替了張鯨，也不知道是福還是禍。雖然今後撈錢的機會多出十倍，可跟皇上距離這麼近，倒楣的機會恐怕也要翻上幾番……」

正楞楞地想著，忽然間，卻聽見朱翊鈞漫不經心地聲問道：「張誠到哪了？遼東那邊可有消息傳來？」

「啟稟皇上，張，張掌印六天前，六天前的早晨就已經出了山海關！」孫暹激靈靈打了個哆嗦，趕緊躬下身體回應，「遼東那邊……」

他原本想將自己所瞭解的遼東方面情況，合盤托出。話到了嘴邊上，才忽然意識到自己剛剛接任秉筆太監還不到半個時辰，無論如何，都不應該知道得太多。連忙抬手擦了一把冷汗，結結巴巴地補充：「遼東那邊，皇上恕罪，遼東那邊的消息，奴婢沒資格打聽。所以，所以不知道有沒有新消息回來。」

「你不知道？你怎麼會不知道？」萬曆皇帝朱翊鈞也楞了楞，停下筆，皺著眉頭質問。

「奴婢這，這就去東廠，東廠那邊，替陛下調閱錦衣衛送回來的奏報。奴婢……」孫暹的心臟又打了個哆嗦，臉上的冷汗緩緩下滾，「奴婢先前只是個隨堂，不敢胡亂插手東廠和錦衣衛的事情。」

「噢——」萬曆皇帝朱翊鈞恍然大悟，然後嘉許地點頭。「罷了，朕只是隨口問問。你回頭先去東廠熟悉一下，明晚再來向朕彙報不遲！」

按照大明的日常運行秩序，司禮監的秉筆太監負責提督東廠，兼管錦衣衛南北二司。而孫暹以前只是隨堂太監，沒有資格插手錦衣衛的任何事情。所以，他不知道遼東那邊的最新情況，才屬正常。知道得太多了，反而是罪過。

想到這，朱翊鈞再度笑著吩咐：「凡是不要做得太急。大明正對朝鮮用兵，正事要緊。」

「奴婢遵命！」孫暹大聲答應，心中卻偷偷嘀咕，「急和不急，都是一樣，遼東那邊，欽差，總兵和巡撫各懷心思，勁根本沒往一處使，怎麼可能出得了兵？」

「鎮撫司那邊，最近送回了很多有用的消息。你過去後，不懂就多問，切忌胡亂插手！」朱翊鈞還不放心，再度沉聲補充。

「尸位素餐者也有許多！」孫暹心裡頭，再度偷偷嘀咕。然而表面上，卻做出一副誠惶誠恐模樣，紅著臉表態，「奴婢愚笨，馬上就去熟悉東廠和錦衣衛，一定不負皇上的信任！」

「笨鳥先飛，也好。」對孫暹的表現非常滿意，朱翊鈞笑著點頭，「去罷，若是有新消息，不必自己來送。派個小太監呈給朕就是。」

「奴婢遵命！」孫暹恭敬地躬身行禮，倒退著出門。

「果然是新人勤快，資格越老就私心越重！」看了一眼窗外慘白色的天光，朱翊鈞忍不住心中長嘆。

想當年，張誠和張鯨兩個剛剛取代馮保之際，做事也是如此認真。可隨著時間推移，二人就全都變了模樣。一個終日忙著跟外邊的朝臣稱兄道弟，結黨營私。一個則好像掉進了錢眼兒裡頭，該拿的，不該拿的，全都往自家口袋裡裝。

念著自己做太子時就伴隨左右的情分，朱翊鈞一直沒忍心對張誠和張鯨兩個過於苛刻。作為帝王的他，深知道人無完人。以自家師父張居正之學富五車，都貪得富可敵國。大字都不識幾個的太監，怎麼可能潔身自好！

但是，今天，朱翊鈞不想再心軟下去了。張鯨某些行為的精準程度，已讓自小就嚴重缺乏安全感的他，深深地感覺到了威脅。而張誠喜歡結交朝臣的行為，讓他很容易就想起了當年的太監馮保。如果朝臣中再出一個張居正……

「如果再出一個張居正，也好，至少朕不會累到幾欲吐血！」想到張居正在世時的國庫充盈，四海昇平，他又忍不住在心中悄悄感慨。

當年他急於清算張居正，一方面是聽信了某些「賢良」的蠱惑，另外一方面，則是想要展示自己作為帝王的威嚴。如今，展示也展示得不耐煩了，賢良們也相繼都現出了原型，朝中再出現一個張居正，倒也不見得是什麼壞事。

正所謂，時移，世易。

十年前的他，絕對駕馭不了一個像張居正那樣的能臣。稍不謹慎，就可能變成漢獻帝第二。而到現在的他，卻已經強大到足以把握全域，朝堂上冒出一個張居正來，只會讓他如魚得水，而不會導致大權旁落。

只可惜，如今朝堂之中，從上數到下，竟再也找不到一個類似張居正的人才。趙志皋貪權，且喜歡沽名賣直。張位果於自用，卻眼高於頂。沈一貫八面玲瓏，卻喜歡結黨營私……，其餘諸人，如顧憲成，高攀龍等人，更是夸夸其談之輩，個個不堪大用。

唯獨丁憂在家的王錫爵，無論學問還是才幹，都與當年的張居正，隱約有幾分相似之處。只可惜，此人治家無方，子侄輩居然跟倭寇狼狽為奸，並且被人抓了個正著。雖然王錫爵已經多次上表自辯，說那個勾結倭寇的王家，與他沒絲毫關係。可南北兩京那麼多人都看著，自己這個皇帝總得先將事情查個清楚，不能由著王錫爵自說自話。

人的思維一發散，就很難輕易收回。想到王錫爵被言官彈劾縱容家人勾結倭寇，萬曆皇帝朱翊鈞就想起揭穿了倭寇圖謀，力保八卦洲存糧不失的有功之士。最起初，根據南京那邊各級官員的彙報，他本以為首功應該歸於守備衙門和南京府。誰料後來收到鐵桿心腹王重樓的密信，他才知道打碎了陰險圖謀的功臣另有其人。而南京府和南京守備衙門裡頭那些官員，吃相也不算太難看。多多少少，把功勞分給了真正的功臣一些，讓他這個皇帝，也不至於過於難堪。

「大明官場，真的就這麼不堪嗎，讓他們不抱任何被公平對待的指望？竟直接去遼東投了軍？」想到二人名字最近又出現在了遼東那邊的請功摺子上，萬曆皇帝朱翊鈞，就再度忍不住拍案嘆氣。

接到王重樓的密報，並且著錦衣衛暗中核實之後，他的確有過想要替有功之臣主持公道的念頭。卻沒想到，不等他將心中想法付諸實施，就又得知了兩個年輕人居然負氣出走的消息。如此不知輕重的作為，豈能公然鼓勵！所以惋惜歸惋惜，他卻只能暫且放下破格提拔兩個年輕人的想法，把心思向倭寇問罪方面來。直到前幾天，忽然收到了欽差宋應昌派人快馬送來的奏摺和大明高祖皇帝賜予朝鮮國王的金印。

「有本事的人，到哪都不會埋沒，哪怕投筆從戎去了遼東。」想到摺子上關於李彤和張維善二人的功績描述，萬曆皇帝朱翊鈞心中的感慨，迅速又變成了讚賞。先前他為了維護朝廷的權威，沒有對兩個年輕人論功行賞。這次，二人的稜角磨也磨過了，又在遼東脫穎而出，怎麼著也該給一些甜頭嘗嘗。好讓天下有才之士都明白，只要他們肯真心替國家做事，大明不會堵塞他們的出頭之路。哪怕一時被地方官吏耽誤了前程，自己這個皇帝知道後，也會加倍給予補償！

「皇上，啟稟皇上，遼東，遼東那邊送來加急密報！」正想著，該如何論功行賞，才更有利於當前時局，才能鼓舞更多的才俊爭相效仿，宮門忽然被人推開，剛剛受到他賞識的太監孫暹，連滾帶爬的闖了進來，雙手捧上一個紅皮信封，「欽差宋應昌與司禮監張掌印言語上起了衝突，僵持不下。選鋒營左部千總李彤和副千總張維善主動請纓，率領五百新兵殺過了鴨綠江！」

「什麼！」萬曆皇帝朱翊鈞雙手扶住書案，長身而起。

「欽差宋應昌與司禮監張掌印言語上起了衝突，僵持不下。」孫暹不敢抬頭，喘息著低聲重複，「這是張掌印彈劾宋欽差的密摺，剛剛由錦衣衛送到鎮撫司。奴婢怕打亂了皇上的部署，所以匆匆跟那個錦衣衛問了幾句，就把密摺給皇上取了過來！」

「呈給朕！」朱翊鈞劈手奪過密摺，卻不打開，而是皺著眉頭高聲強調，「你都瞭解到了什麼，一並彙報給朕。還有，那個錦衣衛呢，叫什麼名字，也給朕宣入宮來！」

「啟稟皇上，錦衣衛姓史，名世用。此刻就等在宮門口，隨時可宣入問話！」孫暹心中偷偷暗喜，卻依舊裝作非常緊張的模樣，喘息著回應。「他好像非常畏懼張掌印，所以，奴婢剛才通過旁敲側擊，才多少推測出一些詳情。」

他跟司禮監掌印張誠，沒有任何私人恩怨。原本不該向此人背後捅刀。然而，那司禮監前秉筆張鯨，卻與張誠相交莫逆。

如今萬曆皇帝朱翊鈞，明顯已經起了收拾張鯨的心思。所以，「於公於私」，他孫暹都必須先下手為強！

果然，朱翊鈞聽了他的回應，心中愈發焦躁。用手重重拍了下桌案，大聲吩咐：「那還等什麼，來人，宣錦衣衛史世用入內問話。」

「遵旨！」伺候在門口的侍衛們答應一聲，小跑著去執行命令。

明明只需要半炷香時間，就能從錦衣衛嘴裡瞭解到整個事情的前因後果，大明萬曆皇帝卻再也等待不及，又拍了下桌案，沉聲向孫暹吩咐：「你，把知道的事情都說出來！張誠他到底想幹什麼，為何會跟宋應昌起了衝突？」

「行了，火候夠了，再燒就糊了！」孫暹心中愈發歡喜，表現出來的態度卻更加謹慎，「回皇上的話，奴婢見識有限，剛才問得又太匆忙，未必，未必做得了準。」

「知道什麼就說，準與不準，朕自有判斷！」朱翊鈞狠狠瞪了他一眼，不耐煩地催促。

「是！」孫暹躬著身子回應，然後先裝模作樣斟酌了一番，才緩緩說道：「奴婢聽史世用說，倭寇發現大明的前鋒已經抵達義州，就將所有兵馬都撤到了平壤。故而張掌印去了之後，就希望大軍早日率部渡江，收復平安和咸鏡兩道。但欽差宋應昌卻認定了倭寇大舉後退，並非畏懼天兵之威，而是試圖引誘我軍深入朝鮮，然後再以重兵夾擊。」

「嗯——」朱翊鈞眉頭緊鎖，沉吟不語。

派張誠前往遼東，催促大軍早日過河，乃是他的安排。

大明如今國庫空虛，把四萬多兵馬養在遼東，每日光糧食和草料的消耗，就是一筆極為沉重的負擔。更何況，著四萬兵馬，乃是全國最精銳的力量。萬一長期滯留在外，將士們心中生出了怨氣，然後再被某個別有用心的人點上一把火，後果恐怕不堪設想！

所以，數日之前，發現援朝兵馬遲遲沒有行動，他立刻將自己最信任的太監派了出去。名為巡視，實為催戰。從這角度上講，張誠做得其實一點兒都沒錯。欽差宋應昌故意違抗皇命，耽誤戰機，才理應受到嚴懲！

但是，數日前的角度，卻不是今天的角度。

數日之前，作為大明皇帝的他，還沒對張誠和張鯨心生警醒，所以張誠在外邊的一舉一動，都可以代表他的意志。而今天，他卻忽然感覺到了二張聯手，對自己，對大明江山的威脅。所以，張誠哪怕表面上，是完全按照他的意圖做事，深究起來，恐怕也包含著私心。

「二人各有各的道理，僵持不下。遼東巡撫郝傑與總兵楊紹寬，也各執一詞。」孫暹聽得心臟打了個突，趕緊又快速調整說話的腔調和語氣，「然後……」

「李如松呢，他為何不站出來說話？」萬曆皇帝朱翊鈞忽然敲了下桌案，沉聲打斷。

「啟稟陛下，李如松好像說，他自己剛剛抵達遼東不久，並不瞭解敵情。」孫暹想了想，小心翼翼地補充。所以張掌印就下令，召先前從朝鮮走過一遭的祖承訓和其他幾名將佐前來問話。結果那些人卻又當眾捅出了朝鮮軍隊跟倭寇暗中勾結的事情。」

「朝鮮軍隊跟倭寇暗中勾結，真有此事，朕怎麼不知道？」朱翊鈞大吃一驚，眼睛瞬間瞪了個滾圓。

「啟稟皇上，這個消息好像早就有，只是一直無法核實。奴婢剛才奉命去接管鎮撫司，也從那邊瞭解到，戴罪立功的前遼東副總兵祖承訓，曾經控告過朝鮮軍隊與倭寇聯手抄他的後路。但遼東巡撫那邊卻認為，祖承訓是喪師辱國之後，不敢承擔責任，才故意朝朝鮮將士身上栽贓。」孫暹心中對此早有準備，卻故意搜腸刮肚的想了片刻，才低聲彙報。

「哦，這麼說，祖承訓的話才是真的？是郝傑冤枉了他？」朱翊鈞生性多疑，但記憶力卻相當好，立刻就想起了遼東巡撫請求從重處置郝傑的奏摺。

這種奏摺，大體上只是走個過場。在朝廷沒做批覆之前，除了不能將祖承訓斬首示眾之外，基本上其他處置，遼東巡撫郝傑都可以提前一言而決。所以，前幾天在朝堂上聽群臣討論郝傑的奏摺之時，萬曆皇帝朱翊鈞根本沒有任何干涉的念頭。甚至有些巴不得早點將對祖承訓的處分結果定下來，以警告遼東將士，不可效仿此人，損害大明天威。

但是今天，他卻忽然發現，遼東巡撫郝傑對祖承訓的處置，恐怕存在很大的問題。至少，祖承訓戰敗的原因，不光是輕敵冒進。

「奴婢不知道。但奴婢聽底下人彙報，張秉筆曾經派人去核實過真相。」孫暹的話從下方傳來，依舊誠惶誠恐。

「真相究竟如何，可有回報？」朱翊鈞眉頭一挑，果斷追問。

「回皇上的話，朝鮮人是否跟倭寇勾結，還沒有查出結果。」孫暹想了想，猶豫著回應，「但是，先前祖承訓出兵朝鮮，卻是奉了巡撫郝傑之命。」

「呼——」北風破門而入，吹得文華殿內的空氣，寒冷如冰。

「該殺！郝傑該殺！」萬曆皇帝朱翊鈞勃然大怒，再度用手力拍御書案！

四下裡，鴉雀無聲，包括孫暹在內，所有太監、侍衛和宮女都低下頭，眼觀鼻，鼻觀心，一個個宛若修煉閉口禪的高僧。

「朕，朕早晚要殺了他！」萬曆皇帝朱翊鈞遲遲得不到人幫腔，心中更恨，喘息著大聲補充。

然而，威脅的話說出了口，他卻忽然又喟然長嘆。搖搖頭，緩緩坐回了龍椅上，半晌不再出任何聲音。

胡亂誅殺大臣，那是昏君才做的事情。而他自打少年時登上皇位，就立志做一個千古明君。是以，遼東巡撫郝傑的行為再讓他痛恨，只要犯的不是欺君與謀反二罪，他就不能直接痛下殺手。而將此事交給朝臣們自行處理，以眼下這批官員的德行，頂多問郝傑一個「諉過與人」的罪名。最重處分不過是降職和罰俸，根本不可能讓郝傑人頭落地。

這就是大明，曾經驅逐了蒙古人，重建於廢墟之上，又傳承了二百二十四年之久的大明。如果將其比作一台機器的話，其中大多數部件都年久失修。作為皇帝，朱翊鈞無比希望自己能「奮祖宗之餘烈，開中興之輝煌」，然而，大多數情況下，他都是心有餘而力不足！

雖然表面上看，他說出的每一句話，都是金口玉言，全天下的人都必須聽從。事實上，朝中群臣不但可以聯手反駁他，逼著他收回成命。還可以封還他的聖旨，拒不執行。甚至，甚至還可以集體告假，讓整個大明落入休眠狀態，對所有天災、人禍甚至外敵入侵，都不聞不問！

最起初，他以為都是張居正的錯。故而對張居正的清算，又狠又硬。然而，令他無比失望的是，清算了張居正之後，朝堂上雖然再沒有哪個權臣能讓他坐立不安，某幾個閣老和尚書聯合起來，照樣讓他的命令出不了紫禁城。

這些年，他努力過，嘗試過，甚至採取過一些非常激烈的手段。但效果卻微乎其微。兩百餘年形成的制度，就像一張蜘蛛網，將他高高地困在最上方，一舉一動都無法隨心。慢慢地，他也累了，倦了，只要群臣的舉動不威脅到自己的皇位，就寧願聽之任之。

「啟稟皇上，史世用奉命覲見！」一名侍衛匆匆入內，低著頭小聲彙報。唯恐自己聲音太高，引火燒身。

「宣！」朱翊鈞楞了楞，這才忽然又想起了自己先前在幹什麼，皺著眉頭揮手。

侍衛小跑著出門，不多時，引了一名身穿飛魚服的中年男子再度走入文華殿。帶著幾分挑剔，朱翊鈞凝神打量，只見來人生得肩寬背闊，儀表堂堂。只可惜兩隻眼睛黯淡無神，鬢髮也黑白交織，渾身上下找不到絲毫武夫的銳氣，更像是一個走街串巷的貨郎。

「錦衣衛百戶史世用，叩見聖上！」那長得像貨郎的錦衣衛膽子卻不小，快走幾步，隨即跪下去給朱翊鈞行禮。

「平身！」朱翊鈞楞了楞，習慣性地吩咐。隨即，再度上下打量了正在緩緩站起的史世用幾眼，笑著問道：「史百戶從遼東來，怎麼卻操著南京口音？莫非原籍就在南京？」

「啟稟聖上，卑職祖籍南直隸武進縣，多年前子承父業，在南京水師做總旗。後來蒙南京指揮僉事張說看中，調入錦衣衛衙門。幾經輾轉，調任福建。去年夏天時奉了福建所千戶馬梁之命，前往朝鮮和倭國查探敵情，一個月前，才僥倖混在逃難百姓當中，抵達遼東。」史世用久經官場考驗，想都不用細想，就將自己的履歷解釋了個一清二楚。

武進人，在福建千戶所任職。與張誠沒關係，與張鯨、孫暹也沒關係。朱翊鈞聽得好生放心，想了想，繼續低聲詢問：「嗯，你去過倭國和朝鮮？」

「回聖上的話，卑職奉命前往朝鮮和倭國查看敵情，所以借海路到過朝鮮。當時朝鮮南部三道已失，卑職無法跟當地的錦衣衛同行聯絡，就只好又扮做商販順路去了一趟倭國。入秋之後，才又從海路返回朝鮮，然後混在逃難百姓隊伍裡回到遼東。」史世用點點頭，非常認真地解釋。

「可探到什麼軍情？」朱翊鈞眉頭皺了皺，迫不及待地追問。

「皇上莫非不知……」這回，終於輪到史世用發楞了，反問的話，差一點兒就脫口而出。待意識到自己此刻身在何處，面對的是何人，才慌忙補充，「皇上恕罪，卑職魯莽，不該胡言亂語。卑職回到遼東之後，曾經將朝鮮和倭寇的所見所聞，如實彙報給了遼東巡撫和當地的錦衣衛千戶所[注十]。」

「你已經彙報給了郝傑，並且向當地錦衣衛衙門做了彙報？」萬曆皇帝朱翊鈞眉頭緊皺，臉色迅速發青。「孫暹，查一下遼東那邊的錦衣衛千戶所，是誰在主事？去把他的名字，履歷，全都說給朕聽。」

「遵命！」暫代秉筆太監職務的孫暹答應一聲，再度轉身出門。

聽著他的腳步聲快速遠去，錦衣衛百戶史世用心中，又氣又怕。氣的是，自己捨生忘死從日本和朝鮮刺探回來的情報，居然沒有被送到大明皇帝面前，更沒有成為朝廷對日本用兵的參考。自己的功勞，當然也不會有人記得，更不會換回來任何賞賜和升職。

怕的則是，今天他奉秉筆張誠的命令進京送信，卻不小心，捲入了幾個太監頭目的互相傾軋的漩渦。萬一掌印太監張誠和秉筆太監張鯨兩個，受到了皇上的呵斥或者責罰。這筆賬，少不得就會算到自己頭上。而自己的官職，只是一個小小的錦衣衛百戶，無論掌印太監張誠，還是秉筆太監的張鯨，隨便伸出一根手指，就能讓自己死無葬身之地。

正惶恐不安間，卻聽見朱翊鈞笑著說道：「海上風高浪急，你往返日本，想必歷盡艱難。朕先前忙於處理朝政，沒留意到你的名字，所以也不能給你任何賞賜。今天既然知道了你曾經為大明出生入死，就不能再讓你寒心……」

「不敢，不敢，卑職不敢！」史世用聽得心臟一哆嗦，連忙躬身下去，連聲否認。「卑職既然

注十、鎮撫司：錦衣衛內部機關。分南北二司，主管對內和對外偵查。南北二司下，設有十四個千戶所。千戶所由千戶負責，對外也自稱某某指揮使。

穿上了這身飛魚服，就應該為皇上，為大明全力做事。真的不敢居功自傲！」

「好一個穿上了這身飛魚服！」萬曆皇帝朱翊鈞聞聽，頓時龍顏大悅，站起身，第三次上上下下打量史世用，越看越覺得此人順眼，「朕麾下的文武如果都時時刻刻記得身上的袍服，倭寇再來勢洶洶，有何懼哉？來人，去通知孫暹，從錦衣衛衙門取一套麒麟服，一把繡春刀，朕今晚要親眼看著史壯士穿戴上！」

「這……」剎那間，宛若遭受雷擊，史世用的身體晃了晃，差點兒一頭栽倒。緊跟著，眼淚不受控制地淌了滿臉。

「謝，謝聖上。」一邊擦臉上的淚，他一邊跪倒在地，結結巴巴地說道，「聖上，聖上洪恩，卑職嗎，卑職粉身碎骨，都無法報答萬一！」

「你用心做事就是對朕的報答！」朱翊鈞笑了笑，繞過御書案，親手將喜歡傻了的史世用從地上扯起，「用你剛才的話來說，對得起這身麒麟服！」

「遵命！」史世用心中，再無半點兒患得患失。紅著眼睛，躬身行禮。

麒麟服，乃是錦衣衛當中為國立下大功者，才有資格被賜予穿著。歷代被賜予麒麟服的錦衣衛，都官運亨通。此外，有了這身麒麟服，他就等同於穿上了世間最厚的盔甲，無論哪個上司想要下黑手對付他，都必須掂量掂量，激怒萬曆皇帝的後果。

「你既然奉張誠之命送信入京，應該知道，他跟欽差宋應昌之間爭執的前因後果。」萬曆皇帝朱翊鈞，從來不喜歡做虧本兒生意，賜給了史世用一身麒麟服之後，立刻開始「索取」回報，「你且說說，他二人為何起了爭執？朝鮮那邊，到底有多少倭寇？其戰力如何？朝鮮君臣，到底有沒有跟倭寇暗中勾結？」

第十章　使舵

「說孤跟倭寇暗中勾結？孤連國土都丟光了，怎麼可能跟倭寇勾結？這世間哪有為了勾結別人，把自己的家當全搭進去的道理？」同樣的夜晚，在鴨綠江南岸的義州，朝鮮國王李昖，滿臉委屈的大聲抱怨。

臨時行宮內一片寂靜，領議政（國相）柳成龍，右議政（右相）尹斗壽，左議政李元翼，工曹判書韓應寅等人，不停地以目互視，卻誰都不肯率先開口回應。

作為股肱之臣，他們都清楚地知道，自家在座的同僚們自打開戰以來的所有舉動，真的沒勇氣順著李昖的意思附和。

那些舉動綜合在一處，若說朝鮮上下跟倭寇勾結一道坑害大明，的確有些冤枉。可若說跟倭寇暗中毫無往來，也是徹頭徹尾的謊言！

為了確保國祚的延續，或者說保住幾大家族的永世繁榮，朝鮮君臣做了很多見不得光的安排。

如果大明真的出兵打敗了倭寇，那些安排立刻就可以不認帳。而萬一大明天兵也不是倭寇的對手，那些安排就立刻能變成了未雨綢繆，朝鮮依舊可以作為日本的附庸而存在，幾大家族的子弟們一道「臥薪嘗膽」，以圖將來。

「說話啊，怎麼都不說話啊。你們以前互相攻擊之時，不是都口若懸河嗎？」遲遲得不到群臣的回應，朝鮮國王李昖愈發覺得委屈，推開桌案長身而起，大步在眾人面前梭巡，「一會兒南派，北派，一會兒東流，西流。把互相坑害的力氣，都花在國事上，朝鮮也不會落到如此地步！」

這話，說得可是有點兒重了。眾文武當初之所以爭來鬥去，還不是因為他這個做國王的耳軟心活，朝令夕改？若是從登基那天起，就確定了以哪一派為尊，並付出全部力量去支持。其他各派只有偃旗息鼓的份兒，哪有膽子試圖逆天改命？

當即，才接任領議政沒幾個月的柳成龍就向前走了半步，躬身行禮，「陛下恕罪，古語云，逝水不可再追！過去朝堂動蕩，臣等皆有過錯。可如今卻不是追究責任的時候。當務之急，還是懇請大明主力早日渡江，掃蕩倭寇，助我朝鮮光復故土！」

「說得輕巧，朕都快跪在地上求那宋應昌了，管用嗎？」朝鮮國王李昖的一肚子怒火，頓時找到了發洩口，轉過頭，朝著柳成龍大聲咆哮，「還不是被他直接給架過了鴨綠江，然後像個囚犯般，關在了義州城裡。外邊駐紮的那三千天兵，哪裡是用來對付倭寇，分明是一群看守，專門看著孤與爾等，以免咱們出城半步！」

「陛下，慎言，慎言啊——」柳成龍嚇了一哆嗦，迅速向外邊看了看，然後啞著嗓子祈求，「萬一您剛才的話傳到宋欽差耳朵裡，大明就更不會發兵了！他可不是郝巡撫和薛御史，對我朝鮮心懷憐憫。」

「陛下，請慎言！」右議政（右相）尹斗壽，左議政李元翼，工曹判書韓應寅等人，果斷把握住機會，大聲附和。

幾個月內丟失八道兩京，若論誰責任最大，肯定是國王李昖自己。無論如何，不能由著李昖把責任往做臣子的頭上推。否則，一旦將來秋後算帳，大夥誰都承擔不起。

李昖原本就不是個強勢的性子，否則也不會在繼位之後，連個長久治國之策都定不下來，由著群臣反復折騰，直到把整個國家折騰得奄奄一息。此刻他發現群臣都抱成團兒來「指責」自己，心裡頓時就打了個哆嗦，說話的語氣也迅速變軟，「孤，孤不是對大明心懷怨懟。孤，孤只是著急，什麼時候才能光復故土？倭寇將主力全都退向了平壤，分明是畏懼大明天兵之威。而天兵卻遲遲不肯過江，反倒責怪孤這邊……」

「陛下，咱們畢竟有求於天朝，並且拿不出任何錢糧來支持天朝大軍！」見朝鮮國王李昖主動收斂，柳成龍也不願意過分掃他的顏面，嘆了口氣，小心翼翼地勸告，「既然除了一片忠心之外，什麼都給不了大明天朝，這些言語上的委屈，就不能太計較了。況況且宋欽差那邊，也只是派人前來調查而已，並未說朝鮮勾結倭寇乃是事實！」

他說的都是實情，朝鮮國王李昖聞聽後，只能無奈地嘆氣：「朕知道，吃人嘴軟。唉——！可誰能保證，宋欽差派來的親信，不會被假象蒙蔽？萬一他們真的以為，我朝鮮跟倭寇有暗中往來勾結……」

「總得拿出真憑實據才行！」作為領議政，柳成龍謀事非常果斷，「陛下只要傳一道命令，將那些有通倭嫌疑之人全都斬首，想那宋欽差也會明白，陛下跟倭寇毫無瓜葛。」

「是啊，陛下，無論如何，上次五路大軍半途走散了四路，剩下一路還向明軍背後放箭的事情，肯定得給明軍一個說法！」左議政李元翼有很多家人被倭寇所殺，所以早就變成了鐵桿的主戰派，快步上前半步，對柳成龍的提議表示支持。

「陛下，不可！」眼看著李昖有異動的跡象，右議政（右相）尹斗壽趕緊出面勸阻，「此刻李蕡手中所掌握一萬二千大軍，乃是我朝鮮最後的依仗。如果只因為祖承訓的控告就處置了他，導致將士寒心，今後我朝鮮就只能任人擺布，連討價還價的資格都不剩。」

「是啊，李蕡通倭的指控，未必屬實。否則，遼東巡撫郝傑也不會問都不問，就將祖承訓貶去了鳳凰城。」工曹判書韓應寅想了想，也果斷站在了尹斗壽身側。

「就憑著那一萬兩千不知道受誰控制的殘兵敗將，我朝鮮便能跟大明討價還價了？笑話！」柳成龍聽得好生失望，轉過頭，對尹斗壽怒目而視。

「陛下，殺一個李蕡，永絕後患，何樂而不為！」左議政李元翼跟在柳成龍身後，亦步亦趨。

「如果半點退路都不留，萬一將來明軍戰敗，朝鮮將置身何處？」尹斗壽毫無畏懼，扯開嗓子「據理」力爭。

他們口中的李蕡，乃是朝鮮軍中的一名老將。打仗的本事不見得如何高，保存實力的能耐卻是一等一。雖然眼下朝鮮舉國淪陷，軍隊被消滅了七七八八。此人麾下的兵馬建制，卻基本保持在初始狀態，實在堪稱奇蹟中的奇蹟！

所以，朝鮮國王李昖對李蕡相當器重。上次祖承訓率領明軍前鋒偷襲平壤，要求朝鮮派兵助戰。李昖就毫不猶豫選擇了此人為主帥。誰料此人非但沒有給祖承訓幫上半點忙，反而在途中，任由五路朝鮮兵馬中的四路逃散。此人自己所帶的兵馬，則在明軍與倭寇激戰的關鍵時刻，突然向明軍背後亂箭齊發。

祖承訓兵敗回到遼東之後，立刻對李蕡發出了指控。朝鮮國王李昖派人調查之後，也的確拿到了李蕡與倭寇暗中勾結證據。但是，為了給朝鮮留一條退路，他卻聽從了尹斗壽的建議，選擇了矢口否認。

如果朝鮮國王李昖有落子無悔的魄力，此事當然徹底結束。過後無論大明如何問罪，朝鮮君臣都會齊心協力幫助李蕡蒙混過關。然而，偏偏李昖又是個喜歡反悔的。故而，聽了柳成龍和尹斗壽兩人的爭執之言，他立刻開始猶豫。

「陛下，此刻再殺李蕡，恐怕為時太晚！」唯恐再爭執下去，李蕡真的性命難保。先前一直沒開口說話的中樞府領事（元帥）金命元，忽然也站了出來，大聲插嘴，「宋欽差的心腹，不日就抵達義州。此刻殺李蕡，反而給人感覺是欲蓋彌彰。不如就放任他們查下去……」

「若是被拿到真憑實據又該如何？」柳成龍十分惱怒，瞪著金命元的眼睛質問。

「陛下和我等，皆受了此人蒙蔽而已。」金命元毫無畏懼地與柳成龍以目互瞪，回答得斬釘截鐵！「總比明知道李蕡勾結倭寇，卻替他遮掩為好。」

「這……」朝鮮國王李昖聞聽，頓時又開始猶豫。

作為國王，一時不查受到奸臣蒙蔽，應該是很正常的現象。而明知道麾下武將有問題，還遲遲拖著不處理，直到大明自己派人來查，就有蓄意矇騙的嫌疑了。

兩相比較，很顯然，金命元的對策，更為妥當。所以……

正當他準備結束爭論，採納「有利」對策之時，忽然間，臨時行宮的大門，被人用力推開。禮曹判書尹根壽，煞白著臉衝了進來，「陛下，陛下，大事不好。明軍，明軍派了一小隊兵馬，繞過義州，奔，奔南邊去了。據說，據說是準備接光海君北上，帶分朝之兵馬，與大明並肩光復平壤！」

「啊——」爭論聲戛然而止，朝鮮君臣一個個臉色蒼白如雪。

距離義州城三十里外，李彤、張維善、劉繼業三人策馬揚鞭，帶領五百餘弟兄迅速向南。

「少爺，你跟那姓尹的說去接光海君，萬一他真的信了……」家丁李盛悄悄地跟上來，帶著滿臉的擔憂左顧右盼。

「信了才好，我現在，就怕他不信！」李彤笑了笑，年輕的眼睛裡，星光閃爍。

「這……」李盛思維比不上年輕人活躍，瞪圓了眼睛，滿頭霧水。

「這什麼這？多簡單的道理，你居然不懂！李哥這招就好比捧花魁！」劉繼業晃了晃馬鞭，大咧咧地插嘴，「常去秦淮河上玩耍的人，都懂得這招。你要是老照顧一個畫舫的生意，那幫女校書們就開始拿架子。無論花多少錢，都不准進她們的閨房。如果你再多找幾家畫舫輪流耍，各船的女校書就使出渾身解數討好你。唯恐你被別人搶走，再也不登她的畫舫。」

這個比喻，雖然粗糙了些，卻也生動形象。當即，惹得周圍將士大笑著點頭。

自朝鮮被倭國入侵以來，大明可是沒少給朝鮮提供援助，特別是遼東這邊，不僅劃出專門的場所來供朝鮮君臣寄住，而且還派了祖承訓過江幫忙對付倭寇。但是，朝鮮國王李昖和他的臣子們，非但不感恩，並且連一句實話都不肯說。總想著儘快把明軍主力騙過江去，不惜任何代價替他們光復舊土。

而一旦大明派人跟主動留在朝鮮組織兵馬抵抗倭寇的光海君建立起了聯繫，朝鮮國王李昖和他身邊的親信們，就得仔細掂量掂量，再繼續糊弄下去，會面臨什麼後果。畢竟，對大明來說，只要保住朝鮮這個藩屬之國，就對全天下都有了交代。至於朝鮮國王是李昖，還是他的兒子光海君，其實沒多少分別。

一片會意的笑聲當中，只有李盛，依舊憂心忡忡。他總覺得自家少爺最近行事膽子太大了些，總是好像在拿身家性命做賭博。因此，猶豫了一下，又繼續小聲提醒：「少爺這招，的確可以給那朝鮮國王一個警告。可萬一他受驚過度，狗急跳牆……」

「怕什麼，咱們又不是沒跟朝鮮兵馬交過手？就他們那兩下子，不同時來個七、八千人，休想動了幾位少爺分毫！」

「可不是嗎？朝鮮那幫官兵，戰鬥力還不如自發組織起來的義勇！來多少，也都是送死的貨。」

……

上次曾經追隨李彤等人一起在平安道殺了兩個來回的家丁李智、李勇、張豹等人，紛紛笑著搖頭。

上次大夥在毫無準備的情況下，尚能幾次將居心叵測的朝鮮追兵，殺個落花流水。此番大夥在出發前做足了準備，當然更不會擔心朝鮮兵馬主動生事。

「如果朝鮮國王李昖真的敢對咱們動手，那就省事了！」同樣作為老行伍的張樹，想得比所有家丁都深。聽大夥越說越不著邊際，忍不住大聲打斷，「大夥可別忘了，少爺這次可是奉命入朝，主要任務是替大軍探查真實敵情。而聯絡朝鮮各地義勇，只是順帶的事情。李昖只要敢給咱們背後使壞，剛好就坐實了朝鮮君臣跟倭寇暗中勾結的罪名。那樣，大軍就徹底不用渡江了，先放任倭寇將朝鮮國徹底滅掉再說。」

「這……」家丁頭目李盛又楞了楞，佩服地連連拱手，「少爺果然高明！若非張兄點撥，小人打死都想不到，少爺是故意在給朝鮮國王下套！」

「少爺高明！」

「千總高明！」

「千總少爺……」

眾家丁和選鋒營左部的把總、百總，總旗們，也個個做茅塞頓開狀，或者高高地挑起大拇指，或者連連拱手，讚頌之詞宛若湧潮。

「我，我只是故意詐那姓尹的一下，哪曾想到如此之深？」李彤被誇得臉上發燙，哭笑不得地擺手，「行了，都別誇了。趕緊走遠點兒，省得那朝鮮國王真的受驚過度，鋌而走險。」

「少爺，您，您沒想過？」

「少爺您……」

這下，包括張樹在內的眾家丁和下級軍官們，可全都傻了眼。在他們看來，李彤讀過那麼多書，又考取過貢生，肯定都能像評話裡的周瑜那般，每一舉一動都經過深謀遠慮才對。誰料，此人剛才居然只是隨興而為，根本沒考慮過任何關聯後果。

「走快些！」被大夥看得心裡發虛，李彤猛地用膝蓋磕了一下坐騎，帶頭加速。「我剛才故意許那姓尹的，乃是因為惱其國王及群臣嘴裡從來沒說過一句實話。但的確沒有起過逼朝鮮國王主動派人來找咱們的麻煩，然後借機掉頭返回遼東交差的心思。況且，眼下遼東那邊，欽差和掌印太監鬥得正歡，咱們回去之後，被夾在中間，弄不好就得遭受無妄之災。所以，還不如找個由頭躲得遠遠的，免得被逼著站隊。反正探聽敵情總需要一些時間，十天也好，半個月也罷，誰都不能嫌咱們拖沓。」

「這……」眾家丁和下級軍官們恍然大悟，然後一個個會心的點頭。

眼下遼東那邊，主張大軍儘快過江和主張原地觀望的兩派，鬥得不可開交。中間還夾雜著總兵李如松裝傻充愣，借機排斥異己，收攏大軍的指揮權。以大夥的小身板兒，無論主動站隊，還是被迫站隊，都避免不了被當做炮灰。而選擇兩不相幫，則有可能同時將爭執雙方都得罪掉，更會死得不明不白。

所以，借著執行任務的機會，遠遠地躲出去，對大夥來說，是最穩妥的選擇。反正在欽差宋應昌和掌印太監張誠兩人鬥出結果之前，明軍主力不可能誓師出征。而在各方完全滿足李如松入朝之後大權獨攬要求之前，後者也不會調兵遣將。

「怪不得那天張太監剛露出一點兒給你穿小鞋兒的意思，你立刻就順水推舟地主動請纓。」顧君恩後知後覺，帶著幾分由衷地欽佩稱讚，「我們祖帥如果有你半分機靈，也不至於落到去做工頭兒的下場。」

「祖師其實也算因禍得福。」李彤轉身看了看顧君恩，輕輕搖頭，「郝巡撫雖然恨不得立刻置他於死地，可不經朝廷准許，卻動不了他一根手指頭。而祖師過江是受郝巡撫指派這件事，有無數雙眼睛都看到了，肯定會有人偷偷替主帥喊冤。如此，他這會兒躲在鳳凰城帶著工匠修盔甲，其實和我帶著大夥躲到朝鮮來差不多。」

「那倒也是！」顧君恩越聽越覺得有道理，滿臉感激地拱手，「多謝千總，還記得把我從漩渦旁邊拉出來。」

「自己人不說客氣話。」李彤投軍雖然時間尚短，但不知不覺間，身上已經有了幾分儒將味道。笑了笑，再度輕輕擺手，「那張太監就像瘋狗般，逮誰咬誰。我若是不把咱們這些上次一道並肩作戰的弟兄們都拉出來，下次他再跟宋欽差發生爭執的時候，肯定會逼著大夥站他那邊。而過後他可以一走了之，大夥卻還要在欽差帳下聽候調遣。」

「可不是嗎？」顧君恩，老何等人，慶幸地以手扶額。「虧了千總記得咱們。這姓張的太監，到底拿了朝鮮國王多少賄賂，為何一到遼東，就恨不得逼著大軍連夜渡江？」

「希望大軍立刻渡江的，恐怕不止是他！」老行伍張樹忽然嘴裡又冒出了一句，聽起來無比沉重。

「呼——」西北風捲著雪粒子，從背後追上來，吹得大夥渾身上下一片冰涼！

「呼——」西北風透過窗縫，吹得文華殿內冷若冰窟。

「啟稟陛下！」大明紫禁城文華殿內，剛剛得了御賜麒麟服的史世用把心一橫，大聲向萬曆回應，「張掌印急著替國家節省錢糧，所以才恨不得大軍立刻渡江作戰。而宋欽差，則是唯恐出兵倉促，喪師辱國，所以才堅持先拖上一拖，謹慎行事。他們兩個之所以發生爭執，乃是因為朝鮮那邊情況的確混亂不堪。據卑職初步探聽，倭寇此番入侵朝鮮，一共九隊，近二十萬眾。此外，還有水師在不停地往朝鮮運送人馬。而其真實戰力，據卑職所知，倭國攝政豐臣秀吉剛剛帶兵蕩平內亂。此番被他派往朝鮮的，全是百戰老兵！因此倭兵雖然身材瘦小，戰鬥力卻絕對不可低估。」

「你說豐臣秀吉是倭國攝政，不是日本王！」萬曆皇帝朱翊鈞雖然不通兵略，對於政治問題卻敏感遠甚常人，沒等史世用的話音落下，就立刻大聲追問。

「當然不是。皇上莫非……」史世用被萬曆皇帝朱翊鈞的聲音嚇了一跳，本能就想追問，萬曆怎麼連攝政和國王都沒弄清楚，不光自己，其他錦衣衛送回的密報上，都曾明確提醒朝廷注意這兩者之間的分別。然而，話到了嘴邊上，他心中忽然又打了個哆嗦，低下頭，小心翼翼地解釋：「豐臣秀吉原本是倭國的一個大名，就像，就像三國時代的，三國時代的曹操、呂布和袁紹之流。原本依附於上一任攝政織田信長。後來織田信長被親信所殺，他才打著給織田信長報仇的名義取而代之。此後又連年用兵，四處征討，將其他諸侯一一擊敗。於去年終於擊敗另一個實力最大的諸侯北條氏，平定整個日本！」

也真是難為他，居然能用如此簡單的話，把豐臣秀吉的個人經歷給總結得大致不離。並且非常隱晦地點明，豐臣秀吉跟日本王，完全是兩個概念。

萬曆皇帝朱翊鈞聽了，頓時恍然大悟，點點頭，大聲說道：「朕明白了，他就是曹操，那個，那個叫什麼織田的，就是大將軍何進。何進無謀，被太監所殺，導致天下大亂。曹操、袁紹等人以給何進報仇之名紛紛崛起，然後曹操挾天子以令諸侯，分別擊敗袁紹、呂布、孫權、劉備，重整漢家山河！」

「對，就是挾天子以令諸侯，大逆不道！」明明聽出萬曆的話語裡，對曹操有讚賞意味，史世用卻不敢附和，低著頭，迅速表明自己態度端正。

「嗯，此子倒也是個人物！」萬曆皇帝朱翊鈞笑了笑，繼續輕輕點頭，「平定了日本群雄之後，手裡那麼多驕兵悍將無處消放。有沒膽子學劉邦誅殺功臣，乾脆全都趕到朝鮮來。打贏了，就多出一片土地，可以隨意分封。打輸了，驕兵悍將也死光光，不會再讓他為難。」

這話，裡邊需要忌諱的地方更多，熟悉大明開國後那段歷史的史世用更加不敢附和，只能低著腦袋裝聾作啞。

然而，萬曆皇帝朱翊鈞卻不想給他置身事外的機會，忽然將話鋒一轉，大聲說道：「真是可笑，直到今晚之前，朕還以為，豐臣秀吉就是日本國王！史卿，你且實話實說，你以前送到鎮撫司的密報裡，有沒有提及豐臣秀吉不是日本國王之事？」

「這……」史世用心中叫苦不迭，額頭上，也冷汗直冒。如果實話實說，他恐怕不僅僅會將鎮撫司的所有高官，包括掌印太監都得罪個遍，朝堂上那些睜眼瞎大佬，也都被他直接抽了耳光。但是，如果不說實話，一個欺君之罪降下來，他本人和背後的全家老少，恐怕全得吃不了兜著走。

「朕知道了！」萬曆皇帝朱翊鈞看到史世用臉上的滾滾冷汗，心中就立刻有了結論，擺擺手，非常體貼地吩咐，「你不用說了，朕知道是怎麼回事了！是朕失德，以至於滿朝文武，內外兩庭，都拿朕當傻子糊弄。」

幾句話，說得雖然聲音不高，卻如同驚雷落地。當即，把史世用嚇得直接跪在了地上，一邊叩頭，一邊快速解釋：「皇上，皇上息怒。卑職，卑職剛剛從朝鮮那邊返回遼東，雖然寫了密奏，但是屬卑職一家之言。有司，有司必須多方求證，確認無誤之後，才，才敢上奏陛下，豐臣秀吉並非日本國王。」

「皇上容稟，奴婢剛才奉旨在鎮撫司查閱檔案，的確曾經看到，那邊正在核驗此事。」新任秉筆太監孫暹雖然權力欲重，卻也不敢同時得罪滿朝文武和所有同僚，也趕緊跪倒在地，小心翼翼地解釋。

「真有此事？」萬曆皇帝朱翊鈞聞聽，原本憤怒且沮喪的心情，頓時緩和了許多。皺了皺眉，沉聲確認。

「奴婢不敢欺君。」孫暹抬起頭，大聲發誓，「奴婢剛才的確看到，鎮撫司那邊正在向福建，江浙那邊的錦衣衛千戶所發出公文，要求他們協助核查倭國那邊的情況。而有關提到豐臣秀吉是日本國王密報中，大部分都已經被打上了存疑的標記。」

「嗯——」萬曆皇帝朱翊鈞聞聽，心情又緩和了不少。手捋鬍鬚，沉吟著點頭，「鎮撫司可給兵部那邊發過文書，提醒過此事？」

「啟稟皇上，依照奴婢查驗，應該是還沒來得及發。」孫暹為了避免得罪人太多，索性一不做二不休，「一來我朝大軍已經抵達鴨綠江畔，無論豐臣秀吉是不是日本國王，都不可能再改弦易轍。二則，鎮撫司那邊之所以沒對此事給予足夠的重視，是認為豐臣秀吉在日本一手遮天，雖名為攝政，與國王已經沒任何分別。並且，並且早晚會行謀篡之舉，取其王而自代。」

「可惡，如此逆賊，必受天誅！」萬曆皇帝朱翊鈞於張居正去世之前，幾乎每天都活在權臣篡位的恐懼之中。所以，注意力頓時從「鎮撫司的太監和朝臣聯手糊弄朕」，轉移到了「豐臣秀吉這個逆賊罪該萬死」上，手拍桌案，大聲詛咒。

「如此逆賊，必受天誅！」門口的太監和侍衛們，立刻高聲附和，喊得比萬曆本人還要響亮。

「我大明發兵朝鮮，乃代天行事，戰無不勝！」不愧能抓住機會一舉爬到秉筆太監位置的人，孫暹也仰起頭，大聲補充。

「我大明代天行事，討伐逆賊，拯救朝鮮、日本兩國萬民！」史世用一邊在心裡鄙夷自己無恥，一邊也啞著嗓子附和。

「對，朕原本只是想打給那些周圍的小國看，我大明不會坐視任何藩屬滅亡不理。如今看來，還要加上『討伐逆賊，拯救日本、朝鮮兩國生民』這兩條。」萬曆皇帝朱翊鈞，對孫暹和史世用兩人的機靈非常滿意，拍打著桌案高聲總結。

「皇上聖明！」孫暹和史世用兩人各自偷偷用袍服擦了下手心，然後齊聲稱頌。

「聖明未必，但還不至於老糊塗！」萬曆皇帝馬屁聽得太多了，早已形成了免疫力。笑了笑，輕輕擺手。

沒等孫暹和史世用兩人各自將肚子裡那口氣鬆開，忽然，他又大聲吩咐：「孫暹，告訴鎮撫司不用多方核查了，朕相信史卿不會出錯。他能豁出去性命前往朝鮮和日本走個來回，就不會在這種小事上作假！」

「是！皇上！」

「皇上，皇上對卑職之恩，卑職粉身碎骨，難報一二！」

孫暹和史世用二人，一個開心，另一個愧疚，雙雙給萬曆行禮。

「讓鎮撫司抓緊行一道公文，連夜轉給兵部。朕明天早朝，就拿此事，去問某些尸位素餐之輩，羞也不羞！」萬曆打消了心中的懷疑，卻不想就此罷手，笑了笑，繼續向孫暹吩咐。

「是，皇上！」孫暹趕緊又高聲答應，隨即，卻猶豫了一下，用極低的聲音請示：「皇上明天要臨朝嗎？奴婢，奴婢要不要通知大學士和六部尚書提前準備，以免，以免他們明天出現疏漏，讓皇上失望？」

「通知他們作甚？莫非朕不臨朝，他們就都不幹正事兒不成！」萬曆想都不想，大聲回應，隨即，卻又忽然記了起來，自己上次臨朝，還是在三個多月前。而最近所有政務，都是由內閣大學士與六部尚書商量完之後，再轉呈入御書房御覽批覆，便又訕笑著改口，「也罷，你去通知他們一下。但是，不准透露，朕已經發現豐臣秀吉不是日本國王的事情。否則，他們一定會想盡各種辦法來給自己的失察找藉口。」

「遵旨！」孫暹權衡了一下，大聲答應。

「皇上怎麼這樣！就跟個沒長大的孩子一般？」史世用聽了，肚子裡卻偷偷嘀咕。然後繼續低頭看著自己剛剛換好的麒麟服，心頭百味陳雜。

這身麒麟服，代表著他受到皇帝寵信，掌印太監和文武百官，輕易都不敢對他妄加陷害。但今晚親眼目睹了萬曆的多疑和善變，他也不敢保證，皇帝對自己寵信到底能持續多久，能擋住幾輪別人的聯手誣陷。

畢竟，他今晚所做的事，所說的話，不僅僅得罪了掌印太監張誠，還間接把當朝許多大臣，都招惹了個遍。萬一對方記仇，他非但今後官職很難再往上升，早晚還會遭到打擊報復。

正患得患失間，忽然又聽見萬曆大聲說道：「既然倭寇的戰鬥力不可低估，而朝鮮國王和軍隊對大明的忠心又十分可疑，那宋應昌的決策，就合情合理。孫暹，派人去遼東傳朕的口諭，張誠糊塗，不准再插手軍務！大軍何時渡江，由宋應昌一言而決。」

「奴婢遵旨！」孫暹心中得意，回答得格外響亮。

第十一章 揚帆

「且慢。朕記得數日前，有一份聯名奏摺，以宋應昌知兵為名，要朕委派其經略朝鮮、薊遼等處軍務。朕當時想放一放，等張誠去遼東探查回來之後再行批覆。你去給朕找來，朕立刻准了這份摺子。明天一早交外朝擬了聖旨後，送往兵科注十一。」既然決定軍務上的事情，由欽差宋應昌一言而決，萬曆皇帝朱翊鈞就必須讓此人能有所憑仗，因此，想都不用多想，很熟練地繼續吩咐。「是，皇上！」正轉身準備去傳遞口諭的孫暹趕緊停住腳步，快速走到專門存放留中注十二奏摺的櫃子旁，目光上下搜索。「左首第二列第三個格子！」萬曆皇帝朱翊鈞記憶力非常強，發現孫暹對奏摺存放位置不熟練，立刻大聲提醒。

注十一、兵科：對應兵部，掌管監察之權。明代聖旨要先發到六科給事中手裡，經給事中用印被留下檔案才能執行。給事中職位雖然低，卻有權力拒絕聖旨下發。

注十二、留中：皇帝覺得不妥當，或者不願意按照閣臣建議處理的奏摺，通常選擇留下來，冷卻一段時間處理。所以稱為留中，萬曆當政時，甚至會把奏摺拖到用不著處理。

「皇上過目不忘，奴婢佩服之至！」孫暹臉色微紅，快速按照萬曆皇帝朱翊鈞提醒的位置拿出聖旨，同時大聲稱頌。

「朕這哪裡叫過目不忘，你是沒見過真正過目不忘的人，朝奏摺上隨便掃兩眼，就能一個字不差地倒背如流！」萬曆皇帝朱翊鈞揮了揮手，忽然又有些意興闌珊。

自從熬死了張居正，大權在握之後，他已經親自主持了好幾次殿試。接見過的狀元、榜眼和探花，加起來數以十計。這其中當然不乏死記硬背，白首窮經的書蟲兒。但是，同時也不乏真正的過目不忘，且觸類旁通的「蓋世奇才」。

然而非常令他失望的是，無論在書蟲當中，還是「蓋世奇才」裡頭，都找不到任何人能跟當初的張居正比肩。雖然後者生前，總是壓得他透不過氣。但後者的才華，本領，治國手段，絕對讓歷年來所有狀元、榜眼和探花們，都望塵莫及！

「奴婢聽聞，每當有聖人臨朝，人才便多得如過江之鯽。陛下能經常看到過目不忘之才，天下大治想必指日可待！」孫暹雖然自稱沒讀過書，馬屁話說起來卻一套接著一套，套套都能拍在萬曆皇帝的心窩子上。

「把奏摺放下，趕緊派人去傳朕的口諭吧，你這廝，本事不見得有多大，卻長了一張好嘴！」萬曆皇帝朱翊鈞被拍得好生舒服，大笑著作勢欲踹。

「奴婢遵旨！」孫暹放下奏摺，故意將身體向後仰了個直角，然後做連滾帶爬狀，快步衝出宮門。

史世用在旁邊看得又是羨慕，又是佩服。羨慕的是，這孫暹白天時還是個尋常隨堂太監，眨眼功夫，就取代了張鯨，成為皇帝最信任的人之一。而佩服的則是，這孫暹的腰梁骨，能軟能硬，能直能彎，並且每次變形都恰好滿足皇上的需要，精準到幾乎毫厘不差！

常年在錦衣衛隊伍中打滾兒，他自問也算是個人精。可今日見了真正的「人精」到底長啥樣，頓時明白，自己距離人精的標準，差了可不是一點兒半點兒。由此想來，自己先前走到哪都不怎麼受上司待見，危險的任務幾乎件件不落，立功受賞卻基本無緣，也理所應當了。畢竟一個連自知之明都沒有的傢伙，在錦衣衛隊伍中，能夠不死無葬身之地，已經實屬僥倖，誰還敢奢求更多？

一個有自知之明的人，就不該賴在皇帝身邊不走。想到這兒，史世用趕緊向萬曆皇帝行了個禮，學著戲文中的有眼色人模樣，小聲說道：「陛下，卑職今日得以目睹天顏，實乃三生之幸。眼下天色已經晚了，卑職不該打擾陛下處理政事，斗膽先行告退。」

「急什麼？朕還有其他事要問你！」萬曆皇帝朱翊鈞這輩子見過無數文武官吏，卻是第一次見人說話如同唱戲，強忍笑意，等史世用把套話說完，然後輕輕搖頭：「來人，賜座！」

「不敢，不敢，聖上面前，哪裡有卑職的座位！」史世用以前積累的官場經驗，沒半點兒能用得上，只好再次學起了戲文兒。

「朕叫你坐，你就坐！」萬曆皇帝朱翊鈞笑著翻了翻眼皮，大聲補充。

早有太監抬來一個繡著圖案的錦凳兒，在史世用身邊放好。史世用不敢違背聖諭，只得又學著戲台上看到的忠臣模樣，欠著屁股坐在了錦凳邊緣上，然後豎起耳朵，靜靜地等待萬曆的垂詢。

也許是平素跟聰明人打交道太多了，萬曆皇帝朱翊鈞，對史世用的反應感到非常新鮮。笑了笑，故意先從簡單的話題開始，「你去過倭國，他們那邊風土人情，與大明有什麼不一樣之處？朕聽人說，倭國將其民分為四等，一等二等人，殺三等和四等人，連責罰都沒有，不知道傳聞是真是假？」

「啟稟聖上，傳說只能算對了一半兒。」說起自己熟悉的話題，史世用的表現，立刻不像先前一樣生澀，想了想，笑著回應，「倭國將其民，其實分的是五等。公家，武士，百姓，釘人和賤民。其中公家，則等同於我大明的皇親和勛貴；武士，則是文武官吏；百姓，相當於我大明的農夫；釘人，則指的是商販，城中富裕人家；賤民又分兩類，穢多和非人。穢多以雜工或者娼妓為主，非人則是劫掠而來的奴隸或者刑滿釋放囚犯。公家通常不會親手殺人，而武士如果受了百姓和釘人衝撞，的確可以拔刀當街斬殺。但無故殺人，卻要受到處罰。至於賤民，被殺了也就殺了，不受國法保護。頂多賠給其主人一些銅錢。」

「那豈不是跟元朝時，蒙古人待我漢人差不多？」萬曆皇帝朱翊鈞楞了楞，問話聲裡，本能地多了幾分自豪。

「的確有些類似，所以，太祖聖明，天下萬民皆感念其拯救之恩！」史世用拱起手，非常鄭重地回應。

不像某些讀書人，讀著讀著就忘了祖宗是誰。史世用出身於軍官之家，可是牢記著，蒙古人統治中原之時，自家祖先性命只值一頭驢錢的事實。所以，對大明太祖皇帝朱元璋的欽佩，絕對發自內心。

沒有誰不喜歡聽人誇自家祖先，萬曆皇帝朱翊鈞也不例外。聽史世用的聲音不似作偽，頓時心裡十分高興。笑了笑，大聲說道：「非但史卿，朕每次在書中讀起太祖皇帝的故事，都心潮澎湃。人都是生於天地間，哪有性命還不如一頭畜生值錢的道理！倭國既然野蠻與蒙古相類，我大明更是該早日出手，將其趕回老巢。你熟悉倭國情況，且告訴朕，其國武士，到底是不是像傳說中那樣本領高強，個個都能以一當百？」

「啟稟皇上，這個傳說做不得真！」史世用心中的緊張漸漸散去，說話也漸漸沒有了先前那麼多顧忌，「倭國諸侯帳下給其出謀劃策的文官，也以武士自居。只是這種武士職位都很高，作戰時也無須親自上陣。至於尋常武士，因為經常要廝殺的緣故，比普通士卒身手肯定好上一些。以一當三有可能，以一當十，恐怕全是吹牛！」

「與卿比如何？」萬曆皇帝朱翊鈞難得有機會聽些與朝政無關的新鮮事情，心情大好，瞪圓了眼睛低聲追問。

「嗯，嗯！」史世用被問得連聲咳嗽，然後趕緊躬身謝罪，「陛下恕罪，卑職在遼東受了些風，剛才一時沒有忍住。至於倭國武士，跟卑職交過手的，都被卑職給宰了。沒交過手的，到底本領是比卑職高還是低，卑職不敢說！」

「好一個都被你給宰了，宰得痛快！」萬曆皇帝聽得龍顏大悅，笑著撫掌。「那我當軍中，似史卿這等好身手的將士有多少？能否比得上倭國那邊？」

「這個，啟稟皇上，卑職不敢亂說！」史世用又被問得一楞，強忍著咳嗽的欲望，拱起手解釋，「但兩軍作戰，武將個人身手，能起到的作用非常有限。千軍萬馬殺來殺去，與麾下弟兄配合不好的話，一個人就要同時面對五、六把刀槍，本事再高，也得被扎成馬蜂窩。」

「原來如此。那過五關，斬六將，豈不是騙人的？」反正除了太監和侍衛之外，文華殿內只有兩個人，所以萬曆皇帝索性毫無忌諱地問個清楚。

「武聖究竟如何，卑職不知！」史世用可不敢說關羽的壞話，連忙大聲補充，「但三國之時作戰，想必跟如今不一樣。臣聽話本，從沒聽到過大炮和鳥銃。而現在，大炮和鳥銃在軍中卻必不可少。而任你武藝再高的人，挨上一顆炮彈，也得粉身碎骨。」

「哦，這倒也是！」萬曆皇帝聽了，有些失望地點頭。隨即，又快速追問，「有人給朕上奏摺，說倭軍擅長用鳥銃，我大明應該以大炮克之，史卿以為如何？」

「啟稟皇上，卑職乃是錦衣衛，擅長刺探敵情和單打獨鬥，卻不通曉排兵布陣。」史世用雖然放鬆了心態，卻依舊牢記著自己的身份，又拱起手，實話實說，「但倭軍的鳥銃足輕，的確非常厲害。我大明以大炮轟之，倒也是個恰當的克制之法。」

「足輕，足輕又是什麼東西，倭寇的官職嗎？」萬曆的思維非常跳躍，立刻又從制敵之策，轉到了足輕一詞的解釋上。

「足輕，就是最低一級的士兵，若是平素不負責種地，勉強也能算是武士。」意外次數太多，史世用已經有些麻木，想了想，非常耐心地解釋，「日本那邊，有人戲說，因為士兵窮得穿不起布鞋，所以要麼光腳，要麼只穿一雙草鞋，是以稱為足輕。」

「原來是這麼一個足輕！哦，怪不得遼東那邊給朕的請功摺子中，只說斬殺了多少真倭，卻沒提足輕兩個字！」萬曆皇帝朱翊鈞恍然大悟，笑著搖頭。隨即，迅速轉向下一個話題。

難得有人能如此誠實地跟他說話，因此，他就像個好奇的孩子般，將自己道聽塗說，或者從奏摺裡讀到的，有關倭國的消息，繼續一一詢問。

史世用雖然自詡為官場老油子，卻從沒有過獨自覲見皇帝的經驗。因此，只能有問必答，知無不言，言無不盡。

君臣兩個一問一答，不知不覺間，就到了後半夜。

孫暹去執行了命令回來，見萬曆皇帝興致甚濃，也不敢打擾。只是帶著幾個小太監，再度換掉了已經快燒到根部的蜂蠟。然後朝史世用笑了笑，退到了一旁，豎起耳朵傾聽。

史世用頓時意識到了時間的流逝，不敢再繼續耽誤皇帝休息，趕緊拱起手，再度小心翼翼地請求：「皇上，有關倭國之事，卑職可以寫成奏摺，專門呈給皇上預覽。但今天實在太晚了，卑職不敢耽擱皇上太久……」

「沒事兒，朕今天聽得好生過癮！」萬曆皇帝打了個哈欠，笑著擺手，「若不是你，朕連倭寇到底什麼情況，都不清楚，如何能做得了正確決斷？」

「卑職不敢貪功！」史世用聽得好生感動，站起身，鄭重行禮。

「功勞該是你的，就是你的，朕看誰敢上下其手！」萬曆皇帝看了他一眼，大聲鼓勵。隨即，想了想，又笑著問道：「你從遼東來，可曾聽聞過試千總李彤和試副千總張維善？這二人替朕拿回了太祖皇帝賜給朝鮮初代國王的金印，身手想必相當不錯。」

「這……」史世用楞了楞，不知道該如何回答是好。

聽萬曆皇帝朱翊鈞說話的語氣，很顯然，對兩個年輕千總非常欣賞。而據史世用自己觀察，那兩個年輕千總，分明是兩個楞頭青。表面上非常聰明地選擇了兩不相幫，主動請纓過河去查驗敵情。事實上，卻是愚蠢地同時得罪了宋應昌和張誠。而那兩個人身後的家族，據說也對他們魯莽的舉動，非常不滿。已經放出話來，不再給予他們任何支持。

「怎麼，史卿沒見過他們？也對，你是錦衣衛，他們是營將，彼此互不統屬。」萬曆皇帝不知道史世用為何發楞，本能地笑著給對方找台階下。

「啟稟皇上，卑職見過他們，還不止一次。他們都是貨真價實的將門之後，身手的確非同一般！」不忍心辜負萬曆皇帝對自己的禮遇，史世用把心一橫，乾脆又選擇了實話實說。

「那遼東沒有其他身手好的武將了嗎，他們兩個剛剛從朝鮮殺了一個來回，居然就又讓他們帶兵去查驗敵情？」萬曆皇帝朱翊鈞對李彤和張維善，可不是一般的欣賞。笑了笑，繼續低聲詢問。

「這……」史世用不知道，這李彤和張維善兩個，通過誰的渠道，將名字直達天聽。又是到底是走了哪個狗屎運，居然讓皇帝對他們青眼有加。沉吟了一下，再度如實彙報：「啟稟皇上，遼東身手高明的武將，車載斗量。卑職不敢妄議上司，但卑職卻以為，兩大之間難做小。換了卑職跟他們兩個易位而處，恐怕也會想辦法躲得遠遠的，不摻和掌印和欽差之間的爭執！」

「兩大之間難做小，為何兩大之間難做小？」明明在普通人聽起來很簡單的一句話，落在朱翊鈞這個大明天子耳朵裡，卻讓他聽得犯起了迷糊。「孫暹，你以前做隨堂，若是遇到張誠和張鯨起了爭執，也是躲得遠遠的嗎？他們兩個，也不是事事都所見相同吧？」

「啟稟皇上！」終日在內宮中混，孫暹從王重樓第一次寫了書信向萬曆皇帝朱翊鈞舉薦人才的那一刻起，就牢牢記住了李彤和張維善二人的名字，所以根本不用斟酌，就大聲回應，「奴婢以前遇到掌印和秉筆起爭執的時候，的確恨不得立刻跑得遠遠的，免得不小心說錯了話，惹他們兩個生氣。他們兩個心胸開闊，當然未必真的會跟奴婢計較。可奴婢的地位低，一想到會被掌印或者秉筆記住，自己把自己就嚇得半死……」

「可惡！」萬曆皇帝朱翊鈞皺了皺眉，輕拍桌案。

孫暹立刻閉上了嘴巴，與忐忑不安的史世用一道，等待大明皇帝朱翊鈞做出決斷。誰料等了好半晌，才聽見朱翊鈞嘆了口氣，苦笑著道：「不可能，朕麾下的股肱之臣，豈會個個都是心胸狹窄之輩。那兩個小子初入官場，閱歷太少，盡是自己嚇唬自己。不過這樣也好，大軍出發，總得先將敵情探聽清楚，做到知己知彼。孫暹……」

「奴婢在！」

「把兵部給遼東將士們那份請功摺子，給朕找來。還有對祖承訓的處置摺子，也一並給朕拿過來。在櫃子左首第一列第五個位置。」萬曆皇帝滿臉疲憊的打了個哈欠，繼續大聲吩咐，「祖承訓雖然兵敗，但將士們拿回了太祖賜給朝鮮第一代國王的金印，功不可沒。該有的封賞，朝廷不能吝嗇，理應一概從優。至於祖承訓本人，既然是受到朝鮮兵將的拖累才導致大敗而歸，罰俸三年，在原職位上戴罪立功就行了。古語云，使功不如使過。昔日秦公能三用敗將，朕不能連個古人都不如！」

「奴婢遵命！」孫暹又躬身行了個禮，快步走到存放留中奏摺的書櫃前，按照萬曆皇帝朱翊鈞的指示位置拿出兩份奏摺，匆匆返回。

「你送史卿出去，天色太晚了，免得有人難為他。」萬曆皇帝朱翊鈞翻開奏摺，一邊隨口吩咐。

史世用再度感動得熱淚盈眶，躬身拜謝，轉身出門。孫暹則大聲答應了一聲，快速跟上了史世用的腳步。臨出宮前，偷偷朝自己衣袖中捏了捏，心中暗道：「李十二，咱家初次開張，這次就便宜你了。否則，區區兩處宅院，買個隨堂太監傳遞消息都難，哪值得秉筆太監如此賣力？」

冬天的北京，雖然不像遼東那麼冷，但是夜風仍然有些透骨。

從四面環著高牆的紫禁城出來，被風一吹，史世用立刻激靈靈打了個哆嗦。正準備小跑幾步，以免寒氣入體，無端生出一場病來，卻聽見有人在自己身側笑嘻嘻地說道：「史將軍真是好運氣，第一次覲見皇上，就被賜了麒麟服。咱家在宮裡行走也有些年頭了，像你這般一見面就簡在帝心的，還是頭一個！」

「不敢，卑職能有今日之福，全賴孫公提攜！」史世用即便今夜再得意忘形，也沒膽子在秉筆太監面前托大。慌忙側轉身，長揖及地，「今後孫公但有差遣，哪怕是赴湯蹈火，卑職也絕不皺眉。」

「史將軍客氣了，咱家一個太監，哪用得著你赴湯蹈火！」孫暹的年齡，其實比史世用大不了多少，卻像個慈祥的長輩般，笑著擺手。「眼見夜色已深，京師宵禁，你沒個憑藉，肯定會被五城兵馬司的兒郎攔住盤問。這盞燈籠，乃是御用監所造，民間俗稱氣死風燈，便是它了。你且拿去用，無論是拎在手裡，還是掛在馬車前，兵馬司的人見了，就知道你是剛剛從皇宮裡頭出來，絕對不敢再找你的麻煩！」

「這……」史世用受寵若驚，連忙再度躬身，「卑職，卑職何德何能，敢領孫公如此厚賜。折殺了，真的是折殺了。卑職就近找個錦衣衛的房子對付一晚就是，斷不敢用髒手碰這御用之物！」

「什麼御用之物，不過是一盞燈籠罷了。叫你拿著你就拿著，這東西，咱家那邊多得很。御用監造它出來，就是為了有股肱重臣奉召入內奏對，一旦忘了時間，回去的路上有個東西照亮。」孫遲單手托住了他的胳膊，另外一隻手，直接將提燈籠的竹柄塞進了他的掌心。

論力氣，史世用隨便動動手指，就能戳孫暹一個跟頭。然而，他卻不敢硬往外推，只能雙手將提燈籠竹柄捧在額頭前，第三次向孫暹施禮，「孫公相待之恩，卑職銘刻五內。今後，今後孫公只要說一句話，卑職，卑職……」

剛剛一句說過「赴湯蹈火，絕不皺眉」，一時間，他還真想不出更好的說辭來。孫暹聽了，也不介意，笑了笑，低聲打斷，「客氣話就不用說了。你我都是給皇上辦事，你今後多立奇功，就是對咱家最好的報答。至少，至少在皇上看來，咱家也算慧眼識珠。唉，細說起來，咱家也是今天下午，才奉命暫時接掌廠衛。對錦衣衛這邊的諸多事物，全都陌生得很，也需要有個得力的自己人幫襯一二！」

這就是他的真正目的了。做權臣也好，做宦官也好，手下都得有得力的爪牙。而東廠和錦衣衛，長時間以來，都受前任秉筆太監張鯨控制，裡邊的關係盤根錯節。哪怕有皇帝給他撐腰，孫暹也不敢保證自己能儘快將其收歸掌握。如果有那麼一兩個不開眼的傢伙，感念張鯨的昔日相待之恩，偷偷給他孫某人設幾個陷阱，他孫某人絕對防不勝防。而大明萬曆皇帝朱翊鈞，可不會體諒他是不是剛剛接手廠衛，缺乏人脈和經驗。只要覺得他做事不如張鯨得力，肯定會毫不猶豫將他拿下去，再提拔其他合適之人。

所以，除非真的只打算暫且兼任一段時間秉筆太監，隨時讓賢。否則，向東廠和錦衣衛內部塞進自己人，就是孫暹的當務之急。而剛剛立下大功，身手高超的史世用，則為數一數二的恰當人選。

首先，史世用這個人常年在錦衣衛福建千戶所任職，跟張鯨無任何瓜葛。短時間內，不可能跟錦衣衛其他官員，勾結在一起對付他孫暹。

其次，史世用這個人在錦衣衛裡摸爬滾打十幾年，才混了個百戶位置。一旦得到提拔，定然會感念他孫暹的知遇之恩。

第三，也是最重要一條，從今夜被皇帝留在身邊的時間來看，史世用身上肯定有什麼優點，得到了萬曆皇帝朱翊鈞的賞識。他孫暹雖然不知道那個優點到底是什麼，但順手提拔史世用一下，卻肯定沒錯。至少，此舉「輾轉」落在萬曆皇帝朱翊鈞，會覺得他孫暹貼心。

「卑職，卑職雖然一直在地方任職，但，但孫公若有吩咐，卑職定然全力以赴！」此時此刻，史世用心中，害怕遠遠多於驚喜。第四次躬身下去，向孫暹鄭重施禮。

這回，孫暹卻沒有搶著攙扶於他。而是先站直了身體，完完整整地接受了他一拜，然後笑著說道：「咱家初掌廠衛，暫時不會有任何動作，當然也不會吩咐你做事。但是，你要知道，樹欲靜而風不止。咱家不願意生事，卻不意味著別人不會欺生。所以，這幾天你就在京城好好休息，跟同僚多多來往。萬一有個風吹草動，咱家也不至於被當成聾子瞎子！」

「卑職遵命！」強忍著心中的厭煩，史世用第五次躬身。「只是卑職乃是奉命前來送信，久居京師不歸……」

「你當皇上賜你麒麟服，是白賜的嗎？只管在京師等著，十日之內，咱家保證你一個正千戶的職位，會落在你頭上。」孫暹瞪了他一眼，用極低的聲音提醒，「不過，京師千戶所，眼下沒有實缺。所以，是以錦衣衛千戶身份去統領一哨親軍，衛護皇城。還是進入東廠，出任掌刑，還要咱家再琢磨琢磨。」

「卑職，卑職單憑孫公安排！」史世用的腰，又痠又疼，卻不得不第六次躬身下去，向孫暹表示效忠和感謝。

這回，孫暹終於徹底放心了。踮起腳尖，笑著拍了拍他的肩膀，表示親近。然後掉轉身，施施然，返回了皇宮。

半彎著腰目送孫暹的背影，在宮門內消失，史世用才緩緩將身體重新站直。想要挑著燈籠離去，剛剛邁動腳步，忽然覺得前胸和後背等處，又冷又濕。

多年來出生入死，他從沒像今天夜裡這樣，直接被自己的冷汗，將身體濕了個通透。而孫暹剛才所說的每一句話，都像石頭般壓在肩膀上，讓他感覺筋疲力竭。

孫暹剛剛接替張鯨，出任秉筆太監，接管東廠和錦衣衛，急需幫手。他史世用只要忠心替孫暹效力，正五品錦衣衛千戶只是起步。接下來，從四品鎮撫使，正四品指揮僉事，甚至從三品指揮同知，都遙遙在望。

這可不是尋常的四品、三品武將，錦衣衛千戶，鎮撫使級別雖然不高，走到外邊，與總兵，參將相遇，後者都得主動下馬避讓。

他在錦衣衛中，努力了十多年，幾次差點把命搭上，都沒拿到夢想中的榮華富貴。現在，只要向孫暹效忠，就唾手可得。

然而，天底下沒有白吃的宴席。

一旦接受了孫暹的招攬，他就永遠打上了孫派的烙印。孫暹如果始終大權在握還好，他也能跟著雞犬升天。萬一哪天孫暹不再受皇帝寵信，被逐出宮外。他即便官職爬得再高，也勢必跟著被打回原形，甚至直接摔個粉身碎骨。

更何況，此時皇上司禮監內，職位比孫暹高的，還有掌印太監張誠。而那張誠，又跟張鯨聯手掌握司禮監多年，交情深厚。萬一張誠從遼東歸來，想給張鯨出氣。暫時奈何不了孫暹，收拾他一個立足未穩的錦衣衛千戶，卻輕而易舉！

兩大之間難做小。

忽然間，心中冒出自己先前對萬曆皇帝朱翊鈞的話，史世用忍不住苦笑著搖頭。

跟萬曆皇帝朱翊鈞說這句話時，內心深處，他並不認為李彤和張維善兩人的選擇非常妥當。只是出於對兩個年輕人欣賞和對皇帝的感激，善意地說了一句好話而已。而現在，自己身處同樣的境地，他才深深地體會到了，那個選擇的聰明。

「乾脆，老子也主動請纓，再去一趟朝鮮算了！」下一個瞬間，史世用忽然眼前一亮，隨即，渾身上下，就無比輕鬆。

去朝鮮雖然九死一生，可畢竟刀箭都來自敵人之手。

而留在京師，指不定哪天就死在自己人手裡。

去朝鮮，哪怕戰死，至少在倒下之前，還可以努力站得筆直。

在京師，卻只能趴下，像狗一樣對著太監搖尾乞憐！

兩相比較，何去何從，史世用發現，似乎一點兒都不難選。

第十二章　立威

北風夾雜著雪粒子，砸得人齜牙咧嘴。

「公道大將軍」車立將身體縮在裘皮裡，騎著一匹四歲口的鐵驊騮，頂風冒雪向北而行。他身後，是七千餘名大小嘍囉，或者騎著馬、騾子、驢子等各色各樣的牲口，或者徒步而行。每個人的衣服，都與融化的雪水一起，被北風凍成了冰殼。然後在雪粒子的擊打下，鏗鏘有聲。

這種雪水凝成的「鎧甲」又冷又沉，偏偏還沒有多少防禦力，完全是累贅。然而，無論隊伍中的頭目，還是最底層的嘍囉，都不敢將「鎧甲」脫掉。原因很簡單，隊伍當中大多數人，其實身上只有這一件衣服可穿。脫掉之後，就得用血肉之軀對抗寒風。萬一寒氣入了骨髓，公道大將軍車立可不會給他們請郎中診治。直接將走不動路的病號往雪地裡一丟，就算了事。

這種對待病號的方式非常殘忍，但是，不到萬不得已，嘍囉們卻很少開小差。原因也很簡單，眼下倭寇帶著「支持」臨海君的朝奸去了平壤，朝鮮國王李昖則帶著滿朝文武縮在義州。從東北方的會寧一直到正西方的安州，方圓千里，徹底成了無主之地。像公道會這樣的大小盜匪趁機而起，數量多如蝗蟲。

跟在公道大將軍車立的戰旗身後，嘍囉們還有機會洗劫沿途村寨，搶了別人的糧食以供自己過冬。如果不加入某個盜匪團夥，他們就會成為被盜匪洗劫的目標，最後要麼被殺，要麼活活餓死！

「全都給老子跑起來，跑起來就不冷了。一群廢物，老子一天兩頓硬食養著你們，可不是為了聽你們打呼嚕放臭屁！」知道嘍囉們離開隊伍就很難活得下去，公道大將軍車立也不講究什麼「愛兵如子」，抬頭先看了一眼頭頂上毫無溫度的太陽，然後忽然扯開嗓子，大聲咆哮。

「是！大將軍！」幾個土匪頭目帶頭回應，緊跟著，嘍囉們叫喊聲就響成了一片。配上大夥全身的「玄冰鎧甲」，隱隱約約，倒有了幾分正規軍的氣勢。

「大聲點兒，沒吃飽飯嗎？想吃好的，就抓緊時間趕路。等拿下了崗子寨，每個旗隊分一條狗，用來下湯鍋！依舊嫌隊伍中士氣委靡，公道大將軍想了想，再度扯開嗓子高喊。

「謝大將軍賞！」

「謝大將軍！」

「打下崗子寨，吃狗肉湯鍋！」

……

委靡不振的嘍囉兵們瞬間恢復了幾分精神，呵著白煙嚷嚷。

朝鮮人喜歡吃狗肉，寒冷的天氣裡，弄一條狗子，先用滾水燙掉全身的毛，然後連皮帶肉一起煮，那味道，想想就讓人全身都熱乎。而崗子寨，就在距離此處東北方十多里遠的山谷內，大家咬著牙再加把勁兒，正午之間就能跑到。

「孫三德，金六斤，你們兩個，帶領騎兵頭前開路。注意先去堵住村子東西口，別讓肥羊帶著細軟跑掉！」對嘍囉們的第二輪回答非常滿意，車立笑了笑，高高地揚起了手裡的寶刀。

「遵命！」被點到名字的兩個大頭目齊聲大吼，隨即，各自抖動韁繩，帶領三百餘名「騎兵」全速前進。雖然隊伍中馬匹不多，大部分騎兵胯下都是騾子和健驢，速度卻遠遠超過了兩條腿兒步行。短短十幾個呼吸，就在雪地上跑沒了蹤影。

「其他人，跟上。還是老規矩，先攻入寨子的旗隊，銀子獨享一成，女人由著他們先挑。作戰不賣力氣的，只能撿大夥的剩兒！」一邊策動坐騎加速，公道大將軍車立一邊繼續大聲動員。左右臉上的兩條疤痕，在冬日的陽光下，像兩條蠕動的蛆蟲。

「謝大將軍！」

「謝大將軍！」

「打下崗子寨，搶銀子搶女人啦！」

「快點，快點，去晚的只能撿剩兒……」

嘍囉們的士氣越發高漲，邁動雙腿，大步向前。彷彿馬上就能進入傳說中的極樂世界。

他們從不懷疑公道大將軍車立的許諾，因為「公道」兩個字，就寫在他們的戰旗上。而所謂的「公道」，就是按照作戰時出力大小，來分配戰利品歸屬。這個老規矩，車立也從沒違反過。哪怕是有率先打破寨子的旗隊，主動將女人和銀子「孝敬」給他，他也堅決不予接受。

憑著這一點，公道會在平安西道，可是闖出了偌大的名頭。一些實力不如它的土匪隊伍，或者主動送來禮物要求結盟，或者遠遠地躲開，都不肯輕易與它結仇。而公道大將軍車立，也很享受現在的感覺。這可比他當初在朝鮮軍中做把總強多了。雖然「把總」也算是官兒，聽起來還算威風。事實上，上司們從沒把他當人看過。他臉上那兩條疤痕，就是因為給上司餵馬時，偷吃了一顆雞蛋，所以直接被上司的親兵用刀子，從嘴角切到了耳畔。

「那不公道！」想想自己當初做把總時，還沒有將軍家的戰馬吃得好，「公道大將軍」車立心中的怒火，就又熊熊燃燒了起來。

他被割開了兩腮之後，整整一個多月，都沒法吃硬食，完全靠著夥伴幫忙熬粥，才熬過了那個冬天。以朝鮮官府的規矩，他不可能為自己討還公道。所以，他也不做任何指望。直到有一天，倭寇打了進來，他的上司一箭未發，棄軍潛逃。

既然連將軍都逃了，他這個小兵，更沒心思為朝鮮盡忠。況且這個朝鮮國，也不值得他去盡忠。所以，那天下午，他乾脆與幾個夥伴，趁亂拉了軍中的戰馬，偷了幾把刀槍，衝出營外做了土匪。從此，倒也落了個自在逍遙。

「老天爺保佑，讓倭人贏，千萬要讓倭人贏！」望著遠處起伏的荒山，公道大將軍車立在心中偷偷祈禱。

如果倭寇贏了，朝鮮國就不復存在了。他就可以一直逍遙下去，或者將來接受倭寇的招安，成為真正的將軍。如果大明天兵贏了，朝鮮國就會又變回老樣子。官員們為所欲為，百姓和兵卒當牛做馬，公道難求。

地上的積雪不算太厚，但是被凍得很硬，嘍囉們踩上去，一不小心就摔個四腳朝天。很快，大夥被銀子、女人和狗肉激勵起來的士氣，就又消失殆盡。整個隊伍的速度越來越慢，越來越慢，就像一條緩緩爬動的蚯蚓。

「都給老子打起精神來，加把勁兒，搶個痛快！」受不了嘍囉們的拖沓，公道大將軍再度舉起寶刀，於風雪中舞出幾個刀花，「等明年開了春，就能拿著攢下來的銀子，找個地方成家立業！機會只有這一個冬天，等王上被大明送回來，你們甭指望還能像現在這樣。聽到沒，老子說，機會難得，誰要是把握不住，就活該窮一輩子！」

「聽到了！」

「加把勁兒，搶個痛快！」

「加把勁兒，誰不努力，就活該受窮一輩子！」

「加把勁兒，為了銀子、狗肉和女人……」

……

大小頭目們打了個哆嗦，再度齊聲高呼。然後帶著各自麾下的嘍囉們，努力加快速度，宛若一群覓食的蝗蟲。

然而，沒等他們的叫喊聲平息，頭前去堵村口的兩支自家「騎兵」，卻如同喪家野狗般逃了回來。遠遠地看到公道會的大旗，紛紛扯開了嗓子大聲示警，「大當家，快走，快走，大明天兵，大明天兵來了！」

「天兵來了，天兵渡江了！」

「天兵，天兵——」

「快跑，快跑！」

……

根本不用公道大將軍車立教大夥怎麼做，眾嘍囉齊齊轉身，一哄而散！

「天兵——」公道大將軍車立被嚇得寒毛倒豎，本能地撥轉了坐騎，加入逃命隊伍。然而，策馬跑出了二十幾步之後，他卻又硬著頭皮拉緊了韁繩。

不對，情況極其不對！

如果是大明天兵主力殺到朝鮮的話，不可能預先一點兒動靜都沒有！也不應該來崮子寨這種窮鄉僻壤。

明軍要對付的是倭寇，他們應該沿著義州，寧邊，安州這條路線直撲平壤。那樣的話，不僅僅能速戰速決。而且沿途還可以通過海運補充糧草物資。

畢竟是做過把總的人，懂得最基本的軍事常識。從震驚中稍微回過一點兒神來之後，車立迅速察覺到嘍囉們先前的判斷有誤。在崗子寨附近，將自家兩支騎兵殺了個措手不及的，不太可能是明軍。即便是，也不可能是明軍的主力。而小股明軍前哨的話，用來立威，最適合不過。一旦成功將其擊敗，公道會就會憑此威震平安、咸鏡兩道！

那樣的話，他這個公道大將軍，就可能一躍成為平安、咸鏡兩道綠林總盟主。登高一呼，就會有無數豪傑自帶乾糧前來追隨。屆時，根本不需要他再向倭人請求招安，倭人那邊，也會主動派使者前來接洽，給他糧草武器，封號官銜，請求他幫忙彈壓地方！

「站住，你們全給老子站住。不要跑，不是天兵，來的肯定不是天兵！」狠狠一扯韁繩，公道大將軍車立，將馬頭直接又給拉了回來。緊跟著，舉起寶刀，大聲疾呼。「不是天兵，不是天兵，大夥不要自己嚇唬自己！」

除了少數頭目之外，沒幾個人肯服從他的命令。眾嘍囉追隨他，只是為了搶糧食搶錢搶女人。如今糧食、錢和女人搶不到了，誰還有興趣拚命？

更何況，趕了小半天的路，大夥兒一個個又冷又餓。即便豁出性命去拚，也未必能拚得贏。

「站住，不站住者，殺！」公道大將軍車立勃然大怒，果斷揮刀，將從自己身邊跑過的一名嘍囉砍做了兩段。

鮮血濺起老高，然後在半空中被寒風凍成了紅霧。屍體墜地，周圍的其餘嘍囉嚇得臉色煞白，踉蹌著放慢腳步。遠處的嘍囉卻大叫一聲，跑得更快更急。

「各旗隊長，給老子約束手下。否則，回去千萬別讓老子再找到你們！」車立氣得兩眼發紅，揮舞著寶刀，朝著四周不肯停住腳步的嘍囉亂砍。

「停下，停下，大當家說了，不是天兵！」

「停下，停下，不是天兵。誰再敢跑，老子宰了他！」

……

其麾下的頭目們，沒膽子承受秋後算帳的後果，只好紛紛策動坐騎，用刀槍逼著各自的部屬準備作戰。雖然一個個忙得焦頭爛額，倒也慢慢在隊伍中起到了幾分效果。

然而，就在此時，「左將軍」孫三德，卻騎著一匹老掉了牙的棗紅馬，從不遠處急衝而過。一邊繼續狂奔，一邊好心地高聲示警，「快跑，快跑，車老大，別逞能！來的真是天兵！」

「不可能，絕對不可能！即便是，也沒多少人！否則，這麼冷的天，光運糧食就得累死他們！」車立心中打了個哆嗦，硬著頭皮大聲反駁。

「天兵，絕對是天兵。全都騎著馬，還帶著火槍！」根本沒膽子停下來跟他爭論，「左將軍」孫三德繼續策馬狂奔，絕望的叫喊逆著風傳出老遠。

「天兵，快跑，大當家，真的是天兵。上個月在寧邊打敗過鞠景仁的那支天兵！我親眼看到了他們的認旗！」另外一個心腹騎兵統領，「右將軍」金六斤，也騎著一匹青花騾子逃了回來，煞白著臉，大聲示警。

「什麼？」車立又激靈靈打了個哆嗦，冒險一搏的勇氣，瞬間消失殆盡。果斷重新撥轉馬頭，逃之夭夭。

來的居然是打敗了鞠景仁，又接連將數路倭兵殺得丟盔卸甲的那支明軍！老天爺，今天可真是倒楣透頂。這樣的隊伍，豈是尋常嘍囉所能抵擋？遇到之後，怎麼跑都不丟人，停下來作戰，才是自己找死！

「天兵，天兵——」剛剛站穩腳跟的眾嘍囉看到大當家帶頭逃走，立刻又炸了窩。一個個尖叫撒開雙腿，唯恐跑得慢了，被明軍追上，成為刀下亡魂。

然而，他們無論如何都想不到，突然出現的那支明軍，需要的正是他們不戰而逃。

因為隊伍中存在大量的新兵，那支明軍根本就不想將他們一舉全殲，也沒能力將他們一舉全殲。所以，主將李彤故意讓將士們放緩了馬速。尾隨著眾朝鮮嘍囉，如同狼群尾隨著一群麋鹿。

他們始終保持著跟麋鹿同樣的速度，不快也不慢。

他們從不插入麋鹿的隊伍中發起攻擊，而是等著一頭頭麋鹿受不了恐懼和疲憊的雙重壓榨，自己倒下，然後才撲上去咬斷它們的喉嚨。

兩支隊伍，一前一後，在潔白空曠的雪夜裡，快速奔行。前方隊伍的規模，超過後方隊伍的十倍，卻無一人敢於回頭。後方隊伍的速度，明明可以提高十倍，卻始終追得不緊不慢。陸續有人在前方的隊伍中倒下，他的同伴們，卻誰都不肯施以援手。任由其被後方隊伍，用刀剁成兩段，或者收容起來，繩捆索綁。

「散開，大夥散開！分開了逃，能走一個算一個！」半個時辰之後，「公道大將軍」車立，欲哭無淚。啞著嗓子，做出最後的決定。

如果這世界上有後悔藥可賣的話，他肯定買上一顆，讓時間倒流回半個時辰之前。那時，如果他沒有聽從兩個心腹的警告，帶頭逃命，而是堅持自己原來的主意，帶領眾嘍囉與明軍決一死戰，未必就會落到全軍覆沒的下場。

而現在，即便他想將隊伍停下來，決一死戰，也不可能做得到了。嘍囉們都已經被嚇破了膽子，並且跑得筋疲力竭。隊伍之所以沒有崩潰，完全是出於人類抱團取暖的本能，而不是出於理智。如果他發出轉身迎戰的命令，根本不會有任何人服從。

所以，分散逃走，是唯一的辦法。追在身後的明軍數量太少，根本不可能將所有人都堵住。大夥跑得越散，攤在每個人身上的逃命機會越多。

這個是一個非常明智的決定，然而，卻為時已晚。

還沒等嘍囉們按照車立的命令去執行，身後的隊伍中，已經響起一陣激越的號角，「嗚嗚嗚，嗚嗚嗚嗚嗚……」

緊跟著，兩百多名騎兵分成左右兩路，加速包抄，將「公道軍」的左右兩翼，瞬間封死。而正後方的其餘明軍，也驟然加速，手中高舉的戚刀，在陽光下宛如一堵鋼鐵叢林。

「朴七，追上去，問問他們投不投降！」叢林深處，李彤朝著跟在自己身邊的通譯朴七大聲吩咐。年輕的身軀上，依稀已經有了幾分名將模樣。

「是！」朴七答應一聲，立刻加速向前衝了三十幾步，高高舉起手中鋼刀，大聲用朝鮮話呼喝，「爾等聽著，我家千總有令，投降不殺。不投降者，全都剁碎了餵狗！」

此刻公道軍的隊伍中，叫嚷聲，哭喊聲此起彼伏。有誰能聽得見他的勸說？大小土匪們，一邊哭叫，一邊繼續拚命邁動雙腿往前逃，只希望大明來的天兵能夠被其他土匪擋住，好讓自己有足夠的時間逃出生天。

「敢不停下者，殺無赦！」帶領騎兵從土匪左翼包抄過來的顧君恩經驗豐富，知道不見血不可能讓對手心甘情願地舉手投降，果斷策馬揮刀，將距離自己最近的兩名土匪嘍囉砍翻在地。

「敢不停下者，殺無赦！」左翼包抄而至的其他大明騎兵，也紛紛舉刀，頃刻間，就將土匪們砍倒了一百餘人。帶領騎兵從右翼包抄過來的李盛見狀，知道今日不可能不流血，也果斷舉起了兵器，朝著跑得最快的那夥嘍囉大開殺戒。

這兩隊騎兵，喊的都是大明官話，卻遠比朴七的奉勸，更能讓土匪們聽得懂。登時，所有土匪都楞楞地停住了腳步，聚集在一起你推我，我擠你，宛若一群待宰的羔羊。

「趕緊投降，投降。投降不殺。不投降的才殺！」終究是朝鮮人，朴七不忍心眼睜睜地看著自己的同胞被屠殺殆盡。一邊策馬在嘍囉們的隊伍之間穿行，一邊扯開嗓子，繼續用朝鮮語大喊大叫。

「趕緊投降，投降。投降不殺。不投降的才殺！」張樹擔心他遇到危險，帶著五十幾名新徵募來的家丁，緩緩跟上。同時模仿著他的聲音，將勸降令一遍遍重複。

家丁們都沒學過朝鮮話，發音無比怪異生硬，但是，這次，公道大將軍車立好像也終於聽懂了。將手中寶刀丟在地上，然後雙手高舉，大聲用朝鮮話回應，「投降，投降，天兵饒命。我等願意用錢自贖！」

說罷，又迅速將手放下，從戰馬背後的褡褳裡掏出大把的金錠、銀錠，一股腦地朝地上丟去。

「投降，投降，天兵饒命。我等願意用錢自贖！」公道軍中的頭目們，也瞬間明白了該怎麼做，紛紛從各自的懷裡和坐騎身上，掏出大把的金錠、銀錠、銅錢，亂哄哄朝地上灑去。

明軍中有一大半兒都是新兵，見了如此多金銀銅錢，頓時兩眼放光。正準備跳下坐騎去撿起來據為己有，耳畔卻忽然傳來了張樹、李盛、顧君恩等人憤怒地咆哮：「沒出息混帳，把朝鮮人都抓回去，他們身上的錢還能少分了你？現在去撿，小心中了朝鮮人的奸計！」

「敢亂搶金銀，自亂陣腳者，斬！」

「混帳，錢再多，能比得上你們的小命兒重要？」

「住手，小心朝鮮人使詐！」

……

眾新兵聽得打了個哆嗦，連忙將正準備下馬的腿收回來，同時握緊手中的鋼刀。再看朝鮮強盜當中那些剛剛丟出金銀銅錢的傢伙，果然全都重新抄起了兵器，吶喊著帶頭發起了反撲。

「冥頑不靈者，殺！」張樹果斷策馬衝過去，迎住公道大將軍車立。他身後的家丁們發現自己差點兒上了俘虜的當，又羞又怒，也咆哮著策馬掄刀，將車立身後的親信們一個接一個砍下了坐騎。

周圍的其他朝鮮強盜頓時大亂，哭喊著四散奔逃。率部封堵左右兩翼的顧君恩和李盛見狀，也不講究什麼天朝風度，再次帶領著麾下弟兄大開殺戒。將敢於帶頭逃命的土匪們，一排接一排砍倒，轉眼間，血流成河。

兩側和背後都找不到生路，盜匪們只好轉過身，繼續向前逃竄。才又跑出百十步，卻聽見迎面也傳來了一陣劇烈的馬蹄聲響。緊跟著，有一名身材魁梧的明軍將領，帶著百餘名打扮怪異的大明騎兵橫著堵在了他們的必經之路上。

「下馬，整隊，準備射擊！」帶隊的把總正是劉繼業，只見他大叫著翻身跳下坐騎。將一桿五尺高的木叉，倒戳進了雪地中。隨即，又迅速將一把看起來粗大無比的魔神銃，夾在了木叉上。

「準備射擊！」

「準備射擊！」

……

幾名重金從浙軍中禮聘來的教習，也先後跳下了坐騎。一邊將火銃，在特製的支架上架牢，一邊扯開嗓子大聲吩咐。

前一段時間不惜成本的訓練，這一刻終於見了效果。眾鳥銃手們且不說槍法如何，下馬，整隊，架槍的動作，卻是一氣呵成，熟練得宛若行雲流水。

「開火！」眼看著第一波逃過來的朝鮮土匪，距離自己已經不到三十步遠。劉繼業咆哮著扣動了扳機。

夾著艾絨的銜口落下，火星迅速引燃藥池裡的引藥。「砰」，隨著一聲霹靂般的槍響，彈丸被推出銃管，迎面跑來的一名朝鮮土匪，被打得倒飛而起，鮮血如瀑布般落了滿地。

「砰！砰！砰！砰……」火銃轟鳴聲，響成了一片。大部分子彈都沒擊中任何目標，只是在雪地上射起一串串白煙兒。然而，零星兩三枚命中者，卻讓目標死得慘不忍睹。

「第一隊，下蹲。第二隊，準備！」劉繼業深吸一口氣，扯開嗓子繼續發號施令。

他自己帶頭下蹲，站在第一排的鳥銃手，也相繼蹲身，集體矮下了半截。站在第二排的鳥銃手迅速將手中鳥銃瞄準目標，銜口處的艾絨，飄出縷縷青煙。

「開火！」見對面有人依舊沒停下腳步，劉繼業咬著牙下令。

「砰！砰！砰！砰……」火銃轟鳴聲，再度響成了一片。繼續冒失前衝的土匪們，被打得東倒西歪，腸穿肚爛！

不需要第三排再準備了，其餘土匪全都被嚇得魂飛魄散。慘叫一聲，掉頭向後逃竄。轉眼間，就與向前逃過來的其他土匪撞在一處，人擠人，馬擠馬，誰都無法再挪動分毫！

「趕緊投降，投降。投降不殺。不投降的才殺！」朴七的勸說聲從身後傳來，隱隱已經帶上了哭腔。

這下，所有土匪，無論是頭目還是嘍囉，終於全都認了命。紛紛丟下兵器，高高地舉起了雙手。

「投降，投降，不要殺他們，他們都是我逼著入夥的。要殺就殺我一個！」仍帶著七、八名親信做困獸之鬥的車立，見大勢已去，也大叫著丟下兵器，閉目等死。

他做把總時學過漢語，雖然說得不怎麼標準，但意思表達得卻非常清楚。然而，對面的張樹，卻不肯給他做英雄的機會，先將刀架在了他的脖頸大動脈處，然後大笑著搖頭，「手下敗將，哪有資格討價還價？下馬受綁，哪個該死哪個該活，自有我家千總來做決定！」

第十三章　馳援

「公道大將軍」車立又羞又氣，此刻生死卻都在張樹一念之間，只能主動跳下坐騎，任由大明官兵上前將自已雙手反綁了。然後又被人用草繩攔腰拴了一道，繫在了一匹老馬身後。

他身邊的那些親信，見自家主將已經服軟。只能跳下坐騎，束手就擒。李彤和張維善兩個，也不讓家丁過分為難他們，只是下令將他們與其餘土匪分開，單獨算作一隊。然後就宣布鳴金收兵，將所有俘虜像趕羊一樣押解著，浩浩蕩蕩直奔北方而去。

最開始之時，還不停有土匪想要偷偷逃走，但是兩條腿的人終究跑不過四條腿的戰馬，一個接一個，要麼被殺，要麼被抓回，誰也未能如願。到後來，土匪們又累又餓，連逃走的力氣都沒有了，只能懷著滿肚子的恐懼，聽天由命。

這一走，就是七、八里。眼見著太陽都開始向西邊墜下去了，才在一個被兩道山梁夾在中央的小村子裡停了下來。

「這不就是崗子寨嗎？」有嘍囉熟悉附近的地形，剛一停住腳步，就啞著嗓子嘀咕。

「壞了，這是要讓崗子寨的人，來決定咱們的死活啊！」周圍的人齊齊打了個哆嗦，立刻就哭出了聲音，「饒命啊，天兵老爺。我們，我們不敢了，再也不敢了……」

剎那間，如同冷水落進了油鍋。四周圍，朝鮮語的哭喊求饒聲，響成了一片。也不管看押他們的大明官兵，到底聽懂聽不懂。

「饒命，饒命啊，我們也是被逼得沒了活路，才做了土匪！」

「饒命，天兵老爺饒命。我們願意給您做牛做馬……」

……

作為土匪，他們如同螞蚱般，走一路搶一路，從來都不會給被搶劫者留下任何財產和口糧。如今被明軍押解到了曾經的搶劫目標面前，後者豈會對他們手軟！看情形，今天能落個一刀痛快的，都是走運。弄不好，有人就要在此地當眾被千刀萬剮，或者大卸八塊。

然而，哭喊歸哭喊，此刻，卻沒俘虜再有勇氣逃命。首先，沿途中逃命者的下場，已經給了他們做出了榜樣，讓他們沒膽子再去嘗試，自己究竟能不能跑得過戰馬。其次，崗子寨之所以叫做崗子寨，便是因為此處兩道山梁南北相夾的特別地形。明軍只要封堵了東西出口，除了鳥雀之外，任何活物都無路可逃。

「你們這些天殺的惡賊，居然也有今天！」看到土匪們跪倒在地，哭喊求饒的模樣。崗子寨中幾個最有錢的大戶，開心得手舞足蹈。「來人，給我先拉幾個做頭目的出來，綁在樹上，爺爺要親手炮製他們！」

「是！」大戶人家養的惡奴答應一聲，立刻擼胳膊挽袖子去俘虜隊伍中挑選目標。還沒等他們找到合適的虐殺對象，負責看守俘虜的大明官兵，已經用刀背劈頭蓋臉地砸了過來，「滾開！我家千總還沒發話，這裡輪得到你們拉人？全都給我滾，否則，休怪老子下手無情。」

「啊，啊，啊……」眾惡奴被打得鼻青臉腫，卻沒膽子還手，一個個抱頭鼠竄而去。

「嘿嘿，哈哈，嗚嗚嗚嗚……」眾俘虜見到大戶人家的惡奴被打得如此狼狽，忍不住破涕為笑。笑過之後，又想起自己此刻的處境，再度放聲嚎啕。

「別嚎了，都別嚎了。我家千總如果想要殺你們，剛才就把你們全都砍死在野地裡頭了，何必還押著你們走這麼遠？」朴七在旁邊看得心裡難受，紅著眼睛走到俘虜隊伍前，用朝鮮語大聲安慰。

為了盡可能讓更多的俘虜聽見，他用足了全身力氣。然而，一個人聲音，卻終究壓不住幾千人的痛哭，直喊得筋疲力盡，都沒收到半點成效。

「樹兄，帶些人過去幫朴七安頓俘虜。接下來，這些人都有大用！」張維善心軟，不忍看到朴七那滿臉疲憊，又進退兩難模樣，衝著家丁頭目張樹使了個眼色，小聲叮囑。

「是。」張樹也覺得欺負一群烏合之眾沒意思，點起十幾個家丁，走到朴七身後。扯了下對方的胳膊，低聲要求，「你說得簡單些，越簡單越好。我們幫你一起喊！」

「是，是！謝謝張爺，各位老爺！」朴七激靈靈打了個哆嗦，瞬間意識到問題出在了什麼地方，趕緊再度用朝鮮話高呼「別嚎了，都別嚎了。你們死不了。我家千總說話算話！」

「別嚎了，都別嚎了。你們死不了。我家千總說話算話！」

「別嚎了，都別嚎了。你們死不了。我家千總說話算話！」

……

家丁們帶著滿臉得意，將朴七的話一遍遍重複。這回，終於將哭喊聲給壓了下去。所有俘虜們，都慢慢停止了嚎啕。瞪起發紅的眼睛，將信將疑地望著李彤，等待著大夥的命運做出決定。

「天朝老爺，天朝老爺，您，您真的不殺他們？他們，他們可是搶劫搶上了癮，這輩子都很難再回頭了！」崗子寨的幾個大戶，在旁邊看得心急，也壯起膽子，走到李彤面前，小心翼翼地試探。

「不殺，李某先前答應過他們，投降不殺！」對於這些對同胞心中毫無憐憫之意的土財主，李彤半點兒都看不上。瞪了他們一眼，大聲回應。

幾個土財主心裡齊齊打了個哆嗦，後退數步，再度躬著身子祈求：「天朝老爺仁慈，化外，化外之民不勝佩服。但，但天朝老爺今天不殺他們，他們，他們保不準哪天，哪天還會殺回來。那時，那時，天朝老爺您又帶著天兵們離開了，我等，我等……」

說著話，土財主們彷彿已經看到了崗子寨的末日一般。

「那倒不怕，你這個寨子前後都是山梁，寒氣不重。李某和弟兄們，最近就打算駐紮在這兒。

無論是誰打過來，李某都替爾等接著！」李彤不屑地看了眾土財主一眼，再度大聲回應。

「這……」土財主們的身體晃了晃，剎那間，一個個如喪考妣！

崗子寨統共帶兩、三百戶人家，四、五千男女。哪有能力供應得起五、六百大明天兵的日常開銷！更何況，即便供應得起，他們也不敢讓大明天兵留在自己家門口。萬一被倭國的探子得知詳情，然後引領大軍氣勢洶洶殺將過了。大明天兵有馬代步，可以騎上就跑。他們這些有頭有臉的大戶，可是不能丟了房子、地契和家具，也像尋常百姓一樣到野地裡頭覓食。

「劉七，將剛剛繳獲的大牲口，牽一百頭過來！」不用猜，就知道這些土財主們心裡頭在想什麼，李彤毫不猶豫地向身邊吩咐。

「是！」名叫劉七的百總答應一聲，快速去執行命令。不多時，就將剛剛繳獲的土匪坐騎，牽了三分之一到眾人面前。

這其中，有不少騾子和驢，但是大多數都是馬匹。並且還是以最耐粗飼的挽馬為主。雖然不適合做戰馬使用，但是用來拉車或者馱貨物，卻是一等一。

當即，崗子寨的土財主們，眼睛就全放出了貪婪的光芒。冒著挨士兵鞭子的危險，又向前湊了湊，繼續用生硬的漢語說道：「天朝老爺，天朝老爺，草民等是，是幾輩子修來的福氣，能，能伺候您老在此，在此駐蹕。折殺了，真的是折殺……」「這些牲口不是白給你們的，你們需要按照市價，拿糧食來換！」李彤瞪了眾土財主們一眼，大聲打斷。隨即，不待對方做出回應，又將手朝著其餘繳獲來的牲口一指，「剩下那些，暫時也交給你等代為看管。待我軍離開之時，根據在此處的開銷，折算給爾等。多退少補，本官不占爾等的便宜。」

「這……」眾土財主又是一楞，旋即歡喜得連連作揖，「多謝天朝老爺，多謝天朝老爺。您的大恩，我等這輩子，下輩子，下下輩子都會記得。」

「記得記不得，都隨你們的意。但第一批牲口換來的糧食，本官半個時辰之內就希望看到，否則，本官也不介意往遠處走走，看看有沒有更好的地方適合駐紮。」李彤不屑地擺擺手，大聲補充。

所有繳獲的牲口加在一起，差不多有三百五、六十頭。而整個崗子寨的人家加起來，卻遠不到這個數。其中不少人家還是土財主們的長工和佃戶，根本沒有自己的土地，養不起也用不到任何大牲口。如此算來，即便不弄任何花帳，最後能落到寨中每位「頭面人物」家中的牲口，也能達到三十頭開外。遠超過了他們一年忙碌到頭所得，和家中現存的大牲口數量。

因此，先前還擔心明軍在寨子裡駐紮，會給自己帶來災禍的土財主們，立刻全變成了熱情好客的江湖大豪。不停地賭咒發誓，承諾一定將寨子裡最好的糧食，最好的院落獻出給大明天兵老爺們，讓老爺們好養足了力氣，驅逐倭寇，還朝鮮太平。唯恐帶隊的天朝老爺再派人跟別的寨子接洽，他們甚至連第一批大牲口都不顧上分，就立刻命令各自的奴僕回去抬糧食。並且再三叮囑，撿最好的米麥，按照比市面兒低兩成的價格登記入帳，絕不准摻進半粒陳糧。

一通忙碌之後，暮色就已經降臨。李彤先帶著幾個以前做過農活的弟兄，粗略檢查了一下換來的糧食數量和質量，然後下令從俘虜中拉出三百餘模樣乾淨的來，替所有人生火做飯。

數千人的伙食，準備起來相當麻煩。天寒地凍，寨子裡也買不到什麼蔬菜。更借不到足夠的炊具。只能因陋就簡，將麥子混上乾蘑菇、乾筍子之類，直接大鍋熬粥。

饒是如此，聞見了煮熟的麥香和乾菜的味道，眾俘虜們，心中又踏實了許多。大夥誰都算得明白，如果天朝官兵想要將他們屠戮殆盡，餓得手軟腳軟才好殺，根本沒有必要再給他們飯吃。當然，也有不少膽小者，自己嚇唬自己，認為天朝老爺是按大明規矩，給俘虜們吃最後一頓斷頭飯。一邊哭，一邊吃，一邊哭，一邊吃，弄得周圍的同夥不勝其煩。

李彤的隊伍裡有專門的伙夫，因此倒也不用跟俘虜們一起大鍋分粥。他將麾下的弟兄分成三批，輪流吃飽喝足。他估計俘虜們也吃得差不多了，便命人在寨子中臨時搭了個木頭檯子，拉起朴七一道站了上去，朝著俘虜們大聲喊道：「諸位聽好了，我乃是大明遼東選鋒營左部千總李彤。如今奉了上命，過江來替我朝大軍查驗敵情。」

「諸位聽好了，我家將軍說了……」朴七做通譯已經做得相當熟練，立刻將李彤的話換成了朝鮮語，朝著俘虜們高聲轉達。

「諸位聽好了，我家將軍說了……」張樹和李盛各自帶著五十名大嗓門弟兄，將朴七的話高聲重複。雖然做不到每一個詞的發音都完全準確，但是大致韻調，卻能模仿得差不離。

眾俘虜知道最關鍵時刻到來，一個個不管是已經喝完了粥，還是剛剛輪到碗，全都仰起脖子，凝神靜聽。唯恐錯過了一個字，導致自己最後身首異處。

「李某知道，你們之所以淪為劫掠為生的盜匪，乃是因為倭寇和地方官吏搶走了你們的糧食，讓你們為了活命，不得不出此下策……」為了照顧「聽眾」，每說兩句，李彤就停下來，讓通譯用朝鮮話轉述自己的意思。雖然頗為繁瑣，卻讓每個俘虜，都感覺到了他的回護之意。

他非但代表大明官方，將所有俘虜以前犯下的罪行一筆勾銷，還承諾會告知朝鮮地方官府，今後誰都不能翻舊賬。只要俘虜們各回各家，踏踏實實去過日子，就不必再擔心哪天官差登門。否則，盡可到大明告狀，大明官府，將出面替他們主持公道。

此外，只要明軍還在朝鮮的一天，俘虜們就不用擔心再有流寇上門洗劫。如果哪支流寇敢在明軍眼皮下作惡，明軍將士一定會追殺到底，將其犁庭掃穴。

而大明給了俘虜們這麼多好處，要求的回報卻只有一項，那就是盡可能地收集倭寇和通倭朝奸軍隊的消息，送往崗子寨。凡是能給明軍通風報信者，一經查實消息無誤，哪怕是送重複了，也另有賞賜，童叟無欺！

……

「天可憐見，這是要把崗子寨當做大明在朝鮮的前哨啊！今後我崗子寨上下，豈不是都被當成了天朝的爪牙，這，這該如何是好？」先前還因為占了大便宜而興高采烈的土財主們，一個個再度臉色煞白，欲哭無淚。

然而，第一筆交易已經完成，他們此刻想要反悔，也來不及。更何況，正在說話的天朝李將軍，雖然看上去慈眉善目，整個下午卻始終刀不離手。真的把他惹惱了，不用吩咐麾下天兵來殺，只要給俘虜們下一道命令，那些剛剛得了他好處的俘虜們，即便個個赤手空拳，照樣能把整個崗子寨夷為平地。

「好歹此地，距離鴨綠江比平壤近許多。」沒膽子跟李彤提反悔二字，眾土財主們只好自我安慰，「萬一大股倭寇從平壤殺過來，鴨綠江對岸的大明天兵主力，也不會對他們的前哨不管不顧。」

換個角度想了，他們心中的恐慌，頓時又降低了不少。強打起精神，繼續聽天朝李將軍訓示，卻只聽見俘虜們的歡呼聲一浪高過一浪，宛若山崩海嘯。「大明，大明，大明……」

「大明！」氣氛很容易傳染，周圍負責看管俘虜的官兵們，回頭看了看被火把照亮的日月旗，一個個挺胸拔背，豪情萬丈！

「不公道，不公道。那牲口原本就是咱們的，咱們的！」聽著周圍一浪高過一浪的歡呼聲，公道大將軍車立氣得七竅生煙，「他搶了咱們的牲口，又拿出三成來換成糧食給咱們吃。咱們怎麼能感謝他的恩德！」

然而，氣歸氣，他卻無能為力。

為了避免他與他的鐵桿親信再多生事端，明軍在押送他們來崗子寨的路上，就將他們與普通嘍囉分別處置。被看管的位置與別人相隔著幾十步遠，吃飯也是單獨開的小灶。此刻想要煽動普通嘍囉鬧事，恐怕沒等湊過去，就得被看守直接用刀剁成肉泥。

更何況，大多數嘍囉加入他的隊伍，都是被逼無奈。此刻聽聞大明的官老爺肯幫忙將過去的罪行一筆勾銷，還答應保護他們，不再受別的土匪禍害，一個個恨不得立刻飛回老家做良民，誰還肯再跟著他繼續去打家劫舍。

當然，做土匪來錢，肯定比種地快。可當土匪風險比種地高出一百倍。並且無論在大明、朝鮮還是安南這些國家，當土匪都是辱沒祖宗的行徑。也就是那些不要臉的倭寇，才會將殺人越貨，看成一種榮耀。

正在車立被氣得欲仙欲死，卻無計可施之時，又聽見通譯朴七高聲用朝鮮語轉述：「我家千總說了，既然大夥吃飽了飯，他就不留大夥了。等會兒聽他的號令，排隊過來領錢。每人二百枚現錢，或者二錢銀子。領了之後，大夥趕緊回家貓冬去吧，別在外邊胡鬧了。免得死在曠野裡，都沒人給你們收屍！」

「謝謝天朝老爺！」

「天朝老爺威武！」

「大明，大明，大明！」

……

歡呼聲，再度響如湧潮。除了車立和極少數老土匪之外，其餘俘虜們，都感激得熱淚盈眶。

「傻瓜，笨蛋，那錢也是從你們身上搜出來的！」被氣得眼前一陣陣發黑，「公道大將軍」車立蹲在地上，用手指不停地畫圈圈兒。

土匪們以前劫掠所得，通常一大半兒被當場按功勞分給了嘍囉們，一小半兒則很公道地落入了「公道大將軍」車立的口袋。而因為居無定所，車立的錢財都被他放在十幾匹騾子上，每每都隨著大隊人馬一同進退。今天他被打了個全軍覆沒，這些錢財，當然也沒跑掉，一文不差地成了明軍的戰利品。

「我家千總問，能不能幫忙換些銅錢，按照市價。他這裡金銀居多，銅錢太少！如果沒有銅錢，布匹折算也行。」朴七的聲音再度傳來，卻不是在問俘虜，而是崮子寨的那些土財主們。

「有，有，當然有！」眾土財主們從震驚中瞬間回過神，一個個迫不及待地點頭。

朝鮮銅錢和銀子的比價與大明類似，都是在一千個錢換一兩純銀的位置上下浮動。但越是動蕩之年，金銀越受歡迎。原因很簡單，同等價值的金銀，遠比銅錢便於隱藏。二十兩白銀只是兩個元寶，家裡隨便挖個坑就能埋好。而兩萬枚銅錢卻可以裝滿一個箱子，很容易就被蟊賊或者強盜翻出來，拿得一枚不剩！

當即，都不用朴七再做任何動員，眾土財主們便吩咐家中奴僕去抬銅錢。一個個唯恐換得少了，自己再也占不到同樣的便宜。

「蠢貨，你們這些蠢貨，連財不露白的道理都不懂。這麼容易，就被明軍摸清楚了各自的家底，萬一他們將刀子抄爾等脖頸上一壓……」整個崗子寨內，此時此刻，唯一聰明人的只有「公道大將軍」車立，蹲在地上，嘴巴碎碎地嘟囔。

然而，他的判斷，卻遠沒有崗子寨的土財主們準確。直到最後一名俘虜千恩萬謝地用衣服背著銅錢離去，明軍都沒有像他猜測的那樣，趁機將土財主們拿出來的錢財一搶而空。相反，那個帶頭的大明千總，明知道此時朝鮮的銅銀兌換比，不可能是一千比一，卻吩咐屬下，按照這個比例，繼續將土財主們各自從家中抬出來的銅錢，全都換了個乾淨。其中不少被磨了邊兒，缺了角的，也按照整枚折算，絕不拒收。「我的錢，都是我的錢啊！不公道，不公道！」忽然間明白了明軍如此大方的緣由，「公道大將軍」車立欲哭無淚。

金銀細軟都是繳獲來的，明軍當然不會在乎兌換比例。而崗子寨的土財主們，見識了明軍的公道與大方，也占足了便宜，自然心裡會倒向明軍。從此之後，那個大明千總的任何命令，他們恐怕都不會敷衍了事。至少，在朝鮮的局勢明朗之前，崗子寨四、五千男女，會完全站在明軍這邊，不會再想著支持他人！

正氣得幾乎吐血之際，忽然發現，那個該殺千刀的大明千總，居然帶著通譯朴七走向了自己。頓時，「公道大將軍」車立激靈靈打了個冷戰，瞬間忘記了心中的所有怨恨。

對方肯放普通嘍囉們離開，卻未必肯饒過他。普通嘍囉們幹的壞事不多，回家之後，就可以安心貓冬，等著明年開春繼續土裡刨食。而他，手上卻至少有二、三十條人命，這輩子已經無法回頭。所以，官府以往抓到他這樣的人，基本上都是大卸八塊了事。根本不會考慮他當初去做土匪，也是被逼無奈。更不會問他，是否願意從此金盆洗手。

「你叫車立是吧，你手下的嘍囉，已經將你的過往，都彙報給本千總了！幾個月時間，就能拉起七、八千人馬，你的本事非同一般，這麼多年來只做一個把總，實在是有些屈才。」果然，大明千總李彤，根本不提放他離開的茬兒，開門見山就點出了他的根腳。

「多謝天朝老爺，替小人說了一句公道話。」車立又激靈靈打了個哆嗦，鼻涕眼淚瞬間淌了滿臉滿下巴。「小人也不是天生的土匪，嗚嗚，實在被上邊欺負狠了，嗚嗚，所以才趁著日本人打過來的機會，拉著戰馬和兵器開了小差兒。嗚嗚，小人知道自己活該！嗚嗚，嗚嗚，小人懇請天朝老爺在殺了小人之後，給我身邊這些親信一條活路。哪怕賣到大明去做奴僕，他們，他們也都心甘情願！嗚嗚，嗚嗚嗚……」

終究是能做土匪頭子的人，他雖然嚇得快尿了褲子，卻依舊沒忘記哭泣著給身邊的鐵桿嘍囉求情。而那些鐵桿嘍囉們，也知恩圖報，一個個跪在地上，哭泣著說道：「天朝老爺，天朝老爺慈悲。我家將軍，不，我們大當家，實在是被逼得沒辦法了，才做了土匪。在所有土匪當中，我們大當家是最講道理的那個。求求您，求求您放他一條生路，我們，我們下輩子做牛做馬，也報答您的恩德！」

「求求您，殺了我們，放了我們大當家。他沒了幫手，一個人再也翻不起什麼風浪來！」

「天朝老爺，我們該死，我們該死。求您給大當家一條活路……」

……

「嗯？」沒想到，一個土匪頭子，居然如此得屬下之心。李彤臉上，頓時露出了幾分愕然。顧君恩怕他心軟，趕緊走上前，低聲勸告：「千總，這廝越是能服眾，也不能留著。否則，早晚是個禍害！」

「對，千總，這種人，殺了才能永絕後患！」

「千總，這種土匪嘴裡，能收集到什麼有用的消息，趕緊殺了了事！」

……

其餘幾個百總，總旗，也紛紛湊上前，提醒李彤不要有東郭先生之仁。

好歹也是做過把總的人，車立能聽懂許多大明官話。頓時，心中愈發絕望，跪在地上重重磕了個頭，哆嗦著繼續苦苦哀求：「天朝老爺，小人罪有應得。但，但是，小人願意以洪原、端川兩地倭寇的消息，換手下一條活路。小人不是一點兒用都沒有，小人雖然是個土匪，卻知道哪裡打得過，哪邊的守軍招惹不起。」

「洪原和端川還有倭寇?倭寇不是全都退回平壤去了嗎？」李彤原本也沒打算殺掉車立，聽他說得肯定，立刻皺著眉頭盤問。

「撤回平壤的，是小西行長的兵馬。」車立卻不知道李彤不曾對自己動任何殺心，為了換回幾個鐵桿手下的性命，抬手抹了一把鼻涕眼淚，大聲彙報，「而洪源和端川這邊的倭寇，其主將卻是加藤清正。前一段時間，加藤清正的人曾經去打過海西女直。最開始殺了很多女直人，搶了很多戰馬。後來卻因為殺戮過甚，遭到了女直部落的聯手反抗。恰好，恰好天朝有一支兵馬那會兒也在朝鮮。加藤清正怕後路被斷，就將其手下倭寇撤向了南面。」

「你是說，上個月本千總在寧邊附近與鞠景仁交手的時候，加藤清正的兵馬就在端川？」李彤被嚇了一跳，追問的話脫口而出。

「是，就是那時候。」車立像小雞啄碎米般點頭。「但是加藤清正當時好像不在端川，而是更往西北面的鏡城。據說，據傳說，他的前鋒，還因為過於慌亂，被女直人打了個措手不及，損失慘重。所以得知天朝老爺只是路過，天兵主力並未渡江。加藤清正手下的一夥倭寇，就，就又沿著西邊靠海的洪原、端川、吉州等地偷偷殺向了鏡城、會寧。一則是為了找女直人報仇，順帶從女直部落搶奪好馬。二來，則是因為距離義州遠，天寒地凍，消息不容易傳到義州，傳回大明天朝那邊。」「你從哪得到的消息？可否保證準確！」李彤的拳頭迅速握緊，低下頭，向車立詢問。

「小人，小人帶著麾下弟兄們打家劫舍，只是，只是為了混口飯吃。」車立輕輕換了口氣，小心翼翼解釋，「所以，所以小人每次出動之前，哪能打，哪不能打，都會探查得清清楚楚。最近，最近不止小人不會帶著隊伍靠近端川和洪原，其他，其他各路江湖好漢也不會去。倭寇凶殘，兵馬再少，小人也惹他們不起。」

這倒是大實話。欺軟怕硬，乃是世界上大多數土匪的本性。誰也不能指望，土匪們也會為了某種虛無縹緲的追求，不惜捨棄性命。所以，李彤便不再懷疑車立在蓄意欺騙自己，斟酌了一下，笑著說道：「此地距離端川不算太遠，本千總這就會派人去查探城裡的敵情。如果你沒有說謊，非但你手下這些親信可以活命，你自己今後，也可以換個活法。」

「多謝，多謝天朝老爺開恩！」車立雖然不懂「換個活法」是什麼意思，但是，至少知道自己手下那些鐵桿心腹的性命算是保住了。趴在地上，重重磕頭。

「不過，放他們走之前，本千總這裡，也不能白養著他們。」李彤擺了擺手，正色補充。

「那是，那是，天朝老爺儘管吩咐。哪怕是給老爺您做牛做馬，我等絕不喊冤！」此時此刻，車立只求活命，哪裡還管公平不公平，再度用力磕頭。

然而，接下來李彤的聲音，卻讓他如聞天籟，「你起來吧，不用再磕頭了。本千總這邊，需要一隊斥候，替大明收集倭寇的消息。暫且手上沒人可用，乾脆就由你和你的弟兄充任。職位麼，你先做一個小旗。待將來立下功勞，再一步步往上升！如果哪天仗打完了，你想回家去做個百姓。本千總也不為難你，准許你帶著積蓄和手下人一起離開。」

「謝，謝天朝老爺，謝天朝老爺，謝老爺，謝……」車立一邊道謝，一邊磕頭。每聽李彤說一句，就磕一下。到最後，乾脆將頭戳在地上，再也不願抬起！

第十四章 試刃

「姐夫，你真的準備去打端川？」當天晚上，安頓好了麾下弟兄，劉繼業又拉著張維善折回李彤身邊，滿臉擔心地詢問。

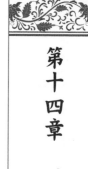

「那得看端川城內，到底有多少倭寇駐紮。」李彤知道對方肩負著替未婚妻劉穎「保護」自己的使命，笑了笑，低聲回應，「若是人數只有一兩百，當然可以去試著打一下。有一座城池過冬，總比蹲在崗子寨舒坦。如果城裡兵馬上千，我躲著走還來不及，怎麼會拿弟兄們的性命去冒險？」

「呼——」劉繼業心中的石頭立刻落了地，拍打著自己厚厚的胸脯，做吐氣狀，「我這邊的火銃兵，才剛剛練出個空架子。嚇唬土匪還行，真的跟倭寇對上了，未必能占到多少便宜。」

「能練到現在這般模樣，已經遠遠出乎了我的預料，你不要過於心急。」對於劉繼業哪吃了虧就必從哪找回來的心態，李彤一清二楚，擺擺手，笑著勸告，「俗話說，心急吃不得熱豆腐。眼下天寒地凍，倭寇未必願意出動大隊兵馬前來找咱們的麻煩。咱們近期，主要對付的目標就是土匪流寇。能把他們嚇住已經足夠。」

「我，我還以為你急著要打一兩場硬仗立威！」劉繼業聽得臉色微紅，遲疑著回應。

「就這麼點兒兵馬，即便僥倖獲勝，也嚇不住大股的倭寇。而想要讓朝鮮人知道咱們來了，打敗幾支土匪流寇就已經足夠。反正他們的官兵戰鬥力，也跟土匪流寇不相上下。」李彤又笑了笑，非常耐心地解釋。

見劉繼業和張維善兩個都聽得似懂非懂，他想了想，又繼續補充：「咱們不是奉命過江來探聽朝鮮這邊敵軍虛實，並聯絡朝鮮軍民裡頭心懷忠義者為大軍助戰嗎？朝鮮雖然小，從南到北也有上千里，怎麼可能一家家找上門去，問問他們到底準備幫誰？所以，不如先跟土匪流寇開上幾仗，打出自己的名聲來。屆時，朝鮮官兵和義軍當中，希望幫助其王復國的，自然會主動派信使前來聯絡。而那些已經鐵了心要投靠倭寇的，也自然會把咱們當成仇人。要麼領軍前來較量，要麼自己躲得遠遠。」

「這……？我，我還以為，你和守義當初主動請纓，只是，只是為了避開那個死太監。」劉繼業沒想到白天李彤帶領大夥擊潰「公道軍」，然後又將土匪們全部釋放的舉動，居然還包含著如此深的謀劃，剎那間，兩隻眼睛瞪了個滾圓。

「當初主動請纓渡江為大軍探聽消息，的確只是為了避開那個死太監。」李彤看了一眼同樣滿臉震驚的張維善，笑著解釋：「可過了江之後，我卻覺得，咱們遇到麻煩，不能總是一躲了之。雖然誰也沒規定，咱們必須於哪天之前，回去覆命。可一直躲到大軍全都過了江，咱們卻毫無建樹，未免會讓人看輕。故而，這幾天，我一直在琢磨，有沒有一種兩全其美的辦法，既不用回遼東去，受那死太監和宋欽差的夾板氣，又能做一點對大軍，對咱們自己，都有用的事情。」

「所以，姐夫你就乾脆找上了土匪。」

「咱們自己不動，讓朝鮮人自行送貨上門。順帶還能替朝鮮平定匪患，揚我朝大軍威武之師的名聲！高，子丹，你這招實在是高！都說士別三日當刮目相待，我天天跟在你身邊，都想用力揉眼睛。」

劉繼業和張維善兩個恍然大悟，同時用力點頭。

「揉個屁！」李彤抬起腳，對準張維善的屁股作勢欲踢，「自家兄弟，別扯這些邪的歪的！我只是不想再躲來躲去而已。當初在南京招惹不起那些狗官，咱們不遠千里躲到了遼東。結果在遼東遇到了麻煩，咱們又一口氣躲來了朝鮮。將來如果在朝鮮再遇到麻煩呢，這地方三面都是大海，咱們還能學古人泛舟而去，尋找世外仙山？所以，不如盡可能地建功立業，積蓄實力，以便今後輕易不用再躲。」

「那倒也是。自己有了實力，別人再想欺負你，就會掂量掂量，需要付出什麼代價。就像在遼東，宋欽差和死太監無論怎麼鬥，卻都不敢拿李如松和他的弟弟們怎麼樣。」張維善想了想，非常認真地點頭，「甚至兩方故意繞著李氏兄弟而鬥，以免不小心誤傷了李家，惹得他們兄弟反咬一口！」

提到李氏兄弟，劉繼業立刻又想起了數日之前，李如梓找大夥借家丁的事情。猶豫了一下，低聲提醒：「姐夫，守義，咱們這一走，倒是不用再理睬宋欽差和死太監怎麼鬥法了，可是李六郎找你們借家丁的事情，也給耽擱了下來。我看他倒不像是個心胸狹窄的，但是萬一有人借此挑撥離間……」

「走之前那天晚上，我曾經偷偷去見了李六郎一次，當面向他賠了罪。」對自家小舅子劉繼業，沒什麼需要隱瞞的事情，李彤想了想，繼續低聲解釋，「他知道咱們為何要急著離開，所以對我答應借家丁給他，卻又自己把家丁都帶走了的舉動，並不是很介意。況且他原本跟咱們借家丁的目的，正是派遣得力人手，再走一趟朝鮮，為他大哥將這邊的情況徹底摸清楚！我這邊一有消息，就及時派人通報給他，對他們李家來說，反而省了許多心神。」

「你，你居然一個人做了這麼多事！」劉繼業聽得又是驚訝，又是佩服，誇讚的話脫口而出。「姐夫，守義說得沒錯，我真得對你刮目相看了。雖然我們兩個天天都跟著你！」

「這種廢話少說！人都早晚得長大，誰都一樣！包括你。」李彤瞪了他一眼，低聲回應。

以前在南京時，他一直覺得自己早已經是個大人了。什麼事情，都可以自作主張，並且每一個決定，都正確無比。而經歷了一系列挫折之後，他才忽然明白，在真正的大人物眼中，自己以前那些所謂的聰明舉動，無一不是小孩子玩尿泥而已！

所以，他不得不強迫自己，儘快成長起來，儘快變得老到而又成熟。

他已經沒有時間，也沒有資格再去做一個什麼都不上心的紈絝子弟。因為，經歷了一系列挫折和風波之後，他已經豁然發現，自己原本的那些依仗，家世、人脈、財富，在真正的大麻煩前，作用微乎其微。

月明星稀，人和馬的腳踩在厚厚的雪地上，咯吱做響。

朝鮮偽軍千戶鞠可麥帶領麾下弟兄，護送著三十多輛雙馬拖拉的雪橇，深一腳淺一腳往南踉蹌而行。雪橇上，不時散出來酸奶酪和羊肉乾味道，刺激得他和他麾下的弟兄們飢腸轆轆。然而，包括他這個千總在內，所有朝鮮偽軍將士只能咽自己的口水果腹，誰都沒膽子動雪橇上的貨物分毫。

貨物的主人山內小五郎，此刻正坐在雪橇上，拍著手，與其麾下的武士、足輕們放聲高歌。天知道這群光著腿兒的倭寇，為什麼絲毫不覺得疲憊，自打出了端川城那一刻起，嘴巴就沒停下來過。嚇得沿途的烏鴉和野狗都不敢胡亂叫喚，一隻隻搶先逃得遠遠。

「千總，弟兄們真的走不動了！」負責給馬燈添油的百總金永浩悄悄湊到鞠可麥身邊，喘著粗氣祈求，「再這麼走下去，弟兄們即便不活活凍死，也得累趴下一大半兒！」

「你當我不想休息啊，但是山內隊長不准！」鞠可麥翻了翻眼皮，滿臉無可奈何，「半個時辰之前，我就跟他說了。可是，他非要大夥堅持到豬頭浦。」

「他和那些倭國人都坐著雪橇，當然不累。」金永浩楞了楞，翻著白眼兒用朝鮮語抱怨，「咱們可是從傍晚一直走到現在。」

「小聲，你不要命了。那些倭國武士當中，可有人懂得朝鮮話！」鞠可麥被嚇了一大跳，趕緊伸手去捂金永浩的嘴巴，「忘記楊寶昌是怎麼死的了？那些倭人，殺起咱們來，從來就沒眨過眼睛。」

為了避免自己的話被雪橇上唱歌的倭寇聽見，他努力將聲音壓到最低。然而，卻沒想到，依舊引起了一名倭國武士的關注，「你們兩個，背地裡嘀咕什麼呢？有膽子就大聲說，不要躲躲藏藏！」

「沒，沒有，我們，我們倆說，武士老爺本領真高，前幾天去討伐叛軍，非常輕鬆就將他們斬殺得一乾二淨！」鞠可麥又被嚇了一哆嗦，啞著嗓子，連連擺手，「我們這輩子本事若能有武士老爺們的三成，就知足了！」

「對，我們，我們在說，說對武士老爺由衷地佩服！」沒想到能聽懂朝鮮話的倭寇，距離自己居然這麼近，百戶金永浩也趕緊慘白著臉點頭哈腰。

「你們倆說得肯定不是實話！」那名倭國武士猛然拔出鋼刀，縱身跳下雪橇，「不要撒謊，我剛才聽得很清楚。再不說實話，就，死！」

「饒命——」鞠可麥嚇得魂飛魄散，雙腿一軟，就跪在了雪地上，「我們真的不是說你們的壞話，我們……」

一道寒光，忽然貼著他頭盔掠過，正中武士胸口。對方立刻顧不上再找他的麻煩，丟下刀，雙手捂住胸前突然出現的箭桿兒，像喝醉了酒般來回踉蹌！鮮紅色的血珠，順著箭桿的邊緣淋漓而落，凍結在雪地上，豔若桃花！

「敵襲——」鞠可麥感覺不到絲毫的慶幸，大叫一聲，雙手抱著頭盔迅速向前翻滾。

這個完全處於本能的動作，救了他的小命兒。上百道寒光貼著他的身體急掠而過，將周圍護送馬車的朝鮮偽軍，瞬間射翻了一大片。

「敵襲，敵襲——」僥倖沒有被羽箭直接命中的朝鮮偽軍們，一個接一個主動撲倒在地，雙手抱著腦袋向遠離雪橇的位置翻滾。

雪橇上的貨物是倭國征服者的，他們的性命是自己的。半夜驟然遇到襲擊，傻子才不顧性命，去保護不屬自己的物資。

「不要逃，不要逃，你們這群膽小鬼，蠢貨！」足輕隊將山內小五郎又驚又氣，抓著盛放物資的竹筐蓋子跳下來，扯開嗓子對朝鮮偽軍破口大罵。

沒有人做出反駁或者回應，千戶鞠可麥帶頭，所有朝鮮偽軍像雪球般，越滾越遠。而冰冷的羽箭，從夜幕後繼續連綿而至，打得他手中竹筐蓋子啪啪作響。

猝不及防的倭寇，也被射翻了十幾個。慌慌張張跳下雪橇，或者東躲西藏，或者抓起一切面積大的物件，充當盾牌。誰也不知道偷襲者從何而來，屬周圍勢力的哪一方。

「吁吁吁——」一匹拉雪橇的挽馬小腹中箭，悲鳴著張開四蹄。與牠並肩的另外一匹挽馬，卻無法做出及時配合，被撤得腳步踉蹌。裝滿了物資的雪橇，畫著「之」字在雪地上移動，將躲閃不及的倭寇和朝鮮偽軍撞得頭破血流。

「死！」一名武士當機立刻，衝上去，揮刀斬斷挽馬的脖頸。剎那間，血如瀑布般倒著騰空而起，一匹挽馬倒地，另外一匹挽馬繼續踉蹌。雪橇傾覆，將揮刀的武士，壓在下方，迅速就沒了聲息。

「噗……噗……噗……」箭鏃射入肉體的聲音，在寒夜裡，顯得格外清晰。倭寇們被射得損失慘重，卻看不清敵人躲在什麼位置，更甭說用手中倭刀和鐵炮，進行反擊。

「把拉雪橇的挽繩砍斷，把拉雪橇的繩索砍斷。翻到雪橇左側，翻到雪橇左側整隊！」畢竟是加藤清正一手訓練出來的武士，山內小五郎見勢不妙，果斷放棄了繼續「挽留」朝鮮偽軍，大叫著迅速後退。

腳下木底靴子很滑，接連兩次，將他摔成了滾地葫蘆。但是，也正因為摔得毫無預兆，夜幕後射來的羽箭，未能將他成功射殺。第三次倒地之後，小五郎再也不試圖爬起來。學著剛剛看到的朝鮮人模樣，將身體縮蜷成球，迅速翻滾，短短兩三個呼吸功夫，就成功藏入了一輛雪橇之側。

「砍斷挽繩，砍斷挽繩！」倭寇中的武士，也很快從小五郎的動作中得到啟示，一邊縮蜷起身體往遠離羽箭的方向躲，一邊大聲向雪橇附近的同夥發出提醒。

「吁吁吁……」

「吁吁吁……」

十多匹挽馬受驚，拖著各自身後的雪橇，歪歪斜斜地跑遠。但是，大多數雪橇上的挽繩，卻及時被武士和足輕們砍斷。

笨重的雪橇，立刻成了最佳掩體。僥倖沒被羽箭射死的倭寇們，像雪球般在地上滾動，很快，就全都將自己的身體，藏在了雪橇之右。

「整隊，整隊，準備迎戰。鐵炮手，趕緊檢查彈藥！來得肯定是明軍！」憑藉跟朝鮮官兵的作戰經驗，山內小五郎迅速判斷出偷襲者的身份。「先用鐵炮阻擋他們，打擊他們的士氣。然後，找機會大夥一起衝上去……」

「乒乒，乒乒，乒乒，乒乒……」一陣霹靂般的射擊聲，將他的聲音，瞬間吞沒。雪橇被打得碎木亂飛，烤熟的肉乾和酸奶酪味道，隨著夜風四下翻滾。

「鐵炮，明軍也帶了鐵炮！比俺們還多！」躲在雪橇後的日本武士和足輕們，雖然沒有人中彈身死，卻被嚇得個個臉色蒼白如雪。

經過前幾個月的初步接觸，日本侵朝第一，第二兩軍的高級將領們，已經清楚地認識到了，大明軍隊與他們所認識的朝鮮官兵，簡直是天上與地下的區別。而有關明軍戰鬥力遠高於朝鮮官兵的說法，也慢慢在倭國武士和足輕們之間傳開。如今眾倭寇最大的心理憑仗，就是手中的鐵炮。然而，今夜來自明軍的鐵炮射擊聲，卻密集得超過了他們的想像。「乒！」有倭寇實在克制不住心中的恐慌，將鐵炮探過翻倒的雪橇，朝著黑漆漆的夜幕後開火。根本不去考慮目標具體在什麼位置，他到底有多大機會射中。

明軍的鳥銃射擊聲，忽然為之一滯。緊跟著，又發了瘋般響了起來，「乒乒乒乒乒乒……」。呼嘯的鉛彈，打得雪橇周圍白煙亂冒。「乒乒乒乒……」剛剛開過火的倭寇，縮著脖頸躲在雪橇後，被嚇得臉色煞白，兩股戰戰。然而，讓他感覺非常慶幸的是，明軍射過來的鉛彈，要麼被雪橇所阻擋，要麼打在了雪地上，竟沒有一枚鉛彈射中他的身體！「乒，乒……」周圍的倭寇大受鼓舞，也尋找安全角度，將鐵炮從雪橇頂部探出去，朝著估測中的明軍位置反擊。

「乒乒乒乒……」夜幕後的明軍，立刻還以顏色。呼嘯的鉛彈打的雪橇木屑飛濺。卻無法徹底將雪橇擊穿，將躲在另一側的倭寇送回老家

「乒，乒，乒、乒……」發現只要藏在雪橇右側，就能完全避免受到鳥銃的傷害。所有倭寇都精神大振。只要能找到鐵炮者，皆開始裝填彈藥，尋找機會與明軍對射。

雙方在寒冷的冬夜裡你來我往，很快就打得熱鬧異常。但是，因為受到雪橇阻擋，明軍手中鳥銃射出的鉛彈，很難再殺死狡猾的倭寇。而且因為能見度太低，倭寇手中鐵炮射出的鉛彈，也很難「蒙中」躲在暗處開火的明軍。大多數情況下，敵我雙方，都是白白浪費火藥！

「把你的鳥銃給我！」張維善冒著被流彈擊中的危險，策馬衝向藏在一棵老樹後指揮鳥銃手的

劉繼業，大聲請求。

「你不要命了？」劉繼業大急，一把將張維善從馬鞍上扯落於地，「給你有個屁用，你打得再準，也打不穿雪橇車！」

「誰說我要打雪橇車了！我打他的馬燈。」張維善撇了下嘴，一個翻滾從劉繼業身邊搶走剛裝填好還沒來得及開火的鳥銃，又一個翻滾藏進另外一棵老樹後，用眼睛瞄了瞄，果斷扣動扳機。

「乒——」彈丸伴著射擊聲被火藥推出銃口，迅速掠過三十多步的距離，正中一盞掛在雪橇上照路用的馬燈。陶瓷的燈身四分五裂，燈油瞬間灑滿了車身。棉繩做的燈芯從蚌殼磨成的半透明燈罩中掉了下來，瞬間引燃一片幽藍色的火苗。

「打馬燈，打他們的馬燈！」劉繼業的眼睛，迅速被火光照亮，扯開嗓子，高聲叫喊。

「打馬燈，打馬燈！」躲在樹林中的鳥銃手們，七嘴八舌地響應，然後開始調整銃口，瞄著雪橇上僅剩下七、八盞馬燈開火。

「把馬燈拆下來扔掉，快，把馬燈拆下來扔掉！」雪橇後，倭寇頭目山內小五郎也意識到了情況不妙，扯開嗓子用日語大聲命令。

幾個膽大的倭寇，冒著被鉛彈打成馬蜂窩的危險，翻過雪橇，用刀去砍掛馬燈的皮繩。一盞馬燈墜落於地，摔得四分五裂。隨即，又是一盞。然而，人的動作，終究快不過鳥銃。冰雹般的鉛彈呼嘯而至，將其餘五盞馬燈打了個粉碎，將幾名冒險去砍燈繩的倭寇，打翻在地上，血流如注。

下一個瞬間，在雪橇表面四處流淌的燈油，盡數被燈芯引燃。緊跟著，則是雪橇上覆蓋物資的草席。草席下的竹筐，在高溫中迅速變形，發出一連串恐怖的聲響。隨即，竹筐內的肉乾和酸奶酪開始向外滲出油脂，帶著酸臭味道的濃香四處飄溢。

「救火，快用地上的積雪救火！」比先前剛剛遭到偷襲時還要緊張十倍，山內小五郎一邊扯開嗓子大聲發號施令，一邊用手從地上捧起積雪，朝起了火的雪橇上猛丟。

哪裡來得及？無論是羊肉乾兒，還是酸奶酪，都富含大量油脂。且受熱時間越長，溢出的油脂就越多。而為了方便運輸，也為了避免肉乾兒和酸奶酪在運輸途中被雪弄髒，山內小五郎在裝貨之時，還特意選擇了竹筐和草席。後者被油脂潤透之後，只要沾上一點兒火星，就會迅速變成一個個巨大的火球。「轟！」一輛裝滿了肉乾和奶酪的雪橇，忽然變成了巨大的火堆，熱浪翻捲，將周圍手忙腳亂救火的倭寇武士和足輕們，直接推出了半丈多遠，個個都被燒得焦頭爛額。

臨近的另外一輛原本沒有起火的雪橇表面，也迅速冒出了青煙。緊跟著，又是第二輛。狂風捲著火苗，不停地四下翻滾。只要落到乾燥的物品上，無論是草席子還是竹筐，都令後者表面迅速閃起紅色的星星。

車上的肉乾兒和酸奶酪，都是山內小五郎帶領其麾下倭寇，從端川附近的女直部落中劫掠而來。這兩樣東西雖然聞上去味道都不太好，但吃起來卻絕對頂飽，效果遠超過日本武士們以前見過的任何乾糧。山內小五郎原本打算將這四十幾車物資送到家老莊林一心那裡，給自己換取一份戰功。卻不料，沒等抵達目的地，這些物資就變成了他的「棺材本兒」。

與手忙腳亂的倭寇不同，此時此刻，躲在樹林裡的明軍鳥銃手，卻個個都心花怒放。他們在劉繼業的指揮下，從容地裝填彈藥，從容地瞄準燃燒的雪橇旁，那些被火光照亮的倭寇身影，從容地扣動扳機。一槍沒打中，還能好整以暇地再次裝彈、瞄準，開第二槍。

而山內小五郎和他麾下的倭寇們，藏身的範圍，卻越來越窄。並且隨時都可能面臨距離各自最近的那輛雪橇被其餘四處滾地的火星引燃，逃避不及，直接燒成乳豬的危險。他們試圖集中力量隔斷火勢的蔓延，地上的積雪，卻遠遠不敷使用。他們也試圖借助火光的照亮，向明軍開槍射擊，卻憤怒地發現，火光能照亮的範圍太小，明軍鳥銃手的藏身之地，依舊是一片漆黑。

「山內君，快走，快走，再不走，咱們全得死在這裡！」

「這裡距離洪原城只有四十多里。咱們只要逃到城內，就可以搬到救兵，讓明人付出代價！」

「走，快走！再不走，就來不及了！」

……

畢竟是剛剛經歷過內戰的老兵，幾名武士迅速認清了形勢，翻滾著來到山內小五郎身邊，大聲乞求。

「全體都有，準備撤離！」山內小五郎也明白，大勢已去。咬了咬牙，果斷採納了武士們的建議。

「是！」眾武士和足輕們迫不及待地回應，隨即跳起來，連滾帶爬遠離火場。

四下裡一片漆黑，且樹木眾多。只要他們逃離火光的照耀範圍，就有很大機會逃出生天。

「嗚嗚，嗚嗚嗚，嗚嗚嗚，嗚嗚嗚——」一陣淒厲的號角聲，徹底打碎了他們的美夢。

兩隊大明騎兵從鳥銃兵藏身處相反方向，忽然殺出。冰冷的戚刀，在夜幕下泛起點點寒星。

第十五章　奇兵

「騎兵，騎兵——」大部分倭寇嘴裡發出驚慌的尖叫，調整方向，儘量避開明軍的馬頭所指。四周夠空曠，也夠黑，他們只需要在被明軍的戰馬追上之前，逃離烈火所照亮的範圍，就有機會逃過今夜的死劫。

至於逃過今夜的死劫之後，獨自一個人在布滿積雪的曠野裡如何生存，他們卻都顧不去想。反正無論凍死，還是餓死，都有機會落下全屍。而一旦被明軍追上，他們的頭顱肯定會被砍下來送回遼東表功。

也有一小部分倭寇，包括山內小五郎在內，決定就地組織抵抗。他們大聲叫囂著迅速向彼此靠攏，肩膀頂著肩膀，組成一個個三角形戰陣。甚至有人還果斷將鐵炮對準了明軍騎兵，毅然扣動了扳機。

「乒——」「乒——」「乒——」

零星的鐵炮聲，在空曠的田野中，顯得格外孤寂。倉促射出的彈丸，根本保證不了任何準頭，未能將任何高速衝過來的大明騎兵打下坐騎。而大明騎兵，卻堅決不肯給用鐵炮者重新裝填火藥和彈丸的機會，一個個將身體下伏，手中刀刃外翻，策動戰馬從這些人身邊疾馳而過，眨眼間，就將倭寇中的鐵炮手們，像割麥子般割倒。

人血如瀑布般噴射而出，落在潔白的雪地上，再被火光一照，顯得格外妖異。已經衝到雪橇旁的大明騎兵迅速向南北兩側分散，一部分倒折而回，去對付肩膀貼肩膀負隅頑抗的其餘倭寇，另外一部分則策馬追向分散逃走者，如惡虎追逐黃羊。

「殺——」李彤策動坐騎，衝向距離自己戰馬最近的一組倭寇，手中大劍寒光閃爍。

這是他上次從朝鮮返回遼東之後，總結經驗，專門請鐵匠為自己打造的長劍。比明軍所配備的制式戚刀長了足足兩尺，刀身厚度也增加了一倍。身材不夠，或者臂力一般的人，根本揮舞不動。如此笨重的兵器，肯定不適合於比武場中捉對較量。但是，用來在野戰中撕破敵人的防禦，卻再好不過。

「呀呀呀——」兩名彼此肩膀挨著肩膀的倭寇，同時側身。一人持刀去阻擋高速劈過來的大劍，另外一人則蹲下身體，試圖攻擊戰馬的前腿。與他們結陣的第三名倭寇，則挪動腳步，快速繞向李彤的身後。

這是標準的步騎對抗戰術，在日本國內，經過多次實戰試驗，有一半兒以上機會收到成效。然而，今天非常不幸，他們的對手，騎的不是日本矮馬。他們所在的戰場，也不是日本。

厚厚的積雪，看似能遮住人的腳踝，卻無法讓人腳借到半點兒力氣。第一名倭寇手中的鋼刀與大鐵劍剛剛發生接觸，就被直接砸成了兩段。而持刀的倭寇，則被刀柄處傳回來的反衝之力推著迅速向後滑動，將原本準備攻擊馬腿的同夥，撞了個四腳朝天。

「去死！」李彤迅速調整手臂和手腕，將大劍由下劈轉為橫掃，借著戰馬奔跑的速度，並不怎麼銳利的劍刃，貼著第一名倭寇的小腹掠過，如切豆腐般將後者的皮甲連同小腹，切出了半尺長的一道傷口。

「啊——」受傷的倭寇淒厲的慘叫，用手抓起掉出來的內臟，拚命往自己肚子裡填。跟在李彤身後的第二名騎兵趁機揮刀斜劈，瞬間又將他的頭顱掃上了半空。

「的的的的……」戰馬收不住四蹄，帶著李彤和他身後的袍澤跑遠。倭寇的三人陣列只剩下兩人，一人呆呆發楞，一人倒地翻滾，看上去無比怪異。陸續衝過來的大明騎兵策馬揮刀，將發楞者砍翻，將倒地者直接用馬蹄踩成肉泥。

打著鐵掌的馬蹄翻飛，帶起一片片粉紅色的雪霧。妖豔的火光下，其餘大明騎兵繼續揮刀劈砍，將倭寇們倉促之間組成的三角形小陣，一個接一個衝破，砍碎。將滿臉不甘心的倭寇，一個接一個送回老家。

「呀呀呀————」眼睜睜地看著周圍的武士一組組倒在雪地上，接連擋住了兩次騎兵衝擊的山內小五郎嚇得亡魂大冒，再也沒膽子迎接第三次衝擊，丟下同伴，轉身逃命。

他身邊的武士同伴，也早就成了驚弓之鳥。發覺自家上司逃走，也立刻轉身緊緊跟上。三名倭寇一腳深，一腳淺，在雪地上踉蹌而行，轉眼間，就相繼摔成了滾地葫蘆。

已經勝券在握的明軍騎兵，哈哈大笑。也不著急送他們上路，分成左右兩隊，驅動坐騎，不緊不慢綴於三人身後。從雪地上爬起來的山內小五郎幾度試圖站穩身形，以死雪恥。但是幾次，又被策馬跟上來的明軍嚇得選擇了放棄，再度倉皇逃命。越跑越慢，越跑越絕望。

「我來，我來，都不要跟我爭。老子上次剛過江就吃了倭寇一鐵炮，什麼功勞都沒撈到！」劉繼業帶著鳥銃手們恰恰追至，看見兩小隊明軍正如同貓捉老鼠般戲弄倭寇，立刻扯開嗓子大叫。

帶領兩隊騎兵的李盛和張榮有心成全他。互相看了看，果斷撥歪坐騎，領著各自麾下的弟兄們去追殺其他逃命的倭寇。轉眼間，就讓山內小五郎和他的武士同伴身邊，變得空空蕩蕩。

「原地整隊，甲隊，上前半步，架銃，瞄準倭寇大腿！」劉繼業感激地朝著李盛和張榮二人拱了拱手，隨即，扯開嗓子排兵布陣。

原本動作生澀的鳥銃手們，經過今晚的戰鬥，一個個士氣翻倍，肢體也變得靈活了許多。迅速分成前、中、後三隊，將鳥銃架在了各自的肩膀上。

「甲隊，開火！」劉繼業又是一聲斷喝，隨即，將哨子塞進嘴裡，奮力吹響。

「吱——」淒厲的銅哨子聲，在黑漆漆的曠野裡，宛若鬼哭。

「乒——」白煙翻滾，九十餘枚彈丸朝著三個目標打去，打得雪地上白霧繚繞。彷彿被人狠狠在腿肚子上踢了一腳，內山小五郎一個踉蹌，栽進了雪窩子裡。他的兩個武士同伴，也都是下半身中彈，縮蜷著受傷的身體，在雪地上翻滾哀嚎，「啊——」

「乙隊，上前一步半，瞄準！」劉繼業對倭寇的慘狀，絲毫不覺得同情。吐出哨子，再度大聲命令。

第二隊鳥銃手快速向前推進，超過第一隊，紛紛用鳥銃瞄準不到二十步遠的目標。

「繼業，夠了，咱們不是倭寇！」李彤恰恰策馬兜回，看到雪地上翻滾的三名倭寇，果斷低聲喝止，「直接送他們三個上路！」

「哎——」劉繼業嚇得一縮脖子，隨即，扭過頭，朝著麾下的鳥銃手們大喊，「聽到沒？千總說咱們不是倭寇。過去幾個人，賞他們仨一個痛快！」

「是！」三名鳥銃隊百總強忍笑意答應，拔出佩刀，快步走向山內小五郎和他的武士同伴，手起刀落，徹底結束了今晚的戰鬥。

去追殺倭寇的騎兵們，也陸續策馬返回，每個人的馬鞍後，差不多都帶著一顆倭寇或者朝鮮偽軍的頭顱。這一仗，明軍因為提前埋伏在敵軍的必經之路上，戰術採用也非常恰當，幾乎全殲了朝鮮偽軍的運輸隊和押送物資的倭寇，自己的損失則微乎其微。

「轟——」又一輛雪橇爆燃，冒著油煙的乾肉和帶著火星的乾奶酪四下濺開，宛若一支支明亮的蠟燭。

「姐夫，倭寇戰鬥力不怎麼樣啊。咱們乾脆一鼓作氣，直接去把端川打下來得了！」得意洋洋地環視了一圈四周，劉繼業快步衝到李彤的馬頭前，滿臉期盼地建議。

「收兵！」李彤遺憾地看了一眼燒成了一座座火堆的雪橇，搖搖頭，大聲下達命令。

三日後，朝鮮咸鏡道端川城北六十里的老虎嶺。

劉繼業在盔甲外邊套著一頂狗皮帽子和一件羊皮得勒注十三，像一隻冬眠的黑熊般，躲在半山腰的雪窩子裡頭一動不動。呼嘯的山風捲著雪粒子吹過，打在他的臉上，如刀扎般的疼。然而，他卻不敢用手去揉。因為他姐夫李彤有言在先，要麼別逞能接任務，接了就得幹得乾淨利索。否則，耽誤了大夥的事情，看在自家姐姐的面子上，做不到大義滅親。但從今往後，一直到李如松帶著大明主力入朝，他劉繼業就只能留在崗子寨做總押糧官，一步也不准離開。

崗子寨距離最近的城市，也得快馬跑上一天一夜。寨子裡既沒風景名勝，也沒有奇花異草，甚至連個能看得入眼的女人都沒有。做總押糧官名字好聽，實際上跟做囚犯沒多少區別。所以，劉繼業寧可帶著朝鮮百姓常用的狗皮帽子，穿著膻氣刺鼻的羊皮得勒，趴在雪窩子裡裝黑熊，也不願意去崗子寨做那個狗屁押糧官。

但是，他很懷疑自家姐夫李彤的計策，是不是靠譜？按照他先前的建議，大夥趁著端川城內的倭寇毫無防備，扮做朝鮮潰兵「逃」進去，然後立刻在城內大開殺戒。雖然人數未必有城內的倭寇多，卻能將倭寇們殺個措手不及。按照三天前夜裡那支倭寇所表現出來的戰鬥力，大夥兒有極大的希望，將端川城一舉拿下。

然而，他的姐夫李彤，卻執意要求穩。放著好好的突襲機會不利用，非要頂風冒雪帶著大夥兜了個大圈子，從端川城南七十里，繞到了城北六十里外。這一路走下來，倭寇沒見到半個，可自己麾下的弟兄，卻因為凍瘡減員了將近兩成。

好在這次出發，隊伍中帶足了錢，百總以上的職位，也要麼換成了李彤和張維善兩個的親信，要麼換成了兩家的家丁。選鋒營左部，才沒有直接崩潰。可士氣，卻由偷襲倭寇運輸隊得手時的爆棚狀態，直接降到了底線。

「如果這次埋伏白打了，回去後，看你怎麼跟大夥交代！」抬起黑漆漆的衣袖抹了下被凍出來的鼻涕，劉繼業撇著嘴巴做碎碎念。這個姐夫在南京國子監讀書時，就認死理兒，一旦認定了的事情，九頭牛都拉不回。如今投筆從戎，更是剛愎自用到了極點。除非自家姐姐從鴨綠江被趕過來，否則，誰也拿他沒轍。

注十三、得勒：蒙古語，皮大衣。通常指羊毛朝外，羊皮朝裡穿的原始皮大衣。

正琢磨著，下次回到江北之後，怎麼在姐姐面前告一次未來的姐夫的黑狀。忽然間，身後的山頂上，傳來幾聲嘶啞的老鴉叫，「嘎，嘎，嘎嘎嘎嘎……」

「奶奶的，真的被姐夫猜中了！」劉繼業激靈靈打了哆嗦，再也顧不上腹誹自己的姐夫李彤。趕緊從羊皮得勒中掏出一直用體溫捂著的魔神銃，將其架在了砍短了半截的支架上，銃口直接對準七十步外的山路。

魔神銃是目前已知西洋火銃裡威力最大的一種，兩百步外，依舊能打死一匹馬。但是，其準頭卻不比大明仿製的普通鳥銃高多少。七十步內命中一個人大的目標，差不多已經是劉繼業這樣玩銃老手的極限。哪怕換成張維善或者張樹，頂多也再推遠十尺，不可能強出更多。「呼——」寒風捲著雪粒子颳過，吹得套在銃口外的羊毛來回晃動。劉繼業被羊毛扎得鼻孔發癢，本能地張開嘴巴想要打個噴嚏。然而，下一個瞬間，他卻用左手抓起一把雪塞進自己嘴裡，硬生生將「噴嚏」給凍了回去。

積雪在舌頭上迅速融化的刺激感覺，讓他精神迅速振作。幾乎與此同時，七、八名倭寇斥候分成前後兩隊，從山路上策馬呼嘯而過。將冒著寒風尋找食物的烏鴉，嚇得振翅飛起，「呼啦啦」逃得無影無踪。

「嗚嗚，嗚嗚，嗚嗚——」帶頭的斥候吹響海螺，向身後傳遞消息。「嗚嗚，嗚嗚，嗚嗚……」不遠處的山谷入口，有海螺聲遙相呼應。緊跟著，三百餘名全副武裝的倭寇，上千名戴著狗皮帽子的朝鮮偽軍，押著百餘輛裝滿輜重的雪橇，緩緩進入山谷。人和馬的腳步聲，震得半山腰的積雪上下起伏。

是倭寇，向端川南方運送劫掠而得財富的倭寇！跟幾天前他們在夜裡幹掉的另外一支倭寇同樣，今天這支倭寇，也是像強盜般，將咸鏡道各地值錢或者能用的東西，搶個精光，然後裝上從朝鮮人或者女直人手裡搶來的雪橇，沿著吉州、端川、洪原這條年久失修的通道，一路運向南方。

「又被姐夫猜中了，倭寇真的不想跟大明硬碰硬，所以準備徹底放棄靠近的大明的咸鏡道和平安東西兩道，與大明將朝鮮各分一半兒！」偷偷挑了一下大拇指，劉繼業忽然對自己的姐夫李彤，佩服得五體投地。

僅僅憑著流寇們打探來的片鱗半爪消息，就能推測出倭寇的整體打算，自家姐夫李彤這本事，絕對非同一般。只可惜大明遼東各級官員有眼無珠，居然為了不惹惱一個太監，就將他丟在朝鮮自生自滅。

「嘎，嘎，嘎嘎嘎嘎……」正憤憤不平之際，耳畔又傳來了幾聲單調的烏鴉叫。

劉繼業激靈靈又打了個哆嗦，調整身體的臥姿和魔神銃的銃口，對準山道上看起來甲胄最華麗的那名倭寇。

不像大明這邊，各級將佐身後都有清晰的認旗。倭寇主將和普通武士之間，標識不怎麼分明。至少，在劉繼業這個敵人眼裡，通過鎧甲和鎧甲外的標識，分不出誰是隊伍中的主將。然而，他卻通過張維善和吳升等人的介紹，學會了另外一套判斷標準，那就是，看倭寇頭盔上的裝飾物的高低。誰的最高，誰的官兒就最大，用魔神銃第一個招呼他，肯定沒錯！

那名倭寇斜坐在一輛雪橇的貨物中間，姿勢很是愜意。一邊轉動著腦袋東張西望，還一邊用帶著鞘的倭刀朝周圍指指點點。

凡是被他刀鞘所指的位置，眾朝鮮偽軍就將頭縮回脖子裡，也身體同時向前彎曲，就像一簇簇被風掃過的稗草。而周圍的倭寇們，則爆發出一陣陣愉快的笑聲，彷彿是在玩一個有趣的遊戲。

這是倭寇們在旅途中打發無聊時光的手段之一。冬天的朝鮮實在太荒涼了，一路上都看不到多少人煙，更沒有什麼能讓人眼睛一亮的風景。沿途除了連綿起伏的小山，就是皚皚白雪，讓他們無論走多遠的路，都好像在原地打轉。所以，如果不在朝鮮偽軍身上發洩一下多餘的精力，眾倭寇肯定會被枯燥的旅途給憋瘋掉。

而那些朝鮮偽軍又是如此地懂得配合，讓他們幹什麼就幹什麼，甚至不需要通譯將命令翻譯成朝鮮話，只要一個動作，他們就會爭先恐後。既然一個願打，一個願挨，眾倭寇又何必跟他們客氣。

在倭寇眼裡，朝鮮人就是奴隸、牲口和會行走的莊稼。而人類，向來是不會跟莊稼客氣什麼。況且倭寇中間很多足輕，原本出身於最底層的穢多，從小到大也沒受到過任何尊敬。到朝鮮之後，每當欺負一次比自己更卑微的朝鮮人，就能讓他們暫時忘記一次曾經的穢多身份，暫時體會一次上等人的滋味。

上等人之上，還有更上等人。每個等級都對自己之上者唯命是從，一等等摞上去，整個隊伍中地位最高的野村太郎武士，就顯得更加扎眼。

近了，近了，更近了。從一百五十步，一百步，到七十步之內，劉繼業用套著翻毛羊皮的魔神銃，整整瞄了他三個西洋分鐘。眼看著視線中的那怪異的頭盔不再繼續靠近，他果斷扣動了青銅打造的扳機。

「砰——」清脆的火銃聲，在山谷中響起，瞬間蓋住了山路上的所有喧囂。

那頂高聳而古怪的頭盔，從下方三分之一處，被打了一個拳頭大的窟窿。野村太郎的身體，直挺挺倒在了雪橇上。然而，還沒等劉繼業興奮地揮動拳頭，他又一個驢打滾兒在雪橇上爬了起來，先一把拍掉漏風的頭盔，然後縱身跳入朝鮮偽軍的隊伍當中，「敵襲——」

「敵襲，敵襲——」周圍的倭寇，紛紛扯開嗓子大叫，同時迅速從雪橇上抄起盾牌和倭刀，將各自的身體死死地擋在了盾牌之後。

「敵襲，敵襲——」負責護送並且偶爾幫牲口拉雪橇的朝鮮偽軍們，則紛紛蹲身在地。手中長矛和短刀，來回搖晃。試圖借兵器的反光，干擾偷襲者的視線，為自己贏得更多的生存可能。

「奶奶的，不要臉。明明只是個武大郎，卻帶個比自己頭長三倍的高帽！」意外失手的劉繼業氣得破口大罵，丟下打空的魔神銃，迅速從皮得勒中間摸出第二支，用同樣的角度放在了銃架上。

這回，他瞄準的是拉雪橇的挽馬。一銃轟下去，頓時將挽馬的腹部搗了個稀爛。可憐的挽馬連悲鳴聲都沒來得及發出，立即栽倒。與其同時拉車的另外一匹挽馬則受到驚嚇，拚命邁動四蹄。

雪橇立刻失去了平衡，在山路上畫起了之字型，將周圍的朝鮮偽軍和倭寇，撞了個頭破血流。有幾名偽軍冒死前去控制挽繩，還沒等手臂使出力氣，雪橇已經轟然翻倒，將他們統統扣在了下面，壓得筋斷骨折。

「少爺，給您！」劉繼業身邊的雪窩子裡，忽然爬出了家丁劉良的身影。如同獻寶般，拿出第三支魔神銃。這東西造價奇貴，是對普通大明百姓而言。對於劉繼業來說，卻只相當於買了一個大玩具。

主僕二人既然都已經暴露，索性不再故意隱藏。相互配合著將第三支魔神銃支在銃架上，對準七十步外的目標開火。

「砰——」銃響，馬倒。又一輛雪橇失去控制，被單馬拉著在人群中橫衝直撞，激起一陣陣鬼哭狼嚎。

「砰——」劉繼業接過劉良獻給自己的第二支魔神銃，再度開火。這次，他瞄的不是挽馬，而是一名用刀向他比比劃劃的倭寇，將對方打得倒飛而起，鮮血淋漓灑了滿地。

沒有第五支魔神銃了，主僕二人，魔神銃太重，每人攜帶兩支已經是極限。但主僕兩個，卻兀自覺得不過癮。竟然坐在地上，從懷中掏出藥葫蘆、彈丸袋子和通條，開始好整以暇的重新裝填。

這個動作，可是太囂張了。先前驟然遇到襲擊，倭寇和朝鮮偽軍都被嚇得心驚膽寒，根本來不及分辨襲擊者到底有多少人。待銃聲停頓，「真相」大白，頓時氣得全都發了瘋。

當即，不需要任何人動員。所有倭寇都拎著盾牌和倭刀，衝向了山坡。恨不得立刻衝到兩名膽大的襲擊者身邊，將他們碎屍萬段。

只可惜，他們的腿太短了些，腳下的靴子也不防滑。第一波反應過來的倭寇，才向山坡上跑出了十幾步，就全都摔成了滾地葫蘆。

地面上積雪早就被風吹硬了，又乾又滑。而他們想要靠近偷襲者，還必須爬坡兒。兩相疊加，摔跤的機會瞬間翻了好幾倍。

「殺了他，殺了他！全體都有，一起上去，將他剁成肉泥！」終於回過神來的野村太郎，才不會管手下的倭寇們摔不摔跤，拉過一個朝鮮偽軍作為肉盾擋在身前，同時扯開嗓向所有人命令。

刺客只有兩個人，極有可能，是為家人復仇的朝鮮獵戶。而對付單打獨鬥的蠢貨，最好的辦法就是派遣部下一擁而上。本領再強的獵戶，也做不到一個打二十個。山坡再滑，武士、足輕和朝鮮大牲口們衝上去，也用不到一刻鐘時間。

「殺了他，殺了他！」眾倭寇和朝鮮偽軍，也好像蒙受了奇恥大辱般，嘴裡用各自的語言，發出連串咆哮。然後從地上爬起來，繼續跌跌撞撞地衝向上坡。

鐵炮威力巨大，但裝填緩慢。無論武士，足輕還是朝鮮偽軍，都知道這個缺陷。七十步距離，哪怕是有積雪和山勢幫忙，那兩個膽大包天的刺客，頂多也是再開三輪火。而只要趕到二十步範圍處，他們就可以直接投出長矛！

山坡上的劉繼業，彷彿這是個沒有任何作戰經驗的獵戶。居然開了一輪火，又是一輪。或射人，或者射馬，輪輪都不落空。

「砰——」「砰——」「砰——」

而他的家丁劉良，知道自己打不準，乾脆專職裝填火藥和彈丸。讓劉繼業的射擊頻率，直接就提高了一倍。

「放箭，放箭！」眼看著自己麾下的武士，沒等靠近刺客，就又被放倒下兩個。野村太郎氣急敗壞，從肉盾後彈出半個身體，舉著倭刀大聲咆哮。

不用他命令，携帶弓箭的朝鮮偽軍，也開始紛紛向刺客射擊。但是，由於山風的關係，他們射出的羽箭卻又高又飄，根本沒什麼威力。而山坡上那對刺客，發現自己已經落入了羽箭射程之內，立刻丟棄了價格高昂的鐵炮，轉過身，撒腿兒就跑。

「追，追上去，殺了他，今天一定要殺了他！」野村太郎氣得七竅生煙，跳著腳，繼續大喊大叫。

山風將他的叫喊，迅速送上半山腰。他麾下的那些倭寇和朝鮮偽軍，卻紛紛停住了腳步。一個個你推我，我擠你，亂做一團。

「追——」野村太郎距離遠，兀自大聲喊叫。然而，下一個瞬間，他的聲音，卻被直接凍在了嗓子眼裡。

原本光禿禿的山梁上，忽然出現了一大隊明軍。紛紛將鐵炮架在了銃架上，對準半山腰的倭寇和朝鮮偽軍，扣動了扳機。

「砰砰砰……」連綿的鳥銃聲，在山間響起，震得樹梢上的積雪，簌簌而落！在半空中被陽光照耀，瞬間反射出一道道絢麗的彩虹。

第十六章　爭奪

只是第一輪射擊，就至少打倒了三十幾名朝鮮偽軍和六、七名倭寇，楞在半山坡上的匪徒隊伍，也被打得犬牙互齜。沒有被鉛彈射中的倭寇和朝鮮偽軍們，竟然先是集體楞了幾個彈指，隨即，嘴裡發出一聲叫喊，掉頭就逃。

「砰砰砰……」又是一串連綿鳥銃聲炸響，震得岩石上的積雪微微顫抖。青煙縈繞，紅霧蒸騰，數以十計的倭寇和偽軍，像被冰雹砸了的麥子般，整整齊齊栽倒。

其中大部分人都沒有中彈，被擊中者，還不到倒地者總數的三成。可慌亂之中，倭寇和偽軍互相推搡，再加上山坡上積雪甚滑，所以，眾匪徒一排排地摔成了滾地葫蘆。

這種慌亂行為，等同於給山梁上的明軍鳥銃手幫忙。看到倭寇和朝鮮偽軍根本沒膽子反擊，第三排鳥銃手在吳升的指揮下，從容追了十幾步，然後從容整隊。一個個從容將銃架戳進積雪中，支好鳥銃，瞄著各自選定的目標再度開火。

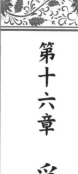

「砰砰砰……」第三輪射擊結束，倭寇和朝鮮偽軍倒下的更多。其中很大一部分，竟然是主動跌倒，然後順著山坡往下翻滾。

厚厚的積雪，將山坡上大部分碎石塊和草根全都蓋得嚴嚴實實，不會對翻滾者造成任何傷害。而大塊的岩石和孤零零的樹幹，又不太容易遇到。所以，看起來摔得最早，最狼狽的那批匪徒，竟然下山下得最快，沒等明軍的第一隊火槍手完成裝填，已經滾出了鳥銃的準確射擊範圍之外。

人在慌亂之中，最容易選擇盲從。發現只要主動摔倒，就能成功逃下山坡。眾朝鮮偽軍和倭寇們，一個個爭先恐後栽倒於地，團起身體，像雪球一樣向下翻滾。

上千個「雪球」同時從山坡上往下滾的場景，蔚為壯觀。非但將山坡下正跳著腳大罵的野村太郎給驚了個目瞪口呆，剛剛裝填完畢和正在裝填鳥銃的明軍將士們，也被驚得兩眼發直，茫然不知所措。

「發什麼楞了？追上去，從地上撿了兵器砍他一個老實的！」剛剛跑到自家隊伍身前的劉繼業發現情況不對，愕然回頭。隨即，就又轉過身，帶頭向山坡下衝了過去。「老子就沒聽說過，站著的還怕躺著的！」

「追上去，撿了兵器砍他一個老實的！」從浙軍中重金禮聘來的百總吳升，迅速被劉繼業的聲音「喚醒」。扯開嗓子，大聲重複，「別給他們再站起來的機會！」

「追上去，撿了兵器砍他們！站著的不怕躺著的！」眾總旗、小旗紛紛響應，丟下造價昂貴的鳥銃，帶頭追趕劉繼業的腳步。

「追上去，撿了兵器砍他們！站著的不怕躺著的！」受平素訓練的影響，眾鳥銃手來不及思考，一個個本能地選擇了服從。丟掉鳥銃，跌跌撞撞地緊隨在自家小旗和總旗們身後。

因為靴子底兒不防滑的緣故，他們在半路上也不停地摔倒。然而，卻總是記得再爬起來，繼續追殺敵軍。而大部分朝鮮偽軍因為急於翻滾逃命，將長槍短刀扔得滿山坡都是。這些兵器，也很快落入了大明將士手裡，繼而成了將士們殺敵的依仗。

「站起來，趕緊站起來，站起來列隊迎敵！」山坡下，倭寇頭目野村太郎急得眼眶欲裂，帶著僅剩的十幾個親信，硬朝滾下來的「雪球」衝上去，用刀鞘朝著後者身上亂抽。「明軍追上來了，再不站起來整隊迎敵，今天大夥全都得死在這兒！」

「天兵，天兵！」第一批滾下山坡的匪徒，以朝鮮偽軍居多，倭寇只占了很少的一部分。根本聽不懂野村太郎在喊什麼，從雪地上爬起來，尖叫著繼續落荒而逃。

「死！」野村太郎大怒，毫不猶豫地抽刀出鞘，追上一名逃命的朝鮮偽軍，一刀將此人砍成了兩段。緊跟著，將血淋淋的倭刀擺了擺，朝著身邊所有倭寇下令，「整隊，不停下整隊者，當場誅殺！」

「殺！」他的親信紛紛甩開刀鞘，揮舞著明晃晃的倭刀，向剛剛滾下山坡的朝鮮偽軍砍去，宛若砍瓜切菜。

第一批滾下山坡的朝鮮偽軍，紛紛被倭寇從背後追上砍倒。跟他們同時滾下山坡的倭寇，則被朝鮮人的鮮血，嚇得恢復了理智，也迅速抽出兵器，加入了堵截朝鮮偽軍的隊伍。

鮮血在山腳下飛濺，屍體不停地倒地，慘叫聲不絕於耳。陸續滾下來的倭寇和朝鮮人被嚇得亡魂大冒，不敢再起逃命的念頭，一個個從地上爬起來，將身體轉向山坡，準備跟追下來的明軍決一死戰。

他們的總人數，是明軍的三倍。但是，他們當中，大部分人卻空著雙手。特別是那些朝鮮偽軍，既未經過嚴格的訓練，又沒任何鬥志，滿臉恐懼地站在雪地上，瑟瑟發抖。

「撿石頭，撿石頭。沒兵器的從地上撿石頭！快，趕快！」站在眾偽軍身後的野村太郎，看得欲哭無淚，扯開嗓子，高聲提醒。

「撿石頭，撿石頭，快快撿石頭！」隊伍中有通譯懂得日語，用顫抖的聲音努力重複。

「弓箭，弓箭，用你們背上的弓箭射他們！」野村太郎急得額頭青筋亂蹦，繼續在朝鮮偽軍身後做出發號施令。

「弓箭，弓箭，快用弓箭阻敵！」

「弓箭，互相檢查身上，看誰還背著弓箭！」

……

在朝鮮通譯的大聲提醒下，身上依舊背著弓的偽軍們，紛紛將弓取在手，用力拉開弓弦。大部分人的羽箭，都滾丟在了山坡上。只有零星十幾個偽軍士卒，幸運地在自己的箭囊裡找到了兩三支剩餘。而因為嚴重缺乏訓練，他們倉促之間發出的羽箭，沒有任何準頭。高一支，低一支，對衝下來的明軍構不成任何干擾。

而剛剛撿了朝鮮偽軍兵器在手的大明將士，看到敵人連弓都拿不穩，士氣愈發高漲。吶喊著加快腳步，宛若一頭頭下山的餓虎。

「迎上去，迎上去，用石頭砸他們！」野村太郎的叫聲依舊響亮，目光卻不斷向山谷兩側張望。朝鮮偽軍這般模樣，肯定擋不住明軍的腳步，對此，他心知肚明。但是，朝鮮偽軍憑藉人數的優勢，卻可以將明軍的腳步拖慢。

「殺——」眼看著明軍越衝越近，他高高舉起倭刀，發出最後的命令。然後迅速給周圍戰戰兢兢的倭寇們做了個撤離的動作，掉頭就走。

「殺——」背後就是凶殘的倭寇，敢逃走就會被當場砍死。眾朝鮮偽軍別無選擇，只好尖叫著迎上明軍。用石塊和拳頭，阻擋鋼刀和長槍。

雙方剛剛開始接觸，衝在最前頭的偽軍就紛紛倒地。整個偽軍的隊伍，也瞬間被撕得百孔千瘡。半空中飛濺的血光和同伴們的慘叫，讓眾偽軍將士迅速又失去了鬥志，冒著被身後倭寇追殺的危險，一哄而散。

當他們再度開始調頭逃命，才驚愕的發現，先前逼迫他們整隊迎敵的倭寇頭目野村太郎，已經早已搶先帶著一眾倭寇逃之夭夭。為了避免被明軍追上，這群狡猾的倭寇率先逃向雪橇。乾淨利索地將挽繩砍斷，騎著光溜溜的馬背瘋狂遠遁。

「投降，投降！」

「饒命，饒命，小人都是被逼的！」

「饒命，饒命，天兵老爺饒命。小人，小人日夜盼著您來解救！」

……

既然倭寇自己都跑了，眾朝鮮偽軍哪還有任何理由繼續與明軍為敵。根本不需要任何人提醒，一排排跪倒在地，用生澀或者熟悉的漢語大聲求饒。

「奶奶的，就這種貨色，也能三個月席捲朝鮮？」堪堪追到雪橇旁邊的劉繼業累得滿頭大汗，抬腳踹翻兩個跪地乞降的朝鮮偽軍，破口大罵。

上次過江後，他因為受傷太早，沒與倭寇發生太多接觸，所以不清楚對手的具體情況。潛意識裡，總以為倭寇既然能三四個月，就將朝鮮打得亡了國，戰鬥力應該不像傳說的那樣不堪。而接連兩場戰鬥下來，他才發現，自己的猜測完全錯誤，倭寇的戰鬥力比傳說中還要不堪！連大明的衛所兵都不如，更無法跟專職作戰的營兵相提並論。

「可惜他們跑得太快了！」百總老何氣喘吁吁地走過來，望著倭寇越逃越遠的背影大聲感慨，「千總原本的計劃是，用鳥銃隊將倭寇和朝鮮人吸引到半山坡上。然後再率領騎兵從他們的背後發起攻擊。」

「他們跑不掉！」百總吳升經驗豐富，一邊擦汗，一邊用力搖頭。「騎著沒鞍子的馬，能跑多遠？時間一長，馬受得了，人也受不了。更何況這裡前不著村後不著店兒，他們餓著肚子跑，怎麼可能跑到端川城！」

話音剛落，山谷口處，已經傳來了劇烈的馬蹄聲。李彤和張維善兩個帶著騎兵，按照原來的作戰計劃呼嘯而至。發現朝鮮偽軍全都跪在地上，而倭寇跑得一個不剩。楞了楞，果斷加快速度從雪橇旁邊衝了過去，特製馬掌鐵帶起的雪沫兒，在山風中紛紛揚揚，轉眼間，映出一道道彩虹。

「明，明軍，明軍，追上來了！」一名倭國武士策馬跟在野村太郎身後，一邊逃，一邊不停地向後扭頭。

「小田君，你負責斷後！」野村太郎想都不想，立刻大聲命令，「帶著你麾下的所有人，堵住他們！」

「是，啊，啊——」倭國武士本能地選擇了答應，隨即，目瞪口呆。

追上來的大明騎兵至少有一百四、五十人，而他手下的武士和足輕全部加在一起，也不夠二十。以區區二十名騎著沒鞍子挽馬的武士和足輕，去阻擋七倍於己的大明騎兵，那跟老鼠拔貓的鬍鬚還能有什麼區別？

這種找死的事情，他才不會去做。好在野村太郎將命令發出之後，也沒心思逼迫他去執行，只管自己伏下身體，雙手抱著挽馬脖頸，捨了命一般狂奔。

「小西君，大倉君，你們帶著足輕跟我來！」被喚做小島的武士眼睛轉了轉，果斷與野村太郎拉開距離，然後扯著嗓子向自己的嫡系招呼。

野村太郎剛才顯然也沒指望他能擋住追兵，只是想讓他帶著麾下的人送死，給自己爭取更多的逃命時間。既然如此，小島武士也沒必要再講究什麼忠心。帶著自己麾下的武士和足輕，跟野村太郎分頭跑路就是，看那支大明騎兵會選擇先去追誰？

聰明人，可不止小島武士一個。其他幾個倭寇小頭目看到大明騎兵越追越近，也悄悄地拉偏了馬頭。不多時，原本結伴逃走的倭寇，就跑成了一個扇形。並且隨著前方的雪野越來越寬闊，扇面也拉得越來越寬。

「守義，你一個旗隊從右側包抄。顧兄，你帶一個旗隊去抄左路。不急著殺人，把他們往中路趕！」帶領騎兵越追越近的李彤，發現倭寇居然打起了分散逃走的主意。頓時喜出望外，果斷扯開嗓子調整部署。

兵法有云，窮寇莫追。就是提防戰敗者在走投無路的情況下，掉頭反咬。而倭寇們既然自己將隊形跑散了架，就徹底失去了反咬的可能。對於明軍來說，這個機會簡直是白撿人頭。

「弟兄們，跟我來，割倭寇的腦袋！」張維善的反應不比李彤慢多少，聽到好朋友命令自己不急著殺人，立刻明白了對方的戰術企圖，故意扯開嗓子，大聲狂呼。

「割倭寇的腦袋！」五十名弟兄齊齊以狂喊著回應，熱血沸騰，心神激蕩，加速抄向倭寇的側翼，逼著他們重新向中央靠攏。

「割倭寇的腦袋！」「割倭寇的腦袋！」顧君恩帶領另外五十名騎兵，也高呼著抄向倭寇的左側雪野。帶著特製防滑刺的馬蹄鐵，在地面上，掀起一團團積雪。轉眼間，就在隊伍後方形成了一條白色的雪龍。

經歷了一連串規模很小，卻大獲全勝的戰鬥之後，選鋒營左部的騎兵們，早就摸清了倭寇的大致實力，對騎戰信心十足。莫說眼下與倭寇總人數大體相當，就是以一敵三，都毫無畏懼。

當然，如果遇到大股已經結成戰陣，並且配備鳥銃的倭寇，就另說了。倭寇騎戰，步戰水平，只能算一般，甚至還比不上大明的衛所兵。但倭寇鳥銃手（鐵炮手），卻能給明軍造成極大的威脅。畢竟那鉛彈只有人的手指頭大小，根本看不清它從何處射過來，也沒辦法揮動兵器格擋。無論是誰挨上一下，都得丟小半條命。

讓大明騎兵們感到慶幸的是倭寇當中，到現在沒有一人試圖反擊，更甭提跳下坐騎，去架起笨重的火槍。而倭寇臨時從雪橇上換下來的挽馬，無論速度還是體力，都遠不如大夥麾下的戰馬。只過了短短十幾個呼吸功夫，張維善帶著五十名騎兵，已經從右路切上了倭寇隊伍的左翼，手中鋼鞭借著戰馬的衝刺速度奮力橫掃，「死！」

「砰！」一聲沉悶的巨響，瞬間傳入周圍所有人的耳朵。再看被張維善追上的那名倭國武士，像枯樹樁子般從挽馬上掉了下去，瞬間氣絕身亡。

「讓開，或者去死！」張維善對落馬的倭國武士看都不看，繼續揮鞭砸向第二名倭寇。對方聽到耳後傳來的怒喝，慌忙扭過半個身體，持刀格擋。

「噹啷！」倭刀與鋼鞭在半空中相遇，濺起一串耀眼的紅星。倭寇的身體下沒有馬鞍和馬鐙，無法保持平衡，被刀身上傳來的反推力，直接推下了馬背。轉眼間，就被跟上來的大明戰馬踩得不成人形。

「割倭寇腦袋，割倭寇腦袋！」跟在張維善身後的大明騎兵高喊著繼續加速，整個隊伍像一桿長長鞭子，從右路將倭寇逃出來的「扇面」抽掉了一個角，逼著倭寇們像羊群一樣，朝中央靠攏。

倭寇的左翼，顧君恩也帶著五十名騎兵快速追至，手中鋼刀上下翻飛，將過於靠外的倭寇，一個接一個從背後斬落坐騎。其餘倭寇見勢不妙，嘴裡發出一串慘叫，紛紛撥歪馬頭，再度向小野太郎身側彙集。

這是標準的「趕羊」戰術，專門用在我軍騎兵實力遠遠超過對方的情況下，為的是盡最大可能去全殲對手。李彤、張維善和顧君恩三人，原本對這一戰術也不怎麼熟悉，但倭寇的膽小和自私，卻給了他們充足的機會去練手。

隨著位於外圍的倭寇一個接一個被斬下馬背，倭寇的隊伍從扇形又快速向中央收攏為蟒蛇形。

小野太郎帶著幾名身手最好的武士，在「蟒蛇」頭部位置，逃得氣喘吁吁。其餘重新匯攏過來的倭寇彼此緊挨著，尾隨其後。不時倭寇武士或者足輕，因為慌不擇路，彼此相撞。缺乏馬鞍和馬鐙借力的他們，立刻就從馬背上掉了下來，摔成滾地葫蘆。而其餘逃命的武士和足輕，卻根本顧不上拉馬躲閃，策動坐騎直接從他們身上踩過去，將他們踩成一團團肉泥。

「割倭寇腦袋，割倭寇腦袋！」從左右兩翼包抄過來的張維善和顧君恩，也不敢帶著身後的弟兄們直接衝進倭寇隊伍。他們的騎術再精湛，遇到雙方戰馬高速相撞，也避免不了被撞得筋斷骨折。所以，乾脆在倭寇的逃命隊伍兩側，各自保持了五尺距離，相伴而行。一邊追，一邊揮舞著兵器，大呼小叫。

被來自兩翼的壓力，嚇得膽戰心驚。眾倭寇更是沒勇氣迎戰。一個個拚命用雙腳踢打馬腹，將挽馬速度壓榨到了極限。然而挽馬終究是挽馬，根本不適合長時間衝刺，跑著跑著，就有馬匹口吐白沫，速度越來越慢，越來越慢。

這些速度慢下來的挽馬，要麼被身後的其他挽馬超過，要麼被硬生生擠出隊伍。不多時，整個倭寇的隊伍，就因為馬速的不同，斷裂成了寬窄不同的十幾節，彼此間再也無法相顧。

「殺倭寇！」從倭寇隊伍後方控制著自家騎兵速度，不准大夥追得太快的李彤，看到時機已經成熟，果斷舉起鐵劍，大聲呼喝。他胯下的坐騎猛地向前一竄，帶著他直接撞進了倭寇的隊伍末尾。

「殺倭寇！」弟兄們狂呼著加速，揮刀將倭寇砍下馬背，一個個如痴如醉。

大明的軍功統計系統頗為複雜，其中破敵乃是第一。但破敵之後，接下來各位參戰者功勞大小，卻要憑藉敵軍的首級和俘虜人數說話。而前一段時間朝廷下定決心要出兵朝鮮，為了激勵將士們英勇殺敵，特地把倭寇首級和俘虜的價值，從三倭抵一北虜，提升到了一倭抵一北虜相等的級別。所以，到了收穫勝利果實之際，每名將士，都爭先恐後。

再看那些隊伍已經跑散了架的倭寇們，哪裡還有抵抗的勇氣？要麼繼續拚命催動胯下的挽馬，要麼乾脆自己主動從馬背上滾落於地，冒著被活活踩死的危險，跪在雪地上，大聲祈求饒命。

李彤和他麾下的弟兄們，誰也聽不懂日語。最初看到倭寇從馬背上滾下來，還以為是因為後者沒有騎穩。所以毫不客氣地用兵器招呼過去，將落馬的倭寇挨個送回老家。待後來發現從馬背上滾下的倭寇們只管跪在大聲哭叫，試圖垂死掙扎，才終於明白他們是在乞降，楞了楞，只要來得及收刀，紛紛策馬一衝而過。

那些死裡逃生的倭寇，也不敢起身，繼續老老實實跪在雪地上，一邊千恩萬謝，一邊等待戰鬥結束。而從他們身邊衝過的大明將士，也繼續策動坐騎去追殺其餘倭寇，絲毫不擔心落馬者再改變主意徒步逃走。

眼下天寒地凍，那些失去了坐騎和兵器的倭寇，其實早已無處可逃。周圍村子裡的朝鮮人，可不像大明騎兵這般驕傲，發現他們放棄了抵抗，就不屑再揮刀。那些被他們禍害慘了的朝鮮人，一旦發現有倭寇落了單，並且手無寸鐵，肯定會一擁而上，將他們生生大卸八塊。

更何況，冬天的曠野裡，還有狼群在覓食。那些餓紅了眼睛的傢伙，可是見到公牛都敢撲上去咬一口。身材遠比公牛矮小的倭寇，在狼群眼裡，就是一堆送上門來的肉骨頭。

人越是在走投無路的時候，求生欲望越為強烈，哪怕是一根稻草，也會牢牢抓住不放。聽到背後不斷傳來同夥的感恩戴德聲，而慘叫聲卻只有零星幾嗓子，原本還有力氣繼續逃命的倭寇，也紛紛主動跳下挽馬，搶先一步躲開追兵衝來的道路，隨即跪地求饒。

對於他們的機靈，李彤和選鋒營左部的弟兄們，一概給予了鼓勵。只管策動坐騎去追殺其他潰兵，對已經下馬跪地者，不施加任何傷害。如此一來，明軍的向前推進速度，越來越快。而倭寇當中選擇主動投降者，也越來越多。到最後，只剩下野村太郎和他的七、八名心腹，依舊繼續趴在馬背上，苦苦掙扎，其餘倭寇，要麼早已經主動下馬投降，要麼早已經被明軍追上砍下了馬背。

「殺倭寇！」張維善不想再耽擱時間，猛地一撥馬頭，從右翼夾了過去，同時將手中鋼鞭掄起來向左側猛抽。

「殺倭寇！」顧君恩作戰經驗豐富，也果斷撥馬自左翼向中央夾擊，沿途中，將鋼刀舞得虎虎生風。

「殺倭寇！」二人各自麾下的五十名弟兄，齊齊高聲響應，策動坐騎向中央靠攏。兩支隊伍，就像扇鐵門般，轉眼間，就將野村太郎等人的去路，封了個嚴嚴實實。

終究是個受主家器重的武士，野村太郎沒臉面像他手下人那樣主動求饒。尖叫一聲，舉刀撲向張維善。這個動作，在張維善眼裡，無處不是破綻。果斷一鞭砸了過去，將野村太郎連人帶刀砸下了坐騎。

「殺倭寇！」其餘騎兵大喊著策動戰馬，圍著剩下的幾名倭寇亂刀齊下，轉眼間，就將後者全都砍下了馬背。每個堅持到底的倭寇，身上都挨了不止一刀，鮮血濺落在雪地上，白霧繚繞。

對於這些不肯主動投降的傢伙，選鋒營的將士們，才不會給他們臨死反咬的機會。因此，能多砍一刀，就不會少砍。結果，待李彤策馬趕到附近，用大喝聲將弟兄們從亢奮狀態拉回。倭寇頭目野村太郎，早就被砍得不成人樣。

……

「千總威武！」

「選鋒營，威武！」

「選鋒營，威武！」其麾下的百總、總旗和小旗們，先是楞了楞，隨即，也紅著臉開始高聲附和。

「選鋒營，威武！」顧君恩擔心李彤怪大夥下手太狠，眼睛一轉，扯開嗓子大聲歡呼。

「呼——」寒風吹過曠野，捲起粉紅色的雪沫，繽紛宛若落英。

人的情緒，很容易互相感染。轉眼間，歡呼聲就響徹了田野。

「顧兄……」李彤被顧君恩弄得好不自在，紅著臉，輕輕搖頭。然而，看到麾下弟兄們那興高采烈的模樣，再看看跪在雪地裡瑟瑟發抖的俘虜，他的臉上，頓時也寫滿了自豪。

與第一次入朝時那種楞打楞衝完全不同，此刻的選鋒營左部的戰兵，終於有了幾分精銳模樣。雖然人數上，實在少了點兒，但是，此時哪怕與倭寇中的真正精銳相遇，在敵軍數量沒超過自己三倍的情況下，李彤也有膽子帶著大夥正面一戰。

「姐夫，姐夫，我終於知道你為啥不去打端川，專門打倭寇的輜重隊了。」劉繼業恰恰騎著馬，氣喘吁吁地趕至，聽到曠野裡的歡呼，再看看滿地的倭寇俘虜和屍體，撓了下冒著白煙的頭盔，大聲拍李彤的馬屁，「這麼打，既能帶著弟兄們發財，又能拿倭寇來練兵，比帶著弟兄們去爬城牆，可划算多了！」

「就你聰明！」李彤心情大好，笑著朝著他數落，「讓你把倭寇和朝鮮人吸引到山坡上，等待騎兵衝擊，你倒好，直接給他們打跑了……」

「我哪知道倭寇這麼不經打？」劉繼業又搔了搔冒著白煙的頭盔，咧著嘴道，「好像比上次過江時遇到的還不如！」

「的確不如那批，這些專門劫掠朝鮮百姓的，肯定不會是什麼精銳。另外，咱們自己，也不是當初。」張維善笑呵呵地接過話頭，得意地總結。

跟李彤一樣，他也敏銳地察覺到，這些日子來，自己和麾下弟兄們身上發生的變化，並且深深地為此感到自豪。

「你們倆，別光顧著得意。趕緊帶人把俘虜收攏起來，順手把死掉的倭寇腦袋割了。跟前幾次的，派人一並送回九龍城！」李彤笑著看了二人一眼，大聲命令，「還有咱們收集到的所有敵情，也一並送回去。出來這麼久了，咱們無論如何得跟欽差和監軍有個交代。」

「得令！」張維善和劉繼業兩個，正色拱手。

眼下對大夥來說，對付倭寇，並不難。特別是這些專門負責搶劫地方，運送物資的倭寇，基本沒什麼風險。但是，難的卻在鴨綠江北，那裡，對大夥來說，不異於另外一個戰場。

第十七章 攻防

「小德子，最近外邊可有什麼新鮮事，說來聽聽！」鴨綠江北的九龍城中心，一處陳設豪華的房間裡，大明掌印太監張誠，斜倚在一張軟榻上，百無聊賴地詢問。

「啟稟爺爺，最近外邊風平浪靜，只是祖副總兵跟外邊來的張參將兩個昨天又打了一架。」被喚做小德子的小太監，撅著屁股上前，笑著講述，「祖副總兵仗著力氣大，將張參將給按地上，打得……」

一句話沒等說完，張誠已經抬腳踹了過去，「小兔崽子，這還不是新鮮事！你到底是傻，還是腦袋被馬給踩過啊？」

小德子被踹得接連後退數步，屁股直接撞上了銅火盆。然而，他卻顧不上燙，「撲通」一聲跪倒於地，朝著張誠連連叩頭，「爺爺饒命，爺爺饒命，徒孫兒不敢了，徒孫兒以後再也不敢了。」

「你個蠢驢！」張誠騰地一下，從軟榻上站了起來，指著小德子破口大罵，「你以為那祖承訓是個瘋子，剛剛官復原職，就惹是生非？他這一架，分明在為了李如松才打的。為的就是讓宋應昌難看，好讓李如松順利獨攬大權。」

「是，是，徒孫愚蠢，多謝爺爺指點，多謝爺爺指點。」小德子分明聽得似懂非懂，卻繼續畢恭畢敬地磕頭。

「滾起來吧，你這蠢貨，怎麼教都不帶長進！咱家真是閒得沒事做了，才答應收下你這個徒孫兒。」掌印太監眉頭緊鎖，斜著眼睛吩咐。

「是，爺爺。」小德子答應一聲，快速起身。心中卻暗自奚落，「你這頭老狗，若不是老子把太后賞的硯台和筆墨等物，私底下全都獻給了你，你才不會收咱家當什麼徒孫兒！心裡頭有氣，你倒是去找那孫暹的麻煩啊，躲在遼東大罵自己的徒子徒孫，算什麼本事。」

奚落歸奚落，表面上，他卻不得不裝出一副孝子的模樣，躬著身體小聲提醒：「爺爺請恕徒孫兒愚笨，那李如松派祖承訓打宋應昌的臉，不是正給爺爺您出了口惡氣嗎？要不要徒孫兒私下裡去跟那姓李的透個口風，說爺爺您也早就看那宋應昌不順眼了……」

「別多事！」張誠狠狠瞪了他一眼，再度大聲打斷，「一碼歸一碼，咱家看姓宋的不順眼，是因為他不肯速速派兵渡江。而李如松跟姓宋的鬥了起來，是因為他們在爭大軍渡江之後，到底是誰說了算？當初咱家跟姓宋的鬥的時候，李如松只管裝傻充楞，害得咱家棋輸一著。如今，姓宋的想借南邊來的那些將領，來分李如松的權，咱家也給他來一個袖手旁觀。」

「爺爺高明！」小德子這回終於聽懂了一部分，連忙挑起大拇指。

「再高明的爺爺，也架不住你們這群傻徒孫兒不爭氣。」張誠翻了翻白眼，沒好氣的數落。「連個打聽消息都不會，真是白帶了你這麼久。你以為現在還是張鯨在做秉筆太監麼，咱家想怎麼看顧你們，就怎麼看顧你們？等回到北京之後，萬一你們跟姓孫的手下人鬥了起來，就憑你這點本事兒，豈不是被人家活活玩死！」

「是，是，徒孫一定努力上進，努力上進，不讓師祖您失望，不讓師祖您再失望！」小德子這才明白，張誠最近為什麼心情如此差，涎著臉連連作揖。

「希望你能做得到吧，否則，萬一哪天咱家沒顧上相救，你被活活打死拉出去餵狗，你自己也別喊冤！」張誠翻了翻眼皮，對這個徒孫的未來很不看好。

繼承大明內宮的「優良」傳統，每個掌握了一定權勢的老太監，都會廣收門徒。這些徒子徒孫兒平素跟在老太監身後端茶倒水，同時接受老太監的指點。等將來老太監失了勢，或者年紀大了被放出宮外，某個「爭氣」的徒子徒孫，也會對他像長輩一樣給予有限度的供養。

這只是一種非常直接的「互利互惠」，談不上有什麼感情。所以，張誠對於小德子，經常拳腳相加，下手時從沒考慮過輕重。反正像這樣的徒孫兒，他往少了說也有四、五十個，打死或者打殘了，換個新的就是，調教幾天，一樣會用得十分順手。而作為徒孫的小德子，對於張誠，心中也沒任何尊敬，只是需要這麼一個靠山，便於將來熬出頭而已。

「其實，徒孫還打聽到一件有意思的事情，先前只是怕爺爺您生氣，所以才拿祖承訓和張寶兩人打架，做個鋪墊。」因為目前還離不開張誠的照顧，小德子不敢讓此人對自己太失望，想了想，先向遠處偷偷挪了幾步，然後小心翼翼地補充。

「小兔崽子，你說什麼？」原本已經準備躺回軟榻上的張誠，再度站直了身體，瞪圓了眼睛大聲詢問。

「爺爺，爺爺您別急，別急，徒孫兒真的是怕惹您生氣，才沒敢直接告訴您！」小德子被嚇得接連後退，直到確信自己徹底躲在了張誠的攻擊範圍之外，才躬著身體小聲補充，「是，是那個姓李的試千總，派人回來向欽差邀功了。今天上午剛剛從冰上過的江，光是倭寇的腦袋，就裝了滿滿兩大雪橇。還有，還有據說是一大摞朝鮮那邊的敵情，全寫在了紙上，並且還有幾個朝鮮義民，跟著一起過來等候宋欽差和李如松兩個的垂詢。」

「什麼？」掌印太監立刻就顧不上再生氣了，眉頭緊鎖，目光凜冽如刀。「怎麼可能？他當初不過帶了區區五、六百人，其中還有三百多是剛剛在遼東招募的壯丁。」

當初之所以答應讓李彤、張維善、劉繼業三個，帶著麾下兵馬過江去查探敵情，他根本沒安任何好心。總以為，那三個不知道好歹的楞頭青，即便不被倭寇給剁成肉泥，早晚也得鼻青臉腫地回來向自己請求高抬貴手。卻萬萬沒想到，三人過江一個多月之後，非但沒有死於倭寇之手，反而割了兩大雪橇倭寇的腦袋回來。

為了鼓勵士氣，朝廷那邊早就下旨，倭寇的腦袋價值與北虜等同。差不多三顆倭寇的腦袋，就夠普通兵卒升到小旗，夠小旗升到總旗。而九到十顆倭寇腦袋，就足以讓總旗升百總，讓百總升把總。以此類推，李彤和張維善二人，雖然需要的倭寇首級多些，整整兩大雪橇擺出來，也足夠將二人的職位，再推高半級到一級。

而二人現在，官職其實早就不是試千總和試副千總了，早在大半個月之前，朝廷已經下旨，對上次過江作戰的勇士，大加褒獎。李彤和張維善兩個楞頭青，非但去掉了千總前面那個試字，並且連升兩大級，成了正副游擊。只是因為路途遙遠，聯絡不暢，外加欽差宋應昌對他們兩個也頗為失望，所以才沒有派人給他們送去印信和鎧甲而已。

游擊再升一級，就是參將。照這種升法，等冬天過去了，那倆小子，恐怕非升到副將不可。即便只是個加銜參將，實際統率兵馬不足一千。誰要想再隨便收拾他們，恐怕也不會像先前那麼容易。

想到這兒，平生第一次，張誠心裡對自己當初的行為，感到了幾分悔意。

早知道倭寇這把刀太鈍，收拾不了那兩個小子，自己當初就不該趕他們過江。雙方彼此之間，原本也沒什麼大仇，那張國公家族，還曾經求到自己的門口兒，請求自己對這兩個晚輩給予照顧。自己當初為什麼就忽然犯了暈，非要逼著兩個傻小子向自己屈膝效忠呢？自己不動聲色地把人情做了，即便倆傻小子不知道還，那張國公府上，還能不念自己的好處嗎？

「你，你去看了，那，那些人頭都是倭寇的，別是拿朝鮮百姓的腦袋來假冒的吧？」用力搖了搖頭，他強行忘掉所有不快情緒，開始努力尋找彌補辦法。

如果人頭裡，能發現幾個朝鮮百姓的，那他就又抓到了兩個傻小子的把柄。無論是拿來向張國公府示好，還是繼續打壓倆傻小子，都靈活自如。

然而，小德子的回答，卻讓他無比失望，「啟稟師祖，人頭我偷偷看過，雖然一個個凍得像酸梨般，但絕對是倭寇，沒跑兒。並且好像那押車的家丁還說，他家千總俘虜了幾百倭寇，因為道路遙遠，不便押解回九龍城。才準備直接移交給義州的朝鮮君臣，由他們代為看管。」

「吹牛，上次祖總兵一路打到平壤，都沒俘虜半個倭寇。」張誠大怒，瞪圓了眼睛駁斥。然而，話音落下，他心中卻又湧起一陣凜然。

上次祖承訓之所以沒抓到半個活的倭寇，是因為此人貪功冒進，企圖一口氣拿下平壤。對於抓俘虜的事情，根本不甚熱衷。而這次那兩個楞頭青，沒有實力去攻取任何城池，所以必然會打定了主意，要靠殺死和俘虜倭寇的數量來刷戰功。如此一來，當然俘虜唯恐抓得不多。

而將俘虜交到朝鮮國王手上，和交到九龍城這邊，結果又不一樣。朝鮮君臣雖然無恥，卻沒膽子將大明將士的功勞，貪為己有。所以，無論送過去多少俘虜，都會只記在李彤和張維善兩人身上。只要他們倆不想，就不用給任何人分潤，更無須再浪費心力，去跟上頭「解釋」什麼倭寇身份的真偽。

「這份心機，豈是尋常少年所有？張某當初，真的該直接弄死他們！」猛地打了個冷戰，掌印太監張誠咬牙切齒。

就在此時，院子內，忽然傳來了一陣腳步聲。緊跟著，有個哨官隔著門簾兒，大聲相邀：「啟稟掌印，傳旨的欽差到了，經略大人請您一起去中軍接旨。」

「聖旨？」張誠聞聽，立刻顧不上再想怎麼才能不著痕跡地弄死兩個年輕人了。邁開大步，直奔門口兒，「欽差可曾透露一二，皇上這次有什麼新的旨意，需要臣子和奴婢們為其效勞？」

「掌印恕罪，小人沒敢打聽！」前來傳達邀請的哨官躬身行了個禮，大聲回應。隨即，又迅速將聲音壓低，用幾乎弱不可聞的幅度，快速補充，「小人給掌印道喜了，皇上好像急著召您回宮。掌印真是皇上的左膀右臂，宮裡頭，簡直一天都離不開您老。」

「楊哨官過獎了，張某只是伺候了皇上二十幾年，皇上用起來順手而已。」張誠立刻滿臉得意，挺著肚子輕輕擺手。然而，他的脊背和大腿等處，卻忽然感到了一絲透骨地涼。

據他伺候朱翊鈞多年所總結的經驗，後者現在召他回宮，絕對不是離不開他。而是已經徹底清理完了張鯨離開之後留下的隱患，可以從容面對他了。

至於面對之後，是稍作敲打，還是痛下殺手，卻是誰都無法預料！

不像一百餘年後的某盛世，官員們接一次聖旨比唱戲都要隆重。大明朝的頒旨儀式相當簡單，幾個主要官員核驗過了聖旨包裹上蠟封，傳旨欽差的身份，然後朝著北京方向行個禮，再請欽差將聖旨打開，從頭到尾宣讀一遍就算完事。

聖旨中的內容，也沒太多廢話，第一，准了遼東巡撫郝傑前一陣所上的請調摺子，將其召回北京，經吏部考核之後，另有任用。

第二，召掌印太監張誠返回皇宮，監軍太監一職，移交給前來傳旨的欽差，原乾清宮管事太監陳矩。

第三，則是詢問剛剛升任遼東朝鮮總經略沒多久的宋應昌和剛剛趕到遼東沒多久的李如松，問他們二人是否已經掌握了倭寇在朝鮮的情況？是否已經商量出了一個切實可行的作戰方略。按照二人的方略，大軍何時才能夠過江？勝算有幾成？

並且非常鄭重地強調，如果沒有必勝的把握，拖到明年開春再過江也無妨。朝廷已經從江南徵調了當年入庫的秋糧，正在水路並進運往北京。而北京城內目前的存糧，隨時可以調往遼東支撐大軍的日常消耗。

「謝陛下厚恩！」傳旨欽差的聲音剛落，宋應昌立刻流著淚，大叫著朝西南方向躬身。

兩個月前，他本是以兵部左侍郎身份，代表朝廷來遼東巡視，所以大夥都尊稱其為宋欽差。誰料巡視著巡視著，他這個欽差就被朝廷下令留在了軍中，經略朝鮮、薊遼等處軍務。也就是世人口中的備倭經略注十四，頭銜也順勢變成了右都御史。

換了別人，肯定會興奮得飄飄欲仙，而已經年近花甲的宋應昌，非但絲毫沒感覺到飛黃騰達的喜悅，反倒愁得每天晚上都無法順利入睡。作為嘉靖四十四年進士，他在二十七年的宦海沉浮中，可是見過了太多的風浪。深知道，眼下萬曆皇帝和朝中重臣們，對自己的期望多大，將來一旦自己哪處做得不令人滿意，等待著自己的打擊就有多重。

所以，對於前一段時間張誠速戰速決的主張，宋應昌毫不猶豫地就選擇了否定，甚至多次公開與這個權勢熏天的司禮監掌印唱反調，以免犯了當年李光弼的錯，因為忌憚一個太監而葬送數萬大軍。這個舉動，為他贏得了一片讚譽，同時，也令他說話做事，愈發如履薄冰。畢竟張誠是萬曆皇帝還在做太子時就陪伴左右的心腹太監，受信任程度，遠遠超過他這個嘉靖年間的進士。而大明朝自從永樂皇帝之後，又有太監執掌大權的傳統。哪怕他宋應昌在跟張誠的爭鬥中勝利的次數再多，只要後者一日不從遼東滾蛋，他就有滿盤皆輸的可能。

現在好了，張誠被皇上召回去了，監軍的位置上，是傳說中跟此人極不對盤的乾清宮主事陳矩。這非常清楚地說明，萬曆皇帝已經不再像原來那樣信任張誠，只是看在此人早年陪伴自己的情分上，給了他一個從容抽身的機會。而朝廷提前從南方調糧，全力供應遼東的姿態，也證明了萬曆皇帝和朝中重臣，對他宋應昌的信任。從今天起，無論是誰再想跟他宋某人爭奪對入朝大軍的主導權，都必須掂量掂量。

「謝陛下洪恩！」東征提督，備倭總兵官李如松楞了楞，扯開嗓子，緊隨宋應昌之後。

注十四、經略是差遣，也就是主要負責範圍。左、右都御史均為都察院長官，有權力監察文武百官。

他最初在宋應昌和張誠都爭得難解難分之時，故意裝傻充楞，兩不相幫，坐收了很多意外的紅利。但隨著張誠的「節節敗退」，他跟宋應昌之間的關係，就日漸微妙了起來。

憑著多年跟文官鬥智鬥勇的經驗，李如松至今還跟宋應昌兩個，保持著明面上的友好。但暗地裡，卻為了東征軍的絕對指揮權，已經過了無數次招。如果繼續纏鬥下去，雙方很難不發生正面衝突，並且誰都沒有絕對的勝算。

而今天的聖旨，卻給二人提供了一個休戰之機。雖然萬曆皇帝沒有明著催促，讓二人趕緊率軍渡江，別再耽擱。但那一連串問題，卻已經清楚地表達出了，皇帝對早日結束戰事的期待。

從南方調集今年入庫的秋糧，可以理解為朝廷對戰事的全力支持，同時也證明了，在北方沒有足夠的存糧，供大軍在鴨綠江北白白浪費。經略宋應昌想要一改先前穩紮穩打的態度，儘快出兵，就得儘快與李某人這個提督，在權力劃分方面達成妥協。否則，二人繼續鬥下去，李某人雖然沒把握鬥倒這個宋經略，再堅持上四、五個月卻不成問題。而甭看聖旨上說得好聽，真的將出兵日期拖到了明年開春兒之後，等著宋經略的，肯定不會是一份嘉獎。

「謝陛下洪恩！」司禮監掌印太監，原備倭監軍張誠，第三個反應過來，也含著淚高聲喊了一嗓子，面向西南方叩拜。

監軍職務沒了，但掌印太監位置，卻仍然給他留著。這說明萬曆皇帝，終究不忍心對他痛下殺手。而只要掌印太監這個職位沒丟，回到皇宮之後，他就還有機會，重新獲得萬曆皇帝的信任。屆時，哪怕宋應昌已經將倭寇徹底趕下了大海，立下了不世之功，張掌印依舊有的是辦法，讓他去做第二個岳飛。

「謝，謝陛下洪恩！」最後一個含著淚大聲拜謝的，則是遼東巡撫郝傑。雖然祖承訓早就官復原職，而朝廷那邊，也早就調查清楚了，當初在敵情不明的情況下，派遣祖承訓去替朝鮮人攻打平壤的人是他。但在上司和同僚的全力回護下，萬曆皇帝依舊准了他的請調摺子。雖然這次回吏部述職，極有可能，他就要長時間賦閒在家，很難東山再起。可比起丟官罷職，畢竟已經好了太多。

「謝陛下洪恩！」見經略、提督、監軍、巡撫都帶了頭，其他遼東文武，也趕緊集體面向北京位置行禮。

朝廷這道聖旨，來得絕對及時！並且讓絕大多數當事人，都感到了滿意。

至於上次入朝時，那些稀里糊塗戰死的將士，反正已經死了，誰有功夫去管，誰會真心在乎？

「五哥，我今天可是真的開了眼！」剛剛離開中軍議事堂，還沒等走出軍營大門，李如梓就扯了一下李如梅的衣袖，低聲議論。

「小聲，否則讓人聽了去，大哥也不好幫你說話。」李如梅輕輕瞪了他一眼，用更低的聲音提醒，「姓宋的今天得了勢，接下來肯定要找機會立威。你我兄弟，也沒必要這當口兒去做那隻儆猴的雞！」

「我剛才看了，附近沒有外人。」李如梓吐了下舌頭，對自家五哥的警告毫不在乎，「況且姓宋的眼下最迫切想要做的，肯定是跟大哥討價還價，以便抓緊時間發兵渡江。一時半會兒，未必敢動到咱們兄弟頭上！」

「那也是不要授人以柄為好。」李如梅扭頭看了看不遠處的中軍議事堂，輕輕搖頭。

自家六弟想要說什麼，他不用聽就知道。事實上，他也覺得朝廷今天這份聖旨，下得有些莫名其妙。表面上拿走了張誠和郝傑這兩根攪屎棍兒，讓遼東軍可以從容出兵。實際上，卻沒解決任何問題。新來的巡撫，未必不會對戰事指手畫腳。新來的監軍，也未必就不會外行楞充內行。而宋應昌這個備倭經略，與自家兄長李如松這個備倭提督之間，級別仍舊一模一樣，權力劃分也依舊是不清不楚，無論在哪一塊意見不一致，都會令將士們無所適從。

當然，這份聖旨光從遼東李家的私人角度看，還是很有可取之處的。尤其「商量」這個字，裡頭大有文章可做。至少，文貴武賤這條臭名昭著的慣例，從此在遼東李家面前徹底行不通。自己的大哥李如松，甚至隨時可以甩開宋應昌單幹，而宋應昌雖然近期也拉攏了許多將領，想要光憑藉那些人的力量，去收復朝鮮，卻是力有不逮。

「我不是說剛才的聖旨，我是說子丹他們三個，在朝鮮的戰果。」實在受不了自家五哥的謹小慎微，李如梓故意放棄原本的話頭，轉而說起了聖旨到來之前的見聞，「光是倭寇的腦袋，就送回了滿滿兩大雪橇，據說還有上百名倭寇，被押往了義州城。那個負責押送人頭的家丁李盛還說，如今選鋒營左部的駐地附近方圓數十里，所有朝鮮百姓，都將官軍視為神明。」

「那是自然，久亂思治。」聽自家六弟放棄了品評聖旨的是非，李如梅悄悄鬆了一口氣。笑了笑，大聲打斷，「子丹他們三個，又都是不缺錢的，肯定做不出縱兵大掠的事情來。有他們在的地方，即便無法保證倭寇不會再出現，至少，朝鮮自己的土匪和流寇，都會主動躲得遠遠。」

「不光是流寇，那些打著朝鮮國旗號的軍隊，也躲得老遠。」李如梓得意地接過話頭，繼續大聲補充，「倒是幾支主動站出來跟倭寇拚命的朝鮮義兵，不怎麼怕他們，據說已經主動送信前來聯絡，表示願意跟在天兵身後作戰。」

他年齡跟李彤、張維善、劉繼業三個差不多，性子跟三人也極為投緣。雖然因為受兄長的過度保護，沒機會親自帶兵與三人並肩作戰，但是在內心深處，卻早就不知不覺地認定了，如果自己帶兵入朝，也能做得跟三位朋友一樣出色。

所以，李彤、張維善和劉繼業三個帶兵渡過鴨綠江之後，每天都盼望著三人能百戰百勝的，除了劉穎之外，就是他。聽到三人迅速在朝鮮站穩了腳跟，並且立下了出人意料的戰功，由衷感到自豪的，他也能排在第二。

「怎麼，羨慕了，是不是覺得，如果你跟他們易地而處，說不定會做得更好？」幾乎是一手將弟弟帶大，李如梅第二次沒費吹灰之力，就將李如梓的心思猜了個正著。

「沒，沒！」李如梓臉色微紅，頭立刻搖成了撥浪鼓，「羨慕肯定是有一點兒。但真沒想過，我去了會強過他們。子丹和守義，一看就是兩個敢想敢幹的，做起事情來，從不瞻前顧後。而劉繼業，雖然比他們兩個稍微遜色了一些，卻也是個對自己下得了狠心的，上回挨了一鳥銃之後，非但沒有怨天怨地，反而去練起了鳥銃兵，並且練得似模似樣。」

這是他的真心話。作為李成梁的老來得子，從小被父親和哥哥們捧在手掌心處，早就養成了他眼高於頂的性格。如果李彤、張維善和劉繼業三人，只是普通投筆從戎的書生，即便學問以前做得再好，名頭以前再響亮，他都懶得低頭去瞧。而李彤、張維善和劉繼業三個，無論是在來遼東之前，還是進軍營之後，所做出來的那些事，卻幾乎每一件，都讓同齡的書生們望塵莫及。所以，李如梓非常自然地，就把三人引為了知己。

既然是知己，他就不會覺得自己處處比三人強，更不會對三人的功績不屑一顧。反而能夠收起心中驕傲，認認真真地欣賞並且學習三人的長處。以免被三人甩得太遠，將來無法繼續做朋友！

「如果算上這次的功勞，整個選鋒營，恐怕早晚會落在他們兄弟三個的手上！」李如梅的想法，從來都比自家弟弟現實，忽然笑了笑，用挑釁的口吻提醒。

「不用早晚，他們三個的新告身，早就下來了。原來是因為他不肯站隊，宋經略和那個死太監，都有些惱他。所以才故意扣著他的告身，不給他送過鴨綠江。如今死太監滾蛋了，他們三個不用站隊了。宋經略麾下又急缺得力幫手，肯定會快馬加鞭把他們三個的告身給送過去。」李如梓絲毫不為哥哥的話語所動，搖頭晃腦地回應。

「我的意思是，你就不覺得惋惜，畢竟選鋒營原本應該歸於你的名下？」明知道自家弟弟生性豁達，李如梅卻繼續故意挑逗。

「惋惜肯定會惋惜，可我想要帶兵，再讓大哥給我安排一個營就是，何必非得是選鋒營。」李如梓想了想，非常認真地搖頭。「倒是他們三個，如果把正副游擊和把總的職位都落在實處，而不是僅僅擔著一個虛銜兒，將來肯定會有更大的作為。」

「你倒是看得開！」被自家弟弟的如意算盤，氣得鼻子冒煙兒，李如梅大聲數落，「就跟大哥手下的空營頭多得用不完一般。」

「肯定有限，但是沒了誰的，也不能沒了我的啊！」李如梓才不在乎自家五哥的數落，翻著眼皮，笑呵呵地對付，「俗話說，打仗親兄弟麼。一營兵馬交到我手上，肯定比交給別人手上強。別人哪怕受咱們大哥的恩惠再多，也未必禁得住拉攏。比如說楊元那廝……」

「行了，有些事，你知道就行了，沒必要掛在嘴上。」擔心周圍還有第三雙耳朵，李如梅迅速打斷。

雖然總覺得自家六弟稚氣未脫，但是，今天他卻不得不承認，六弟李如梓所展現出來的眼界、心胸和敏銳，已經讓他刮目相看。

能發現朝廷的聖旨是和稀泥的，在場聽聖旨宣讀的文官和武將加在一起，也沒超過十個；能夠發現參將楊元已經倒向宋應昌的，整個軍營中，更是屈指可數；而明知道朋友升遷之後，對自己地位構成了威脅，卻依舊肯替朋友著想，為朋友感到驕傲和開心的，放眼遼東，甚至大明，恐怕也是鳳毛麟角。

這些，李如梓卻全都做到了。做得比任何人事先期待的，都更為出色。

「我當然不會在外人面前說這些。只是，只是覺得，某些人真是眼皮子淺而已。宋經略眼下能給他的再多，也只是將他當做一個尋常武夫看待。文貴武賤，在那些文官心裡是天經地義的事情，用得到的時候拿你當獵犬，用不到的時候，立刻就像支湯鍋。」李如梓的話繼續傳來，雖然略帶抬槓的意味，卻每一句，都說在了點子上。

「好了，知道就行了！」李如梅笑了笑，輕輕拍打自家六弟的肩膀。忽然間卻又發現，前後不過才短短幾個月，自家六弟已經竄得比自己還高，「你想從大哥手裡再拿一營兵馬，沒什麼錯。選鋒營原本就不是什麼精銳，還帶著郝傑很大的烙印，交給子丹他們三個從頭去整訓，也的確比硬留在你名下好。不過，你想從大哥手裡拿一營精銳出來，卻不能光憑著滿地打滾兒，總得拿出點兒實實在在的東西，讓他放心才行！」

「誰滿地打滾兒了？」李如梓聞聽，氣得直翻白眼兒，「你倒是說啊，我拿什麼實實在在的東西出來，才能讓大哥放心？」

李如梅等的就是這句話，立刻收起了笑容，正色詢問：「給你兩千戰兵，五十名家丁，你帶著去崗子寨支援子丹，你可敢去？如果我所料不差，那邊在半個月之內，肯定會有一場惡戰。」

第十八章　天城

冬日的雪野平坦如鏡，每一個逃命的身影，都被陽光照得清清楚楚。

「守義，你帶著一局騎兵從中央插過去，不要管那些雜兵，只殺帶隊的倭寇頭目。繼業，你帶著鳥銃手從正面往前推。顧兄，你也帶一局騎兵，從左翼包抄。其餘人，跟我去右翼，今天堅決不放走一個！」李彤猛地舉起了大劍，在戰馬上高聲吩咐。

「遵命啊——」張守義、劉繼業和顧君恩三個，學著戲台上的大將模樣，拉長了聲音回應。隨即，兩人帶領騎兵，一人帶領鳥銃手，分頭展開行動。

李彤朝著三人的身影笑了笑，也緊跟著策動坐騎，帶領一百多名騎兵，從右翼迂迴包抄，將倭寇和朝鮮偽軍像趕羊般趕向戰場中央。

這個招數，比前一陣子的招數，又添了一處花樣。攻擊效率，也比前一陣子，大為提高。更多騎兵在執行任務之時，已經漸漸掌握了彼此之間配合的訣竅。而隊伍中表現最生澀的鳥銃手，如今動作也越來越嫻熟，從當初的足足兩西洋分鐘才能發射一彈，變成了一分鐘之內就能完成整個裝填流程。

所有進步，都是靠汗水澆出來的。自打落腳崗子寨那天起，一直到現在，整整一個半月，只要天氣准許，李彤就會帶著麾下的戰兵傾巢而出。大夥要麼堵在吉州到端川之間，要麼卡於端川到洪原的必經之路上。已經將運送劫掠所得的倭寇輜重隊，接連給幹掉了七、八支。在繳獲了大量物資之餘，自身的戰鬥經驗，也飛速的累積。

李彤本人的指揮能力，也跟著水漲船高。無論他，張維善還是劉繼業，通讀戚繼光留下的各種兵書，其實都非常輕鬆。但是，距離將戚帥的兵法活學活用，卻差了很大的一截。所以三人心照不宣地，就將往來於吉州、端川、洪原三地的倭寇輜重隊，當成了練手對象。每一次，都會在戰術方面增加一些新招數，以檢驗這些招數是否能適應朝鮮戰場。

負責運送輜重的倭寇在日軍當中，完全屬三流。遭到偷襲之後，往往支撐不了半炷香時間，就爭相逃命。跟隨在倭寇周圍的朝鮮偽軍，戰鬥力和韌性更是差得可憐，崩潰速度總是比倭寇還要快上兩倍，甚至每每衝亂倭寇的陣腳，捲著他們一起落荒而逃。

當倭寇和朝鮮偽軍轉身逃命，就到了選鋒營左部收穫果實的時候。又一次破敵之功已經穩攥在大夥手裡，接下來，無論是追上去將逃命的倭寇砍倒，還是將他們俘虜，都可以折成首級計算，給功勞簿錦上添花。而那些朝鮮偽軍雖然「不值錢」，卻是極好的立威對象。將他們俘虜之後，狠狠嚇唬上一頓再釋放，今後他們走到哪裡，大明遼東選鋒營左部的威名，就跟著他們傳播到何處。

「砰，砰砰，砰砰砰……」一局注十五從正面追殺敵軍的選鋒營鳥銃手們，忽然跳下了坐騎，半跪在地上，瞄著近在咫尺的目標扣動了扳機。雖然準頭乏善可陳，但一百多桿鳥銃齊射的殺傷力，依舊大得嚇人。剎那間，就有二十幾名心生絕望，試圖在臨終之前反咬一口的倭寇，像冰雹下的莊稼般，齊刷刷地被打倒。剩下的倭寇身上忽然又生出了幾分力氣，慘叫著邁開雙腿，繼續倉皇逃命。

「上馬，快上馬！」把總劉繼業扯開嗓子，大聲催促。不要擋了後面人的路。「老包，你帶第一局的弟兄趕緊上馬。老何，老吳，你搖號旗，讓後面那兩局弟兄把馬速慢下來。殺倭寇可以慢一些，千萬別撞到自己人！」

「是，把總！」

「是，劉公子！」

……

眾人亂哄哄地答應著，努力去執行命令。

已經發射完了彈藥的鳥銃手們，重新跳上坐騎，將彼此之間拉開五尺到七尺的空檔，緩緩加速。跟在後面的另外兩局鳥銃手則在吳升與老何的約束下，或者從前方兩名袍澤之間的空隙直穿而過，

注十五、一局人數為一百一十。

或者努力放緩速度，避免與剛剛上馬的袍澤相撞。

鳥銃手跟騎兵配合作戰，最大的缺陷就是推進速度。所以，劉繼業別出心裁，將所有的鳥銃手都搬到了馬背上。只有在需要開火時，才跳下坐騎重新組隊展開齊射。雖然因為動作生疏，射擊的準頭大幅下降，並且每名鳥銃手只有一次開火機會。但用來對付少量倭寇的反撲，卻仍然綽綽有餘。

受他和李彤、張維善三個高薪禮聘來的浙軍百總吳升，對劉繼業的新點子大為讚服。在初次嘗試之後，就提出了不少改進意見。而劉繼業生來就是一個不喜歡端架子的，聽吳升說得有道理，立刻全盤接納。因此，連續幾次伏擊戰打下來，二人竟然將鳥銃騎兵，訓練得越發有模有樣。

「屬下覺得，弟兄們用來架鳥銃的那根木叉，可以直接做成鐵的。」百總老何，也不甘心這輩子都只做個光會衝鋒陷陣的莽夫，見劉繼業和吳升兩個越來越有點石成金的派頭，也悄悄湊上來，低聲提議，「馬背上無法裝填，但打完了鳥銃之後，大夥立刻可以變成尋常騎兵，用鐵叉追在敵軍身後戳他的後心窩。」

「這辦法不錯，回去咱們就找鐵匠趕製一批出來。」正在總結作戰經驗的劉繼業聞聽，立刻用力點頭，緊跟著，兩眼就放出了銳利的光芒，「乾脆把叉子做成錘頭，反正是用來架鳥銃，錘頭正中央有個凹槽就夠了。」

「用錘頭肯定比叉子好，還能破甲！」老何的雙眼，也迅速發亮，大笑著拍劉繼業的馬屁。「把總真是英明，如果讓屬下自己想，肯定這輩子都想不到。」

「自己人，你不奉承我，功勞也少不了你的！」劉繼業朝著他翻了個白眼兒，笑著搖頭。正準備再商量幾句鐵錘的規格和具體形狀，前方卻傳來了一陣急促的號角聲：「嗚嗚，嗚嗚嗚嗚嗚——」

「催戰？糟了，我姐夫嫌咱們動作太慢了！」劉繼業楞了楞，立刻將頭扭向了身邊的所有將士，「弟兄們，把速度加起來。追上去，給倭寇最後來一下狠的！」

「加速，加速，給倭寇最後一擊！」

「加速，給倭寇最後一擊！」

……

幾個百總、總旗們齊聲重複，各自帶領身邊弟兄，加速向前推去。一路上，或者用鳥銃，或者用鋼刀，將不肯投降的倭寇和朝鮮偽軍，紛紛放翻於地。

不多時，鳥銃手的隊伍，就與騎兵們重新匯合在了一處。再一次大獲全勝的弟兄們，個個興高采烈。而劉繼業、吳升、老何等人，卻互相使了個眼色，悄悄向李彤和張維善身邊靠了過去。

以前截殺倭寇的輜重隊，李千總可是從沒催促過大夥儘快結束戰鬥。這次忽然命人吹角傳訊，背後肯定藏著玄機。

果然，還沒等走到李彤身邊，三人就看到了通譯朴七那張火燒火燎的臉。隨即，後者就在李彤的命令下，用極低的聲音向大夥重複：「先前被千總放走的朝鮮流寇傳回來消息，有大股倭寇三日前出了洪原城，方向正是咱們存放輜重的崮子寨。帶隊的倭寇頭目名叫鍋島直茂。」

「倭寇一共有多少人，那個叫鍋島直茂的傢伙，又是什麼東西？」接連打了好幾次勝仗，劉繼業自信心暴漲，聽聞有大股倭寇試圖奔襲自己的「老巢」，立刻開始擦拳摩掌。

「洪原？那不是在咱們東南方九十多里的位置嗎？倭寇走得也忒慢了點，否則，今天就能跟咱們碰個正著。」顧君恩也是個天不怕地不怕的主兒，揮舞著血淋淋的戚刀大聲附和，「乾脆咱們迎上去，打他一個措手不及！」

「對，偷偷靠上去，打垮了他們，然後趁機拿下洪原城！」

「對，倭寇在明，咱們在暗。正好可以給他們一個厲害嘗嘗！」

……

其他幾個把總，百總們，也都躍躍欲試，都認為如果倭寇規模與自家相差不大的話，可以直接將其全殲於野外。

「四千，倭寇至少出動了四千！還有，還有一萬朝奸給他們助戰。」朴七嚇得心驚膽戰，趕緊搶在李彤做出決定之前，大聲補充，「是斥候小旗車立，是他以前的嘍囉孔四狗、孫二兔兩個，專門跑到崮子寨給千總報信兒。屬下接到他的示警之後，就立刻趕了過來。據他們倆說，倭寇的人數肯定在四千以上，但是具體多少他們也無法探聽得太仔細。」

這就是用朝鮮流寇幫忙探聽敵情的短處了。那些人缺乏專門的訓練，即便再有心報答李彤的活命之恩，也沒能力將倭寇的虛實探聽得一清二楚。所以，熱心送回來的消息，只能供大夥做基本參考，很難直接作為決策的依據。

「那個叫孔四狗的傢伙不會是眼睛花了吧，他膽子那麼小，估計也就是遠遠地瞄上一眼，就立刻嚇得落荒而逃！」當即，老何皺著眉頭，對消息的真實性深表懷疑。

「人一上千，看上去就是烏泱泱一大片。更何況倭寇旁邊還有朝鮮人跟著。」百總吳升對朝鮮流寇的能力，也極為看不上，也在旁邊小聲叫嚷。

接連的勝利，不僅僅鼓舞了劉繼業一個。選鋒營左部所將士，甚至包括吳升這個禮聘來的教頭，都對倭寇的戰鬥力，生出了幾分輕蔑之意。因此，即便明知道倭寇的兵馬肯定遠多於己方，依舊想跟其在野外見一次真章。

「千總，千總，那個鍋島直茂，屬下很早以前做義軍的時候，就跟在韓頭領身後與他交過手。此人，此人可真的不是一般倭寇。」一個多月前才補了大明戶籍的朴七，越聽越緊張，朝著李彤連連作揖，「屬下當初所在的義軍韓頭領，聚集了三萬多弟兄去跟他拚命。卻被他，被他帶著兩、三千人就打垮了。光，光戰場上被殺掉的弟兄，就，就不下五千！」

這下，終於令李彤動容，扭頭看了他一眼，低聲詢問：「嗯？居然戰死了這麼多？那鍋島直茂到底是什麼來頭？有此等本事，想必在倭寇那邊也不是尋常人物！」

「他，他是倭寇第二軍的副帥，跟加藤清正老賊是一路。據說，據說此人從十四歲從軍，一直打到了五十幾歲，平生敗得次數有限。」朴七悄悄鬆了一口氣，趕緊將自己知道的情況一股腦全都說了出來，「他在日本那邊，是個三十六萬石的大名，大概是加藤老賊的一半兒！」

「原來至少是一省副將級的人物，怪不得先前能以一打十！」選鋒營左部將士們聞聽，終於不再叫囂著要跟倭寇野戰，一個個皺著眉低聲感嘆。

由於嚴重缺乏日本國和日軍的情報，所以大夥至今還無法準確定義倭寇的將佐等級。只能按照每個倭寇將領所拿的俸祿，來大致與明軍這邊對照。像加藤清正，小西行長之類大名，被歸為日軍總兵。而像大夥先前交過手的九鬼廣隆、小野成幸、十時連久等，則被歸類於游擊，千總，百總。

「那就不能跟他們野戰了，咱們的人馬畢竟太少了些。奶奶的，如果當初不是死太監設絆子，只准咱們帶這點兒兵馬過江……」冷靜下來的劉繼業嘆息著連連拍打戰馬脖頸。

他麾下的三局火槍兵，總計才訓練了一個多月，就已經現出了幾分精銳模樣。而李彤、張維善兩個統率各自麾下騎兵的時間，也沒多長。如果大夥有機會把整個選鋒營左部的兵馬，都拉過江來，通過實戰訓練上三、五個月，甭說鍋島直茂只帶著三、四千倭寇前來，哪怕倭寇的人數再多上一倍，大夥也敢與他正面放手一搏！

「扯那些沒用！現在關鍵是，咱們怎麼對敵！」張維善不喜歡怨天怨地，扭頭瞪了他一眼，大聲提醒：「咱們從倭寇手裡繳獲的物資，可是全存在崗子寨。如果放任倭寇再給搶回去，咱們沒吃沒喝，就只能灰溜溜地退回江北。」

「若是有座城來守就好了。咱們也不怕以一擋十！」禮聘來的百總吳升想了想，皺著眉頭感慨，「火槍手居高臨下，剛好能發揮出威力。其他人用弓箭，也能給倭寇造成極大殺傷。咱們甚至可以聯絡一部分朝鮮義軍過來，共同防守……」

「眼下不是沒城可守嗎？」張維善對他，遠比對自家兄弟劉繼業客氣，笑了笑，輕輕搖頭，「即便現抓人築城，也來不及了。更何況，咱們趕回去，至少也需要一整天。」

這，又是一個非常實際的問題。洪原、端川、吉州等人，都靠近朝鮮東海岸。這些日子為了打劫倭寇的輜重，大夥一直在三地之間的官道附近作戰，距離崗子寨相當遙遠。哪怕是現在就掉頭往回趕，當隊伍抵達「老巢」的時候，倭寇的大隊人馬也殺到了家門口兒。

如此看來，大夥除了放棄崗子寨的輜重，主動北撤之外，恐怕已經沒有第二條路可走了。除非此刻有足夠的明軍從鴨綠江北岸殺過來，給大夥及時提供支援。但大夥心裡卻都清楚，第二種可能基本屬痴人說夢。無論死太監張誠，還是欽差宋應昌，看上去都不像是大度的人。即便他們兩個此刻已經鬥出了結果，獲勝的一方，也不會立刻派兵來接應選鋒營左部這支不怎麼聽話的孤軍。

「那就想辦法將鍋島直茂老賊，在野外拖上幾天。」正當大夥都灰心喪氣之際，李彤的臉上，忽然露出了一絲笑意，「倭寇出動了這麼多人馬，肯定不全都是騎兵。咱們先派一半弟兄回去，召集附近的朝鮮義軍一道守衛崗子寨，另外一半弟兄，騎著馬在雪地裡跟他們鬥上一鬥。一旦老賊自以為勝券在握，不急著趕路。咱們就讓他見識一下，究竟什麼才是大明天兵。」

「守，怎麼守？」包括張維善在內，所有人都將眼睛瞪了個滾圓，質問的話，脫口而出。

「崗子寨前後都是山，只有東西兩個出口……」李彤笑了笑，神秘的搖頭，「咱們先商量如何分兵，至於守寨，等分完兵再說！」

一刻鐘後，悠長的號角聲，再度響徹空曠的雪野。

「嗚嗚嗚，嗚嗚嗚，嗚嗚嗚…………」伴著號角聲，一部分明軍丟下剛剛繳獲的輜重，迅速策馬向西北方而去。另外一小半兒明軍，則迅速掉頭向南。不多時，兩支隊伍就都消失不見，只留下刺骨的寒風，在原野上肆意來回掃動，很快，就又將大地掃成了白茫茫一片。

「嗚嗚嗚，嗚嗚嗚，嗚嗚嗚………」悠長的號角聲，伴著北風，一直吹進人的靈魂深處。

正在趕路的倭寇一個個放慢速度，伸長了脖子東張西望。走在他們前面的朝鮮偽軍表現更為緊張，竟然瞬間滑倒了數十個，令原本就不整齊的隊伍，愈發凌亂。

「九鬼四郎兵衛，你探聽清楚了嗎，明軍究竟有多少人？」日本第二軍副帥鍋島直茂猛地扭過頭，大聲向身邊的武士喝問。

「探聽清楚了，只有六百五十餘人，絕對不會超過七百！」槍騎大將九鬼廣隆立刻心領神會，扯開嗓子，高聲彙報。

有關明軍的虛實，他早就向鍋島直茂彙報過無數次。眼下之所以故意又高聲重複，只是為了讓周圍的其他倭寇將領安心。

「嗯」，鍋島直茂滿意地點頭，隨即，扯開嗓子向周圍吩咐：「傳達下去，明軍總數不超過一千，即便分兵前來騷擾，能出動的兵馬也不會超過五百！」

「明軍總數不超過一千，即便分兵前來騷擾，能出動的兵馬也不會超過五百！」

「明軍總數不超過一千，即便分兵前來騷擾……」

「明軍總數不超過一千……」

周圍的大嗓門傳令兵扯開嗓子，將鍋島直茂的論斷一遍遍重複。

這一招，簡單粗暴，效果卻立竿見影。原本因為聽到畫角聲而忐忑不安的倭寇們，聽聞對手頂多能出動五百人上下，頓時勇氣倍增。而那些緊張得腳下發滑的朝鮮偽軍們，發現身後的倭寇對明軍毫無畏懼，也慢慢重新恢復了鎮定。從地上拉起摔倒的同伴，彼此用嘲笑聲不停地壯膽兒。

「嗚嗚嗚，嗚嗚嗚，嗚嗚嗚………」

「嗚嗚嗚，嗚嗚嗚，嗚嗚嗚………」

號角聲時斷時續，在隊伍左右兩側飄忽不定。

朝鮮偽軍隊伍中，又有人不小心滑倒。倭寇們也再度伸長脖子，像鴨子般東張西望。不怪他們膽小，而是最近一個多月來，關於明軍的傳說實在過於嚇人。從戚刀下逃出生天的偽軍輜重兵，為了換取各地倭國將領的饒恕，將對手的戰鬥力拚命誇大。而連續幾支輜重隊覆滅後，都沒有一名日本武士成功生還的事實，也為偽軍輜重兵的彙報，提供了「充足」的證據！

所以，儘管他們耳畔，一直迴盪著傳令兵的高呼。儘管大多數倭寇和朝鮮偽軍，都相信鍋島直茂沒有欺騙自己，明軍的數量一定非常有限。但是，一想到那麼多支同夥都有去無回，他們就忍不住頭皮陣陣發乍。

「阪本兵衛，你帶著五十名游勢去驅逐他們。不必殺掉，趕走即可！」鍋島直茂也被號角聲吵得不勝其煩，四下看了看，果斷命令一名斥候頭目率部解決騷擾。

「是！」被稱作阪本兵衛的游勢頭目答應一聲，帶領麾下快速脫離隊伍。

作為一名追隨了鍋島直茂不下二十年的斥候，他的經驗非常豐富。很快，就在自家隊伍的右側一座雪丘後，發現了明軍斥候的踪跡。

一共才五個人，並且士氣非常低落。看到阪本兵衛和他麾下的游勢，立刻跳上坐騎，倉皇遠遁。

「小田君，你帶著二十名游勢從左側包抄。其他人，跟我追過去，殺光他們！」發現自己這邊人馬是明軍斥候十倍以上，阪本兵衛立刻忘記了鍋島直茂的叮囑。大叫著將麾下游勢分為兩路，發誓要將對手一網打盡。

雪夜中白茫茫一片，人的身影格外清晰。只追出了兩、三里遠，他們就又咬住了大明斥候的馬尾。正當阪本兵衛獰笑著舉起了手中倭刀之際，有條粗大的絆馬索，忽然從積雪中迅速彈起，「騰」地一聲，絆住了他胯下坐騎的前腿。

毫無防備的遼東馬一個跟頭摔出了兩丈多遠，大腿與小腿交界處，白花花的斷骨瞬間刺出老高。再看先前還氣勢洶洶的阪本兵衛，縮蜷於馬頭前三尺外的雪地上，腦袋與肩膀別出了一個詭異的夾角，氣息奄奄。

「撲通！」「撲通！」「撲通！」跟在阪本兵衛身後的七八名游勢來不及拉住坐騎，如同飛蛾撲火般衝向了絆馬索，然後一個接一個，與坐騎同時向前摔出去，筋斷骨折。

「停下，停下，畜生，趕快停下！」陸續追上來的其餘游勢，驚慌地大叫。同時用力拉緊戰馬的繮繩，試圖避免慘劇的發生。

鋪著厚厚一層積雪的野地裡，這個動作愚蠢至極。五、六匹戰馬剛剛試圖收攏前腿，就被滑得失去了平衡。大聲悲鳴著向前摔去，將自己和馬背上的倭寇，全都摔成了滾地葫蘆。

剩下的十多名游勢雖然幸運地控制住了馬速，卻不知所措。就在此時，斜面的樹林裡，忽然又傳來一聲低沉的畫角，「嗚嗚嗚，嗚嗚嗚，嗚嗚…………」

緊跟著，數十名騎兵迅速殺出。如潮水般，將他們淹沒在刀光之中。

「埋伏，有埋伏！」從左側迂迴過來的另外二十幾名游勢發現情況不妙，趕緊提前放緩速度，然後匆匆掉頭逃命。哪裡還來得及？就在他們的側面，幾十名反穿著羊皮襖的明軍，忽然從雪地上爬了起來。迅速架起鳥銃，扣動扳機。

「砰砰砰，砰砰，砰砰……………」槍聲響如爆豆，在不到二十步的距離上，將十幾名日本游勢射下了馬背。

「饒命，饒命……」僥倖沒被鉛彈擊中的幾名倭寇游勢嚇得魂飛膽喪，一邊大聲求饒，一邊努力催動坐騎，繼續遠遁。

周圍的明軍騎兵和鳥銃手見了，也不追殺。只是割了所有死去倭寇的腦袋，然後挑釁一般，再一次吹響了號角，「嗚嗚，嗚嗚嗚，嗚嗚嗚嗚…………」

「嗚嗚嗚，嗚嗚嗚，嗚嗚嗚……」號角聲伴著寒風，刺入鍋島直茂的心臟，如針扎般地疼！

「不對，不是小股明軍騷擾！」槍騎大將九鬼廣隆反應也不慢多少，猛地一拉戰馬韁繩，馬頭直接轉往角聲來源方向。

「停下，不要衝動！」鍋島直茂猛地伸出右手，狠狠拉住了他的胳膊，「明軍帶著鳥銃隊同行，人數不可能太少！」

「阪本兵衛，阪本兵衛……」九鬼廣隆兩眼通紅，啞著嗓子大叫，「如果不去救援，阪本兵衛肯定要死在明軍手裡！」

「已經來不及了！」鍋島直茂舉頭往遠處看了看，嘆息著搖頭。「阪田兵衛只帶了五十名游勢，只要落入明軍的陷阱，就沒有任何生還的可能！」

彷彿在驗證他的判斷，大隊人馬右側的雪丘上，很快就出現了四個狼狽的身影。一邊快速向大隊人馬靠近，一邊聲嘶力竭地叫嚷：「敵襲，敵襲，大隊的明軍……」

「你去穩住朝鮮人，敢亂跑者，當場斬殺！」鍋島直茂果斷鬆開九鬼廣隆胳膊，大聲命令。隨即，又迅速將目光轉向身邊所有倭寇，「整隊迎戰！今天就在這裡給明人一個教訓！」

「整隊迎戰！」「整隊迎戰！」「整隊迎戰……」

他身邊的武士們扯開嗓子，將命令聲迅速傳遍全軍。正在緩緩前進的倭寇們，紛紛停住腳步，就近尋找各自的頭目，按照習慣的作戰序列擺開陣型。

畢竟是正規軍，他們的反應，比前一段時間死在大明遼東選鋒營左部襲擊下的那些倭寇，迅速得多，也職業得多。很快，就將一個野戰軍陣排列完成。然而，預料中的瘋狂打擊，卻始終沒有出現。先前一口吞下的阪本游勢隊的那支明軍，非但沒有趁機向他們發起進攻，反而連畫角都不再吹了，像鬼魂般，消失得無聲無息！

「八嘎！明軍的主力在哪？你們到底看沒看清楚！他們到底有多少人馬？」鍋島直茂又羞又氣，揪住逃回來報信的游勢頭目小田廣義，劈手就是兩個大耳光。

「是，是，鍋島大名教訓得是，在下，在下，在下看清楚了！」小田廣義被打得口鼻噴血，卻沒勇氣去擦，弓下身體，大聲解釋：「明軍主力大概是五、六百人，一半是騎兵，另外一半兒是鐵炮手。就，就埋伏在山丘後面的樹林裡頭，並且，並且，並且反穿著羊皮襖，看上去跟雪地一模一樣！」

「看清楚了，看清楚了！明軍，明軍大約有六百人上下，都反穿著羊皮襖，其中一半人拿著鐵炮！」另外幾名游勢怕鍋島直茂拿他們的腦袋洩憤，也趕緊幫著小田廣義大聲圓謊。

先前他們光顧著逃命，哪裡有時間去數明軍的具體數量？所謂五、六百人，不過是先前鍋島直茂和九鬼廣隆兩人的牙慧而已。反正在他們想來，能於短短幾個彈指間，將五十多名同夥殺光的明軍，肯定數量不會太少。而他們之所以不肯陪著阪本一起戰死，也是為了及時向主帥示警，不應該被苛責。

「嗯——」鍋島直茂聽得將信將疑，皺著眉頭大聲沉吟。

剛才的戰鬥距離他不算遠，鐵炮聲他也聽得清清楚楚。按照他的判斷，充其量也就是一百桿左右，絕對達不到六百的一半兒！

然而，轉念想到阪本兵衛只帶著五十名游勢，當時只有一百桿鐵炮射擊，也說得通了。如果他不派出足夠的兵馬去清理那片樹林，對方說不定什麼時候，就會突然衝過來，殺他一個措手不及。

「酒井太郎，你帶兩千人馬作為前鋒，向那座山丘後攻擊前進。崗村兵衛，你去通知九鬼廣隆，讓他帶五千朝鮮兵馬配合。其餘人，原地待命。」想到在行軍當中，忽然被明軍偷襲的後果，鍋島直茂不敢再猶豫。迅速調兵遣將，去尋找小田廣義口中明軍的主力，準備將其徹底消滅。

有了前一次教訓，接到命令的倭寇將領不敢再托大。小心翼翼地湊齊了兵馬，向著游勢們指點的樹林緩緩推進。

這一推進，時間可就消耗得久了。當他們終於確定，明軍早已不知去向，並且從雪地上留下的痕跡上看，絕對不可能超過兩百人之時，天色已經擦黑。

得知真相後，鍋島直茂氣得暴跳如雷，當場下令砍了僥倖逃回的所有游勢腦袋，號令全軍。然後又親自去交戰之處查看了一番，確定了明軍的大致數量，才宣布停止前進，原地紮營修整。

入夜後，號角聲又連綿不斷，吵得所有倭寇的朝鮮偽軍輾轉反側。有倭寇頭目主動請纓，帶著數百爪牙出去「掃蕩」，卻根本找不到明軍的位置。每當他們打著火把出發，號角聲就迅速消失。而當他們返回臨時軍營，號角聲則又響了起來，無止無休。

如此折騰了一整夜，第二天早晨起來，從鍋島直茂往下，所有倭寇和朝鮮偽軍，都頂上了碩大的黑眼圈兒。當日行軍速度，愈發緩慢，一上午才走了二十幾里路，就全都筋疲力竭。

而那支消滅了一整隊倭寇游勢的明軍，卻像陰魂般，繼續陪伴在他們左右，時不時吹響號角，折磨他們的神經。到了下午，倭寇和朝鮮偽軍都被折騰得麻木了，即便聽到號角聲，也不再做任何反應。而就在此時，一隊明軍忽然出現在他們左側的雪丘上，用鳥銃指著鍋島直茂的帥旗，噴出了火舌。

「砰砰砰，砰砰，砰砰……」上百步的距離，鉛彈根本保證不了任何準頭。然而，倭寇的隊伍卻太密集了，依舊有十幾人中彈，倒在雪地上翻滾掙扎。

「砰砰砰，砰砰，砰砰……」「砰砰砰，砰砰，砰砰……」唯恐鍋島直茂不肯重視自己，明軍鳥銃手居然排出了三疊陣，一排打完，緊跟著又是一排。

「殺光他們！」不肯讓明軍沒完沒了地朝著自己開火，眾倭寇大叫著衝向明軍，發誓要把他們碎屍萬段。

身為主帥，鍋島直茂根本沒辦法阻攔，這當口也不敢阻攔。只能趕緊又排兵布陣，以防又上了明軍的當。然而，接下來發生的事情，卻讓他無法相信自己的眼睛。打了兩輪鳥銃的明軍將士，居然主動調頭逃下了山坡。緊跟著，馬蹄聲在山坡後響起，那些鳥銃手全都變成了騎兵，搶在倭軍和朝鮮偽軍將自己包圍之前，揚長而去。

「停下，不要追，不要追了，他們早有準備！」鍋島直茂氣得兩眼冒火，趕緊派親信收攏隊伍。好不容易將麾下倭寇和朝鮮偽軍全都拉了回來，天色已經又開始發黑。

這一夜，倭寇們又被號角聲，吵得輾轉不寐。第三天，行軍速度更慢。一路上，還得不停地應付明軍鳥銃手的偷襲，一個個怨聲載道。

好在九鬼廣隆點子多，知道繼續這樣折騰下去，大軍不用趕到崗子寨，就得失去戰鬥力。趕緊找了個機會，向鍋島直茂獻計，勸後者將朝鮮偽軍一分為四，分派在倭軍前後左右作為屏障！

如此一來，明軍的鳥銃手即便發起偷襲，幹掉的也只是朝鮮人，傷不到日本武士和足輕們分毫。而只要武士和足輕們不再蒙受損失，即便朝鮮人都死光了，也不會影響最後的結局。

鍋島直茂大悅，立刻吩咐下去，將計策付諸實施。果然，接下來三天裡，行軍的速度雖然慢得如同蝸牛，明軍的偷襲，卻無法再給日軍造成任何損失。

第四天正午，明軍徹底消失，不再前來騷擾，此行的目的地，崮子寨也遙遙在望。鍋島直茂終於鬆了一大口氣，抬起馬鞭，向著遠處的山梁斜指，「所謂兵者，詭道也。說的是攻其不備，出其不意。哪裡是胡亂玩那些見不得人的花樣！花招再多，如果沒有實力相配，最終也……」

「嗚嗚嗚，嗚嗚嗚，嗚嗚嗚…………」又一陣號角聲，從山梁上傳來，如寒風般，將他舌頭「凍」在了嘴巴中。

「那是什麼？那是什麼？」眾倭寇們紛紛停住腳步，手指山梁上起伏白線，驚呼出聲。

「城牆，他們居然在山梁上築了城牆！」

「那邊，那邊也有！」

「好像，好像一直連到前面！」

「不好了，目標被城牆圍起來了！」

……

「怎麼可能！」用力揉了幾下眼睛，鍋島直茂避免自己出現幻覺。山梁上的白線，在他的視野裡越發清晰。

的確是城牆，白色的城牆，順著山勢上下起伏，一眼看不到頭！

原本彈丸之地的崮子寨，不知道何時，已經變成了一座堅城。反射著寒光的城牆上，一面面猩紅色的戰旗，迎風招展！

每面旗幟上都有一個大字，「明」！

第十九章 雪仗

「咚咚，咚咚，咚咚咚咚咚………」彷彿還嫌鍋島直茂受的打擊不夠，山梁上，忽然傳來一陣激烈的戰鼓聲。緊跟著，數百名朝鮮「暴民」拎著木桶衝上城頭，將冷水直接倒下了城牆。

山坡陽面靠近城牆腳處的積雪，立刻被潑化了一大片。雪塊和冰水混合在一起，順著山坡往下淌。還沒等倭寇們想明白朝鮮義軍正在幹什麼，冰水已經停止了流動。沿著距離城牆跟兒五、六步遠的位置，隱隱形成了一條長長的折線。

毫無溫度的陽光從南方射下來，給折線與城牆之間的區域，鍍上了一層優雅的藍。山梁上的城牆，頓時顯得愈發巍峨，巍峨得甚至有些刺眼。而城牆上朝鮮義軍，則在鼓點的督促下，繼續拎著木桶來來往往。用一桶又一桶冷水，將折線與城牆之間的區域，繼續向外拓寬。

「他們，他們在造冰！」一名來自松前地區注十六的武士湊到鍋島直茂身邊，哆嗦著向他彙報，

注十六、松前：北海道一代，原本為蝦夷人的土地，後被日本吞併。

「天這麼冷，山坡上結了冰後，根本沒法站立，更無法去毀掉冰牆！」「八嘎，一層冰而已，放把火就能烤化掉，有什麼值得大呼小叫！」鍋島直茂正急得火燒火燎，立刻一個耳光抽了過去，將此人直接給抽下了馬背。

那武士被摔了個七暈八素，卻沒膽子喊冤。只是在心中不停地詛咒，「你這個南方來的蠢貨，這輩子才見過幾次雪？如此冷的天氣，無論你點起多大的火，冰保證也凍得比化得還快！更何況這周圍的樹都是活樹，哪裡砍得到足夠的木柴？」

「九鬼四郎兵衛，帶上五百騎兵，繞過山丘，去尋找寨門。」鍋島直茂雖然是佐賀藩的大名，卻並非真的沒見過雪，先前抽了那多嘴的松前武士一個耳光，只是不願意讓此人的話，打擊麾下倭寇們的士氣。待對方閉嘴之後，立刻開始尋找真正的破敵之策。

「是！」槍騎大將九鬼廣隆，知道眼下倭寇人數再多，也不可能翻過結了冰的山坡，答應一聲，立刻帶領麾下弟兄，繞向正東方的谷口。

按照他手中的朝鮮輿圖，崗子寨夾在南北兩道山梁之間，東西則各有一個入口。即便明軍在朝鮮「暴民」的幫助下，也堆雪為牆，將兩個入口都堵得嚴嚴實實。日軍從平地上發起進攻，也遠比爬山坡更為容易。

他的判斷不可謂不準確，才向東北方繞了兩、三里路，山勢就出現了中斷。一個頗為寬闊的谷口，迅速出現在了他的眼前。谷口中央稍稍偏南方向，還有一條兩丈寬的河面。河面上，空空蕩蕩，沒有任何遮擋。

「那裡，那裡！那裡有一夥明軍騎兵正拉著馬往寨子裡走。」有一名叫做大友清信的武士眼尖，指著冰面上緩緩移動的身影，大聲提醒。

「是這幾天反覆騷擾咱們的那夥！」九鬼廣隆雙眉倒豎，三角眼中火光繚繞。

他終於看清楚連日來讓自己無法睡一晚上踏實覺的對手，究竟有多少人了！總計不過三個百人隊，並且一樣累得筋疲力竭。從這些人牽著馬往寨子裡走的背影上，就能看出他們其實早就到了強弩之末！

「如果當初不是我給鍋島直茂獻計，把朝鮮新附軍放在了外圍。其實有很多機會，將這夥明軍給……」猛然想起自己可能出了個蠢主意，九鬼廣隆後悔得直想抽自己耳光。

「嗚嗚，嗚嗚，嗚嗚……」正在沿著結了冰的河面往寨子裡撤的明軍，顯然也看到了匆匆而來的倭寇。扭過頭，十幾隻號角再度吹響，一聲比一聲有氣無力，卻一聲比一聲讓九鬼廣隆羞惱欲狂。

「大友君，你去向鍋島大名彙報，說已經找到了山寨的入口。請他立刻派兩千名朝鮮人過來幫忙，用草席鋪一條進攻通道出來！」猛地咬了下舌尖兒，九鬼廣隆強迫自己保持清醒，隨即大聲發號施令。

大友清信聞聽，眼神瞬間就開始發亮，大聲答應著撥轉馬頭，直奔鍋島直茂的帥旗位置而去。

「所有人，下馬休息，恢復體力。準備在兩個西洋時之後，沿著河面兒，對寨子發起強攻！」

不待大友清信帶回鍋島直茂的答覆，九鬼廣隆咬著牙，繼續向麾下的騎兵們吩咐。

「是！」不愧加藤氏精心打造的槍騎眾，騎兵們雖然又冷又困，卻扯開嗓子大聲回應。緊跟著，整整齊齊地跳下戰馬，從貼身口袋中掏出用體溫捂軟的乾糧，伴著積雪狼吞虎咽。

「明軍沒多少人，否則，不會用雪牆把自己關在裡邊！」九鬼廣隆自己也取了塊兒肉乾兒，邊用力咀嚼，邊大聲向周圍的親信解釋，「朝鮮人都帶著睡覺用的草席，用來鋪在河面上，就足以用來防滑……」

河面太寬，並且光滑得讓人和馬都難以站穩腳跟。所以，明軍特意將河面位置留了出來，當做進出寨子的唯一通道。

然而，對付冰面兒，卻遠比對付雪牆簡單。只要豁得出去代價和朝鮮人的性命，即便用屍體鋪，也能鋪出一條可以供日本衛士和足輕前進的道路來。

「大將英明！」眾親信越聽，眼睛越亮，越聽，士氣恢復得越快。不多時，就大聲發起了歡呼。正在率領主力趕過來的鍋島直茂，聽到騎兵們的歡呼聲，精神也瞬間為之一振。迅速抖動戰馬韁繩，只帶著少量親信，直奔河道。

他要親自測試一下，河道上冰面的厚度，以免在進攻之時，冰面發生開裂。同時，也要向麾下所有人，表現一個作為主帥的勇敢，以免鋒頭全都被九鬼廣隆這個下屬給出了，影響到自己今後的前程！

就在他的身影剛剛趕到岸邊之際，遠處的寨子內，忽然又傳來一陣戰鼓聲，「咚咚，咚咚，咚咚……」，就像三伏天傍晚的悶雷，敲得人心臟不停地戰慄。

「叮叮，叮噹，叮叮，叮噹……」令人牙痠的金鐵交鳴聲，緊跟著響起。數以百計的朝鮮「暴民」出現在了雪牆之間的河道上，豎起鑿子，揮動鐵錘，將河面鑿得冰渣亂跳。

「快點兒，快點兒，別讓倭寇有機會衝進來！」剛剛牽著戰馬從河面上返回陣內的劉繼業抬手抹了一把臉上油汗，喘息著催促。

連續幾天幾夜不加停歇地騷擾倭寇，把他和他麾下的鳥銃手們也累得筋痠骨軟。這會兒甭說拿起兵器來阻攔敵軍，就連逃命都未必能有力氣爬上馬背。而倭寇那邊，卻因為後面三天時間拿了朝鮮偽軍當肉盾，反倒體力有所恢復。

「放心吧，劉將軍！」彷彿早就猜到劉繼業會這樣叫喊，通譯朴七從冰面上抬起頭，回答聲音裡充滿了自豪，「別的不會，鑿冰咱們可都是內行。早年間冬天缺肉食了，誰家不是打河魚的主意兒。要打三丈寬的冰窟窿出來，絕對打不到兩丈！」

「劉將軍儘管放心，打仗咱們不靈，鑿冰可真沒服過誰？」斥候小旗車立也從不遠處抬起頭，大聲給朴七幫腔，「這東西，可不像石頭，全憑著一股子力氣砸。只要找到巧勁兒，一個時辰能開出二十丈寬窄的窟窿都不成問題！」

說著話，兩人同時站起身，接過周圍朝鮮義軍送來的熱水，沿著幾支鑿子邊緣迅速倒下。鐵鑿子傳熱快，立刻讓鑿身周圍的冰面化出了一連串淺坑。幾名準備多時的流民拎著錘子快速衝上，對準鑿柄「叮叮噹噹」又是數下，只聽「咔嚓」一聲，原本光滑如鏡的冰面兒，沿著幾支鐵鑿排成的橫線，迅速裂開了一條手指寬的深縫。

「接著來，不要停下！等出了水，就更容易了！」經驗豐富的朴七顧不上繼續向劉繼業顯擺，立刻扯開嗓子大聲招呼。

前來幫忙的朝鮮義軍和流民們，答應著繼續揮動鐵錘，潑下熱水，轉眼間，就將裂紋變成了一道道蜘蛛網，並且同時向南北和東西兩個四個方向蔓延。

冰冷的河水，順著最寬的兩道裂縫交叉處噴射而出，在陽光下，變得五彩繽紛。「咔嚓，咔嚓，咔嚓……」河面上，響聲不絕於耳，更多的裂紋自動出現，迅速向四周蔓延。

「出水啦，出水啦，小心腳下，別掉進冰窟窿裡，被魚拖走做女婿！」經驗豐富的朝鮮流民們大聲叫嚷著，遠離裂紋的中心。然後繼續在周圍敲敲打打，讓冰面上的噴泉越來越多，迅速凝結的水汽，映射出一道道彩虹。「放箭，放箭，放箭！衝到岸邊去，射死他們！別讓他們繼續鑿冰窟窿！」不敢再等待大隊人馬的到來，九鬼廣隆氣急敗壞地指著正在勞作的朝鮮人咆哮。

正看得瞠目結舌的倭寇們，迅速回過了神。從背上取下短弓，策馬前衝數十步，向著朴七等人的位置釋放羽箭。

被兩道雪牆夾在中央的河道上，風力極大，騎弓射出的羽箭，沒等飛到預定位置，就紛紛墜落。九鬼廣隆和他麾下的倭寇們不甘心，繼續將戰馬靠得更近。第二波羽箭終於成功抵達了目的地，卻因為準頭欠佳，根本沒給朝鮮義軍帶來太大的殺傷。

「嗚嗚，嗚嗚嗚，嗚嗚嗚……」號角聲在河面上響起，低沉悠長，就像半夜時掃過樹梢的狂風。一整隊明軍推著木製的獨輪盾車衝了過來，在朝鮮義軍身前迅速搭出了一道車牆。

第三波羽箭再度射至，大部分都被獨輪車上的盾牌阻擋，只有極少一部分繞過了盾牌，成功地帶起了一串串血珠。

朝鮮義軍和流民的隊伍立刻大亂，一部分將士們丟下鑿子和鐵錘，紛紛向寨內躲避。斥候頭目車立大急，扯開嗓子，用朝鮮語高聲叫喊：「不准跑，冰天雪地的，你們還能往哪逃？打仗指望別人，守城指望別人，鑿個冰窟窿還指望別人。啥都指望別人，你們還活個什麼勁兒，都不如直接找塊石頭把自己撞死！」

「別跑，別跑，讓倭寇殺進來，誰都跑不了！」通譯朴七也羞得無地自容，紅著臉大聲動員。

一些原本屬車立麾下的流民們，聽得臉上發燙。硬著頭皮轉身返回，躲在盾車後繼續鑿冰。一些義軍士卒，也在將領們的叱罵下，慢慢停住了腳步。紅著臉，再度折向冰面。

「叮叮噹噹……」的鑿冰聲再度響起，比先前節奏凌亂了許多，卻讓冰面上的裂紋繼續擴大。雪牆外的倭寇無法容忍朝鮮人對自己失去了畏懼之心，催動戰馬，將距離靠得更近。就在他們獰笑著將第四支羽箭搭上騎弓之時，雪牆後，忽然響起了兩聲淒厲的銅哨子，「吱——，吱——」

教頭吳升帶領百餘名弟兄，迅速從七尺高的雪牆內探出鳥銃，瞄準不到二十步遠的倭寇扣動了扳機，「砰砰砰砰砰砰⋯⋯⋯」

紅色的血光，伴著鳥銃轟鳴聲騰空而起，與潔白的雪牆對照，組成了一幅妖異的畫面。近三十匹戰馬悲鳴著栽倒，鮮血將雪地染出一塊塊巨大的紅斑。更多的戰馬，則自動掉轉身，迅速逃遁，沿途中，將背上的倭寇像下餃子般摔了滿地。

「吱——」銅哨聲再度響起，早一步回到崗子寨的大明將士，也走到了雪牆內側，將從鳥銃手中借來的兵器探出牆頭，瞄準倭寇的背影扣動扳機。

「砰砰砰砰砰砰⋯⋯⋯」射擊聲響如爆豆，大部分彈丸都打到了空處。然而，卻有更多的倭寇，和坐騎一起摔成了滾地葫蘆。第一輪打擊來得實在太突然，大部分倭寇胯下的戰馬都受了驚嚇，而地面上的積雪又太滑，越是慌不擇路，摔得越是淒慘！

「出魚了，出魚了，快往後退，快往後退！」河面上，又傳來朝鮮義軍和流民們的叫喊，透著無法掩飾的興奮。

幾道最大的裂紋，終於連成了數個閉環。厚厚的冰層，四分五裂，冬眠的野魚被流水直接送上了河岸，瘋狂翻滾扭動，尾巴砸得雪地噗噗作響。

野魚在冬眠之前，都會拚命在身體內儲存油脂，因此冬日的河鮮，遠比其他三季肥美。周圍的朝鮮流民經驗豐富，看到野魚被流水噴上了河岸，立刻彎下腰去撿拾。站在旁邊負責指揮大夥鑿冰的朴七見了，則毫不猶豫地抬起腳，一腳一個，將想要嘗鮮的朝鮮流民全都踹翻在地：「吃，就知道吃！多等一會兒能饞死你？快去下網子撈浮冰，倭寇大部隊還在後頭。」

「啊——」眾流民這才意識到，被鳥銃手暫時擊退的騎兵，只是倭寇當中的一小部分。一個個頓時顧不上再搶魚，抄起網子和撓鈎，七手八腳去撈河裡的浮冰。

這些浮冰面積極大，並且彼此之間的縫隙相當狹窄。此刻雖然站不得人，但過幾個時辰之後，肯定會被寒風重新「焊接」在一起，形成一個新的冰殼。所以想要讓倭寇打消從河面上向寨子發動進攻的念頭，最好的選擇就是將浮冰全都撈出水面。

如此，即便河中的活水重新凝結，一時半會兒，也達不到原來的厚度，更無法承受大部隊的重量。

於是乎，當鍋島加賀守直茂注十七在遠處趕至崮子寨東口，所看到的就是這樣一副怪異景象。自詡所向披靡的加藤槍騎眾，被明軍用鐵炮，打得人仰馬翻。而兩道冰雪鑄就的寨牆之間的河面上，數以百計的朝鮮義軍和流民們，正熱火朝天地鑿冰，撈冰。「他們撈冰塊做什麼？那東西在冬天有

注十七、鍋島加賀守直茂，這是日本當時對官員的稱呼方式，姓氏＋官職＋名字。

什麼稀罕？」因為活動區域一直在日本南部，鍋島直茂對於冰雪的特性非常陌生。顧不上去過問加藤槍騎眾的傷亡情況，皺著眉頭大聲向左右詢問。

「應該，應該是清理水面兒，不給我軍留下任何落腳之地吧！」軍師成富茂安同樣是肥前人，這輩子都沒怎麼玩過冰，望著正在冒白氣兒的活水，遲疑著解釋。「應該就是，但那有用嗎？這麼冷的天氣，最多一夜功夫，河面就能重新凍得結結實實！」鍋島直茂聽得將信將疑，皺著眉頭繼續議論。

「他們可以一直不斷的鑿冰，反正朝鮮人也不擅長作戰。而明軍自己節省下體力，剛好頑抗到底！」成富茂安想了想，繼續低聲分析。

這句話，倒有一定道理。作為三個月推平朝鮮的勝利之師，日軍上下，都對朝鮮官兵的戰鬥力嗤之以鼻。而跟明軍的接觸雖然不多，日軍的幾個主帥們，卻從有限幾次戰鬥中，得出了明軍戰鬥力與自己這邊不分伯仲的結論。因此，很容易就推測出，寨子中的明軍是拿朝鮮人當做苦力來使用！

「田尻鑑種，你帶領徒步者注十八，去監督朝鮮新附軍靠著河岸結寨。」既然自己和軍師成富茂安，都得出了相同的結論，鍋島直茂就不再繼續在朝鮮人身上浪費心神。將頭轉向家臣田尻鑑種，大聲命令。

「遵命！」田尻鑑鑑種遲疑著從河面上收回目光，快速去執行任務。

「軍師，你過去安撫一下九鬼廣隆，告訴他，騎兵原本就不適合攻城，剛才的失敗不是他的錯。」

又迅速朝對面忙著打撈浮冰的朝鮮人身上掃了幾眼，鍋島直茂低聲向成富茂安指示，「等一會營寨紮好之後，我會將各番組的所有鐵炮手集結到一處，替他的部下討還血債！」

「理應如此！」成富茂安行了個禮，策馬走向垂頭喪氣回來請罪的九鬼廣隆。

雖然同在第二番隊（軍團），但九鬼廣隆卻是主帥加藤清正的鐵桿親信。所以，鍋島直茂不敢以此人上司自居，更不敢因為九鬼廣隆剛剛被大明鳥銃手打得丟盔卸甲，就嘲笑其無能。

而那九鬼廣隆，聽到成富茂安轉述，說鍋島直茂要調集所有鐵炮手為他報仇，立刻就忘記了心中的沮喪。仰起頭，遠遠地向帥旗位置行禮，「多謝鍋島加賀守成全，末將雖為騎士，卻也通曉鐵炮。下次出戰，請為先鋒！」

「九鬼四郎兵衛忠勇可嘉！」鍋島直茂才不願意，讓自己辛辛苦苦打造的鳥銃兵，全都被九鬼廣隆這個只懂得亂衝的莽夫浪費掉。先大聲誇讚了對方一句，然後笑著搖頭：「但是，你一路辛苦，也該休息片刻了。放心，有的是讓你出馬的機會。只要今天大軍能突破寨牆，明人肯定會從另外的出口落荒而逃。屆時，能留下他們多少，就落在九鬼君身上。」

「多謝鍋島加賀守成全！」九鬼廣隆聞聽，心中更是感激，再度躬身下去，提前向鍋島直茂致謝。

注十八、徒步者：即雜兵，輔兵，不負責作戰。一個標準的日軍作戰單位編制，包含騎士，足輕（槍、弓、鐵炮）和徒步者。

鍋島直茂朝著他笑著還禮，然後抖擻精神，給其他下屬安排差事，「岡田三郎，下村信一，你們兩個，去通知各番組抓緊時間休息！小野生浦、島村九健，你們倆去找朝鮮新附軍主將金一元，讓他們安排伙夫給大夥燒些熱水來。竹越一三，荒川十藏……」

眾下屬們大聲領命，然後分頭展開行動。很快，一座規模龐大的營寨，就在河岸邊現出了輪廓。朝鮮新附軍們拖著疲憊的身軀忙忙碌碌，倭寇們則抓緊時間，吃乾糧補充體力。

彼時日本剛剛在豐臣秀吉的屠刀下，初步完成整合，還沒有形成統一的軍制。所以，幾乎每個大名麾下的部隊編制，都跟其他人不一樣。

鍋島直茂雖然有智將之稱，其麾下的兵馬，也只是粗略地分為了馬回旗本和八個番組而已。每個番組內的兵力也不一，多的高達千餘，少者卻只有三、四百眾。

但比起其他大名，鍋島直茂至少讓每個番組中的兵力搭配，保持了相同的比例。其中徒步者（雜兵）最多不超過每個番組的三成，正兵當中，則有三分之一，為鐵炮手，六分之一為騎兵。

這樣的編制形勢，讓他麾下的兵馬，同等規模下，戰鬥力遠比其他大名穩定。但缺點也非常明顯，每次他想集中單一兵種出戰，都需要將編制打亂，相當耗費精力和時間。今天，鍋島直茂決定集結麾下全部鐵炮手，給明軍致命一擊，動作不可謂不大。所以，準備時間也相當的長。眼看著足足大半個時辰都過去了，鐵炮手的隊伍還沒成形，來自松前地區的武士小松元緣忍無可忍，冒著再被主將痛打一頓的風險，快步湊到帥旗下，大聲提醒：「鍋島加賀守，不能再耽擱了，朝鮮人，朝鮮人正在築牆，在河面上築造新牆。一旦他們用新牆將河岸兩側的寨牆連接起來，我軍就無任何通道可以進入寨內！」

「築牆，河面上連積雪都沒有多少，他們怎麼築牆？」鍋島直茂聽得眉頭緊鎖，一邊努力朝河面上的朝鮮人位置瞭望，一邊大聲質疑。

山梁上的雪牆他看到了，也能猜出是明軍指揮朝鮮「亂民」，用積雪澆上冰水所建。但河面卻不是山坡，一時半會兒，朝鮮人也弄不來足夠的積雪。

「是用冰，用冰！」小松元緣緣氣急敗壞，頂著被鍋島直茂抽腫的腦袋，大聲叫嚷，「河水中撈出來的浮冰，直接就可以當做築城的材料，沿著冰面斷裂處，橫著壘起來，就能壘成一道矮牆。松前那邊冬天，每年蝦夷人都會在海邊搭建冰屋子，用的是同樣的辦法！今後只要在矮牆上不斷潑水，就能讓矮牆越長越高！」

「啊——」鍋島直茂被驚得兩眼發直，冒著被明軍鳥銃擊中的風險，策動戰馬衝出本軍，一直衝到距離寨牆七十步的位置，才重新拉住坐騎。

凝神再看，只見朝鮮「亂民」在明軍的指揮下，已經將冰牆壘到了齊膝高。並且還在不斷地開鑿河道上的冰面，製造新的浮冰。而每塊浮冰撈上來之後，根本不用做任何修整，就能直接像磚頭般壘到牆上去。冰塊兒表面所帶著的冷水，迅速就能將其「粘在」牆上，粘得結結實實。

彷彿還擔心冰牆的不夠美觀，每壘起一層之前，朝鮮「亂民」們，還向牆頭上灑滿黃燦燦的麥秸。

於是乎，冰牆竟隱隱呈現出一股絢麗的金色，彷彿用銅水澆築。

「他們，他們灑麥秸，是為了讓冰牆變得更硬，更有韌性！」小松元緣緣氣喘吁吁地追過來，繼續「盡職」地向鍋島直茂解釋。這樣做，哪怕用錘砸，都很難將冰牆砸裂。蝦夷人以前也經常這麼幹，冬天修好一個冰屋，能用到來年四月。」

「八嘎，你既然知道，為什麼不早說！」鍋島直茂被氣得眼前陣陣發黑，揚起馬鞭，劈頭蓋臉朝著小松元緣緣頭上亂抽。

「在下，在下以為大人知道。」小松元緣緣一邊用手護住腦袋躲閃，一邊大聲解釋，在下，在下剛剛因為多嘴受過一次責罰，不敢，不敢輕易再犯！」

「來人，給我把鐵炮手全都調上來。不用整隊了，馬上！」鍋島直茂瞬間又想起了自己先前毆打此人的事實，手中的馬鞭，便再也抽不下去。掉過頭，指著自家大營，高聲吩咐。

「嗚嗚嗚，嗚嗚嗚，嗚嗚嗚……」淒厲的海螺聲響起，上千名倭寇鐵炮手快步衝向崗子寨，宛若一群聞到魚腥味道的蒼蠅。

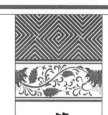

第二十章　冰城

「砰——」射擊聲在冰牆後響起，緊跟著，鍋島直茂胯下的坐騎脖頸噴出一股鮮血，轟然而倒。

「該死的畜生！」張維善氣得破口大罵，隨即從身邊家丁手裡搶過第二把魔神銃，用銃口指向摔在雪地上的目標。

還沒等他來得及瞄準，幾名倭寇已經尖叫著衝上，用身體搭建肉盾。另外幾名倭族武士彎腰扯起鍋島直茂，拖著向遠方逃竄。張維善射出的第二顆鉛彈，成功將另外一名日本武士打翻。卻徹底失去了第三次開火機會，只能眼睜睜地看著倭寇頭目被拖得越來越遠。

「砰砰砰……」冰牆後，其他明軍的鳥銃手也朝著倭寇頭目開火，然而，彈丸卻全都不知去向。鳥銃的特性便是如此，超過五十步就很難保證準頭。即便是裝藥高達二兩的大型魔神銃，頂多是將射程提高到四、五百步，準頭方面的提高，卻十分有限。

「別開火，別亂開火。遠了純粹是浪費火藥！」剛剛鬆了一口氣的教頭吳升大急，趕緊衝到冰牆下，對鳥銃手們拳打腳踢，「老子平時怎麼教你們的？隔著上百步遠，你以為你手裡拿的是子母炮呢？浪費沒了彈丸和火藥，等倭寇殺到跟前來，你手裡的鳥銃還不如一根燒火棍！」

「吳兄，我這兩支是魔神銃！」張維善雖然沒有挨罵，卻也覺得臉上發燙。扭過頭，舉起手裡的重型火槍大聲解釋。

「百步之外，一樣是浪費！」吳升很不給面子地追加了一句，隨即，衝上前，扯住他胳膊直往下拉，「小心，那邊未必沒有西夷魔神銃！」

張維善腳下全是積雪，被他扯得站立不穩，重重坐在地上。還沒等來得及發怒，耳畔就傳來了「砰砰砰……」數聲巨響，頭頂斜上方的冰牆，被彈丸砸得冰屑飛濺。

雖然那些彈丸同樣也沒準頭，可架不住數量極多。萬一某一顆恰巧落在身上，他今天就性命嗚呼！

「該死，不都說倭寇窮得要命嗎？怎麼會有如此多的魔神銃？」被冰渣濺了一後頸，張維善好生懊惱。

「應該是倭寇頭子的旗本隊上來了，相當於咱們大明這邊的主將親兵。」吳升多年前在戚繼光帳下就有過跟倭寇交手的經驗，皺了皺眉頭，大聲回應，「主將親兵，用的東西肯定是最好的。況且那天你沒聽朴七彙報嗎，那個叫鍋島什麼的倭寇，年俸三十六萬石白米呢！」

雖然三十六萬石米年俸，肯定不會都落在鍋島直茂一個手上。但是按照大明目前一兩銀子兩石米的價格，每年能經手十八萬兩銀子武將，級別也不會太低。這樣折算下來，鍋島直茂的親兵手中有造價高昂的魔神銃，也不值得奇怪了。只是如此一來，正在鑿冰築城的朝鮮義軍們，可就倒了大楣。倭寇的精銳鐵炮手偷襲張維善不成，立刻將銃口轉向了他們。三十多桿重型鐵炮先後開火，彈丸打得冰窟窿處水花四濺。

倭寇手裡的重型鐵炮，與張維善、劉繼業等人手裡的魔神銃，都傳自西洋。名字不同，造型、威力等其他方面，卻一模一樣。與尋常鳥銃相比，此物提高的可不僅僅是彈丸的射程。彈丸的直徑和威力，也增大了足足三倍。無論人還是戰馬，只要被擊中，身體上立刻就會被打出個碗口大的血洞，縱使華佗親臨，也無法將其救回。那麼多桿鐵炮瞄準相同的區域開火，即便準頭再差，偶爾也能蒙上一次。轉眼間，就有正在撈冰的朝鮮義軍，被打得倒飛而起，鮮血瞬間灑滿了冰面。

其他義軍和百姓見狀，嚇得慘叫一聲，轉身翻牆逃命。然而，人越是著急，手臂和腿腳越不聽使喚。明明剛剛還沒壘到人腰高的冰牆，大夥兒卻怎麼翻都翻不過去。反而像下餃子般，一個接一個滑了下來，差點兒就一頭扎進牆外的冰窟窿裡。

「別怕，別怕，他們鳥銃裝填很慢，他要很久才能打下一輪！」知道自家袍澤嚴重缺乏訓練，斥候小旗車立扯開嗓子，大聲提醒。

誰都知道鳥銃裝填慢，並且威力越大的鳥銃，需要的火藥越多，射擊間隔的時間越長。但是，在場的義軍和百姓，卻誰也無法保證，自己能在倭寇手裡鳥銃裝填完成之前翻過冰牆。所以，任車立喊得再大聲，都無人肯聽。

「蠢貨，你不會從牆內搭把手嗎？」通譯朴七經歷的戰鬥次數多了，經驗越來越豐富，頭腦也越來越靈活。從岸邊衝到車立背後，抬手就是一巴掌，「帶著你的人，給外邊的人搭把手。無論是繩子，還是棍子，只要能讓他們借力就行！」

「繩子，繩子——」斥候小旗車立聞聽，立刻停止了毫無意義地喊叫，彎腰從腳下抄起一根草繩，直接甩過了牆頭，「拉緊，我扯你們進來！」

「抓繩子！」「抓住扁擔！」「抓住鎬頭把兒！」「把手給我！」……

周圍的朝鮮義軍和大明兵卒見樣學樣，也紛紛對牆外鑿冰的義軍和百姓施以援手。很快，就將第一批人拉過了牆頭。

「砰，砰砰，砰砰，砰砰……」重新裝填完畢的倭寇精銳鐵炮手，再度發起了攢射。兩名剛剛爬到一半兒的義軍後背中彈，半邊身體被打了個稀爛。

其餘被封在冰牆外的義軍和百姓們，嚇得兩腿發軟，臉色慘白。卻不敢停下來等死，繼續拉住城內丟下來的草繩、扁擔、鎬把兒等物，加速翻牆逃命。

「手裡有魔神銃的，都給我上來！」張維善可不是一個光挨打不還手的主兒，見倭寇的精銳鐵炮手們氣焰如此囂張，立刻蹲在岸上的冰牆後調兵遣將。

他的話音未落，剛剛返回寨內，連氣都沒顧得上喘均勻的劉繼業，已經帶著麾下所有正副百總、總旗，狂奔而至。每個人肩膀上，都扛著一支巨大的魔神銃。

雖然只有十來支，遠少於外面倭寇手中的數量。但是，大夥臉上，卻毫無懼色。來到冰牆下後，立刻尋找有利位置，將魔神銃架了上去。

恰好有七、八十名倭寇鐵炮手看到了便宜，仗著自家精銳的掩護，悄悄地摸到距離冰牆五十餘步位置。劉繼業在牆內看得真切，果斷調整目標，將照門、準星和一名倭寇足輕頭的胸口，連成直線。鳥嘴狀的銜口迅速下壓，將點火繩塞進藥鍋。藥鍋裡的引藥被點燃，瞬間冒起一團白煙。緊跟著，銃身猛地一晃，聲如霹靂。一枚重達一兩八錢的彈丸，呼嘯而出。將對面的足輕頭的整個腦袋，打了個四分五裂。

「砰、砰、砰……」老何等百戶手中的魔神銃，也相繼開火。其中大多數瞄得都是剛剛摸到距離冰牆五十步上下的普通倭寇鐵炮手，也有兩三支瞄向了更遠處的倭寇精銳。

慘叫聲接連而起，正準備向城頭發動偷襲的倭寇鐵炮手們，被打翻了四、五個，死相慘不忍睹。周圍沒有中彈的鐵炮手被嚇得亡魂大冒，也不管附近有沒有人督戰，倒拖著武器，倉皇後退。

「砰、砰、砰……」正在攻擊朝鮮義軍和百姓的倭寇精銳鐵炮手們，立刻調轉銃口，用手裡的重型鐵炮，與劉繼業、老何等人展開了對轟。

雙方隔著八十餘步遠，射出的彈丸都沒什麼準頭。但是，一方憑藉手裡的重型鐵炮多，另外一方憑藉有冰牆保護，倒也打了個旗鼓相當。

「還楞著幹什麼，趕緊把外邊的人全都拉進來！」朴七終於鬆了一口氣，仗著自己背後有李彤撐腰，扯開嗓子，朝著河面上的所有朝鮮人發號施令。

「明白！」車立等人聞聽，齊聲回應。然後組織起更多的義軍和百姓，將更多的繩索，木棍等物，從比岸上矮了至少七尺的冰牆上探到了外面，將其餘被封在牆外的自己人加速拉了進來。

待與明軍展開對射的倭寇精銳鐵炮手們，發現自己打得再凶，也徒勞無功。想把重型鐵炮轉向河面之時，他們已經找不到合適的下手目標。除了最初不幸被他們殺死的幾名義軍之外，其他朝鮮人已經全都翻回了新築的冰牆之內。

「往後退遠一些，找個安全的地方，繼續鑿冰！」不願自己的鄉親被明軍視作拖累，通譯朴七扯開嗓子，繼續發號施令。「將鑿下來的冰塊拖過去，繼續加高冰牆。別總指望天兵救你們，人要是不懂得自救，神仙來了也沒治！」

斥候小旗車立和周圍的義軍將士們皺了皺眉頭，對此人指手畫腳的模樣好生不滿。然而，卻全都知道此人的主意沒錯，小聲嘀咕了幾句之後，快速沿著河面散開，各自尋找安全地方去鑿冰。

為了避免影響到河面上新築的冰牆，大夥新鑿的冰窟窿都不敢太大，並且儘量遠離牆根兒。饒是如此，鑿冰塊和壘冰塊的效率，依舊遠遠高於朝牆頭潑冷水任其自行凝結。不多時，河面上那段冰牆，就又肉眼可見的速度「長高」，並且「長」得愈發結實，從上到下，隱隱透出金黃色的光芒。

牆外的倭寇頭子鍋島直茂氣急敗壞，將麾下所有重型鐵炮全都集中到了一起，隔著八十多步遠，瞄準冰牆不停地射擊。

巨大的鉛彈，將冰牆外表打得坑坑窪窪，然而，整座冰牆卻如同鐵築的一般，巍然不動。彷彿擔心鍋島直茂被氣得還不夠狠，每當倭寇的精銳鐵炮手停止射擊，重新裝填火藥，通譯朴七就指揮著朝鮮人沿著牆頭向下潑水。寒冷的河水，淌過剛剛被鉛彈打出的坑坑窪窪，迅速凝結成冰，轉眼間，就讓那些坑坑窪窪變淺，變小，繼而消失不見。

「鍋島加賀守，天色已經很晚了，我軍至今尚未休息，繼續進攻下去，得不償失！」成富茂安沒有在明軍手上吃虧，所以不像鍋島直茂那樣氣急敗壞。發現後者的呼吸節奏已經開始放緩，果斷履行軍師的職責。

「嗯——」鍋島直茂乃是百戰老將，從羞惱中恢復了幾分冷靜之後，也意識到光憑著重型鐵炮，砸不開眼前的冰牆，沉吟一聲，無奈地向下揮手，「收兵，回去休息。明天再繼續攻打此地。我就不信……」

「咚咚，咚咚，咚咚……」一陣囂張的戰鼓聲，將他的後半截話，徹底淹沒。

冰牆後的木台上，李彤的身影迅速出現，先是向正在忙碌的將士們拱了拱手，然後拔出佩刀，遙遙地指向了鍋島直茂的將旗：「老賊，大冷天你不在家裡貓冬，你就這麼著急送人頭嗎？」

「老賊，大冷天你不在家裡貓冬，你就這麼著急送人頭嗎？」周圍的大嗓門弟兄，齊聲重複。一遍又一遍，唯恐寨子外的倭寇們聽不清楚！

「老賊，大冷天你不在家裡貓冬，你就這麼著急送人頭嗎？」

「老賊，大冷天你不在家裡貓冬，你就這麼著急送人頭嗎？」

「送人頭嗎，送人頭嗎，送人頭嗎……」

山谷中，餘音裊繞，久久不散！

「他們在喊什麼？」鍋島直茂雖也懂幾句漢語，卻遠達不到用漢語正常交流的地步，將頭迅速轉向身邊通譯，大聲詢問。

「在下，他們在罵您！」通譯金永善臉色迅速發白，低下頭，小心翼翼地勸告：「加賀守大人，這是明軍的一貫伎倆，您沒必要生氣！」

「直接翻譯給你我聽！」鍋島直茂當然知道罵人無好話，卻依舊固執地要求。

「是，是！」通譯金永善推托不得，只要搜腸刮肚地尋找詞彙，儘量避免讓鍋島直茂太受刺激，直接拿自己當出氣筒，「明人，明人的意思是，天氣太冷，您應該在城裡躲避風寒……」

還沒等他繞著彎子將一句話說完，耳畔，卻又傳來了一陣囂張的叫喊，這次，卻是標準的日本語：「老賊，大冷天你不在家裡貓冬，你就這麼著急送人頭嗎？」

「該死！」軍師成富茂安嚇得亡魂大冒，搶在鍋島直茂做出反應之前，大聲吩咐，「所有鐵炮手，給我對著河面上的冰牆射擊。把明軍的氣焰壓下去！」

「是！」眾將領聞聽，立即下去組織鐵炮手，準備給明軍一個教訓。然而，鍋島直茂卻忽然扯開嗓子，大聲喝止：「站住，不必了，收兵回營。今日和明日，歇緩體力。後天一早，與明軍決一死戰！」

「這？是！」眾將領遲疑著停住腳步，回答聲七零八落。

「各番組返回營地，休息兩日。後天一早，向崗子寨發起總攻，不推平此地，絕不收兵！」不給眾將質疑自己決定的機會，鍋島直茂鐵青著臉，再度高聲強調。隨即，又迅速將頭轉向曾經多次提醒過自己的小松元緣：「小松侍從，這兩日，辛苦你去帶領朝鮮人砍伐樹木，準備攻城器械和乾柴。就是用火烤，我軍也要將那冰牆烤出豁口來！」

「這？遵命！」來自松前的小松元緣本能地想提醒鍋島直茂，如此寒冷的天氣，冰牆化得未必有凍得快。話到嘴邊上，卻又果斷躬身領命。

剛才朝鮮「暴民」用日本語喊的那些話，他都聽得清清楚楚。也知道鍋島直茂表面上看起來冷靜，實際已經處於暴走的邊緣。所以不敢在這個時候胡亂否定對方的命令，以免引火燒身！

同樣不敢引火燒身的，還有鍋島直茂的軍師成富茂安。但是，畢竟追隨了鍋島直茂這麼多年，他更不願意對方因為暴怒而徹底失去理智。跟在鍋島直茂身後默默地走了一路，待聽見對方的呼吸再度恢復了平緩之後，才小心翼翼地提醒：「加賀守，冰牆很堅固，也很滑，裡邊的明軍小將詭計多端，想要將崗子寨拿下，恐怕需要做好久戰的準備。不能過於著急，反而……」

「兵法有云，能一次攻擊打敗敵人，就不要拖到第二次和第三次。」鍋島直茂迅速向周圍看了看，然後緩緩搖頭，「所以，後天之戰，各番組必須拿出全部力氣。還有那些朝鮮人，他們必須放在第一陣，有膽小後退者，當場斬首！」

「是！」成富茂安心裡打了個哆嗦，本能地躬身領命。先讓朝鮮新附軍去砍伐兩天樹木，然後又逼著他們去爬冰牆。這一仗打完，哪怕大獲全勝，朝鮮新附軍恐怕也十不存一。很顯然，鍋島直茂是發了狠，哪怕用朝鮮人的屍體堆，也要把崗子寨這彈丸之地拿下來。

不過，比起損失日本武士和足輕，損失朝鮮人，無論如何都划算得多。反正這些新附軍都是主動投降過來的，根本不值錢。這批死光了，隨便發一道命令，就能從鄰近的城池裡再調一批過來。

「各番組按照以前紮營時的布置，各自分散開去修整。今晚和明天，遇到事情，番組大將自行處理，非緊急情況，不要來打擾我！」轉眼來到朝鮮人剛剛搭建好的營寨內，鍋島直茂先找了自己的帥帳走了進去，然後大聲吩咐。隨即，又趕在軍師成富茂安和家臣田尻鑑種兩個退下之前，迅速補充：「軍師和田尻左衛門留下，有事情要你們兩個去辦！」

「遵命！」成富茂安和田尻鑑種二人楞了楞，驚詫地停住了腳步。

「來人，取一些酒水來，給軍師和左衛門暖暖身體！」前後不過是半個西洋小時，鍋島直茂的臉上，已經看不到絲毫的怒意，雙掌相擊，笑著向帳外吩咐。

立刻有負責伺候他的伴當，答應著去取酒水。待酒水取來，帥帳也徹底空了。鍋島直茂先給自己取了一杯，然後命令成富茂安和田尻鑑種二人也將酒端在手裡，笑了笑，低聲問道：「先前明軍派朝鮮亂民喊的那幾句話，你們兩個可聽清楚了？」

「加賀守大人，明軍是故意想要激怒您，您千萬不要上當！」田尻鑑種頓時打了個哆嗦，手中酒水差點兒沒潑在地上，「等後天攻破此寨，在下一定親自動手，將所有明人和朝鮮人的舌頭全都割下來！」

「如果後天攻不破此寨呢？」鍋島直茂看了他一眼，臉上的笑容好生詭異。

「攻不破？」田尻鑑種猜不透自家主公究竟賣的什麼藥兒，遲疑了一下，咬著牙補充，「那就大後天繼續進攻，直到拿下為止。裡邊的明軍最多也就一千上下，朝鮮人的戰鬥力，可以直接忽略。只要我軍持續發動攻擊，早晚有攻破冰牆的那一刻！」

「怪不得明軍叫囂，說我軍是主動送人頭上門。按照你這種做法，他們說得其實一點兒都沒錯！」鍋島直茂又看了他一眼，冷笑著撇嘴。

「這……」田尻鑑種徹底沒了詞，紅著臉不知所措。

「加賀守大人，莫非，莫非想要退兵？」終究是鍋島直茂的軍師，成富茂安的智力不知道甩了田尻鑑種多少條街，兩眼瞪圓，低聲驚呼。

「不是我要退兵，而是咱們只有一到兩天時間。如果兩天之內打不破那道冰牆，主動撤退，就是最好的選擇！」鍋島直茂狠狠喝了一大口酒，臉色因為酒水的刺激而變得血紅。「明軍固然可恨，他們的話，卻沒有錯。這裡的天氣，實在是太冷了。前幾天一直忙著行軍，還注意不到。如果長期駐紮在野外，恐怕根本不用別人來打，光是疾病，就能將我軍直接摧垮。」

「啊！」成富茂安和田尻鑑種頭皮發乍，齊齊驚呼出聲。

「所以，今晚和明天，就拜託二位，帶領徒步者去監督朝鮮人。砍下來的樹木，越多越好！後天開戰，再逼著他們去前頭拚命。如果能用他們的屍體，將冰牆堆平更好。如果不能，我軍也絕不做過多糾纏，直接原路返回。我這輩子吃過很多敗仗，不在乎再增加一次。」鍋島直茂向二人舉了舉酒杯，抬起頭，將杯中酒水一飲而盡！

「嗚——嗚——」北風掠過外邊的旗杆，聲音宛若鬼哭。

「遵命！」成富茂安和田尻鑑種兩個又驚又懼，臉色陰晴不定。驚的是，身經百戰的鍋島直茂這次居然沒等正式開戰，就心生退意。懼的是，鍋島直茂臨撤退之前，居然打算借刀殺人，將追隨大夥的數千朝鮮新附軍一股腦殺個精光。

「二位不必如此沮喪！」作為日本戰國時代頂級的陰謀家，鍋島直茂的心態遠比兩位爪牙平和，彷彿剛剛只是撣了一下衣服上的灰塵般，繼續笑著補充：「雖說只有兩日時間，可也未必沒有攻破寨牆的希望。」

「原來是未料勝先料敗！」成富茂安和田尻鑑種二人齊齊鬆了口氣，瞬間精神大振，對鍋島直茂愈發佩服得五體投地。

希望，當然不能靠坐等而得。關鍵就在如何將朝鮮新附軍的價值發揮到最大。當即，二人向鍋島直茂又行了個禮，然後聯袂而去。

可憐那數千新附軍，根本不知道在鍋島直茂、成富茂安和田尻鑑種三人的眼睛裡，他們已經成了死人。兀自抱著跟在餓狼身後撿骨頭的想法，將傳給他們的每一道命令，都執行得不折不扣。

朝鮮的冬天極為寒冷，眾新附軍卻要在野外不眠不休地去砍伐樹木，連續一天兩夜下來，凍餓而致死者高達四百餘人。好不容易捱到了第三天早晨，本以為等正式進攻開始，他們就會像以往一樣被趕到旁邊觀戰。誰料，成富茂安和田尻鑑種兩個，卻又帶著一千五百餘倭寇徒步者（雜兵），向他們逼了過來。

到了此刻，朝鮮新附軍的主將金一元終於感覺到了幾絲危險，慘白著臉，大聲向成富茂安表功，「軍師，軍師，雲梯已經趕製出了五十多架，劈柴也準備了四百多車……」

「你等的表現，加賀守大人已經都記在心裡了。所以，他決定再給你等一個立功機會，帶著雲梯和劈柴攻上去，拿下那道冰牆。」成富茂安根本沒興趣聽他把話說完，揮了下手臂，大聲打斷。「寨內所有財貨，任由你等自取！」

「這，這……」金一元嚇得眼前發黑，毫不猶豫地雙膝跪地，「軍師，弟兄們已經幾天幾夜沒合眼，個個都……」

「怎麼，你要抗命嗎？」成富茂安的右手，迅速按在了刀柄上，聲音也冷的宛若半空中的寒風。

「不，不敢，卑職不敢！」金一元激靈靈打個哆嗦，求饒的話，全都憋回了肚子裡。

「不敢就馬上整隊！」成富茂安的目光繞著此人的脖子轉了轉，繼續沉聲吩咐，「給你一個西洋小時，一個小時之後，若是還未出動，則以抗命論處！」

「這……」大冷的天兒，卻有汗水順著金一元額頭上冒了出來，淅淅瀝瀝淌了滿臉。

他沒有膽子違抗成富茂安的命令，哪怕明知道後者是打算用朝鮮新附軍的屍體去搭「肉梯」。他更沒膽子臨陣倒戈，帶領麾下新附軍將士跟倭寇拚個魚死網破。只好本著反正自己只是去送死的念頭，開始整頓隊伍，準備對崗子寨發起強攻。

一個小時之後，伴著刺耳的海螺聲，朝鮮新附軍像螞蟻搬朝冰牆迫近。因為根本沒拿朝鮮新附軍當做人看待，鍋島直茂採取了最簡單粗暴的戰術，直接將新附軍的隊伍分為左、中、右三路，命令他們抬著親手打造了雲梯的齊頭並進。跟在他們身後的，則是由倭寇中徒步者（雜兵）組成的督戰隊，手中鋼刀明晃晃耀眼生寒，目標卻不是冰牆後的對手，而是新附軍的脖頸。

跟在徒步者之後，才是倭寇中的鐵炮手，弓卒。主要目的是尋機遠距離射殺冰牆後的守軍，而不是為進攻方提供任何掩護。至於鍋島直茂的本人，則在旗手、騎兵和槍足輕的層層護衛下，留在了二百步外，負責掌控全域。

由於事先在路上透過不停地騷擾，已經摸清了倭寇的大致數量。冰牆內，李彤等人也將麾下兵馬主要集中在了崗子寨東側，與攻擊一方針鋒相對。然而，他們卻沒有料到，倭寇竟然無恥到了如此地步，竟然直接將朝鮮新附軍當成了犧牲。「給咱們幫忙的那幾個義軍將領不是說，姓鍋島的，在倭寇那邊，是個有名的智將嗎？用這種髒招，他就不嫌丟人！」無論怎麼努力，都跟自己心目中的智將形象對不上號，張維善指著遠處的敵軍帥旗，氣哼哼的叱罵。

「朝鮮偽軍又不是他手下的倭寇？」劉繼業比他看得透徹，搖了搖頭，低聲替鍋島直茂辯解，「無論死掉多少，他都沒必要在乎。更何況，即便朝鮮偽軍再爛，殺他們也得浪費體力和輜重。」

「嗚嗚嗚——」又是一聲淒厲的海螺號響，瞬間攪得人腹內陣陣翻滾。緊跟著，朝鮮偽軍忽然加速，扛著巨大的雲梯直撲冰牆。與此同時，數以千計的羽箭從偽軍的隊伍中升了起來，黑壓壓直接遮住了大夥頭頂的日光。

數張竹簾，貼著冰牆內側快速被拉起，如雲層般，遮住劉繼業和張維善等人的身體和頭頂。半空中落下來的羽箭多如冰雹，卻都沒什麼力氣。大部分都卡在了第一道竹簾之上，只有零星數支，勉強穿透了第一道竹簾，卻又被第二道竹簾擋了個結結實實。

站在冰牆內側的朴七、車立等人又羞又怒，不待李彤的命令，就帶領前來助戰的朝鮮義軍，主動用弓箭向牆外發動了反擊。數架雲梯在半途中轟然落地，扛著雲梯的朝鮮偽軍死傷枕籍。紅色的血漿落在白色的雪地上，一片片妖異而又醒目。沒有被射中的其餘朝鮮偽軍們，卻對同伴的死亡不屑一顧，繼續抬著雲梯，揮舞著兵器，向冰牆靠近，靠近，就像一群行屍走肉！

「砰砰砰砰砰……」遠在六十步之外的倭寇鐵炮手們，朝著城頭的竹簾展開齊射。他們看不清竹簾後的目標，也無法保證彈丸的準頭，卻具備絕對的數量優勢。

用來防備弓箭的竹簾，瞬間被彈丸扯得四分五裂。十餘名躲在竹簾後向外放箭的朝鮮義軍被流彈射中，血染冰牆。飛向城外的箭雨，忽然出現停滯。而城外的朝鮮偽軍，嘴裡發出一陣鬼哭狼嚎，趁機加速靠近了冰牆。

「砰！」第一架雲梯，重重地落在了冰牆上，砸得碎冰四下飛濺。緊跟著，是第二架，第三架，第四架。牆內的朝鮮義軍雖然努力振作精神，對牆外進行毫不留情的射殺。但是，他們的數量與對方比起來，畢竟差得太多。每個人射得胳膊都軟了，都不能阻止更多的雲梯繼續向自己靠近。

「砰砰砰砰砰……」遠在六十步之外的倭寇鐵炮手們，再度朝著冰牆展開齊射。雖然準頭依舊乏善可陳，卻憑藉數量，再度給防守方造成了一定程度殺傷。射向城外的箭雨又出現停頓，已經殺到冰牆下的朝鮮偽軍們，嘴裡又發出一串聲嘶力竭的叫喊，抓住雲梯，攀援而上！

第二十一章 鏖戰

「嗯——」站在兩百多步外馬背上的鍋島直茂忽然伸長了脖子，持刀的手背，也有青筋根根亂蹦。

攻擊進行得實在太順利了，順利得完全出乎他的預料。早知道朝鮮偽軍第一輪進攻就能攀上冰牆，他肯定會把戰術安排得更精細一些，至少，至少要保持住持續的攻擊節奏。

「槍騎兵下馬，準備步戰登城。」站在鍋島直茂身側的九鬼廣隆，也喜出望外，果斷跳下坐騎，從腰間拔出修長的倭刀。

「且慢！」鍋島直茂臉色忽然大變，不是因為擔心九鬼廣隆搶了自己的戰功，而是因為遠處冰牆上忽然飛起的血光。「明軍，明軍有詐！」

「有詐，明人再狡猾，也沒有將朝鮮人故意放上城頭……」九鬼廣隆被他的尖叫聲嚇了一大跳，皺著眉頭大聲反駁。然而，話才說了一半兒，後半句卻直接卡在了喉嚨裡。

的確，朝鮮新附軍只付出了一二百條性命為代價，就成功順著雲梯爬上了冰牆。然而，他們卻沒有像九鬼廣隆所熟悉的任何一次攻城戰那樣，在城頭建立有效控制帶，接應自家人繼續登城。他們宛若忽然發了癔症般，一個個楞楞地站在雲梯與冰牆的連接處，然後，又一個接一個，像布口袋般砸了下來，鮮血如瀑布般染紅了冰牆的表面。

「衝上去，衝上去，裡邊財貨見者有份，女人先到先得！」因為距離太近，朝鮮新附軍的主將金一元反而沒有鍋島直茂與九鬼廣隆兩個看得清楚，兀自站在距離冰牆五十幾步遠的盾牌後，聲嘶力竭地鼓舞士氣。

「衝上去，衝上去，裡邊財貨見者有份，女人先到先得！」身邊的親信也扯開嗓子，將賞格大聲重複。絲毫沒感覺出，陣亡者在最後關頭的表現，有何奇怪！

蟻附式攻城戰術，傷亡率向來就大。但是，只要進攻方能在城頭建立起穩定的控制帶，基本上就勝券在握。而已經有七八架雲梯搭上冰牆，防守方又缺乏檑木、滾石、釘拍、床弩之類的利器，接下來，只要新附軍豁得出去，早晚都能如願以償！

「啊——」「啊——」「啊……」

一連串慘叫聲，忽然蓋過了鼓舞士氣的咆哮。身上只有布甲和皮甲的朝鮮新附軍，像下餃子般從雲梯與城牆交界處墜落，每個戰死者，胸前都破開了一個大洞，鮮血宛若噴泉般四下飛濺。而帶隊的新附軍總旗、百總、把總們，卻絲毫沒有讓隊伍停下來查看究竟的意思。繼續用刀刃逼迫著麾下的士卒們，沿著粗大的雲梯向上攀爬。

戰場上的情景，很快就變得極為詭異。冰牆內的明軍和朝鮮義軍，不再開槍，也很少再向外拋射羽箭，彷彿認命了一般，由著牆外的朝鮮新附軍繼續沿著雲梯攀爬。

八架被血水染紅了的雲梯上，一串串朝鮮新附軍士卒，則螞蟻般向上移動。而攀援的終點，就是雲梯的盡頭。每當有人雙腳踏上冰牆，立刻就會慘叫著墜落，一個接一個，從無例外。

「怎麼，怎麼回事兒！」站在五十步外盾牌後的金一元忽然停止了叫嚣，啞著嗓子向周圍的親信追問。「明軍到底在城牆上布置了什麼機關，怎麼這麼久了，還沒有一個人能夠站穩腳跟？」

「好像，好像有機關！」幾個心腹親信瞪圓了眼睛，努力向城頭眺望。除了一具具正在墜落的屍體之外，他們什麼都看不見。整個城牆上，根本找不到任何守軍的身影，只有不停出現又消失的槍鋒，證明他們的確存在。

「啊——」終於，有攀爬雲梯的朝鮮新附軍士卒承受不住死亡的壓力，沒等抵達終點，就主動從雲梯上跳了下去。地面上的血水已經凝結成冰，頓時將他摔了個筋斷骨折。而他身後原本該繼續攀登補位的另外七、八名新附軍士卒，也不顧一切跳了下來，瞬間又將他踩成了肉餅。

天寒地凍，從高處往下跳，不死也得摔得半殘。然而，其餘幾架雲梯上的朝鮮新附軍士卒，卻像忽然被迷失了心智般，也接二連三跳了下來。寧可活活摔死，也不肯再將雙腳踏上冰牆。

慘叫聲不絕於耳，雲梯上光溜溜一片。擔任先鋒的兩名朝鮮偽軍將領勃然大怒，不待主帥金一元催促，就帶著親兵朝墜落者衝了過去，手起刀落，砍下五、六顆死不瞑目的頭顱。

「饒命，饒命！」僥倖沒有被摔暈過去的新附軍士卒們，翻滾著哭喊求饒，每一聲聽起來都無比地淒厲。

「臨陣退縮者，殺無赦！」兩名擔任先鋒的朝鮮武將，卻絲毫不肯給予這些人任何憐憫，一邊繼續帶領心腹親兵揮刀亂砍，一邊宣布對方的罪狀。

「第五司，第六司和第七司，繼續攀城！有敢畏縮不前者，殺！」一名姓王的新附軍武將也快速衝了上來，重新組織進攻。

愣在雲梯旁不知所措的朝鮮新附軍兵卒們，沒勇氣抗命，只好繼續像螞蟻搬爬上雲梯。而先前從雲梯上主動跳下來，卻僥倖還沒被自己人砍死的那些朝鮮兵卒，卻終於慘叫著給出了答案，「饒命，饒命！城頭上，城頭上沒有落腳點！」

「饒命，將軍大人饒命。那是一道單牆，上頭根本站不住人！」

「饒命啊，將軍大人。不是小的怕死，爬上去也沒用啊——」

「明軍不在牆上，他們在牆內另外搭了架子！」

……

「單牆？」幾名新附軍武將同時愣了愣，扭過頭，望著已經被人血染紅的冰牆，不知所措。

朝鮮的城牆制式完全仿照大明，高度雖然比大明的城池略低，每一道牆的寬度，卻足以行車。

如此，城牆上才能站人，才能居高臨下射殺敵軍。而不能站人的單牆，就連望族家的大院兒都很少用。進攻方只要用衝車撞上幾次，就能將其撞出足以供人馬通行的大窟窿。

「嗚嗚，嗚嗚嗚，嗚嗚嗚——」一聲激越的號角，忽然在冰城內響起。緊跟著，一道紅色的信旗，迅速升空。

開戰以來，明軍主帥李彤，終於發出了自己第一道命令。站在冰牆後木頭架子上的明軍鳥銃手們，齊齊將鳥銃探過城頭，瞄準近在咫尺的朝鮮新附軍將士，用力扣動扳機。

「砰砰，砰砰，砰砰砰……」

「砰砰，砰砰，砰砰砰……」

「砰砰，砰砰，砰砰砰……」

槍聲宛若爆豆，雲梯上下的朝鮮新附軍將士，如被收割的麥子般，一層層跌倒。僥倖沒有被射中的傢伙們，雖然數量依舊遠遠超過城內的守軍，卻再也沒勇氣掙扎，調轉身形，撒腿就逃。

「砰砰砰砰砰砰砰砰……」站在六十多步外的倭寇鐵炮手們，在成富茂安的命令下，對城頭還以顏色。大部分子彈卻全打在了冰牆上，打得牆頭白霧繚繞。還有一小部分，則直接命中了正在倉皇後退的朝鮮新附軍，將他們成排地打翻在雪地上，慘叫著四下翻滾。

為了避免無謂的犧牲，冰牆後的明軍鳥銃手們，再度偃旗息鼓。然而，被嚇破了膽子的朝鮮新附軍將士，卻繼續像潮水般瘋狂後退。任其主帥金一元如何叫喊懇求，都無濟於事。

「給田尻左衛門傳令，帶領徒步者上前嚴肅軍紀，無論朝鮮人以什麼理由退下來！」兩百步外，站在馬背上的鍋島直茂緩緩鬆開刀柄，用非常平靜的聲音向下吩咐。

果然，明軍的城牆沒那麼容易攻破。他的預料沒錯，他的安排也沒錯。有錯的只是那些朝鮮新附軍，他們不該如此膽小，剛吃了一點兒虧就退了下來。有錯的是那些朝鮮新附軍，他們當初就該戰死沙場，而不是屈辱地選擇給征服者做牛做馬。

「是！」擔任軍目副[注十九]的太田半次郎答應一聲，帶領數名使番策馬而去。轉眼間，就抵達了田尻鑑種身側，然後與此人一道，帶著徒步者快速向前推進。明晃晃的倭刀，密如樹林。轉眼間，就與潰退下來的朝鮮新附軍發生了接觸。紅色的血光騰空而起，一排排朝鮮將士，像高粱般被砍倒。

「饒命，饒命——」僥倖沒被第一時間砍翻的朝鮮新附軍，紛紛停下腳步，苦苦哀求。平推過來的倭寇徒步者們卻用更快的速度，將鋼刀朝著他們頭上砍去，宛若砍瓜切菜！

在倭寇眼裡，這群朝鮮新附軍存在的意義，就是用性命去消耗防守方的體力和物資。既然他們不肯捨棄性命，倭大人們就只好先送他們下地獄。

「饒命——」眾朝鮮新附軍沒有勇氣抵抗，只能掉轉頭，再度撲向雲梯。然而這一次，因為缺乏有效組織的緣故，他們比上一次敗得更快。甚至連城頭都沒摸到，就被協助守城的朝鮮義軍用弓箭給射了回來！

「廢物，沒用的廢物，繼續給我去攀雲梯！」田尻鑑種帶著倭寇中的徒步者（雜兵），一邊叫罵，一邊向前亂砍。很快，就將朝鮮新附軍們第三次逼向了冰牆。

「別爬了，向兩邊跑，向兩邊跑啊！」冰牆內，協助明軍守城的朝鮮義軍將士，一邊哭喊，一邊繼續開弓放箭。

雖然死在他們弓箭下的新附軍數以百計，並且萬一對方破城，也絕對不會看在是同胞的情分上，對他們施加任何憐憫。然而，當看到一排排同樣面孔的同族倒在倭寇的刀下，很多義軍將士，連同通譯朴七和斥候小旗車立等人，都紅了眼睛。

即便是野獸，都懂得物傷其類。更何況他們都是活生生的人！但是，如果停止向牆外的新附軍放箭，後者就會快速翻過冰牆。進而放入大量的倭寇，將他們連同明軍一道斬盡殺絕。

「砰砰砰砰……」就在朴七和車立等人精神幾乎崩潰之際，他們身後的木架子上，又響起了連綿的鳥銃射擊聲。

經驗豐富的吳升與菜鳥劉繼業兩個，將鳥銃手分成三隊，輪番向外開火。目標不是正準備攀爬雲梯的朝鮮新附軍，而是跟在新附軍身後督戰的倭寇徒步者。剎那間，將其打了個人仰馬翻。

「鐵炮，鐵炮……」倭寇中的徒步者地位極為低下，戰鬥力和士氣也是一樣。咬著牙堅持到第

注十九、軍目副：督戰官，同時也負責統計戰功。使番：即傳令兵。

四輪射擊結束，丟下百十具屍體，倉皇後撤。
「向兩邊跑，快跑，跑掉一個算一個！」斥候小旗車立終於把握住了機會，將身體探出冰牆，朝著牆外的新附軍將士用力揮舞手臂，「趁著我們顧不上你們！」
「跑，跑啊——，向兩邊跑，趕緊！」通譯朴七帶著十幾個義軍將領，也紛紛探出頭來，扯開嗓子大聲提醒。
正嚇得瑟瑟發抖的新附軍將士們，頓時開了竅。一個個丟下手中的兵器，分頭向兩側逃竄。負責督戰的倭寇徒步者正忙著躲避明軍的射擊，根本顧不上去阻攔。
「鐵炮手，繼續向城頭射擊！九鬼四郎兵衛，朝鮮潰兵交給你處置。」眼見自己的如意算盤又要落空，鍋島直茂眉頭緊皺，啞著嗓子命令。
「砰砰砰砰，砰砰砰砰……」射擊聲，頓時響如爆豆。一排排彈丸呼嘯著射向冰城，憑藉絕對的數量優勢，將城內的明軍鳥銃手再度壓得無法抬頭。
冰築的城牆表面，被打得碎冰飛濺。很多正在倉皇後退的倭寇徒步者，也被自家鐵炮手射出的彈丸誤傷，慘叫著栽倒在地上，捂著傷口四下翻滾。
負責指揮鐵炮手的成富茂安，卻絲毫不管徒步者的死活。冒著將他們成批誤殺的風險，督促鐵炮手繼續開火，將更多的「自己人」射死在後撤途中，眼睜睜地看著後者身體上流出來的鮮血給已經結了冰的血泊，重新染上一團厚厚的紅

「嗚—嗚—咕嚕嚕嚕嚕！」海螺聲宛若鬼哭，聲聲催人老。加藤槍騎眾在九鬼廣隆的指揮下，分成兩隊，分別追向徒步逃命的新附軍，將他們像趕羊一樣趕回戰場。遇到哪個敢不服從，當場用倭刀砍成數段！

兩條腿跑得再快，也跑不過四條腿兒。不一會兒，大多數散開向兩翼逃命的朝鮮新附軍，就又被加藤槍騎眾給驅趕了回來。雖然他們的數量，遠遠超過了槍騎眾，雖然他們明知道，返回戰場後，等待著自己的肯定是死亡。然而，他們當中，卻很少有人選擇反抗，只管一邊流著淚求饒，一邊繼續向冰牆靠攏，就像一群牲畜被牧人趕向了屠宰場！

「傳令下去，要各路義軍，不必再放箭，只管朝冰牆和雲梯上潑水。」站在城內的高台上，李彤將敵我雙方的表現全都看得清清楚楚。不待鍋島直茂繼續出招，搶先一步調整戰術。

「嗚嗚，嗚嗚嗚，嗚嗚嗚————」伴著激越的號角聲，一道水藍色的信旗，被拉上了旗杆。緊跟著，幾名大嗓門通譯一邊向助戰的朝鮮義軍靠攏，一邊大聲將李彤的決斷用朝鮮語反覆傳播。

「諾！」「是！」「遵命！」「謝謝千總……」早已心亂如麻的義軍將士們，感激地朝高台看了一眼，七嘴八舌地回應。然後用繩索和支架拉起裝滿了冰水的木桶，一桶桶拉到與城頭齊平處，然後用竹竿向外捅翻。

即便有許多木桶沒等完成使命，被流彈打漏。但是，依舊有九成以上木桶，將冷水沿著冰牆外緣潑了下去。先前每一處出現過雲梯的位置，都被重點關照，剎那間，落水宛若瀑布。

「繼續潑，繼續潑，別讓外邊的人爬上來！」朴七和車立兩個，紅著眼睛，大喊大叫。「咱們是心軟了，外邊的人爬進來，可不會放過咱們！」

作為防守方的一員，他們沒資格，也沒勇氣，要求自家主帥對牆外的朝鮮新附軍高抬貴手。但是，他們卻清楚地知道，自家主帥為何將義軍的任務，由放箭改成了潑水。所以，他們拿出全身的力氣，去提醒身邊的同族，不要辜負主帥的善意。唯恐周圍的義軍將士偷懶，導致城內的所有人死無葬身之地。

不用他提醒，城內的朝鮮義軍，也知道該如何報答李彤的善意。大夥都拿出吃奶的力氣，將更多的冷水潑過冰牆。冷水順著牆壁迅速下淌，淌著，淌著，速度就慢了下來，進而凝結成新的冰層。而先前被流彈砸得坑坑窪窪的冰牆外表面，在冷水和冰層的雙重作用下，迅速開始變平。

「爬雲梯，爬雲梯！繼續爬雲梯，否則，死！」九鬼廣隆在七十步外，帶住了自己的坐騎。卻揮舞著倭刀，命令被驅趕回來的朝鮮新附軍，繼續爬雲梯送死！

「爬雲梯，爬雲梯！繼續爬雲梯，否則，死！」曾經在鳥銃下吃過虧的倭寇騎士（騎兵），也紛紛拉住馬頭，在朝鮮新附軍背後，將鋼刀揮舞得虎虎生風。

新附軍將士，麻木地向冰牆移動。很多人沒等抵達冰牆下，就被從身後打來的流彈誤傷，痛苦地在血泊中翻滾、而其他活著的新附軍將士，則麻木的繞過血泊繼續前進，就像一群在洪水中遷徙的螞蟻。

射擊聲，戛然而止。天地間，忽然變得無比寧靜。第一波朝鮮新附軍終於走到了掛滿冰棱的雲梯前，手腳並用向上攀爬。才爬到一半，就接二連三地掉了下去，摔得頭破血流。

陸續趕到的其他新附軍，既不去攙扶傷者，也不想辦法去除掉雲梯上的冰棱。木然地用手握住雲梯的邊緣，木然地雙腿交替發力，爬上去，掉下來，與先前的同伴一樣，被摔得頭破血流。

一波又一波！

周而復始！

「找機會逃吧，爬上來也是送死！」

「別浪費力氣了，到處都是冰，怎麼可能爬得進來！」

「天兵不向你們開紅，已經是仁至義盡了。你們別不知道好歹！」

……

發現城外的同族居然寧可被摔個半死，也要堅持替倭寇開路，冰牆內的朝鮮義軍又大聲鼓噪了起來。聲音中，憤怒瞬間就壓過了同情。

然而，牆外的朝鮮新附軍，卻對勸告聲充耳不聞。繼續徒勞地沿著雲梯往上攀爬，然後又在半途中摔下去，一串接一串，宛若行屍走肉。

只要他們努力往上爬，身後的倭寇就不會殺掉他們。而他們如果膽敢停下來，就會被當場砍死。

在死亡的壓力下，人性的懦弱與醜陋，表現得毫無遮掩。哪怕明知道城內的義軍已經手下留情，城外的新附軍將士依舊希望對方為自己做得更多，甚至捨棄生命！

「別再爬了，再爬，老子不客氣了！」一名義軍將領對新附軍的無恥與麻木，終於忍無可忍。俯身抄起角弓，向外射出一支響箭。

「吱——」淒厲的哨子聲，嚇得正在攀爬的幾名新附軍頭皮發乍，一個接一個，從結滿了寒冰的雲梯上栽了下去。雲梯周圍的其餘偽軍，也抱著腦袋四下閃避。然而，當發現冰牆內沒有更多的羽箭射出來，他們又齊齊鬆了口氣，搶在倭寇對自己施加「懲罰」之前，再度撲向雲梯。

「去你娘的，老子總不能為了你，把自己的命搭上！」站在冰牆內木架上的朴七，將牆外新附軍將士的表現，盡收眼底。咬著牙大罵了一句，俯身抄起了角弓。

周圍幾名忍無可忍的義軍將士，紛紛開弓放箭。羽箭掠過並不算高大的冰牆，瞬間將牆外的新附軍放翻了十幾個。登時，所有新附軍都停止了繼續攀爬，尖叫著踉蹌後退。然而，還沒等他們退出二十步遠，就又被倭寇用鐵炮放翻了整整一排。

「饒命——」新附軍們慘叫著再度轉身，潮水般撲向冰牆。然後，又開始重複先前的畫面，木然地用手握住雲梯的邊緣，木然地雙腿交替發力，爬上去，掉下來，與先前的同伴一樣，被摔得頭破血流。

「嗖嗖嗖嗖嗖——」冰牆內，所有朝鮮義軍將士，都不繼續手下留情。拉動角弓，將羽箭一排排拋向半空。

密密麻麻的羽箭迅速從空中滑，將城外的新附軍一排排射倒在地。血漿轉眼匯流成溪，給已經被腳踩硬的雪地，塗上一層厚厚的紅。更多新附軍將士，就從這層紅色的冰面上踩過去，踉蹌著繼續向前，然後，被新一輪羽箭射倒，將紅色的冰面連接成片。

「這就是倭國的智將？」張維善越戰越提不起力氣，順著專門留出來的通道走到指揮台上，朝著李彤小聲嘀咕，「他不會準備聲東擊西吧。否則，照這樣打下去，把麾下的朝鮮人消耗光了，他麾下的倭寇也翻不上城牆。」

「怎地，你還盼著倭寇早日翻過來啊？」李彤瞪了他一眼，輕輕搖頭，「別太小瞧了他。把麾下的朝鮮人消耗光了，對他來說，未必是壞事。而從開戰到現在，總計才死了幾個倭寇？」

「你是說，老賊故意的，故意逼著朝鮮人上來送死！」張維善聽得一楞，眉頭迅速皺了個緊緊。

「十有七八！」李彤努力向牆外看了幾眼，臉色忽然變得有些凝重。「咱們的物資不多，特別是鉛彈和火藥。而朝鮮賊軍對倭寇來說，可有可無……」

話音未落，冰牆外，忽然又傳來了一陣低沉的海螺聲，就像半夜裡的鬼哭，吹得人頭皮陣陣發緊，「嗚嗚嗚，嗚嗚嗚，嗚嗚嗚……」

「倭寇退了，倭寇帶著朝鮮人一起退了！」張維善迅速扭頭，隨即興奮就寫了滿臉。「你猜的未必對，那老賊也許真的就是浪得虛名！」

「傳令下去，叫弟兄們抓緊時間檢查兵器。」李彤沒有心思跟他爭論，皺著眉頭，向身邊的親兵吩咐，「先前不過是倭寇在試探，接下來，才會動真章。」

「是！」傳令兵答應一聲，匆匆跑向冰牆。

「你也過去，帶領弟兄們隨時準備支援朝鮮義軍。如果下一次衝過來的是倭寇，我怕他們頂不住。」將聲音果斷壓低，李彤用只有兩人能聽見的幅度耳語。

「本來也沒指望他們，不過，雲梯都變成冰梯了，倭寇未必那麼容易爬上來。」張維善又向牆外看了幾眼，帶著幾分驕傲回應。

最初聽朝鮮斥候彙報，說鍋島直茂是倭寇中有名的智將，他本能地就將此人與傳說中的陸遜、周瑜當做了同類。然而，通過路上的反覆試探和剛才的交戰，他卻越來越堅信，倭寇嘴裡的智將，與中國歷史上的智將，完全不能相提並論。

「小心些，咱們之所以留在這裡跟他交手，是為了通過此戰，讓朝鮮各地的義軍和官兵，都知道咱們的存在。若是打輸了，可是賠了夫人又折兵！」作為總角之交，不用猜，李彤就知道張維善此刻肚子裡在想什麼，笑了笑，在他身後低聲叮囑。

「嗯！」這句話，張維善終於聽在了耳朵裡。也笑了笑，用力點頭。

時間在忙碌中過得飛快，幾乎是一眨眼的功夫，冰牆外，就又響起了焦躁的海螺聲。「嗚嗚嗚，嗚嗚，嗚嗚嗚————」，一波又一波，吹得人肚子裡直犯噁心。

緊跟著，射擊聲又籠罩了戰場。數以百計的鉛彈射向冰牆，將牆頭打得白霧翻滾。當第一輪射擊聲終於停歇，沉重的腳步聲瞬間響徹戰場。剛剛撤下去的朝鮮新附軍將士，抱著大捆的乾柴衝向了冰牆。在他們身後，一千四五百名倭寇雜兵也邁開了雙腿，一邊向前推進，嘴裡一邊發出鬼哭狼嚎，「呀呀呀，呀呀呀，呀呀呀……」

「要縱火麼，這群蠢貨，如此冷的天氣，區區幾個火堆，怎麼可能烤塌冰牆！」站在冰牆內木架上的朴七看得兩眼發直，遲疑著大聲嘟囔。

「倭寇都是一根筋，從不聽勸。明知道不行，也總得試一試，才會甘心！」

「那倭寇主帥八成是南方人，沒見過雪。」

「他們在外邊烤，咱們在裡邊澆水，看化得快，還是凍得快！」

……

跟在他身邊的幾名義軍將領也對倭寇的戰術很是不屑，撇著嘴，議論紛紛。

然而，就在下一個瞬間，他的聲音，卻全卡在了嗓子裡。一個個臉色鐵青，雙眼瞪得幾乎滴血。

只見跟在朝鮮新附軍身後的倭寇雜兵，一邊向前推進，一邊將地面上屍體抬了起來，每一具都不肯浪費。

已經被凍硬的屍體，遠遠看上去，就像一塊塊石頭。

千百具屍體壘成一道斜坡，足以高過冰牆。

第二十二章　寒風

「天殺的倭寇！」一名義軍將領瞪得眼眶欲裂，咆哮著將身體探過冰牆，瞄準正在搬動屍體的倭寇徒步者開弓放箭。

這一箭，他射得又準又狠。被瞄中的倭寇徒步者脖頸冒出一股污血，仰面朝天栽倒。與同夥一道抬在手裡的屍體，落在積雪上瞬間滑出老遠。

後面跟上來的其他倭寇徒步者們快速擁上，就像一群惡鬼般，將朝鮮偽軍的屍體和自家同夥的屍體先後抬了起來，繼續朝冰牆靠近。身背後，鮮血在雪地上淅淅瀝瀝淌出一條清楚的折線。

「天殺的倭寇！」木架上的其他幾名義軍將領，也都反應了過來，紛紛將身體探出冰牆，用弓箭招呼越來越近的倭寇徒步者。

倭寇從開始，就沒打算讓新附軍活下去。被殺死在冰牆下的朝鮮新附軍越多，倭寇手中的「物資」就越充裕。在倭寇眼裡，無論是投降的朝鮮人，還是堅持抵抗的朝鮮人，都根本不是同類。他們非但要用詭計逼迫朝鮮新附軍與義軍自相殘殺，然後還要把屍體當做建築材料。

「天殺的倭寇！」雖然前一瞬間還是生死之敵，當看清楚倭寇拿新附軍的屍體做墊腳石，牆內的義軍們依舊怒不可遏。也紛紛跟在自家將領後，拚命拉動弓弦，將羽箭一波波射向牆外的寇仇。

「傳令給朴七，讓他提醒朝鮮義軍小心，不要把身體探出得太多！」雖然對鍋島直茂的陰險早有預料，在看到倭寇扛著朝鮮人的屍體發動進攻的剎那，李彤也被驚了個目瞪口呆。好一陣兒，才努力平復下心情，大聲發號施令。

「是！」親兵們答應一聲，立刻跑去聯絡通譯朴七。然而，沒等他跟朴七交代完畢，冰牆外，已經又響起了連綿的射擊聲。「砰，砰，砰砰砰，砰砰砰……」

等待多時的倭寇鐵炮手們，在成富茂安的指揮下，集中火力。只一次齊射，就將正在向外放箭的朝鮮義軍打翻了四十幾個。其餘義軍將士瞬間從狂怒狀態恢復了清醒，紅著眼睛將身體重新縮回冰牆後。而牆外的朝鮮新附軍和倭寇徒步者們，卻士氣大振，嘴裡又發出一串鬼哭狼嚎，加快速度撲了上來。

攻城用的斜坡，在中國有個專用名詞，稱作魚梁道。通常是用裝滿了泥土的草袋子壘就，從距離城牆十餘步的位置壘起，一級級直達城頭。比起狹窄且容易翻倒的雲梯來，魚梁道輸送能力和安全性，無疑都高出許多。但是，想要在防守方眼皮底下壘出一條魚梁道，卻必須付出成千上百條性命為代價。

令人憤怒而又無奈的是，此時此刻，倭寇頭子鍋島直茂手頭上，最不缺的就是性命。活著的朝鮮新附軍將可以為他充當苦力，死去的朝鮮新附軍將士可以被當成石頭。甚至連倭寇中的徒步者，他都可以隨便犧牲。反正那些徒步者在倭國本土，通常也都屬穢多和非人階層，死掉多少都沒人在乎。「鳥銃手，準備！」眼看著倭寇已經衝到了距離冰牆二十步內，劉繼業忍無可忍，深吸一口氣，大聲命令，「第一局，射！」

「吱——」百總老何吹響銅哨子，瞬間將命令傳遍麾下所有弟兄的耳朵。一百名鳥銃手冒著被流彈擊中的危險，瞄準牆外的倭寇，迅速扣動扳機。

「呯呯呯，呯呯呯……」嚴格訓練效果，在這一刻體現得淋漓盡致。將近三十名倭寇徒步者被直接放翻，敵軍的進攻節奏，瞬間也為之一滯。

「第二局，射！」「吱——」「呯呯呯，砰砰砰……」

「第三局……」

劉繼業連續揮動角旗，命令鳥銃手開火。因為三段射擊戰術已經掌握得非常熟練，三百多支鳥銃輪番射擊，竟然打出了上千支鳥銃的效果。轉眼間，就將正在抬著屍體前衝的倭寇徒步者，打得血流成河。

在死亡的面前，倭寇徒步者表現得並不比朝鮮新附軍好多少。很快，就失去繼續進攻的勇氣，丟下手中的屍體，倉皇後退。被他們逼迫上前放火朝鮮的新附軍們，發現來自背後的壓力降低，也緊跟著丟下木柴，撒腿就逃！

「廢物，全給我站住，敢亂跑亂竄者，殺！」九鬼廣隆再一次氣得兩眼鐵青，不待鍋島直茂下令，就率領麾下槍騎眾，從左右兩側包抄了過去，或者用倭刀，或者用長槍，將膽敢趁亂逃走的朝鮮新附軍當場處決。

「站住，站住！重新整隊，敢不聽號令者，殺！」鍋島直茂的家臣，田尻鑑種也惱羞成怒，親自帶領督戰隊上前嚴肅軍紀。將潰退下來的徒步者和朝鮮新附軍，一排排砍死。

而站在距離城牆二百步外的鍋島直茂本人，臉上卻忽然露出了輕鬆的笑容。彷彿根本沒看到麾下徒步者潰敗的狼狽模樣般，笑著揮了下手，大聲向身邊的心腹愛將稻葉秀光吩咐，「去，給田尻左衛門傳令，要他不要那麼嚴苛。徒步者終究是徒步者，今天只要能築出兩條魚梁道，他們就算完成任務。別指望他們太多。」

「遵命！」稻葉秀光答應一聲，策動坐騎飛速遠去。看了一眼他的背影，又看了一眼遠處的冰牆，鍋島直茂又笑了笑，輕輕搖頭。

城內的明將，的確很有本事，怪不得九鬼廣隆、十時連久和小野成幸等輩，都在此人手裡吃了不小的虧。但是，那個明將終究太年輕了些，也太缺乏歷練。身為武將，居然連「慈不掌兵」這四個字都不懂，竟因為顧慮麾下朝鮮人的感受，而對牆外的朝鮮叛軍手下留情！

這樣的武將，注定成不了大器。在鍋島直茂的前半輩子，他曾經親眼看到無數驚才絕豔之輩，因為心腸不夠狠，而身敗名裂。他也曾經親手葬送過許多這樣的豪傑，包括他的至交好友江里口信常注二十。

今天，非常幸運，他又遇到了一個。

料峭寒風中，他彷彿已經聽見了勝利的歡呼！

「咯咯咯，咯咯咯，咯咯咯……」一陣寒風吹過，車立的上下牙齒不停地相撞。

剛才的戰鬥總計持續了不到半刻鐘，他只向外射了五箭，然而，汗水卻已經濕透了他襯在鎧甲裡的衣衫，被冷風一灌，透骨地涼。

「別，別怕，千總，千總肯定有辦法！」站在車立身邊的朴七，一樣汗流浹背，卻堅持用顫抖的聲音，為所有參戰的朝鮮義軍將士打氣兒。「咯咯，咯咯，我親眼看到過，李千總帶著兩百天兵將上千倭寇打得落花流水，咯咯，咯咯，咯咯，這回，他，他肯定還有辦法！」

「咯咯，咯咯，咯咯……」周圍的朝鮮義軍將士一邊打著冷戰，一邊用力點頭。彷彿自己回應得稍微慢一些，就會影響到戰鬥的結果一般。

嚴格的說，剛才的戰鬥遠算不上激烈，義軍的傷亡也算不上嚴重。然而，當最初的憤怒消失之

注二十、江里口信常：龍造寺家的第一勇將，鍋島直茂的好友。在與島津家的戰鬥中與家主隆信一道陣亡。他的死，據說與鍋島直茂有極大關係。而鍋島直茂隨後篡奪了龍造寺家。

後，包括車立這個曾經的朝鮮官軍把總在內，每一位義軍將士心裡，都充滿了恐慌。

外面的倭寇根本不是人，而是一群妖魔，一群連屍體都不放過的妖魔。牆內的天兵再驍勇善戰，終究還是一群人類。自古以來，就沒聽說過人類能夠戰勝妖魔，除非，除非天上忽然降下來一位神仙。而神仙，終究是傳說中的，大夥輕易見不到。就在朝鮮義軍將士緊張得渾身發軟的時候，冰牆外，又響起了淒厲的海螺聲。「嗚嗚嗚，嗚嗚嗚嗚，嗚嗚嗚……」

「殺呀，衝進去殺光他們！」

「先破城者，財貨隨便挑！」

「走快點，走快點，你們這群廢物！」

「快點去放火，放火燒牆！誰再故意磨蹭，直接殺了他！」

……

大群的倭寇徒步者尖叫著，驅趕起朝鮮新附軍，再次迫近崗子寨東側的冰牆。緊跟在徒步者身後的，則是大群的足輕和武士。弓箭手和鐵炮手依舊停留在距離冰牆五十步外，憑藉絕對的數量優勢，將城頭打得碎冰飛濺。

鍋島直茂的馬回旗本注二十一，也跟在整個隊伍最後向前推進。九鬼廣隆則率領槍騎眾，快速遮斷戰場兩翼。在阻止朝鮮新附軍趁亂逃走之餘，同時也擔任警戒任務，防備有其他朝鮮反抗力量或者明軍，突然趕至戰場。這一輪鍋島直茂不再做多餘的試探，而是選擇全軍壓上，以期一鼓作氣，將目標拿下。各部兵馬梯次前進，宛若一道道前湧的海浪。

第一波「海浪」完全由朝鮮新附軍組成，他們當中大多數人手裡都沒有兵器，只抱著成捆的木柴。總旗級別以上軍官，則給配備了一把刀，主要用於督戰，隨時砍殺麾下那些畏縮不前者，而不是像第一輪進攻時那樣去砍殺守軍。隊伍中的偽百總和偽千總們，除了鋼刀之外，手裡還多了一支火把。當新附軍們將乾柴堆到冰牆下，他們就負責將乾柴點燃。

如此寒冷的天氣，想要用火來烤化堅冰，無疑有些一廂情願。然而，鍋島直茂卻堅持要做一番嘗試。令他如此選擇的原因，不僅僅是他來自倭國南部，缺乏對冰雪的瞭解。另一方面，他也需要利用朝鮮新附軍行動，給麾下徒步者提供掩護。

這一招並不複雜，站在冰牆內的明軍和朝鮮義軍將領，都能輕鬆看穿。然而，想要用羽箭和火銃繞過第一波衝上來的新附軍，去殺死那些倭寇徒步者，卻無比的艱難。

「嗖嗖嗖，嗖嗖嗖，嗖嗖嗖………」朝鮮義軍射出的羽箭又密又急，大多數，卻都被新附軍手中的乾柴或者身體阻擋，無法傷害到倭寇徒步者分毫。

「砰砰，砰砰，砰砰……」大明鳥銃手打出的子彈連綿不斷，打倒的也大多數是新附軍。

而倭寇徒步者卻迅速分成了兩隊，一隊揮舞著鋼刀，逼迫未被當場射殺的朝鮮新附軍加快速度。

注二十一、馬回旗本：馬回，指的是警衛。旗本，是大名的直屬家臣。合併於一起，稱為馬回旗本。

另外一隊徒步者，則從地上不停地抬起屍體，將他們當做新的「建築」材料。

「砰砰砰砰砰砰砰……」站在六十步外的倭寇鐵炮手，再度開火。密密麻麻的彈丸，壓得城內的明軍和義軍無法抬頭。

「啊啊啊啊……」抱著木柴的朝鮮新附軍兵卒，嘴裡發出一陣絕望的吶喊，趁機使出吃奶的力氣，衝到冰牆下，將木柴迅速堆積成山。

跟上來的新附軍將領丟下火把，試圖將木柴點燃。卻因為木柴不夠乾燥，引發了滾滾濃煙。濃煙順著寒風扶搖而上，倒灌向西，熏得牆內朝鮮義軍將士睜不開眼睛。射出來的弓箭明顯變得凌亂。站在木架上的大明鳥銃手們，也因為要防備對面飛來的彈雨，射擊節奏明顯放緩。而明軍對面的倭寇徒步者，卻以更快速度衝了上來，將手中屍體重重地擲在了冰牆下。

「砰！」第一波衝到冰牆的倭寇徒步者丟下十多具被凍硬的屍體，轉頭，從兩側繞過本方攻擊陣列。第二波徒步者則繼續衝上來，將已經凍硬或者還在流血的屍體，擲在第一堆屍體之上。緊跟著，是第三波，第四波，第五波，前仆後繼。

濃煙翻滾，遮天蔽日。冰牆外的世界，瞬間變成了阿鼻地獄。無數「魔鬼」在黑煙中往來穿梭，將屍體越堆越高，越堆越高。從牆內射出來的羽箭不斷將魔鬼們射殺，但是，他們的同伴卻繼續咆哮著重複先前的動作。新倒下的屍體，很快也被撿起來，堆在屍山之上，殷紅色的人血順著屍山的邊緣，不斷向下淌落，在周圍的地面上，凝成一層厚厚的冰殼。

敵我雙方的人數差距，在此刻體現得格外明顯。雖然朝鮮義軍和大明鳥銃手都使出了全力，雖然有數以百計的新附軍和倭寇徒步者在搭建屍山之時被射殺。但是，冰牆外的兩座屍山卻以肉眼可見速度增高，很快，就高得幾乎與冰牆齊平。

「騰——」一堆正在冒著濃煙的乾柴上，終於冒起了火焰，整個戰場為之一亮。

「騰——」「騰——」「騰——」周圍的乾柴堆，也都燃燒了起來，瞬間將濃煙驅趕上天空，將冰牆的表面，烤得水霧瀰漫。

水霧迅速變成水珠，又變成水流，將冰牆上的血跡沖散，令靠近火堆的那部分冰牆，看起來都晶瑩剔透。

晶瑩剔透的冰牆外，妖異的火苗上下跳動。照亮滿地的血跡，和兩座巨大的屍山。成百上千具朝鮮新附軍和倭寇徒步者的屍體，沿著山頂一路向東，一路走低，最後終於與地面齊平。

「嗚嗚，嗚嗚嗚，嗚嗚嗚……」刺耳的海螺聲再度響起，所剩無幾的朝鮮新附軍和損失超過一半兒的倭寇徒步者齊齊後退。每個人的臉上，都浮現出大難不死的笑容。

「砰砰砰砰……」鐵炮聲再度響起，將冰牆表面打得白煙滾滾。

「哇哇，呀呀呀，嗷嗷嗷……」數以千計的倭寇足輕，拎著明晃晃鋼刀，分成兩大隊，邁步登上屍山，裡出外進的牙齒，被火光照得閃閃發亮。

「砰砰砰……」大明鳥銃手貼著冰牆射出彈丸，將屍山上的數名足輕打成了馬蜂窩。日軍的攻勢瞬間停滯，緊跟著，卻又宛若湧潮。

「砰砰砰砰砰砰……」倭寇鐵炮手射向冰牆的彈丸多如冰雹，令大明鳥銃手們不得不蹲下身體自保。而冰牆外，更多的倭寇足輕，卻趁機如同瘋了般衝上屍體堆成的魚梁大道，踩著同伴的血跡快速前湧。轉眼間，幾雙染滿鮮血的大腳就已經踏上了城頭。

射擊聲戛然而止，倭寇的鐵炮手為了避免誤傷自家同夥，只能暫時放下鐵炮。而已經踏上冰牆的足輕們，卻忽然停住了腳步，面面相覷。

前方沒有路，也沒有下牆的通道。敵樓、烽火台之類的防禦建築，更是一個不見。他們想要入寨，只能縱身從冰牆頂部往下跳。而牆下，卻有上千紅了眼睛的朝鮮義軍正在嚴陣以待。

一排長矛無聲地貼著冰牆的內側邊緣捅出，將率先登上冰牆的數名倭寇足輕捅成了肉串兒。後排的其他足輕卻不知道先登者的情況，兀自叫喊著奮力前湧。冰牆內的長矛迅速回撤，將屍體順勢甩下矛頭。第二排長矛緊跟著朝斜上方刺了過去，像先前一樣無聲無息。

由屍體堆成的魚梁道雖然比雲梯寬，卻終究有個限度。冰牆頂端又濕又滑，衝上來的足輕想要站穩都極為困難，更甭說向兩側擴散，為後續的同夥讓出通道。看見有長矛從斜下方朝著自己小腹捅了過來，眾足輕只能努力揮刀格擋，卻擋得住其一擋不住其二，轉眼間，就又集體被捅成了肉串兒！

長矛挑著倭寇的屍體迅速後撤，血落如瀑。後續有足輕堪堪衝上，看到掛在矛桿上同伴的屍體，一個個嚇得大聲尖叫「啊——」，還沒等他們想出該如何應對，第三排長矛又無聲地捅出，將他們一個個挑上了半空。

「有埋伏，有埋伏！」站在魚梁道頂端，正準備踏上冰牆的其餘倭寇足輕看到，紛紛扯開嗓子高聲示警。

身後的其他足輕卻已經來不及收腳，推著他們繼續向冰牆移動。而冰牆的內側，再度刺出血淋淋的長矛，令他們躲無處躲，防不勝防。

「呀呀呀——」有帶隊的足輕頭不願站在原地等死，大叫著從冰牆上向內一躍而下，手中倭刀在半空中颳起一陣旋風。

臨近他的兩個明軍長矛手退步閃避，更多朝鮮義軍卻拎著短兵器撲了上去，將他團團圍住，亂砍亂剁。可憐的足輕頭空有一身武藝，卻招架不迭，轉眼間，就被剁翻在地，進而剁成了一團肉泥。

「呀呀呀——」更多的武士和足輕縱身從冰牆頂端跳下，寧可摔個半死，也不願等在牆頭挨捅。車立、朴七兩個人帶著朝鮮義軍咆哮著撲了過去，將跳下來的倭寇團團圍住，大卸八塊。

因為冰牆的存在，牆外的倭寇根本看不見牆內的情況，發現前面的同夥一排排跳入寨內，還以為突破在即，剎那間士氣大振，以更快速度沿著屍體堆成的魚梁道往上湧去，宛若一群群撲火的飛蛾。

站在冰牆內側的大明長矛手只有兩百餘人，很快就被累得汗流浹背。而湧上冰牆的倭寇卻彷彿無窮無盡，剛剛被刺死一排，立刻又衝上新的一排。不停地有倭國武士和足輕，主動躍入牆內，與負責內部防禦的朝鮮義軍戰做一團。因為人數單薄，跳入牆內武士和足輕，很難堅持住五個呼吸。但是，在他們的瘋狂攻擊下，朝鮮義軍的傷亡數量也不斷攀升。

「呀————」一名倭寇的番組大將帶著七八個親信衝上冰牆，先是楞了楞，然後果斷縱身向內撲落。在半空中，又像雜耍般猛地伸出右腿，狠狠踹向了冰牆內側。冰牆內側更硬更滑，根本無法立足。然而，倭寇番組大將卻憑藉腳下傳來的反作用力，成功令自己的身體在半空中轉向，避開了明軍和朝鮮義軍人數集中的位置，落向了戰線的邊緣。

兩名義軍連忙拎著兵器撲了過去，卻被倭寇番組大將一刀一個，砍翻在地。後者的親信也紛紛大叫著從冰牆頂部撲落，一半兒落入重圍之中，被義軍亂刃分屍。另外一半兒，卻成功與此人匯合在一處，迅速組成了一個小小的戰陣。

更多的朝鮮義軍從四面八方衝過去，向倭寇番組大將以及其下屬發起攻擊。那名番組大將仗著自家身手高強，揮刀迎戰，將正前方側翼的義軍接二連三殺死。其身邊的四名倭寇為了死中求活，也使出了全身的力氣，揮動鋼刀朝著四周亂砍。小小的戰陣在重圍中緩緩移動，將朝鮮義軍殺得紛紛後退閃避。

「讓開……」張維善在旁邊看得真切，怒吼撲了過去。擋在他身前的朝鮮義軍如蒙大赦，迅速給他讓出道路。那倭寇番組大將也放棄了對朝鮮義軍的砍殺，高舉鋼刀快速迎上。二人的身體快速靠攏，鐵劍和鋼刀隨即在半空相撞，火星四濺。

「嗆啷！」金鐵交鳴聲，刺得人耳陣陣發疼。張維善的身體晃了晃，攻勢瞬間停頓。他對面的倭寇番組大將則連人帶刀都向後飛去，將自家好不容易組織起來的戰陣砸了個四分五裂！

「廢物，上啊，別什麼都指望天兵！」車立扯開嗓子高喊，帶頭再度撲向倭寇。周圍的朝鮮義軍臉上發燙，咬著牙一擁而上。被張維善砸飛的倭寇番組大將吐了口血，踉蹌著從地上爬起來，舉刀迎戰。擋住了第一刀，第二刀，第三刀，卻被第四把鋼刀將大腿齊膝切去了半截。

「啊——」倭寇番組大將慘叫著撲倒，轉眼被亂刀砍成碎塊兒。

其餘幾名倭寇，也被憤怒的朝鮮義軍合力擊殺。張維善手持大鐵劍，轉身去支援其他戰團。一名倭寇武士從冰牆上跳下，恰恰擋住了他的視線。他毫不猶豫地揮動鐵劍拍了過去，在半空中，將對方拍出了三尺多遠，「砰」地一聲與地面相撞，筋斷骨折。

更多的倭寇武士和足輕從冰牆頂部跳下，令牆內朝鮮義軍手忙腳亂。牆內的大明長矛手也受到了倭寇的干擾，防線漏洞越來越大。而沿著屍山爬上冰牆的倭寇足輕和武士們，都發現主動跳入牆內，比站在牆頭等著挨捅，活下去的機會更多。爭先恐後主動下跳，寧願被摔得筋斷骨折，也不肯再於冰牆上耽擱分毫。

「砰！」張維善再度揮動鐵劍，將一名倭寇的腦袋拍進了身軀裡。臨近的兩名倭寇不敢與他硬憾，側著身子衝向朝鮮義軍的隊伍。他的視野瞬間一空，緊跟著，就看見車立被兩名倭國武士逼得節節後退，手中鋼刀只剩下了一個刀柄。

邁動大步衝上去，張維善將其中一名武士拍飛，緊跟著又迅速來了一記橫掃千軍，將另外一名武士連人帶刀砍成了兩截。

四名足輕在他身邊落地，咆哮著向他發起攻擊。張維善鐵劍橫掃，將其中一人掃翻。緊跟著快速向前跨步，躲開三把倭刀的交叉進攻，然後擰身揮臂，來了一記野戰八方。

金鐵交鳴聲不絕於耳，兩把倭刀相繼被他砸成了鐵鉤。第三把倭刀被其主人握著迅速向後，張維善快步跟了過去，當胸又是一劍，將倭刀的主人開膛破肚。

「殺啊——」得到支援的車立彎腰從地上撿了把兵器，紅著臉衝向倭寇，再也不肯後退半步。

「殺啊，殺一個夠本兒，天兵在看著咱們！」周圍的其餘朝鮮義軍，也拿出了高出平時十倍的勇氣，一個個捨死忘生，朝著倭寇揮刀亂砍。

「嗚嗚，嗚嗚嗚，嗚嗚嗚……」眾人的頭頂上，忽然傳來了熟悉的畫角聲。卻是站在高台上的李彤發現情況不妙，及時調整了戰術。

「乒！」「乒！」「乒！」「乒……」

鳥銃聲，緊跟著在木架上響了起來，遠不如先前整齊，卻令所有朝鮮義軍和明軍長矛手，肩頭瞬間一輕。

「自行射擊，自行射擊，瞄準牆外，瞄準牆外的目標！」

「瞄準牆外的倭寇，將他們給老子打下去！」

……

木架上，劉繼業、吳升、老何等人的叫喊聲，也傳了出來。指揮著三百名鳥銃手，給大明長矛手提供火力支援。

正在湧上冰牆的倭寇，被鉛彈打得七零八落，攻勢瞬間為之滯。緩過一口氣來的大明長矛手們，則吶喊著重新豎起長矛，將對手再度成排地捅成肉串兒。

「潑水，潑水！」親兵在冰牆內快速跑動，將李彤的最新命令，傳給另外一支不知所措的朝鮮義軍。原本不知所措的義軍將士們，瞬間就找到了目標，紛紛拉動繩索，將一桶桶冷水再度吊上冰牆頂，然後用長桿向外捅翻。

冷水如同瀑布般落下，將冰牆外的火堆，澆得濃煙滾滾。屍體堆成的魚梁道轉眼被濃煙吞沒，倭國武士和足輕們，被熏得呼吸艱難，涕泗交流！

「砰砰砰，砰砰砰，砰砰砰……」大明鳥銃手們在劉繼業的指揮下，調整目標，集中火力，向正對兩條魚梁道位置的牆頂開槍。

衝上魚梁道頂端的倭寇們，沒等主動跳下，就被打死。整個進攻節奏，也迅速被切斷。牆外的倭寇，暫時無法再給已經跳下去的同夥，提供任何支援。而明軍和朝鮮義軍卻一鼓作氣，結伴撲向落入城內的倭寇，將他們重新包圍分割，一個接一個擊斃於當場。

「鐵炮，鐵炮，開火，開火！」冰牆外，九鬼廣隆氣得兩眼發紅，策馬衝到自家鐵炮手身後，大聲叫嚷。

「往哪開火？明軍都在冰牆內。魚梁道附近又全是濃煙，根本分不清自己人在什麼位置！」負責統一指揮鍋島家鐵炮手的成富茂安像看傻子般，看了他一眼，冷冷地反問。

「這……」九鬼廣隆面紅耳赤，卻不甘心地大聲辯駁，「無論如何，都不能眼睜睜地看著咱們的人被明軍屠殺。必須想辦法壓制明軍的鐵炮手，否則，衝上去多少武士，都是送死！」

「等著！」成富茂安又看了他一眼，大聲補充，「風很快就會將濃煙吹散，屆時，鍋島加賀守自有安排！」

「等著？」九鬼廣隆不敢相信自己的耳朵，眼睛也瞪得更圓。

然而，作為加藤家的武士，他無論如何，也干涉不了鍋島軍的指揮。所以，除了氣得兩眼冒火之外，做不了任何事情。

好在，他並不需要等得太久。

隨著一陣寒風颳過，魚梁道附近的濃煙終於被吹散，戰場上的形勢瞬間又變得無比清晰。所有倭國武士、足輕都已經被迫從魚梁道上退了下來。而那道原本看上去只有七、八尺高的冰牆，卻忽然「巍峨」得令人畏懼。

魚梁道附近的牆面，斑斑駁駁灑滿了血跡。魚梁道兩側，人血也早已匯流成溪，並且凝結成冰，在陽光的直射下，顯得格外扎眼。

「嗚嗚，嗚嗚，嗚嗚嗚……」低沉的海螺聲，從鍋島直茂的帥旗下響起，瞬間傳遍整個戰場。

倭國將士與朝鮮新附軍們，迅速從戰場的各個角落像潮水一般後退。轉眼間，就退出了鳥銃的有效射擊距離之外，只留下幾座冒著濃煙的柴堆，和遍地的屍骸。

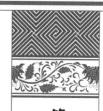

第二十三章　揚名

「倭寇退了！」

「倭寇退了……」

冰牆內，歡呼聲頓時猶如雷動。所有前來助戰的朝鮮義軍都揮舞著帶血的兵器，在倭寇的屍體旁又跳又叫。嘴巴裡噴出來的熱氣，被寒風吹成道道白煙。

三月內，兩京俱失，八道淪陷。這個打擊，對所有朝鮮人來說都無比沉重。哪怕很多義軍將士都有著必死的覺悟，每次與倭寇交手，他們的士氣卻總是不由自主地掉下一大截。而今天，他們在明軍的帶領之下，卻硬頂住了人數超過自家好幾倍的倭寇，並且傷亡率還不到對方兩成！如此輝煌的戰績，豈能不讓每個人都欣喜若狂。

「其實倭寇並不像咱們想的那麼厲害？」迅速朝周圍的大明將士看了一眼，義軍首領姜文祐在心中暗自嘀咕。「以往大夥缺的只是幾分膽氣。」

「憑藉一道七尺多高的冰牆，就將倭寇打得屍橫遍地，真可惜了朝鮮那麼多城池！當初若是有一個為將的敢帶頭死守，也不至於讓倭寇一路打到會寧。」斥候小旗車立拄著一把撿來的倭刀，一邊笑，一邊用力搖頭。「都說將帥乃是三軍之膽，王上當初若是有李千總一半膽色，倭寇怎麼可能在朝鮮肆意來去？」通譯朴七心中的感慨更多，一邊擦著眼睛，一邊偷偷往身後的高台上觀望。

高台上，剛剛鬆了一口氣的李彤正笑著向弟兄們抱拳，感謝大夥剛才捨命而戰。每一個動作，都讓朴七感覺宛若天人。

「若是換了李千總來做朝鮮國的王就好了，今後就只有朝鮮人欺負倭奴的份，哪還用天天擔心倭奴打上岸來？」忽然間，他心中閃過一個大膽的想法，全身上下的血漿也迅速為之沸騰。然而，很快，他就將腰彎了下去，抓起一把積雪，在掌心中讓它慢慢消融。

歷任朝鮮國王都是經過大明皇帝冊封的，雖然大多數情況下，冊封都是走個形式，大明皇帝從不干涉朝鮮王位的繼承。然而，只要國王李昖和他的嫡系兒孫沒有死光，大明就不可能任由其王位被人篡奪。朝鮮國的那些地方大族，也絕不會接受一個明人做他們的王。

如此，大夥拚命死戰，又圖個什麼？就為了李昖那個窩囊廢繼續回來當國王？那窩囊廢做國王這些年，除了拚命加稅之外，又曾經給大夥什麼好處？那窩囊廢回來之後，所作所為，與倭寇有什麼兩樣？

努力將已經化了一半兒的積雪朝自己額頭上抹了幾下，朴七強迫自己恢復冷靜。有些夢，在心裡做做也就算了，沒必要非得去實現。反正，自己已經將家搬去了遼東，李千總又是個對家丁良善的。等趕走了倭寇，自己就安安心心做個明人好了，從此朝鮮國是生是滅，跟自己這個大明百姓毫不相干！

「明軍，果然與朝鮮人不一樣！」在鳥銃射程之外將戰馬重新撥回，鍋島直茂望著遠處血跡斑斑的冰牆，忽然大聲感慨。

「非但跟朝鮮人不一樣，有了明軍撐腰，朝鮮那些亂匪，膽子都大了許多。」軍師成富茂安也朝著冰城內飄揚的戰旗看了幾眼，在旁邊低聲附和。「先前小西攝津守行長注二十二倒也不是受了明使沈惟敬的緩兵之計，才力主將兵馬全部收縮到平壤。如果像冰牆內這樣的明軍來上十幾支，我軍的確不易將兵力過於分散。」

「收縮兵力的確沒錯，但不將平安咸鏡兩道的物資搜刮乾淨，豈不是便宜了明軍？」家臣田尻鑑種，對成富茂安的觀點不敢苟同，喘息著湊上前，小聲反駁，「似主上在這般，將朝鮮各地輜重收集起來，逐次向南輸運，才是上策。這麼冷的天氣，明軍未必敢大舉殺過鴨綠江來。」

三人都親身經歷過龍造寺家的整個覆滅過程，所以對於眼前的小小挫折，都能泰然處之。但是，加藤清正麾下的愛將九鬼廣隆卻有些氣急敗壞，策馬急衝過來，大聲質問：「鍋島加賀守，剛才為

注二十二、小西攝津守行長：即小西行長，日方第一番隊主帥。沈惟敬，兵部尚書石星的鄉黨，大明使者。

何要下令收兵?我軍分明再用些氣力……」

「九鬼四郎兵衛，請注意你的身份！」田尻鑑種大怒，立刻挺身而出，捍衛家主鍋島直茂的尊嚴，「加賀守才是主將，你只是奉命前來助戰。況且即便是加藤主計頭注二十三在此，也不會無緣無故質疑加賀守的決斷！」九鬼廣隆挨了當頭一棒，卻不敢反駁。連忙跳下坐騎，躬身向鍋島直茂道歉：「加賀守，請饒恕在下的冒犯。在下只是氣惱明軍囂張，令我軍……」

「嗯——」鍋島直茂先在馬背上受完了九鬼廣隆一個全禮，才笑著擺手，「九鬼四郎兵衛不必如此，明軍的氣焰，的確令人惱火。但我軍目前損失的也主要是朝鮮人和徒步者，沒必要過於計較。攻城戰麼，拚的其實是雙方的耐心和消耗。冰牆內的明軍雖然悍勇，數量終究有限。相信用不了太久，就會消耗殆盡！先前本人讓軍隊撤下來，也只是想要做一番戰術調整而已。下一輪進攻，明軍就不會應對得如此輕鬆！」

這句話，倒是經驗之談。到了此刻，包括鍋島直茂本人在內，所有倭寇都不會再懷疑明軍的戰鬥力。然而，雙方懸殊的兵力差距，卻依舊讓此戰的結果，看不出多少懸念。

九鬼廣隆卻對鍋島直茂的說法將信將疑，扭過頭又看了血跡斑斑的冰牆一眼，再度朝對方躬身施禮，「加賀守說得沒錯，的確是在下心急了！還請加賀守儘快排兵布陣，冬天黑得快，才這麼一會兒，已經就到了正午。」

「嗯——」鍋島直茂又沉吟了一聲，然後笑著點頭，「時間的確過得太快了些，九鬼兵衛說得對。

先前我曾經看到明軍和朝鮮人，從河面上鑿下大塊寒冰來築牆。既然他們能將寒冰從河面上鑿下來，想必，咱們也能鑿得動冰牆。下一次進攻，就由九鬼兵衛監督朝鮮人去鑿冰牆如何？趁著明軍注意力都放在那兩條魚梁道上，你成功的機會很大。」

「這——」九鬼廣隆的眉毛一挑，本能地就想告訴對方，自己是騎兵大將，並非足輕頭。然而，扭頭又看了一眼冰牆下那幾座正在冒著濃煙的巨大火堆，他的眼睛裡，頓時又充滿狂熱。果斷躬身下去，向鍋島直茂大聲表態：「多謝加賀守信任，在下必盡全力！」

「啟稟千總，吉州義兵統領姜文祐，明川義兵統領黃百萬請求派在牆內搭起箭樓，居高臨下射殺倭寇！」就在鍋島直茂調兵遣將的同一時間，通譯朴七壯起膽子來到指揮台下，大聲將朝鮮義軍將領想法，彙報給李彤知曉。

「箭樓，來得及嗎？」正在與張維善、劉繼業兩個討論軍情的李彤迅速回頭，帶著幾分詫異反問。

「不如由他們去，說不定能打倭寇一個措不及防。」沒等朴七回應，張維善已經笑著給出了建議。

注二十三、加藤主計頭：即加藤清正，主計頭是加藤清正在日本中樞部門的虛職，類似於明朝的戶部侍郎。

「那便在對著魚梁道左右兩側的位置，各搭兩座箭樓。不要太高，以免引起倭寇鳥銃手的重點關照。」對於好朋友的意見，李彤向來比較重視，想了想，迅速對朴七吩咐。

後者答應一聲，立刻雀躍而去，彷彿比撿了金子還要高興。兩名朝鮮義軍主將通過他的翻譯得知李彤採納了他們的建議，也相繼笑逐顏開。先朝著高台上行了禮，然後快速去給各自的屬下傳達「喜訊」。

「這些朝鮮義兵，其實膽子不見得比咱們小。只是其官府和國王太不爭氣，白白辜負了他們。」望著義軍將士歡呼雀躍的模樣，張維善忍不住小聲點評。

「那是，兵熊熊一個，將熊熊一窩！」劉繼業笑了笑，輕輕聳肩。「我聽人說，自從倭寇上岸來攻，朝鮮官兵只賣力打了兩場，其他戰鬥，都是望風而逃。迄今為止，幾乎所有正經的抵抗，都是義兵在打。就這樣，那些被倭寇嚇尿了褲子的地方官員，還經常找藉口欺壓他們，甚至想方設法謀奪他們的兵權。」

「此話當真？」李彤聽得眼神兒一亮，皺著眉頭低聲追問。

「都是朝鮮人自己說的，我也分辨不出真假來。但從朴七從前的遭遇和今天義軍的表現上看，即便傳言有水分，也不會差得太多。」張維善猶豫著向義軍頭上掃了一眼，聲音迅速變低。「怎麼，你想把他們拉入麾下？萬一回頭又被死太監知道，豈不……」

「最後只要不帶回遼東就行，好歹我也是個千總，麾下總不能只帶五、六百兵馬！」李彤想了想，非常認真地回應。

今天朝鮮義軍的表現，完全出乎他的意料。在他最初的設想裡，這些義軍在倭寇殺上來時，頂多能躲在冰牆後，向外胡亂射上幾波亂箭，根本不可能跟明軍幫上太大的忙。誰料，在倭寇的上一輪進攻當中，大部分跳進牆內的足輕和武士，都死在朝鮮義軍將士之手。明軍只需要在關鍵時刻和關鍵位置，遏制住倭寇的囂張氣焰就行了，無論在戰鬥中發揮的作用，還是付出的代價，都遠遠低於預估。

「如果這次又打贏了，姓宋的總不好讓你繼續做千總！」劉繼業心中，對朝鮮義軍的表現也非常認可，湊上前，低聲補充，「一個營將（都司）總是應該穩穩的，屆時，與其帶那些沒打過仗的民壯，的確不如拉上幾千見過血的朝鮮義兵。」

「真的能做了營將，就先把你麾下的鳥銃手擴到一千。」張維善迅速接過話頭，非常認真地許諾。

「鳥銃雖然在近處還不如燒火棍好用，但在三十步到五十步距離，效果遠高於弓箭！」

「若是有一千鳥銃手，我就追著外邊那群倭寇打，根本不用其他人幫忙。」劉繼業立刻興奮了起來，將頭轉向李彤，故意說得豪情萬丈。

「夢可以做，但是得先過了眼前這關再說。」聽出自家小舅子的言外之意，李彤卻翻了翻眼皮，大聲提醒。

當初之所以選擇死守崗子寨，而不是暫避敵軍鋒纓。一方面，他希望能通過此戰，將選鋒營左部的名聲傳得更響亮一些，吸引更多的朝鮮義兵或者地方上還在抵抗的朝鮮將領主動前來聯絡。另外一方面，他的目的則是借機稱一稱日軍真正主力的斤兩，免得自己打來打去，打的永遠是雜魚，對於倭寇主力的真正斤兩，依舊一無所知。

而現在看來，這個決定卻有些過於魯莽了。雖然到目前為止，倭寇還沒從大夥身上占到任何便宜，自己這邊陣亡和受傷的弟兄，大多數也都是朝鮮義兵。但是，倭寇在戰鬥中表現出來的勇悍和野蠻，依舊令李彤開始隱隱為此戰的結局感覺擔憂。

雙方的兵力相差太懸殊了，自己這邊準備也不夠充分。更關鍵一點是，距離崗子寨最近的幾座城池裡，駐紮的也全都是倭寇，而大明的主力卻遠在遼東。倭寇可以一直不惜代價地打下去，並且不斷從周圍的城池裡抽調兵馬前來增援，而大明，恐怕即便接到警訊，也不會為選鋒營左部這區區幾百兵馬大動干戈。更何況，更何況自己這個千總還剛剛得罪了死太監張誠！

這就是紙上談兵和老謀深算的差別。如果換了一個久經戰陣的宿將，李彤相信，對方肯定不會像自己這般冒險。而現在，後悔卻已經來不及了，自己用冰牆成功將倭寇隔離在外，同時也將自己堵在了牆內，想要果斷撤離都無路可走。

「怎麼，你擔心倭寇還能再玩出什麼新花樣來？」敏銳地察覺到李彤的話語不像先前那般信心十足，張維善楞了楞，壓低了聲音詢問。

「如果今夜能再下一場雪就好了。」李彤抬頭看了看晴朗的天空，忽然答非所問。

張維善聞聽，心中愈發覺得困惑，正準備將聲音壓得更低一些，仔細刨根究柢，就在此時，冰牆外卻已經傳來了嘶啞的海螺聲，「嗚嗚嗚，嗚嗚嗚，嗚嗚嗚……」

牆外的敵軍重新發起了進攻，打頭陣的依舊是朝鮮新附軍。手裡抱著乾柴和大塊牛油，還是像先前一樣悄無聲息，總人數卻比最初已經少了一半兒。大隊的武士和足輕緊隨其後，一邊跑一邊用叫喊聲給自己壯膽，宛若一群瘋狂的野狗。

「放箭！」李彤再也顧不上跟兩位好兄弟探討軍情，抓起一面令旗，大喊著上下揮舞。

「放箭！」「放箭！」「放箭！」親兵和朝鮮通譯用各自的語言，將命令反覆重申。數百支羽箭迅速騰空，掠過六十餘步的距離，將武士、足輕和新附軍將士，毫無差別的射翻在地。緊跟著，又一面令旗被李彤舉過頭頂，大明鳥銃手在教頭吳升的指揮下，也迅速投入戰鬥，用連綿不斷的鉛彈，將更多的敵軍放倒。

牆外的倭寇鐵炮手立刻以彈丸相還，雙方隔著五十多步的距離和一道冰牆，你來我往，剎那間，打得難解難分。然而，隨著時間的推移，進攻方兵力優勢，卻再度得到了體現。非但鐵炮手將城內的弓箭手和鳥銃手壓得幾乎抬不起頭，抱著乾柴的朝鮮新附軍們，也成功重新抵達了冰牆之下。

乾柴和牛油迅速被放在了先前的幾個柴草堆上，濃煙也緊跟著湧上半空，嗆得敵我雙方將士咳嗽不斷。還沒等雙方的視線重新恢復清晰，數隊蓄謀已久的朝鮮新附軍，已經再九鬼廣隆的逼迫下，撲向了牆根兒。雪亮的鑿子和沉重的石錘相互配合，轉眼間，將牆根鑿得冰花四濺！

「倭寇在鑿城！」

「他們在穴攻！」

「牆下，牆下……」

當第一波鑿子與冰面撞擊聲響起，牆內的朝鮮義軍，立刻就發現了倭寇的陰謀。爭先恐後扯開嗓子，向通譯和周圍的明軍將士彙報。

聽到示警聲的劉繼業大急，想盡一切辦法組織鳥銃手阻截敵軍繼續向冰牆靠近。前來助戰的朝鮮弓箭手也使出了全身力氣，冒著被鐵炮擊中的風險，將羽箭一波接一波潑出牆外。然而，牆外的朝鮮新附軍卻不肯後退，尖叫著繼續揮動鑿子和鐵錘，負責督戰的倭寇也像發了瘋一般，寧可被羽箭和彈丸打成馬蜂窩，也不肯放鬆對朝鮮新附軍的監視。

「跳進去，跳進去，跳進去殺光他們！」一名足輕頭帶著數十名足輕衝上用屍體堆成的魚梁道，揮舞著倭刀大聲咆哮。下一個瞬間，他就被兩支長槍捅穿了肚皮，慘叫著從魚梁道上滾落。然而，跟隨他一道衝上來的倭寇們卻絲毫不覺得畏懼，尖叫著紛紛縱身跳向牆內。

兩隊朝鮮義軍立刻圍攏上去，對著倭寇們亂刃齊下。周圍的大明將士也不得不分出人手來幫忙，對魚梁道的封堵能力迅速下降。還沒等這夥倭寇被殺光，更多的倭寇，已經沿著兩條魚梁道，如群鴨入河般跳了下來，將局勢攪得愈發混亂！

「鳥銃第一局，瞄準左側魚梁道，射！」站在木架上的劉繼業看得清楚，咬著牙做出調整。

「呼呼呼……」五十幾桿剛剛裝填完畢的鳥銃，齊齊噴出白煙。彈丸如冰雹般從冰牆頂部掠過，將已經衝到左側魚梁道尾端倭寇，齊齊掃落了兩大排。

「鳥銃第二局，瞄左側準魚梁道，射！」劉繼業一擊得手，乾脆再接再厲，不論右側魚梁道與冰牆銜接處冒出多少倭寇，只管組織鳥銃手瞄準左側魚梁道開火。

又有兩大排倭寇，被齊齊地攔腰打翻，來自左側魚梁道的壓力頓時大減。騰出手來的張維善，帶領百餘名弟兄，全力堵向右側的魚梁道。長矛和鋼鞭在半空中寒光閃耀，很快，又將右側魚梁道倭寇壓了下去。

跳入牆內的倭寇失去支援，不得不以寡敵眾，被朝鮮義軍和大明將士圍困起來，殺得七零八落。有朝鮮弓箭手趁機爬上剛剛搭了一半兒的箭樓，瞄準正在鑿牆的朝鮮新附軍發出羽箭。頭頂驟然遇襲，朝鮮新附軍立刻陷入胡亂。下一個瞬間，上百名倭寇鐵炮手同時瞄準了箭樓，將正在發射羽箭的義軍勇士，打得血肉橫飛。

「鏗鏗鏗，鏗鏗鏗……」牆外的鑿冰聲又起，一浪高過一浪，令人頭皮陣陣發麻。箭樓無法發揮作用，冰牆內，無論大明鳥銃手，還是朝鮮弓箭手，都無法射殺死角中的朝鮮新附軍，一個個急得兩眼發紅。

「嗚—嗚—咕嚕嚕嚕！」海螺號聲，宛若鬼哭。又一波倭寇足輕在武士的帶領下，湧上魚梁道，冒死向牆內發起進攻。大明鳥銃手和朝鮮弓箭手們，不得不再度集中火力，封堵魚梁道，再也顧不上牆外的鑿冰者分毫。

「鏗鏗鏗，鏗鏗鏗……」

「鏗鏗鏗，鏗鏗鏗……」

「鏗鏗鏗，鏗鏗鏗……」

鑿冰聲越來越密，越來越急，聲聲催人老。倭寇雖然暫時無法從魚梁道上突破，但冒險一試的鑿冰之舉，收穫卻遠超預期。

儘管李彤在築造冰牆之時，按照《三國演義》上的手段，摻雜了大量的河沙及麥稈，令冰牆表面硬的宛若岩石。然而，冰畢竟不是岩石，受力之後便會發脆開裂，被火烤了之後尤甚。

若是進攻方只派出很少的人負責鑿冰，情況還不至於那麼危險。偏偏此時此刻，鍋島直茂麾下最不缺的就是「閒人」。發現朝鮮新附軍恰巧進入了城內守軍的射擊死角，他立刻調整戰術，將倭寇中的徒步者（雜兵）也盡數壓上。每一個徒步者番組領的都是同樣的任務，撲到牆角，用一切手段鑿冰！

「鏗鏗鏗，鏗鏗鏗……」

「鏗鏗鏗，鏗鏗鏗……」

鑿冰聲無止無休，令整座冰牆都微微晃動。一些相對單薄位置，裂縫越來越大，越來越深，迅速從牆外擴展到牆內。而牆內的大明將士和朝鮮義兵，為了阻止住倭寇從魚梁道上撲入，已經用盡渾身解數。根本沒能力反殺出牆外，將朝鮮新附軍和倭寇徒步者殺散，避免他們群螞噬冰。

「潑水啊，潑水，牆內牆外一起潑！」一隊負責傳令的親兵匆匆趕至，朝著周圍的朝鮮義軍和大明將士高聲提醒。

「潑水，潑水，牆內牆外一起潑！」正急得焦頭爛額的朝鮮義軍將士們習慣性重複，然後不管有沒有效果，將裝滿了水的木桶再度順著支架拉上冰牆。

「乒乒乒乒乒乒……」密密麻麻的鉛彈打來，將許多水桶打成了漏勺。但是，冷水卻依舊如瀑而下，一大半落向牆外，一小半兒落向牆內。

牆外的火堆，再度冒起了滾滾濃煙，熏得倭寇們呼吸困難，大聲咳嗽不止。更多的水桶被朝鮮義軍們七手八腳拉上冰牆，冷水伴著寒風狂潑而下，將窩在底部鑿牆的新附軍和徒步者全都澆成了落湯沉雞。

風，突然就變得硬了起來，如刀子般，扎入新附軍和徒步者的身體。只有一身單衣或者一套皮甲的他們，身上的溫度迅速被寒風帶走，一個個被凍得嘴唇烏青，牙齒上下相撞。

「嘩——！」「嘩——！」「嘩——」又是上百隻木桶被拉到與冰牆齊高，然後向外傾瀉冷水。幾十名朝鮮新附軍被凍得無法忍受，丟下鑿子，連滾帶爬向後躲避。負責監督他們的九鬼廣隆，果斷帶著加藤槍騎眾衝上，或者用倭刀，或者用片鐮槍，將他們集體格殺於當場！

「繼續鑿，動起來人就暖和了！敢後退者，死！」知道光憑著屠殺，未必能讓所有新附軍竭盡全力，九鬼廣隆逼著兩名朝鮮通譯，用朝鮮話大聲叫喊。

「繼續鑿，動起來人就暖和了！敢後退者，死！」

「繼續鑿，動起來人就暖和了！敢後退者，死！」

……

新附軍主將金一元，也帶著三十幾位「高級」朝鮮人，扯開嗓子大聲重複。唯恐麾下的弟兄們被殺光了，九鬼廣隆會逼迫他們也去鑿牆。而鍋島直茂的家臣，表現得比所有將領都英勇，居然親自帶著幾名武士加入了鑿牆隊伍，很快，渾身上下就掛滿了冰霜。

「鏗鏗鏗，鏗鏗鏗……」

「鏗鏗鏗，鏗鏗鏗……」

鑿牆聲再度響起，令人頭皮陣陣發乍。

「嘩啦啦，嘩啦啦……」大桶的冷水從牆頭澆落，將牆根處的朝鮮新附軍和倭寇徒步者澆得嘴唇發黑，動作遲緩，全身肌肉哆嗦難止。

還有一小半兒冷水，落在了冰牆之內。轉眼就被寒風吹成了一層厚厚的冰殼。牆內的大明子弟手疾眼快，將冰殼迅速撬了起來，直接給冰牆又從內部貼上了厚厚的一層。

「呼呼呼砰砰……」冰牆外的倭寇鐵炮手繼續朝牆頭傾瀉彈丸，將大量木桶打漏，將牆頭打得冰屑飛濺。

「哇啊啊——」又有幾支足輕在武士的帶領下，衝上魚梁道，然後或者被大明鳥銃手射殺，或者被大明長矛手捅死，前仆後繼。

敵我雙方都拿出了全部本事，彷彿一定要趕在今天日落前分出雌雄。魚梁道周圍，屍骸枕籍。魚梁道所對著的和所臨近的冰牆，人血染上了一層又是一層，紅得宛若火焰。然而，敵我雙方的主將卻都明白，今日能決定戰爭勝負的，不在魚梁道上，也不在眼下彼此的傷亡多寡！

若是倭軍能趕在日落之前鑿穿冰牆，憑藉絕對的人數優勢，他們的勝利毫無懸念。相反，如果在日落之前，守軍的修補速度，能跟上倭寇和朝鮮新附軍的鑿冰速度。一個長夜過後，倭軍之中必然病倒無數，守軍將不戰而勝！

「咯咯，咯咯，咯咯……」一名正在努力鑿牆的朝鮮新附軍別將，忽然打著寒戰倒在地上，然後圓睜著雙眼死去。肩膀，後背、小腿等處，掛滿了大大小小的冰瘤！「啊——！」一名倭寇徒步者，忽然向前撲去，手中石錘重重地砸在了同伴的手臂上，令後者像殺豬般大聲慘叫。

然而，還沒等旁邊的足輕衝上去呵斥，徒步者已經撲在了鑿子上。脖子、手臂和全身上下露著肉的位置，全都被凍得一片青紫。

「嘩啦，嘩啦，嘩啦……」朝鮮義軍向外潑水的速度，已經慢了許多，但每一輪冷水落下，都讓鑿牆的倭寇徒步者和朝鮮新附軍，心顫不止。

「呼————嗚嗚嗚————」狂風吹過，十多名最先開始鑿城的朝鮮新附軍，無聲無息地死去，就像被風捲起來的一團雪沫。

「太冷了，我受不了啦！」幾名倭寇徒步者尖叫著丟下鑿子和石錘，向後逃遁。不待任何人命令，加藤槍騎眾就策馬追了過去，將他們挨個刺翻在雪地上。

「鏗鏗鏗，鏗鏗鏗……」

「鏗鏗鏗，鏗鏗鏗……」

鑿冰的聲音，起起伏伏，冰牆被鑿得越來越薄，越來越薄，有些位置隱約已經開始透亮。然而，進攻方鑿冰者的速度卻越來越慢，越來越慢，時時刻刻都有人被凍成僵屍。

「點火，不要光顧著到魚梁道，派過來一些人點火！」九鬼廣隆氣急敗壞，扭過頭，衝著身後不遠處的成富茂安大聲吼叫。

不用他提醒，作為軍師的成富茂安，也明白此戰已經到了最關鍵時刻，咬著牙揮動令旗，分出數百鐵炮手，背著火藥袋子撲向濃煙滾滾的柴堆。

一部分鐵炮手在半路上中彈而死，不知道死於自己人的鐵炮，還是死於明軍手裡的鳥銃。但是，絕大多數鐵炮手，卻成功衝到了柴堆旁。在一名番組大將的指揮下，他們迅速將火藥倒在柴堆之上，剎那間，就讓濃煙內重新冒起了紅光。

已經被烤得半乾的劈柴，重新燒起來後，火勢遠勝於從前。即便被守軍用冷水潑中，也很難再變得濃煙滾滾。一些剛剛衝至的鐵炮手，則按照成富茂安的命令，將多餘的火藥，直接倒進了已經鑿了一大半兒的冰牆窟窿。

「轟！」一個窟窿內的火藥被倭寇點燃，巨大的氣浪衝出牆外，將周圍的新附軍衝得東倒西歪。再看那個冰牆窟窿，雖然沒有被直接炸透，底部卻被火藥燒得向內深入了半尺，隱隱能看見牆內的人影！

「有效果，繼續用火藥炸！」九鬼廣隆大喜，像瘋了般衝到另外一個冰窟窿側面，親手將一支火把扔了進去。

「轟！」又是一聲巨響，來不及躲避的朝鮮新附軍和倭國徒步者們，被直接掀翻了十幾個。然而，九鬼廣隆卻根本沒心思去管他們的死活，立刻跳下戰馬，彎腰看向牆洞。

「啊——」牆洞內，響起了一聲尖叫。正在帶人撲上前封堵窟窿的朴七，被九鬼廣隆嚇得踉蹌後退。跟在他旁邊的車立卻把心一橫，帶著幾名親信衝了過去，用長矛和扁擔朝著外邊亂捅。

九鬼廣隆抵擋不住，被捅得踉蹌後退。隨即，獰笑著從戰馬上摘下片鐮槍，朝著身邊的武士和足輕們大聲發號施令，「城破了，城破了，都給我往裡衝。先入城的人，財寶女人隨便挑！」

「繼續炸，炸得窟窿越多越好！」田尻鑑種用肩膀將他撞到一邊，扯開嗓子做出調整。

一夥立功心切的倭寇，爭先恐後鑽入剛剛炸穿的牆洞，被車立等義軍將士圍毆，至死沒踏入牆內半步。

「轟！」「轟！」「轟！」隨著連綿的爆炸聲，更多的牆窟窿出現，大隊大隊的倭寇，像海水般湧入牆內，與朝鮮義軍、大明將士戰做一團。

「所有人，向前推進！」冰牆外，鍋島直茂又驚又喜，迅速下達命令，要求全軍壓上。鐵炮手停止射擊，大步向前跑去。鍋島直茂的旗本馬回們揮舞著雪亮的倭刀，緊隨其後。城破了，只花了一天，他們就攻破了看似牢不可摧的冰牆！

他們不用再擔心天寒地凍了，殺光了城內的明軍和朝鮮人，所有房屋都歸他們！

「所有人，跟我來！」李彤帶著親兵衝下高台，揮劍砍向一名足輕頭。

冰牆被倭寇用火藥燒穿了，他使出了全身解數，也沒能成功堅持到天黑。

期待中的大雪，也沒有落下，陽光依舊亮得刺眼。此時的他，已經沒有任何必要再居中掌控全域。只能先衝過去，打退倭寇這一輪進攻，然後趁著倭寇不熟悉寨子裡的情況，帶著所有自己人從預先專門留出來的通道撤離戰場。

「呀呀呀——」對面的足輕頭急於立功，不顧自己比李彤矮了整整一個頭，尖叫著舉刀迎戰。雙方兵器剛一接觸，倭刀就斷成了兩截。李彤手中的鐵劍借著慣性急落而下，將足輕頭的前胸一分為二。

血光濺起，灑了李彤滿頭滿臉。他大吼著轉身，撲向臨近的牆窟窿。一名倭國武士剛剛從窟窿中鑽入，被他直接砍掉了腦袋。另外兩名倭國足輕蹲下身體朝他的大腿發動進攻，被他一劍一個，直接拍回了牆洞。

幾名家丁迅速跟進，與他齊心協力，用倭寇的屍體封住了一個牆洞。但是，周圍的幾個牆洞內，卻有更多的倭寇鑽入。大夥不得不將剛剛封堵住的牆洞交給朝鮮義軍，然後撲向下一個目標。然而，下一個之後卻還有下一個，牆洞好像不計其數，身邊的冰牆也搖搖欲墜。

「殺倭寇，殺倭寇，他們若是攻進來，大夥誰都活不了！」幾名朝鮮義軍將領帶領親兵，一邊與倭寇交戰，一邊大聲向身邊的弟兄提醒。

剛剛看到振作起來的希望，大夥卻又面臨著一場大敗。他們全都無法忍受。所以，寧願戰死在冰牆下，也不願意再像原來一般，被倭寇趕得東躲西藏。

「殺倭寇，殺倭寇！」張維善帶著幾十名勇士，努力向李彤靠攏。今天的失敗，一半兒原因是大夥輕敵，另外一半兒原因則是經驗過於欠缺。所以，他才不會學什麼古代勇將，死戰不退。他必須與李彤匯合到一處，然後想方設法脫離險境，回到遼東整頓兵馬，然後再讓倭寇血債血償！

「殺倭寇，殺倭寇！」劉繼業像瘋了般，用鳥銃瞄著倭寇開火。因為敵我雙方混在一起，他麾下的鳥銃手也無法繼續展開三段齊射，只能各自尋找目標，自由射擊。

鳥銃裝填速度緩慢，而他們又要盡力避免誤傷到自己人，所以遲遲無法都打出一彈。

「城破了，城破了！」兩條屍體堆成的魚梁道上，也有大隊的倭寇，紛紛跳入牆內。與鑽洞而入的倭寇一起，向明軍和義軍展開瘋狂進攻。

雙方很快都被屍體絆得邁不開步了，卻踩著袍澤或者敵人的殘軀，繼續奮力廝殺。雙方誰也不願意先認輸，咬著牙努力堅持，直到生命最後一息。

分明是冬天，太陽卻遲遲不肯落山。毫無溫度的陽光從西側天空射下來，照得冰牆閃閃發亮。閃閃發亮的冰牆下，屍體越來越多，血漿在地面凝結成冰。很多人腳下打滑，一個跟頭摔倒。就立刻死於亂刀之下，再也沒有機會爬起來。很多人連對手長啥樣都沒看清楚，就戰死沙場。而他們的血，則混在一起，讓冰殼越來越厚，越來越紅。

「轟隆隆……」承受不住瘋狂破壞，有一段冰牆坍塌，將牆下的朝鮮新附軍和倭國徒步者，全都砸成了肉餅。

「砰！」劉繼業頂著衝向自己的倭寇胸口，打出了最後一顆鉛彈。隨即丟下造價高昂的魔神銃，從腳旁撿起一根鐵棍，一躍而下。

他與李彤、張維善最初都是用戚刀和長槍，但到了朝鮮之後，卻相繼放棄了原來的兵器，改用笨重無比的大劍、鋼鞭與鐵棍。這種選擇，令他們的身體靈活性大打折扣，卻將他們的攻擊力，提到了一個極致。特別是對上喜歡單方面追求鋒利的倭刀，簡直堪稱剋星。

兩把倭刀連同其主人的腦袋，相繼被劉繼業用鐵棍砸碎。他揮動鐵棍砸出一條血路，衝到李彤身側，與後者並肩而戰。很快，二人又接上了張維善，重新帶著家丁組成一個小小的軍陣。軍陣如車輪般在戰團中翻滾，接上老何，吳升、大部分鳥銃手、長槍兵和一部分朝鮮將士，緩緩後退。

「堵住他們，一個不要放走！」從坍塌的冰牆處策馬而至的鍋島直茂，憑藉豐富的經驗，迅速判斷出李彤等人的真實意圖，獰笑著下達命令。

沒有等將朝鮮新附軍都犧牲乾淨，他攻破了冰牆。勝利的滋味宛若醇酒，讓他如醉如痴。當然，如果對手的官職再大一點兒就更好了，他就可以帶著頭顱去平壤耀武揚威。上次，小西行長不過殺死了一個明軍的游擊，就把尾巴翹上了天。這回，他鍋島直茂全殲了一支明軍……

「堵住他們，一個都不要放走！」預料中的回應，遲遲未至，鍋島直茂舉起倭刀，再度大聲重申。背後的幾個馬回旗本，忽然抱住了他，拖著他快速後退。緊跟著，九鬼廣隆的面孔就出現在他眼前，氣急敗壞，「明軍，大股的明軍，殺光了咱們放在外圍的游勢，燒了咱們的大營！」

「不可能！」鍋島直茂楞了楞，憤怒地扭頭。在毫無溫度的陽光下，他看見一大隊騎兵高速衝至，所過之處，自己麾下的鐵炮手們，被成排的砍倒。

「殺，莫放走一個倭寇！」舉著雪亮的鋼刀，那支明軍繼續向前，砍翻沿途的所有武士和足輕，如沸水潑雪。

「嗚嗚嗚，嗚嗚嗚，嗚嗚嗚……」號角聲，響徹天地。帶著大明男兒特有的豪邁，向所有人宣告，援軍的到來。

「弟兄們，將倭寇殺光，一個不留！」李彤舉起大劍，咆哮著轉身回撲，將膽敢阻攔自己的武士和足輕，挨個放倒。

援軍，老子居然也有援軍！

早不來，晚不來，就趕在倭寇勝券在握，精神鬆懈的時候。

半數倭寇衝進了寨子內，想要掉頭向外退，何談容易？而寨內的大明勇士和朝鮮義軍，只要咬住他們，就能與剛剛抵達的援軍一道，將他們殺個一乾二淨！

「殺倭寇，殺倭寇！天兵到了，天兵到了！」唯恐朝鮮義軍錯過機會，朴七和車立兩人扯開嗓子，用朝鮮話大聲宣告。

「殺倭寇，殺倭寇！天兵到了，天兵大隊人馬到了！」幾名義軍將領，扯開嗓子，一遍遍重複。唯恐麾下的弟兄們聽不見。

「殺倭寇，殺倭寇！」已經瀕臨崩潰的朝鮮義軍將士，頓時精神抖擻，抓起各種武器展開反擊，爭先恐後，奮不顧身。

「來得是哪個？咱們這會人情可欠大了！」劉繼業很快就被朝鮮義軍阻擋在了戰團之外，杵著鐵棍，喘息著向張維善詢問。

「不知道，最大可能是李六郎！」同樣被擠出戰團之外的張維善，也喘息著回應，年輕的臉上寫滿了得意，「最好也是他，咱們就不用欠第二家！」

「肯定是他！」雖然隔著很遠的距離，李彤卻好像能未卜先知般，非常肯定地得出結論。隨即，拖著大劍，再度衝進戰團。

倭寇崩潰了，倭寇頭目鍋島直茂，正被一夥死士簇擁著倉皇遠遁。他來不及追，也追不上。

但是，他卻絲毫不覺得遺憾。

此戰雖然贏得十分危險，但是，他的目的，卻已經完全達到。

從今往後，分散在各地的朝鮮義軍和官兵，肯定會紛紛派人前來聯絡。他不用再派任何人四處打探，就可以最快速度查明朝鮮境內敵我雙方各路人馬的真實情況。

大明長歌・卷三・覓封侯完

AC00089

大明長歌・卷三・覓封侯

作者—酒徒
編輯—黃煜智
校對—魏秋綢
行銷企劃—吳儒芳
封面設計—莊謹銘
內頁排版—綠貝殼資訊有限公司

總編輯—胡金倫
董事長—趙政岷
出版者—時報文化出版企業股份有限公司
108019台北市和平西路三段二四〇號七樓
發行專線—（〇二）二三〇六六八四二
讀者服務專線—〇八〇〇二三一七〇五
（〇二）二三〇四七一〇三
讀者服務傳真—（〇二）二三〇四六八五八
郵撥—一九三四四七二四時報文化出版公司
信箱—一〇八九九台北華江橋郵局第九九信箱
時報悅讀網—http://www.readingtimes.com.tw
思潮線臉書—https://www.facebook.com/trendage
法律顧問—理律法律事務所陳長文律師、李念祖律師
印刷—勁達印刷有限公司
初版一刷—二〇二一年六月十一日
初版二刷—二〇二一年九月三日
定價—新台幣三八〇元
（缺頁或破損的書，請寄回更換）

時報文化出版公司成立於一九七五年，
並於一九九九年股票上櫃公開發行，於二〇〇八年脫離中時集團非屬旺中，
以「尊重智慧與創意的文化事業」為信念。

大明長歌 ・ 卷三，覓封侯／酒徒作 .-- 初版 .-- 臺北市：時報文化出版企業股份有限公司，2021.06
384 面；14.8×21 公分
ISBN 978-957-13-8545-7（平裝）
857.7　　109022230

ISBN 978-957-13-8545-7
Printed in Taiwan